荒野旅人

ALL
TRUE
NOT A LIE
IN IT

🌊 后浪出版公司

[加] 阿丽克丝·霍莉 - 著　　张琳璐 - 译　　四川人民出版社

图书在版编目（CIP）数据

荒野旅人 /（加）阿丽克丝·霍莉著；张琳璐译 .
-- 成都：四川人民出版社，2017.10
　　ISBN 978-7-220-10432-9

Ⅰ.①荒… Ⅱ.①阿… ②张… Ⅲ.①长篇小说—加拿大—现代 Ⅳ.① I711.45

中国版本图书馆 CIP 数据核字 (2017) 第 251504 号

四川省版权局
著作权合同登记号
图字：21-2017-665

ALL TRUE NOT A LIE IN IT By ALIX HAWLEY
Copyright: © 2015 BY ALIX HAWLEY
This edition arranged with THE BUKOWSKI AGENCY LTD
Through BIG APPLE AGENCY, INC., LABUAN, MALAYSIA.
Simplified Chinese edition copyright:
2017 Ginkgo (Beijing) Book Co., Ltd.
All rights reserved.
本中文简体版版权归属于银杏树下（北京）图书有限责任公司

HUANG YE LV REN
荒野旅人

著　　者	［加］阿丽克丝·霍莉
译　　者	张琳璐
筹划出版	银杏树下
出版统筹	吴兴元
编辑统筹	梅天明
特约编辑	皮建军
责任编辑	刘姣娇　周晓琴
装帧制造	墨白空间·肖雅
营销推广	ONEBOOK
出版发行	四川人民出版社（成都槐树街 2 号）
网　　址	http://www.scpph.com
E – mail	scrmcbs@sina.com
印　　刷	北京中科印刷有限公司
成品尺寸	143mm×210mm
印　　张	11.75
字　　数	324 千
版　　次	2018 年 2 月第 1 版
印　　次	2018 年 2 月第 1 次
书　　号	978-7-220-10432-9
定　　价	48.00 元

后浪出版咨询（北京）有限责任公司常年法律顾问：北京大成律师事务所　周天晖 copyright@hinabook.com
未经许可，不得以任何方式复制或抄袭本书部分或全部内容
版权所有，侵权必究

本书若有质量问题，请与本公司图书销售中心联系调换。电话：010-64010019

献给迈克、西奥、凯特,

以及乔斯林和彼得

作者题记

  这本书起笔之初,我对丹尼尔·布恩的印象仅限于九岁时《国家地理》杂志曾随文刊出的一幅他的肖像,说不上深刻。直到某天,当我再次看到那幅插画,丹尼尔·布恩的形象开始萦于脑海,挥之难去。

  在美国,孩子们在历史课堂上不难听到这个名字。然而如若追问他的作为,绝大多数的美国人恐怕都知之甚少,给不出答案。他就是这样难以捉摸,被铭记,又同时被淡忘。即使在有生之年,他的生活也像一团谜。历史中的雪泥鸿爪吊人胃口,扣人心弦,拜伦亦曾写他入诗。我且试以想象补白,从他的生平记事中追索他的传奇人生。而他究竟是谁?为何不曾留下片字只言?以致很多人觉得,那具多年后被树碑立传重新安葬于肯塔基州的尸骸并非他真身。

  风流云散,物转星移,有的人偏有这样的魅力,屹于时代深处,不随时间消逝,又或者是他们自己尚未决定就此离开。于是,丹尼尔·布恩成为一个声音,时时萦于耳畔。我的故事就是找寻他,他的故事则是找寻他理想中的伊甸园,却又亲手将之葬送。

目 录

作者题记　1

上卷　执　迷

1. 宾州娼妇　8
2. 日渐疏离　19
3. 互生牵绊　28
4. 卡罗莱纳　39
5. 费城娼妇　50
6. 接连受伏　60
7. 樱桃在口　70
8. 面朝红土　80
9. 应许之地　97
10. 人间天堂　103
11. 有待发现　113
12. 大开狮口　122
13. 荒野之舞　127
14. 流连忘返　135
15. 总角晏晏　145
16. 侏儒矮人　155
17. 日出田野　160
18. 北而西往　170
19. 故地重回　183

下卷 不 悟

1. 若有天堂 192
2. 生死离散 201
3. 盐如风雪 208
4. 或赦或杀 219
5. 漫漫长路 228
6. 奇利科西 239
7. 洗肠涤胃 249
8. 人尽可夫 261
9. 飞短流长 276
10. 再踏征程 284
11. 特洛伊城 295
12. 法国王后 302
13. 宝马良驹 307
14. 吾父吾儿 316
15. 平白无辜 322
16. 阶下之囚 325
17. 肉食者鄙 333
18. 谢尔托易 340
19. 昔日重现 355
20. 情归何处 360

作者致谢 368

上卷

执 迷

"你姐姐是个不要脸的娼妇!"

"你姐姐不要脸!"

"不要脸!不要脸!"

他们伏在水河大桥下嘶声怪叫,简直像一窝卡在栏圈里的猪。这种滥调我打七岁起就听得多了。

"别惹我,我就是个不要命的莽夫!"我朝着大桥的方向吼回去。

木板缝之间眼光一闪,一块石头直冲我脑门,幸而被我闪身避开。另一个混小子不服气地继续添油加醋:

"他爷爷养的小娼妓,那可是艳名远播!"

"那我就让你们知道知道什么叫闻名丧胆——"

我跟他们就势扭成一团,一脚正中一个人的小腿,回肘砸烂了另一个的下巴,顾不得自己脸上也吃了一记重拳,抄起打鸟棍连连反击。混乱中可见威廉·希尔咧着嘴站在一旁,一只手捏着鼻头试图止血。哈哈。他退了两退,想挡一挡脸上的狼狈。我抽身便跑,边跑边骂,屎娘养的!——这句可是我自己的发明创造。不管怎么说,都是我赢了,我刚刚说什么来的,我可不好惹!

只剩希尔还在我身后一路穷追不舍,"小丹……小丹"地乱叫。我回过头骂他:

"你们知道个屁!我两岁的时候,德拉瓦尔人的族领还来过我家,向我爷爷讨了块蛋糕吃——我爷爷那时可有的是老婆,他老人家真该宰了你们这些混蛋——对,那可是堂堂萨萨诺恩王,我亲眼所见,虽说我那个时候才两岁。"

希尔停住脚,兴奋地呼喊:

"总有一天,你会立身扬名的,小丹!到那时,我要为你著本书!"

我知道他此刻一定在抹着嘴笑着,血糊了一脸,头发像蓬草一样遮在眼前。我知道他追不上了。我知道他一定也告诉了其他人,那些从他父亲嘴里听来的飞短流长,那些在埃克赛特被盖棺定论的风言风语:布恩一家简直寡廉鲜耻。你爷爷在英格兰蓄娼养妓!刚才桥下那个没错准是他，一开口简直跟他父亲在主持贵格会时的腔调如出一辙。尽管希尔总是胡诌八扯，但这次倒是所言非虚。

"小丹，我看到你了！我来了！"

我加快脚步，仍感到希尔那双充满好奇的明亮的灰色眼睛就在我背后。我俩也算是旧相识了，好像打一出生就相互认识了一样，以至于每每看到他，总觉得我俩就像耕牛离不开犁杖，被命数绑在一起，连同这个鬼地方一块绑在一起。我俩好像是一个模子刻出来的，一样敦实健壮，一样有点小聪明。只不过希尔的聪明仍有机会在詹姆斯叔叔的课堂上抖一抖，而我则早就受够了学校，乐得逍遥自在。我们两人的父辈也有诸多相似——都算得上是纺织业的同行，只不过希尔的爸爸早年做羊毛生意从英格兰发家，富庶有余，而我的爸爸只能日复一日守着仓棚里区区几台破织布机和同样派不上什么用场的锻铁炉。在我看来，我和希尔有的时候的确亲如伙伴，不过绝大多数时候则形同路人。倒是他单方面地一直密切关注我的一言一行，甚至试图模仿我的一举一动，好比说我是怎么把鸟棍掷出去的，或者一开始，我是怎么预备和瞄准的。他的这种一厢情愿倒显得他对自己本来的生活并无兴致，一心只想抓住我的生活。总之，希尔就是不肯放我一个人静静待着。

我撒开双腿，像是要甩开我的生活，甩开一直束缚我的所谓命数——

"你姐姐是个不要脸的娼妇！"

"你爸爸也有个不要脸的姐姐！"

大概已经跑出距奥瓦汀桥和小镇很远了，脚下的路渐渐收拢，变窄。一枝树杈划破了我的耳朵。又有两个混蛋边喊边追了上来，不过可惜没一个跑得过我。我感到手肘生疼，脚也是。该死的鞋。

"小丹，小丹！"

又是希尔，他大概以为我要翻到山另一侧的牧场去。他知道个屁，他什么都不知道。

好容易钻出了冬青丛，奋力跑上了小路，那帮混蛋肯定早就找不见我了。顺着这条路再往前就是祖父的石头房子，我没怎么去过，也没什么别人去过。那是一幢用深色石头砌起来的方形房子，和镇上的议事大楼差不多，只是看上去更残破些，像是位病怏怏的表亲。祖父养的猎犬都被拴在木屋边的链子上，吠声四起——他居然还没把那些破木头拆了！我的心怦怦直跳，闪身溜进菜园，闻到一股洋葱混合了坟墓的阴郁味道。

终于进了院子，我踏上石板阶来到门前狠命拍门。这还是我第一次不经爸妈陪同，单独一个人来这儿，紧张得能听见自己的心跳。门没锁，房子里弥漫着诡异的静谧和湿旧的霉气。

"有人在吗？"

没有回应。萨拉姑妈，哦，就是刚刚提到的"不要脸"中的一位，肯定正在屋后洗衣服呢，不然还能在哪儿。自打被逐出教友会，她就只有常伴祖父，伺候榻前了。也许此刻她正坐在草地上呼吸着这坟墓的气息，从中分辨着她丈夫的味道。那个搭上了别的女人而抛弃了她的男人，在死前又拖着病体回到了她身边。我想象着他作为一个死人，此刻被独自埋在土里的孤寂。父亲是决不能容许一个外人在死后葬进教友会的墓园的。被贵格会的长老们委派守陵，于父亲而言算是荣膺重任，再没见他对别的什么事这么上心了。你时常能看到他在新填的坟头上跷着两条罗圈腿反反复复地趟来趟去，居然是为了确保地面绝对平整如初。

我学着长兄伊斯雷尔的样子，哼着《我谁也不在意》，他最喜欢的小调，边走边掂着手里的打鸟棍，一路进了门厅。想想看，当时德拉瓦尔族长就站在那儿，对，就是那个位置，由妻妾们拥着，我也有幸陪站在侧。可惜年纪尚小，亲历的盛况如今只剩下记忆里的一条红色的披毯斗篷和纷至沓来的一双双鹿皮软底便靴。我像一个印第安人一样悄无声息地滑过地板，整幢房子安静极了，莫不是祖父已经死了？

我停在右手边第一扇门口，面前屋子里窗帘拉着，昏晦不明。我知道，祖父的卧榻就支在暗处，他和他的一把骨头就蜷在里面。我斗胆走进去，盯着他，看了又看，确信还有呼吸。唤他，他费劲抬起眼皮，扬起脸,那眼神大概以为我是某个贵格会的长老,又或者以为萨萨诺恩王的灵魂穿墙而入,披着他猩红色的毯子和羽毛发饰一起附到了我身上。

"你能看见我吗,爷爷?"我犹豫不决。他眯着眼睛,眼神混沌而黯淡。嘴和涎水耷拉着挂在左脸。我保持不动。他胸腔起伏。父亲曾给我讲述过祖父一生中的荣耀时刻,从1666年出生于余焰未烬的伦敦开始。看着他如今垂垂老矣,尚存一息,想着他曾为了落脚他乡,在贵格派教友会面前坦言过往,他的放荡,他的不羁,他在登上开往宾夕法尼亚的渡轮前的种种。他以匠心营建新的议事大楼忏洗前尘,新大楼端立小镇中心,街衢自此四通八达。他给这座小镇取名埃克赛特,以此怀念英格兰的故土。但在我看来,这也许并非明智之举,那里的埃克赛特并不是他的幸运福地,那里不过是他的风流过往。

提起祖父,大家莞尔,心照不宣地相互点点头,就像提起任何一位睿智的长者,表面的恭敬实则未必出自真心。原本一切都好,直到萨拉姑妈外嫁,人们开始对这个家族的血统贵贱说长道短。我看着祖父伸出手,用右手那根掰不直的拇指在被子上划来划去,像是在操控他的梭织机,像是他还在努力经营着他的老本行,像是他还未在风流场里散尽家财,像是他还年富力强,像是他还风度翩翩,任何一个看上眼的姑娘都手到擒来,像是他此刻就身在至乐天堂,也许这些正是他最初来到这里时怀揣的梦想。我不禁感到一阵晕眩,道了别正想转身离开,祖父忽然咳起来,挥挥手指向床边的尿壶。

"拿!"

尿壶放在黑色的雕花大木柜下面,庆幸里边是空的。他坐起身,在睡衣上一阵摩挲。

"你养过婊子。"我小声咕哝。

"什么?"

祖父散发着婴儿般的味道,确切说是奶味混合着尿味,可能比婴儿更臊一点。他手臂发抖。我深吸一口气接着说:

"但是,你也打过仗,还曾经从一帮坏人手上救了两个印第安女孩。"

也是我父亲讲给我们的。故事发生在议事大楼落成以前,那个时候的德拉瓦尔人和卡托巴人常常来此集市。一次,几个白人里的败类掳了两个女孩,祖父仗义执言,出手相助,给了钱,救了人。我试图想象年轻的祖父骁勇善战的形象。

"我也打了一架,就在刚刚。你看!"

我把受伤的手肘擎得高高的。祖父顾自尿得很响。他半张脸已经瘫了,另半张上的一只眼睛盯着我,像是盯着一个满嘴大话的骗子。我偷瞥他的尿具,了无生气,临了,淅淅沥沥溺在床单上,另一只手还瑟瑟地扶着尿壶。"会翻的,""我心里默念,""肯定会打翻的。"

"你来这干什么,嗯?你是,哪个?"

我感到自己的胃简直要从喉咙里蹦出来,冲着他近乎喊道:"我才不要变老,才不要变成跟你一样老得没人理的模样!我要打赢所有的人,要守住所有的秘密,不要像你,烂在这儿,不要!我要找到真正的伊甸园,要完成你没做到的事!"

走道里响起萨拉姑妈咯噔咯噔的木鞋跟的声音。祖父蹙着眉,颤抖着,循声摆过头去。他曾在贵格会上为她与外人通婚而跪求宽恕。我又想起那个如今埋在冰冷泥土间的死人,生前是非曲直,死后尽归骸骨。我再道了别,一路冲出大门。外面,草地上,阳光下,新浣的床单闪闪发亮。

我又跑回山上,跑进林子里,用手里的棍子从一株不起眼的大榆树上打下一只松鼠——红色的,拖着不大不小的尾巴。我坐在树枝上,要是能给妈妈猎回一头野猪就好了,我还从没打到过野猪——一头野猪,想想也诱人啊。待我想再往丛林深处去的时候,夜幕已经拉开,于是我就这么坐着,一直坐到影子斜长才起身回家,顺着山谷和溪边的滩涂,穿过两个叔伯的农场,再穿过自家的农场,拖着不知道是打架还是打猎留下的擦伤和瘀青,向家门口走去。

不等我绕到房前,妈妈已经提着灯迎了出来,灯下的她看上去脸色愈显苍白。她抚过我酸涩的面颊,并不开口问我因由。我给她看松鼠的尾巴,她笑了,扭过脸,那张苍白的脸随即陷入黑暗。我把松鼠尾巴收进马裤口袋时,又想起了祖父和他的尿具。他老了,就这么老了,父亲有天也会老吧。老了的人,会慢慢腐烂吧,像一枚放陈了的鸡蛋。

亲爱的妈妈,还有我可爱的亲人们,如今你们都已一一弃我而去,长眠地下。然而曾经天真而美好的我,还有曾经烂漫而温暖的过往,你们是见过的。

1. 宾州娼妇

我姐姐，萨莉，那个他们嘴里的娼妇，被丢在贵格会的教众们面前，像一条被铁锹从泥土中掘出来暴露在光天下的蛆虫，一个人站在议事大厅的正中，其余人则一个个坐在她四周的条凳上。看来她已经准备好了她的告解辞，端着那张纸，平举到脸前，声音中没有一丝起伏，含混得像是嘴里还嚼着没咽下的土豆。萨莉平时说话可没这么无聊，如果她乐意，绝对够资格开一所专教人嚼舌的语言学校。小伙子们看见她，总是说，抬一抬你的高跟鞋啊，萨莉。他们轻叩手指，她就咯噔咯噔应声而来，然后，总是最晚一个在夜色里起身，离开篝火堆，或者谁家新搭的谷仓。

我看着她此时无措地踮着她那双昭著的高跟鞋，帽子歪在一边，露出遮耳的卷发，抬起眼皮，想看看谁也在看她。她的那个相好此刻就站在几步远的地方，扭身望着窗外。我试图从她的忏悔中听出些兴致，不过也只听得一二，什么"私交过甚"和"通奸"之类的，看来她对自己的过失供认不讳。任何人只消从旁看看她隆起的腹部，一切就都再明白不过了。何况现在，除了她自己，所有的人都在看。

这不是一次通常的例会。空气凝滞，仿佛刚刚划过一颗子弹。长老们召集了所有的教友会成员，条凳上挤满了人，有些甚至开车从乡下的农场远道赶来。

父亲难过得不停发汗，汗水蒸腾起一股属于他的味道，面包的味道。正当他想起身走掉，看见妈妈伸手轻轻拍了拍小内迪的头，于是他敛了敛下巴，又坐回她身边。我用脚在地上划着圈圈，想笑，妹妹贝茨捏着鼻子模仿狐狸，而长兄伊斯雷尔真的在笑。

"……这就是我的忏悔。"

终于念完了。一个靠门坐着的寡妇忽然猛捶自己的腰，抱怨都是穿堂风闹的。

"小丹尼，你也受风了吗？"贝茨咽了笑，学妈妈的样子问我。

我戳了她一下算是回敬。希尔的父亲接着萨莉以及她的相好说：

"是的，在今天以前，你们实在私交过甚。"

真是一个听上去就腰缠万贯的男性嗓音，掷地有声，像袋子里哐啷哐啷作响的钱币声。希尔的父亲总是像现在这样面色红润，这会儿，他的脸好像为接下来的措辞陷入了思索。我也陷入了我的思索。除了家里养的牛，到那会儿为止，我还没真的见过什么私相授受的过甚之举，但是畜生们在干那种事情的时候总是太过直截了当，毫无情致可言。是的，尽管我什么都不懂，但这不妨碍我对很多事感兴趣。

我回过神来，听见希尔的父亲问萨莉，是否愿意在众位教友的见证下缔结神圣的婚约。

萨莉说她愿意。旁边的那位闻言倒吸了口气，也说愿娶她为妻。

礼成，万事大吉。萨莉瞄向我们，她大概在想，这下好了，皆大欢喜。我看见她眼睛里的光亮，我听见她指关节的脆响。今此以后，谁还能说三道四，就像变了个戏法，从婊子到为人妇。看来连上帝有时候也忍不住要点小把戏，打个响指什么的。

"至于你的忏悔，"希尔的父亲转向旁边的年轻人，声音慈爱而和缓，"别着急，我们有的是时间。"

在他看来，我们大可以花上一整天时间坐在这儿，幸好萨莉的新婚丈夫婉拒了当众告解的提议。这个年轻人不是贵格派的教友，也是个

"外人",在我看来也许他尚未搞清楚自己的意愿,就糊里糊涂地成了布恩家的一员,当然现在说起来已然为时晚矣。他眍着眼,稀稀拉拉的胡子捻在一起,好像灯芯,我知道他不是眼斜,不过是想尽量忽视新婚妻子的肚子,尽管其他人都在看。

希尔的父亲只好穿过大厅,寄希望于父亲:

"我们终此一生探寻真理。我们因忏悔而重获新生。教友布恩,是该你告解的时候了。"

父亲站起身,正如当年祖父也曾为了他的女儿站在这里:

"我的女儿,确实,错不该与人私交过甚,为此,我感到万分惭愧。"

有那么一刻,父亲抻了抻脖子,做出言犹未尽的样子。他只敢低头看着希尔父亲的腿,颤抖的手指仿佛想亲自捻一捻对方昂贵的衣料。这个十足的穷织工,虽然不知道自己为何沦落至此,倒还分得清眼前的上等套装用料。不得不承认,单看这身行头,就知道眼前这位教友会的元老一生顺顺当当。

"以,以后,会,会,会更留心的。"

也许就是那身灰黑色衣料散发的深邃色泽最终击溃了他,父亲一时口吃。闲谈的时候,偶尔他也会这样,但这次不合时宜的口吃令他的脸色多少有点难堪,他伸手摸摸谢了顶的脑壳,不知道是想遁土而逃,还是想发火。曾几何时,渡轮轰隆隆驶离英格兰灰黑色的海岸时,年轻的父亲把下巴架在船首的斜桅杆上,憧憬着离开熟悉的人和事,离开熟悉的教区,跟自己的父亲、姐妹、兄弟一起,开往陌生之地,寻找安身之所。那个当初陌生的这里,本该一切美好而安然。

伊斯雷尔忽然放声大笑。妈妈两眼放空,失去焦距的瞳仁像两片易碎的玻璃。她紧了紧怀里的小斯夸尔,这令小家伙皱起了眉头。父亲重重坐回凳子上,攥着拳头,大口呼吸。妈妈,这位一生忠贞追随上帝的信徒,望着萨莉,后者正努力堆出温良恭顺的表情,尽管其实她已经被调教成一个邋遢的婆娘。贝茨把脸埋进胳膊,假装在咳嗽,我知道她是在偷笑。

我也学那个人睨着眼，仰起脸，这样一来，其他人的脸就在视线中消失不见了。真是一点也不喜欢这样的聚会，教友们排成排，分坐两边，中间专为萨莉和她的相好留出空，供人观赏。还有这冗长的沉默，只听得到彼此的鼻息。贝茨小声地哼着调调，屁在肠子里钻来啊——钻去，又捅了我一下，我故意视而不见。我想我大概是整间屋子里最先注意到那只鸟的吧。一只深色的紫崖燕，落在最高的窗子上。它直愣愣地飞进来，只在窗台上停了片刻，跟着双翼一剪，上了房梁。我观察它的每一个转身，每一次展翅，每一根羽毛，还有它那双黑亮的小眼睛。

很多人也看到了，举着手指指点点。燕子在这番静默的观赏中慌不择路，徒劳地拍打着天花板，像埋在胸中的不安分的心脏。

"它会把屎屙在萨莉身上的。"伊斯雷尔说。

我觉得他说得对，我总是觉得他说得对，说什么都对。伊斯雷尔才十六岁，两颊已经蓄须，总让我忍不住多看两眼，幻想有一天，自己也能长出那样的胡子。伊斯雷尔抱着手臂，挑着眉蔑然一笑——这还是他今天第一次对周围发生的事情流露出一丝兴致。我合上嘴，仰起头。轮到贝茨放肆大笑：

"会的，会的！或者尿上一泡！"

父亲瞪了她一眼，贝茨把帽带咬在嘴里在牙齿间磨来磨去。我依旧注视着那只燕子，体会到伊斯雷尔无聊的趣味，他也在注视着它，其实他可以轻易地把它打下来。

燕子绕着房梁前前后后，一匝一匝，像是要衔着一根线把梁架缝缀起来，最后气喘吁吁地落在其中一扇窗框上，张开尖尖的喙，却并没发出什么声响。如果我今天随身带着打鸟棍，肯定能轻易把它打下来。或者给我支箭，一根木棍什么的也好。我可以就坐在这发力，保准一击命中，也好让伊斯雷尔瞧瞧我的能耐。

人群中不知道是谁咳了一声。这只紫崖燕笔直地跌落下来，又翻身冲上房顶，奋不顾身地一次次用头撞向天花板，惊出一声一声闷雷。我希望它能看到我，看到我眼里对它的惋惜。如果父亲肯给我一把枪，我一定能一枪打穿它的小脑瓜，一举结束它这无休止的自我折磨。我用棍子打死过太多鸟了。我知道它们总是睁着眼死去，然后眼神慢慢涣散失焦，再然后羽毛慢慢褪去光泽。我曾就那样握着它们的尸体，直到它们变凉，凉透，只不过整个过程需要的时间比你认为的更久。

燕子还在无谓挣扎。希尔的父亲明白，在这种时候，谁也不会再在意他在讲什么。于是，他合十双手，宣布散会。接下来是寒暄、握手、道别，轻松和友好的神情重新回到每个人脸上。婚礼结束了。面对教友们的点头致意，妈妈满眼宽慰，而父亲依旧一脸冷峻。正当我想趁机跟父亲再提提枪的事，一根恼人的手指插进了我的耳孔。

又是威廉·希尔，我把脚伸到后面猛踩他的脚趾。他抽出手，一边兴奋地大嚷：

"你姐姐要生小宝宝啦！"

"是的，看她那大屁股，简直像只母鸡。是吧，希尔，我知道你最喜欢看母鸡屁股了。"

希尔咧开大嘴，我赶紧拉着贝茨追上家人。才一出门，伊斯雷尔就扭头冲着父亲吼道："你怎么能袖着手看她就那么走了？你怎么能不说点什么、做点什么？什么所谓的婚礼，简直就是放屁！没人有权评判我们家的对错！"

嘘，妈妈像对待小斯夸尔一样叫他噤声。父亲只是摇头，不发一言。伊斯雷尔扬长而去。我知道他一定回去取他的猎枪了，他一定又会带着枪抛开这一切跑进山里，也许要到明天早上他才会回来。

我正想追上去，被妈妈一把拽住：

"看着小内迪。别让他闯到马路上去。"

低头，内迪笑着望着我。我的乖乖小弟，你总是这样一副笑颜。我把他抱起来，他和祖父一样，臭臭的。

"快看！"

我举着内迪，彼时，萨莉正费劲地把她的大屁股挪上一辆货车，那辆车将载着她,前往她的新家。在那儿,她将生下她的宝宝,并自此全然成为一个"外人",和她的斜眼丈夫一同过活。

"走了,走了。"内迪叫着。

"是的,都走了。"

我把他放下来,他满眼困惑,但忍着没哭。妈妈和父亲呆呆地站在那,望着货车离开的方向,茫然不知所措,仿佛除此之外再没别的可做。他们站着,望着,像是在等一个答案。我转过身,那只紫崖燕终于冲出了议事大楼的大门,门槛上一摊紫色的鸟粪清晰可见,这大概是我们今天唯一能得到的答案了。

"贝茨,贝茨?"

婚礼结束后的晚上,我难以成眠,尽管屋子很静,妈妈和父亲安静地睡在阁楼,我、内迪和贝茨并排睡在楼下。我试图把贝茨唤醒,只怪她睡得太沉,翻了个身又不动了。上次我俩去夜钓,她还把鲱鱼肠子甩到了我脸上,想到这,我扯了条被单蒙在她脸上,一个人走了,由她像具尸体一样挺在那儿。

我趴在地板上匍匐前行,爬过萨莉的空床,一想到这张床就永远这么空下去了,感到有点钻心。我继续向前爬,伊斯雷尔的床上也没人,真令人沮丧,他果然还没回来,不过转念一想,也许我可以出去找他。

终于爬出了房子,我提着桶翻过菜园的篱笆,准备先弄几条虫子。月朗星稀。我快步穿过奥瓦汀桥,跑向河边,渐渐能听见湍急的流水——清冽的声音让人分外愉悦。

我刚要下水,忽然一阵异响。

"是你吗,伊斯雷尔?"

一条黑影从桦木林里飞出来,抓住我的胳膊。愉悦之情瞬间一扫而空。

"你在钓鱼吗,小丹?我就猜你会溜出来。带我一个。"

当然不是伊斯雷尔。威廉·希尔嘴里的锈涩味道并不怡人,虽然夜色浓密,但不用看我也知道,他一定又咧着嘴在笑,活像是我刚刚的愉悦被他一股脑吞进了肚子。希尔只比我大一岁,以前同在詹姆斯叔叔的学校里时,他坐我前排,经常回过头来喷我一脸口臭。有的时候,他也会小声把答案告诉我。但我从不听他的,我情愿蒙着眼睛坐在角落里,一个人待在那把瘸腿的破椅子上,也不愿意听他的。詹姆斯叔叔总是为在课堂上罚我感到抱歉,于是回到家偷偷塞给我糖吃。

不过希尔不一样,他有零花钱,时不时就有一两枚硬币从他的口袋里落出来,掉在地上,他则显得不很计较。有的时候,他付钱给我,向我讨一两只死松鼠,或者让我带着他溯溪而上,觅个钓鱼的好去处。所以我也就有幸经常会在篱笆后面看见他那张开心的脸,或者猛一抬头,发现他就扒在门边。

"你不知道我要去哪。"我说。

"去你爷爷那?没关系的,我不介意。我也想看看那幢房子里到底什么样。他真的在每个房间里都养了个小老婆吗?"

于是我只有跑,他只有追。他以为他知道我要去哪,怎么可能呢,我故意在田野里绕圈,不想去爷爷那儿,也想不出还能去哪儿。我只想跟希尔兜兜圈子,直到他累了放过我。我跑进牧草深深的田野,穿过玉米地和亚麻园,乌云遮月,我只能凭着记忆在田野里奔跑,因为什么都看不见了。

我在没膝的草地里跑了一阵子,手背触到了篱笆栅粗糙而稀疏的栏杆。这应该是到了布莱克家了。听说他们全家都染上了暑热症,这成了妈妈少有的可与人闲谈的话题。我不关心什么疾病,只是对威廉·希尔深恶痛绝。

我沿着篱笆墙走进布莱克家的院子。一匹从厩棚中溜出来的马立在门前的台阶上,我摸了摸它软腻的鼻子,从它身旁走过,它在我的掌心留下一团潮湿的热气。我原本是打算在藏萝卜的菜窖里躲一躲就好了,可听见希尔笨重的脚步已经追进了院子,只好一不做二不休上了台阶。布莱克家的大门上拦着根破绳子,以示警戒,我正在门口犹豫,听得希尔对着马在问,你在哪儿啊,于是干脆猫腰钻了进去。

我发现自己僵立在浑厚的黑暗中。我可不害怕,我一向什么都不害怕——一边给自己壮胆,一边让自己尽量保持呼吸。地板的一端咯吱作响。

我向后面的墙边跑去,感到希尔的呼吸已经到了脖子后面,停了脚。

"接着跑啊。"他说。

"你就不怕也染上暑热?"

"不怕吗?"

布莱克一家都是女眷。最小的女儿躺在一扇打开的窗户底下,烧得像只烤熟的苹果派。她把自己的牙齿咬得咯吱作响,眼睛上蒙着退烧用的白布。我俯下身看她。希尔揪着我的肩膀,把她的一缕头发和我的搅在一起,用跟他父亲如出一辙的慈爱的主持腔宣布,我将和莫莉·布莱克结为夫妇,直到死亡将我们分开。

"现在,亲吻她,给她一个拥抱。"

伊斯雷尔曾经告诫过我,病人的头发会触及霉运,不知道真的假的。那绺头发的确扎人,但我可不想在希尔面前认怂。

我于是弯下腰,把嘴唇印上莫莉滚烫的脸颊,感觉到她的牙齿在打战,大笑着滚到一边。希尔又接着说了句似乎很合情合理的话:

"现在,跟她做爱,让我看看。"

"不!"

"来吧,小丹。我这是在帮你。你总不能等着去嫖吧,人是需要老婆的。"

"不!"

"小丹!"

我一把把他推开。

"绝不!"

莫莉的牙抖得更凶了,我伸手捂住她的嘴,希尔腆着那张大宽脸凑上来：

"我倒想看看接下来你打算怎么办。"

我把希尔锈涩的口臭气甩在身后，径直跑向门外。这回，他并没有追过来。我就这样在星光下一路跑，一路跑，不想停下，不想再停下。

我感到胸腔在着火，但并没有慢下脚步。月亮又出来了。在顺着另一条小道回到河边的时候，途经几间属于印第安人的棚屋。他们皈依了贵格派，也参加了白天的聚会。木屋前的草地上拴着两只灰白色的小马驹，隐约还能闻见炉火的味道。大概是听见了我的动静，我听到背后一扇门开了，但我没回头，脚下也丝毫没慢半分。我绕开田野，向着河的方向一路跑，一路跑，感觉自己从没跑出过这么远，也许没谁跑出过这么远吧。

直到又听见了湍急的流水，我才蹲下身子，停在岸边大口喘歇。忽而一个低回急促的声音。应该不是鸟吧？

我沿河而上，听见上游水花飞溅，有人在踏水。一个颀长的身影，深色的头发隐匿在夜色和斑驳的树影之间，但白皙的大腿暴露了他。他没穿马裤，敞着怀，拾起地上的一根树杈，把其中一端撅下来，转过脸。

是伊斯雷尔。我想他肯定早就看到我了，不过这时，他紧盯着身后的河滩，一串轻巧的脚步声跃进了树丛。

"是鹿吗？"我压低声音，"你要动手吗？"

我想只要他想，一只鹿还不是手到擒来。有好几次，我大清早爬起来偷偷跟着他，看着他漫不经心地环顾破晓时分的苍穹，临要扣动扳机前的一瞬间，忽然目光如炬。他总能猎到些松鸡、乌鸦什么的，有的时候则是鹿。并不是每一次他都能察觉我的存在，但有的时候，他会把我揪出来，教我指认草地上的蹄印、粪便，或是勾在树杈上的鹿鬃。晚上回到家里，他准许我帮他配火药。我还帮他刮过鹿皮，四次；用他的猎枪打松鼠，两次。他给了我一条空枪管，现在就藏在我的床板下面。我有次梦到过这条枪管，尽管不是什么好梦。我梦想着成为伊斯雷尔那样的好猎手。父亲很喜欢他，准许他一个人独自外出打猎。伊斯雷尔不喜欢锻铁，也不喜欢做纺织的活儿，总是自由散漫，我行我素，丝毫不在意别人的看法。他教我如何屏息静气悄声行走。伊斯雷尔总能找到别人看不到的鹿蹄印，而我能找到伊斯雷尔看不到的鹿蹄印。但我依旧不知道他晚上都干什么去了。

河水从他的两腿间滑过。"那不是鹿，小丹。这么晚，你去哪儿了？"他声音和缓。

我不想提起希尔或者莫莉·布莱克，只好敷衍说：

"我打猎去了。那么，那是什么，那个声音？"

他仰起头，手里举着一只鱼，用刚撅断的树枝叉着。鱼鳞在月光下闪闪发亮。他的声音平静一如夜色：

"真的吗？这里可只有你和鱼，两手空空你拿什么打的猎啊？"

我噎在那说不出话。他了解每一种动物的习性，它们藏在哪儿，怎么找到它们。凡此于他而言都轻而易举。

"你呢，你去哪了？你才抓到一条鱼，肯定也刚到这不久。你是不是白天已经进了山打过猎回来了？快给我讲讲。"轮到我反问他。

他转过身去，月色将他的面庞镀上一层浅金。我追问：

"怎么你下午才出去，半夜又跑出来了？你总是不好好睡觉，还总是一个人跑出来。怎么样，算上我一个，我们去猎一条鹿，我能帮你忙！"

伊斯雷尔没有理我。他把叉在木棍上的鲱鱼取下来，继续捕鱼，视我不见。

"喂，伊斯雷尔！"

"回家吧，小丹。"

他赤着脚，逆着流水向上游走去。我急得大喊：

"我恨这个鬼地方，恨埃克赛特！打猎有什么了不起，我一个人也行,用不着靠你!"

　　伊斯雷尔只是略抬了抬头,依旧没有理我。我只好继续跑起来。我想跑得远远的,但夜色愈深。而我独自一人既猎不到鹿,又逃不开这个鬼地方,只得跑回家,一身脏兮兮地钻进被窝。小内迪依旧睡在身旁,和贝茨一样,睡得酣沉。一股愤怒之情在血管里横冲直撞,为什么伊斯雷尔的世界如此自由,为什么我的生活如此压抑,为什么我还不长大。还有那个可恨的希尔,总是跟着我,监视着我的一举一动。黑暗中,我仿佛又看见了他那张大宽脸,威廉·希尔,在我的脑袋里大摇大摆,晃来晃去,简直像是我脑袋的领主。混蛋!我想开枪,但我连杆真正的枪都没有。

　　伊斯雷尔大概是在天亮前偷偷溜回来的,我听见他爬上床,渐渐发出和缓的呼吸。早晚我会悄悄跟着他,弄清楚他究竟去了哪。我翻了个身,把手遮在眼皮上,梦里的女孩挥之不去:她蒙住的双眼,滚烫的肌肤,干草一样的发梢。

　　我是不是也不小心溜进了她病中的梦境,像一个小丈夫。莫莉啊莫莉,我想我一定是在吻你的时候也感染了热症,幸好并不严重,所以我还能好好活着,而你已经长眠不醒。但是只有你知道,只有你知道我竟做了什么。

2．日渐疏离

每天晚上，我都试图尾随长兄伊斯雷尔去一探究竟，但那些追着我不放的混蛋们也在外面闲晃。他们会伏在窗子底下乱嚷：你个孬种，你个猪头，你个蠢驴你个笨蛋，你个呆瓜你个怂货你个狗娘养的乌龟王八羔子……

有一次，我把整个夜壶从窗子丢了出去，牙齿因愤怒而咬得咯吱作响。但是即便萨莉和她的相好已经离开了埃克赛特，这样的情形仍持续了三五年。教友们聚会的时候，母亲和父亲总是竭力撑出一副温良的表情，而我被溺在周围人怜悯的目光之中，只感到窒息。父亲依旧在墓园里恪尽职守，确保每一块土地尽归平整，确保每一座新坟上都长满青草，大家都安身于此，安眠于此。

"是我们率先来这里定居的。"他总要这么说。

这里指的是这块墓地乃至整个小镇。父亲是个不轻易向生活妥协的人，他买下五亩山上的原始牧场，在那儿立了块牌子，写上我们的姓氏，告知邻里八方地界的归属。但"寮"总是被那些婊子长、婊子短的混小子们涂改成"窑"，我不得不一遍一遍再改过来。我几乎跟所有的人打过架，打到肋骨生生作痛，我朗声大笑，直到全世界只剩下我的笑声。

现如今，伊斯雷尔一消失就是几天，尽管每次都会带回些肉和皮毛，但走了多远，去了哪里，他从来守口如瓶。他不说，我们自然也就不知道。我只好猜测他大概发现了某处山林深腹的洞天福地，某个只有他知道入口的秘密所在。在那里，鸟兽们竞相在他面前展露身姿——开枪打我吧，我就在这儿。我在自己的想象中如临仙境。有几次，我试图跟踪他进山，潜入森林，但最终都没能成功。不打紧，我一定会发现属于我自己的仙府福境的，我想，哦，对，迄今为止我还没给那块梦想之地起个了不起的名字。

我确有新的发现，野兽的踪迹，还有印第安土著的行踪，他们在树干上刻做记号。我还发现了一处狩猎人的小屋，在那儿认识了两个卡托巴人，他们曾在一条小河里撞见过河狸。我们在破木屋里相谈甚欢，尽管他们不怎么会讲英语。他们请我抽烟，我婉辞了，转身继续上路。我苦练投掷鸟棍的技法，现在基本可以做到棍无虚发，运气好还能打到野鸡。有一次，我的棍子准确无误地击中了一只伏在溪边喝水的浣熊，它连看我一眼的机会都没有，就一脑袋栽进了水里，死了。

我热衷于独处，远远地躲着詹姆斯叔叔的学堂，也躲着其他男孩，包括希尔，我总是对他的友善之举置若罔闻，除非这所谓的友善之举跟枪或者烟叶有关。他十四岁生日的时候，得到一杆新造的猎枪作为礼物。那可真是杆好枪，橡木托手上刻着百合花。他扛着新枪一路来到我家，我说：

"给我用用看，你可以在边上看着。"

他像平常一样咧出笑脸，捋了捋头发，把枪递给我。手感真好，子弹笔直地射出枪膛。我许诺会帮他定期擦油养护，只要他答应我可以带着这杆枪去山里的夏季牧场。我觉得我简直是偷了他的枪，为此隐隐感到羞愧，但也不是特别羞愧。他不用在夏天时进山，而是留在学校读书，以此取悦他的父亲，他父亲当然希望他离我远远的。我可以尽量不去想希尔，但偶尔会想起他为我和莫莉·布莱克证婚的场景。莫莉最终还是没能逃脱暑热。我想起嘴唇印在她脸上的一刻，我为她的死感到伤心。

只有我和妈妈去了牧场，其他人还留在山下的家里。在牧场，我负责照顾奶牛，替妈妈把牛乳和黄油定期送到山下，藏进地窖。我哄她给我讲古老的威尔士传说——狼把偷来的婴孩带回狼窝，养育成狼人。妈妈不喜欢这个故事，尤其不喜欢在山林里讲，但是我喜欢。我们坐在篝火边，时而能听见远方的狼嗥，这个时候，妈妈就会马上起身进屋。我不，我举着希尔的枪，一只眼睛紧闭，另一只眼睛四下瞄着树林深处。如果狼胆敢现身，我就一枪毙了它。伊斯雷尔打死过一匹狼。有一天，饥不择路的狼闯进了詹姆斯叔叔家，咬死一只羊，还扒烂了鸡窝。我只记得它死的时候眼睛是黄色的，伊斯雷尔拖着它回了家，我尽量不去直视那双眼睛，尽管一匹死狼意味着可以从地方法官那里领到不少赏钱。祖父就是那个地方法官，一把年纪了，但尚未卸甲。可是，哪怕我真的打到狼，我也不想一个人回去拜访他。

我挨坐在妈妈身边，由她轻抚我的肩膀。她在想念萨莉——她的第一个孩子，她也想念留在家中的其他孩子：内迪、斯夸尔，还有小汉娜。她的这种想念化为对我的一时娇纵，于是她又讲起了狼孩的故事，同时摸摸我的额头：

"瞧这油亮油亮的头发，内迪那个小家伙也长了这么一脑袋黑发，可惜我不剩什么了。"

她的发丝的确日渐稀疏，还杂进不少灰发。我出生的时候就是一脑袋浓密的黑发，跟她年轻时一模一样。她最疼爱的小儿子内迪也继承了相同的发色。内迪和我很像，但是更惹人怜爱些。其他的兄弟姐妹们则遗传了父亲浅姜黄的发色，唯独伊斯雷尔是个例外，深棕色的头发中杂着红丝，像一团团小火苗。我就这么坐着，回想伊斯雷尔的样貌，是的，我们已经有一个多月没见过他了。

我又用棍子打下一只红色的蜡嘴雀和两只别的什么鸟。开膛破肚，把它们串在树枝上烤熟，递给妈妈。鸟腿被烟火熏得焦脆。

"真不该把这只会唱歌的也吃了。"妈妈说。

但她还是吃了。夜晚的味道，牧草混合着奶牛身上的味道。从这里，可以看见山谷中马蹄形的镇子,远端的斯库尔基尔河,以及四处流淌的小溪,远远的,比缝衣线还要细,镇上的房子好像一个个树墩。

"妈,你说伊斯雷尔现在在哪儿呢?"

她没答话,起身把牛群赶进圈栏,晚间挤奶的时候到了。

"哈,你在这儿呢,哈姆。"

妈妈在打趣我,我总是管所有的奶牛都叫哈姆。牛铃叮当,她哼起小调。她在担忧伊斯雷尔吧,也在担忧我们在埃克赛特的将来,尽管她脸上波澜不起。玉米和麦子的收成不好,父亲觉得需要另辟新的耕地。然而此时此刻,我只想守候在妈妈身边,为她打猎,猎取她想要的任何东西。我告诉自己,我现下无比开心,和妈妈一起守在夏季牧场,只有我们两个。也许这便是我一生中最美好的时光了,也许只有有过美好的回忆,才会有日后的辛酸苦涩。妈啊,我思念你。

进入九月,天气转凉。一个灰色的身影忽然出现在山坡上,向着夏季牧场走来。那时,太阳才刚露头,妈妈在准备挤奶用的提桶。我举枪瞄准。对方忽然哈哈大笑:

"别开枪,你还不知道我是谁呢!"

我当然知道。伊斯雷尔举着手走过来,把随身的挎包丢在门口,胡子下面咧着嘴,躺在草地上,猎枪放在身旁,狩猎衫下面穿着短裤和绑腿,上面缀满了串珠。他屁股和大腿的曲线毕露,踢掉鹿皮便鞋后,酸臭冲鼻。他身上还有另一种味道,烟叶的味道,印第安人抽的那种。他闭着眼睛,模仿猎到的野鸡和鸽子的步态。我就这么一直坐着,看着他,直到妈妈走出来。伊斯雷尔打了个大大的哈欠,再睁开眼,像是刚刚呱呱坠地的婴孩,目光澄澈,一切宛若新生。他坐起身,问我们早餐吃什么。尽管头发蓬乱,胡子拉碴,但是妈妈还是紧紧拥抱他,赞他穿得像个勇士。

"猎到兽皮了吗?"我问。

"有几张拿去和德拉瓦尔人换了钱,剩下的都收在帐篷里。"

"钱?"

"对啊,买了这身衣服。"

他指了指胸前衣服上的串珠,嘴里塞满了妈妈递来的面包。妈妈舀了些昨夜的剩菜,伊斯雷尔好像饿极了。

"在哪儿遇着德拉瓦尔人的?我碰到过几个卡托巴人。哦,对了,你的帐篷在哪?"我接着问。

"哪来的肉?"他没答我,而是扭头问妈妈。

"这可是我们的小丹尼尔猎到的。"

他又扭头回来,仔细端详着我,眉头一蹙。我说:

"河狸尾巴对你来说太腻了吧?"

他端着肉笑了,边笑边说:

"不得了,不得了,我们的小猎手逮到了一只河狸。剥皮了吗?"

"当然!"

不过,我没有告诉伊斯雷尔,因为没有捕网,我只得在河狸身上留了个枪眼。

他又笑起来,大口咬下一块肉:

"看来得带上你了,我们抓点别的去。"

他在草地上睡了一整天。我则照旧帮妈妈操持牧场,但是心里一直扑通扑通的。我多想跟伊斯雷尔一起进山打猎啊。这一整天,我先是打了几只松鼠,然后把枪擦得锃亮,灌满火药,备足子弹。等到夜幕低垂,妈妈把牛群赶进圈栏,伊斯雷尔终于醒了,在暮色中伸了个懒腰。月亮已经升起来,是轮满月。山林深处一声狼嗥。伊斯雷尔捡了根油松枝,在篝火里烧着了当作火把。他眼睛一亮,问:

"一起来吗?"

神情丝毫不像是睡了整天的样子,看起来也并不在意我是否同行。

"早准备好了,你呢?"

我跟他提着枪穿过草场,潜入丛林,没有回头再看身后的妈妈。火把在夜风中颤抖，跳跃。我内心窃喜，尽量压抑着不让伊斯雷尔看出来，可是又实在忍不住。

"咱们是去找你的帐篷吗？"我问。

他闷声爬山。

"你的帐篷安在哪了？"我不懈地追问。

"喜欢哪就安在哪。"

他说完又沉默了。我也只好噤声。

我们攀上一处平地，四周稀疏几棵树。他把火把递给我。

"是这里吗？"

他没回应，一个人在林子里穿来穿去，捡了很多干树枝和枯树叶堆在一起。有的时候，他消失于我的视线，只剩下轻快的脚步。我站在原地等着，夜更深了。他接过火把问：

"取火诱猎，试过吗？"

他用火把点燃了脚边的树叶。火光沿着他预先设计的路线闭合成约四分之一英里的圆圈。烟势很急，又浓又呛，冲得人睁不开眼睛。

"接下来就只管就这么等着好了。运气好的话，也许能逮到一两匹狼，让妈妈开心一下。"

"你一个人在外面的时候吃过狼肉吗？还逮到过别的什么？你知道吗，我们在牧场经常吃河狸肉，因为我知道它们藏在哪。"

他看也没看我，顾自说：

"一会儿不管跑出什么来，你就只管开枪。点起火来，打猎就容易多了。"

"我其实可以打到比狼更厉害的东西。"

他笑了，火光映着他的牙齿。我的心跳得更猛了。我不想打狼，我不喜欢狼，一点也不喜欢。可我感到伊斯雷尔的目光全都落在我身上。我举起枪，稳稳地端平。

火圈中一阵窸窣，起初很轻，接着越来越急躁。好像有东西在里面四处乱撞。浓烟呛人，我眯起眼睛仍看不甚清楚。伊斯雷尔在我前面又加了一把干柴，火焰瞬间跳得老高，几乎燎到了我的脸，热浪掀得我连连退步，但伊斯雷尔纹丝不动。于是我又向前迈了迈，攥紧枪托。火光中传出骇人的声音，像是女人的哭嚎。我偷看伊斯雷尔，他斜着眼。哭嚎声和窸窣声越来越近，也许是匹幼狼，也许它明明想要嗥叫，却只能在这场不公正的角斗中发出哀嚎。我端举着枪，却无法扣下扳机。火光忽闪，浓烟中露出两只眼睛，可怜地喘着粗气。我把手指轻轻搭在扳机上。就这时，一只母鹿跃出火圈，朝我们站立的方向直冲过来。我几乎看得清它的尾巴，感受到它的鼻息，它腾空跃起，浅色的腹部尽是烟火燎伤的痕迹。它试图逃走，我感到伊斯雷尔正看着我。我转身开枪，正中脖子，它应声倒下。

"惊到你了吧，伊斯雷尔。我猜你没料到我有这能耐。"

而你呢，伊斯雷尔，你定了定。

"小菜一碟。"你说。

小菜一碟，小儿科的把戏。但我明明不是个小孩了啊。这怎么能对呢。我站起来，有点不服气：

"你还去过哪儿？有没有比这儿更远的地方？"

"看来你真是什么都想知道。"他笑着回应。

他伸手要过我的枪，仔细看了看，手捋过枪托。

"要是你告诉我你都去哪儿，这枪就借你用，"我说，"你总是惦记着离开这儿，一定是你发现了什么好地方，一定是的。所以你再不会回来了。"

"也许吧。"

"我也会打枪，我可以跟着你，我也想离开这儿。"

他只是笑，再不发一言。他提起雌鹿的一条后腿，朝我挑了挑眉毛。我于是提起另一条腿，两人协力拖着往回走。我一定能做得更好，一定能比你好，我在心里说，但我再也不想放火了。那天晚上，你睡在梦中，而我几乎整晚数着狼嗥。第二天早上，你果然再次离我而去。

直到月底前的那天傍晚，我才又见到伊斯雷尔，再之后没多久，我们就把牛群赶下了山。秋天来了。那是一个闷热的傍晚，打着雷。妈妈想我赶在下雨前把牛奶送回家。我肩上挂着盛满牛奶的罐子，顺山谷而下，从自家屋后绕道走向地窖。

我下到第一级台阶上，等着眼睛慢慢适应窖里的黑暗。罐子很沉，窖底的寒气直击胸腔，酸腐的味道。绰约的灯影下有什么在动。而我终于看清了，看清了是他，我的长兄。

他背朝着我，枪立在墙角，挎包扔在地上，一张兽皮半搭在外面，像是河狸或者水獭。一条手臂够着湿滑的墙壁，像是在探寻某种解脱，不是他的手，是个女孩的。伊斯雷尔低着头，压在她身上。我的第一反应是女孩犯了头痛，伊斯雷尔在帮她，尽管我从没听说他有什么诊病治伤的本事。

他们中的谁发出轻妙的怪响，一个温润而饥渴的声音。我的第二反应是他和她大概在偷食黄油，大块大块，大快朵颐。这想法也并没持续多久，就听见他们在粗喘。我看见她的浅色阳帽摊在地上，帽带慵懒地堆叠在一起。我看见她的围巾就扔在帽子边上。我看见她深色的长发从肩膀上滑下来。我还看见伊斯雷尔绑腿带以上赤裸的大腿，狩猎衫也拉得老高，而她的围裙拖在地上。我动也不敢动。水从潮湿的棚顶滴下来，滴在我头上，从潮湿的地板渗出来，渗进了鞋靴，而我动也不敢动。

伊斯雷尔的手在她胸前徘徊，手指落在她身上，攀向她锁骨，再回到她双乳。他用嘴抵住她的脸，扯开她的胸衣，问她：

"舒服吗？舒服吧。"

我从没听到过伊斯雷尔如此温柔、如此爱怜的声音，陌生而私密的声音，仿佛那不是他的声音，是他从别处偷来的一样。他呢喃着说了好些我听不懂的话，不像是英语，像是印第安人的词汇。卿卿，他反复念。她也柔声回应他。那绵软的对话却仿佛要把我击倒，哪怕我一个字也听不懂。我感到自己仿佛掉进了密封的铁皮牛奶罐，双腿止不住地颤抖。而那轻柔的爱抚，那娇柔的声线，那温柔的亲昵，我竟忍不住幻想如果能发生在我身上，无法言语的欲望塞住了我的喉咙。

她吁着气，像那只陷进火圈里的母鹿。有那么一刻，我又想起了莫莉·布莱克，我小小的妻子，可她已不在人世。眼前的她是活生生的，臂膀环在伊斯雷尔背上。我把肩上的罐子丢在窖门口，其中一只失稳滚下台阶，牛奶溢了一地。顾不上什么牛奶了，我转身就跑，欲望跟着我。我想去到你发现的那块福地。然而除了跑回牧场，我别无去处。雨落下来，而你，伊斯雷尔，并没有追出来。我回想着你在地窖中的样子，你和她。你无所不有，你的猎枪，你自由不羁的生活，还有现在，你的她。

我终于知道了你一直以来的秘密，而你并不知道我偷窥到的一切。我窥见了你隐匿的秘密，也窥见了你隐匿的生活。我整夜祈祷，希望也能拥有你所拥有的一切。然而，伊斯雷尔，那时那愿望那般强烈，而现如今却令我悔不当初。

那一夜，湿冷而阴郁。当妈妈和我在黎明时睁开眼睛，内迪出现在门口。

"你见到伊斯雷尔了？"我问。

他摩挲着惺忪的睡眼，露出甜甜的笑靥：

"没见着。爸爸让我来告诉你们，他要当大法官了，爷爷死了。"

3. 互生牵绊

祖父葬在议事大楼背后教友会的墓园里，和其他人一样，只是埋上土，没留下什么碑记。整场葬礼由父亲操持。他得体地向每一位来宾点头致谢，但他最终未能如愿当上地方治安法官，祖父也并没给他留下什么遗产。各个子女都想分得些财产，但多数归了萨拉姑姑，她如今一个人生活在祖父的石头房子里，却越发像个无家可归的弃儿。不过祖父真的把那扇从老家搬来的又重又旧的黑色雕花大木柜留给了父亲，他雇了辆马车一路颠回家。

"不如你也拿它放夜壶，这样就可以随时随地想起爷爷。"我说。

父亲打了我一巴掌，转而对妈妈说：

"会好起来的，都会好起来的。"

看得出来他兴致很高，一路迈着方步从墓园回到家，由詹姆斯叔叔陪着。詹姆斯叔叔是个高个子的秃头，脸很宽，红扑扑的，操着一口典型的学校教员的腔调。父亲打算用祖父留给他的钱从詹姆斯叔叔手里再置几亩地，把农场向南扩一扩。家里正在招待殡葬队的人，请他们喝一杯。我尽量躲着詹姆斯叔叔，但还是听见他对父亲说：

"买田置地，看样子你是决心扎根于此了。父亲会为此感到骄傲的，愿他安息，他是多值得爱戴的人啊。他肯定会为你感到骄傲的。"

"是啊，我也这么觉着。"父亲抿了口麦芽酒说。

他看上去对詹姆斯叔叔的话深信不疑，可在我看来那不过是有人死后，活着的人之间例行的客套。詹姆斯叔叔站起身，看着窗外，说：

"有的时候，比如像现在，我坦诚自己会产生好像特洛伊城的子民那样的想法——等着希腊人发起攻击，却坚信自己战无不胜。"

父亲大笑：

"吉米老师又在掉书袋了。难道印第安人向你透露了他们密谋不轨的作战计划？还是他们现在跟希腊人一伙了？"

詹姆斯叔叔笑着摇摇头：

"你还是得让你的丹尼尔上学啊。他应该学更多的知识，将来才能做更大的事情。"

他朝着我的方向摆摆手，又转向窗外：

"葬礼归来，人总是会产生某种奇怪的感觉。好像万事万物兀自发展，自行消亡，人能做的只是静观其变。"

希尔的父亲也来了，伸出手握住父亲。他两眼放光，极度真诚：

"教友布恩，我们深知终有一天，世界将走向消亡。但人活于世，唯有不断提升自我。"

父亲哄然大笑：

"我会多多'提升'儿女们的，让他们继承我父亲和我名下的田产。至于小丹，说不定他将来会成为一名律师，这从他的手相就能看出来。"

父亲常把我们叫到一起，用他仅剩的一只眼珠仔细端详每个人的手，试图看出点什么兆头。这会儿，我的手又被他拎起来，掌心立刻感受到他呼出的潮气，我忙抽开手。威廉·希尔是跟着他父亲一起来的，他大笑着拍拍我的肩膀，又是那双写满了好奇的灰色眼睛，仿佛从我的脸上就能预读出我的人生。我心下一沉，他是来要枪的吧。

"嗨！"

我刚想闪，伊斯雷尔从后门走进来，阳光落在身后。自地窖那晚之后，他就消失了，因而也错过了葬礼。他的一身狩猎行头在这群深色套装和长袍女裙中显得格格不入，胸前那些跳跃的小珠子，在阳光下闪闪发光，衣服上染着大概各种鸟兽的斑斑血迹，胡子在下巴上参差而肆意地兀自生长，头发油腻腻地编起来盘在脑后，一双鞋子也脏兮兮的。房间里的谈话声瞬间静止，伊斯雷尔抹了抹嘴，把手伸向希尔的父亲：

"嚯，除了院子里我拖回来的死鹿，还死了人呐？"

父亲递给他一杯酒，他抬了抬酒杯说：

"别担心，我可是活得好好的，你呢？"

父亲点点头，深吁一口气。是的，我们都还活得好好的，直到又冒出来个小娼妇，更糟的是，一个婊子，还是个印第安婊子。

冬天说来就来，没过多久大家就都知道了她的存在。要我怎么才能管住眼睛不乱瞟呢，瞟来瞟去的又不是只有我一个人。帽檐遮不住她修长的脖颈，只消一眼，那种欲望就又回来了，顺着两条腿爬上了全身。她也站到了议事大厅的正中，双眼却望向门口，像是在说，快把我从这群野蛮人中解救出去吧。自始至终，她并未看我。

真冷。外面雪花纷飞。妈妈坐在一旁，显得格外焦躁难安。今天这场婚礼是她一手安排的，按她的话来说，就是看在即将出世的孩子的份上，当众举办一场名正言顺的婚礼。她用围巾把自己裹得严严实实的。我们这一家子可真是家道中落，家教不严，家风败坏，家门不幸。女教友们只敢偷偷地打量，妈妈勉强挤出笑容：不不，我们其实仁信温良，忠孝恭谦。

她古铜色的长发打着卷，古铜色的肌肤透着暖意。我熟悉那颜色，而那一夜，在地窖里，我还曾见识过她更多的美。伊斯雷尔和她肯定不止一次在那儿幽会，他们肯定还去过林子里。我曾看见他涉河而过，顺手扎几条鱼，带去她在德拉瓦尔的木屋，有时是猎获的皮草，由她卖了换些现钱。我知道，她的身体里流着德拉瓦尔人的血液，二分之一，或者更多。我还知道，她的声音温柔而动听，尽管自从来此她还未发一言。

"二分之一的血统能生出什么来？四分之一吗？"坐在我后排的教友琼斯小声咕哝。

这话原本听上去褒贬含糊，并无十分恶意。但我太清楚了，琼斯此刻不但在想着血脉相混，一定还在想着更不堪的事情，因为我其实也是这么想的。类似的想法最近总是充斥在我脑中。

另一个胖墩墩的村妇用几乎听不见的声音对她丈夫说：

"血统会被玷污的。"

不知道她指的是印第安人的血统还是我们的。她看上去有些年纪，一副早就认得你们祖父的样子。血统会被玷污，玷污，玷污玷污。那帮揪着我不放的混小子坐在离我不远的地方尽量小声，哼唱有词，但还是不免被我听到了。希尔转过来，龇着牙，朝我笑。在他的字典里，这个笑的意思大约是表达同情，可是在我看来，他就好像上下牙中间叼着一枚缝衣针。他做出举枪射击的姿势，嘴里发出"砰"的一声，变成呼出的白雾，我猜他的意思大概是想和我一起去打猎，但一想到打猎我就万分痛苦：他的猎枪反而让我更躲不开他了。

伊斯雷尔一副生人莫近的样子狠狠眨着眼睛。尽管没穿狩猎衫，但他两脚分立做了个稍息的姿势，就跟平时套着鹿皮软底便靴、束着绑腿一样自在。他把皮带绕在手指上，然后再松开。我真希望我随身带了匕首或者打鸟棍，这样即使没有枪，我也完全可以对付得了这里的任何一个人。

我摆着脚，一不留神，鞋跟撞上了自己的鞋尖磕出了血，"被玷污"的血流出来，染红了袜子。我不喜欢穿靴子，但现在却不得不蹬着双大靴子，又臭又硬。贝茨今天出奇地安静，目光飘落在大厅另一侧一个干瘪的小子身上。我给了她胸前一肘，但她大概沉浸在自己的思绪里没顾上理我。她坐在那想，没人，哪怕再孱弱的人，没人愿意娶她了吧，怪就怪她偏偏生在了这么个伤风败俗的家族。

威廉·希尔的父亲让我们的父亲起身上前，他的声音一成不变，像是钟声在该响的时候准时奏响,这一点真是恨得我牙齿生疼。

父亲只是站起来,没往前动,也没说什么,我隐隐读出他的不屑。

"教友布恩,"希尔的父亲说,"作为父亲即担有父亲的责任,你应当纠正你儿子的过失,在众位教友们面前作出忏悔。"

这位领袖人物摊开双手,有一种溺水后被捞上来时瘫软且滑腻的嫌疑,试问谁会愿意握住这么一双手?于是父亲眉头紧皱,揣着手,盯着眼前的人,可惜那只假眼珠在最后一刻实在坚持不住,耷拉下来,他深吸一口气,像要开口讲话,但只是大声地清了清嗓子,花了点时间才从口袋里摸出手帕,揩揩嘴。哪怕伊斯雷尔真的算不上孝子,哪怕他总是不听劝阻一意孤行,父亲仍然爱他,无条件地爱他,视他若珍宝,因为那就是他的长子。父亲看向他,手抚着肚子,好像怀了孩子的那个是他自己一样。

每个人都在想着一件事,暗通情款,私交过甚,我仿佛能看穿他们的脑袋,看见他们龌龊的想法飞出来,在大厅内回荡。冗长的沉默。雪下个不停。妈妈双唇紧闭,把小汉娜裹在怀里,幸好她没嚷出来。旁边的内迪伸手在她的口袋里翻找糖果。汗水打湿了父亲的头发,紧贴在前额上。他用仅剩的左眼环顾四周,但唯独不看那个嘴里哼哼唧唧的混蛋。我想我明白他的意思,大丈夫不要因眼神和举止轻易泄露你的内心,要处变不惊、宠辱自若。可希尔的父亲笑着又把手向前推了推,做出一个让人更难以回避的善意的动作。

女人们把手放在脸前扇风,以示这满屋子的汗臭另有其主。妈妈强挤出来的笑颜让伊斯雷尔不得不把眼睛从窗户外面扯回来,整个人钉在那儿动也不敢。希尔的父亲仍端着手,用一种洞悉一切、拥有一切的声音说:

"来吧,不妨效仿令尊,为儿女们私交过甚犯下的罪过祈求宽恕。"

父亲鼓了鼓鼻子,以总结式的口吻盯着那双手说:

"不,我,我不打算如此,特别是在今天。"

忽略口吃不计,他听上去绝对有魄力,在任何时候做任何想做的事并说一不二。他想起了祖父,站在自己一手修建的议事大楼里,检讨自己一生的是非功过。他不想也一辈子背上这样的包袱一直到死。父亲呵,之后我每次看见走投无路的犀牛,虚张声势地喷着气,气急败坏地打着转,都不禁一下子想起你今天的样子。

伊斯雷尔笑了。吹起口哨,我谁也不在意,什么也不关心。父亲努力并拢双腿,僵硬的膝盖发出咯吱咯吱的响声。贝茨收回她期艾的目光看了我一眼:

"快看爸爸的罗圈腿。"

父亲最终没有接下那双已经伸到了胸前的手,而是也轻轻地打起了口哨。我听到了!伊斯雷尔笑出声来,他一定也听到了!

在这一刻,试想,还有谁敢妄置非议。父亲转过身,用凛冽的独眼扫视四周,席上一片哗然。妈妈笑容惨淡。礼成,终于。一对新人携手步入纷飞的大雪。哪怕不被祝福,五个月后,依旧将迎来一个小小的新的生命。

尽管父亲仍坚持全家共同出席每一次的聚会,可明眼人都看得出他对教友会的蔑视。他像只蛤蟆一样鼓着怒气,不肯责罚自己的儿子,不肯祈求众人的谅解,不肯祈求任何人或任何事。他静静等着,就像詹姆斯叔叔口中的特洛伊人,来啊,来征服我们啊。

我从门后偷看父亲伏在锻炉边打东西,一个牛铃。他经常做些小物件,没甚大用,也许他根本算不上是个铁匠。特别伊斯雷尔婚后,除了偶有德拉瓦尔人从聚居地来这儿打马掌,或者游猎至此的卡托巴人,教友们都不来了,铁匠铺的生意和他的手艺一样每况愈下。庄稼收成也不好,土壤中的养分已消失殆尽。父亲终究没能当上地方法官,而他也近乎放弃了纺车,好像希尔和他父亲身上名贵的衣料对他打击不小,在他的脑海中挥之不去,他也只能任其嘲笑。他抬头发现了我:

"进来吧,想要什么?"

这看上去是个好机会，我走上前去，几乎忘了自己一度烦透了金属熔化时发出的味道，忘了自己发誓这辈子绝不继承锻炉的决绝。有一次，因为不肯进来帮忙，他抄着棍子追着打我屁股，我来不及提上裤子就一路哼着小曲颠进了树林，回头，还是能看见他生气而无奈的样子。没一个儿子甘心继承父业，他为此不得不雇了个学徒，不过终于有个人归他支配使唤，听他发号施令，倒是让他着实开心。那个学徒名叫米勒，人很瘦，长手长脚，一边卖着力气，一边对我怒目而视。他当然也是那帮混蛋之一，成天在我身后"婊子……婊子"地穷叫。我跟他当然也打过架，并不是个狠角色。

"我想要一根枪通条，可以吗？"我问父亲。

他放下锤子，像打量一块牧场那样打量我，看似酝酿着给我点教训，正好拿我泄泄火气。他绕过工作台径直拎起我的胳膊，说：

"丹，你跟我来。"

他脱去围裙，戴上帽子，我不敢问这是要去哪，赶紧跟着他上了小路。一路无言，头上的树叶像天上黯淡的星辰。

原来是去探望伊斯雷尔的新生儿，尽管这么做有违教友会的规定。真是个又结实又爱闹腾的小家伙，在我看来，就是放眼整个埃克赛特，他也算长得漂亮的了。他冲我摇晃着粉红色的肉拳，我却不知道该说点什么。

"嘿，近来可好啊？"我竟来了这么一句。

伊斯雷尔的新家充斥着新伐的木头的气味。父亲在桌边坐下，手在桌面上敲来敲去，像个老头儿，一只脚架在另一条腿上抖个没完，带点情绪地说：

"每年到了这个时候总是心烦意乱。周围乱糟糟的，让人难受，好像什么都很不对劲。"

他似笑非笑，继续抖脚。伊斯雷尔呆呆地看着他，却是一副累极了没力气把眼睛挪开的样子。我想问他是怎么了，但没问出口。

伊斯雷尔的妻子则一副淡然，从容地为我们斟茶，递上面包和果酱。果酱的味道好极了，我说。她朝我笑笑，人很清瘦，乳房浑圆，眼圈泛紫，但眼眸深亮。像其他女人听到别人夸奖自己的厨艺一样，她给我的面包又多抹上一层果酱。小家伙忽然发出哭嚎，伊斯雷尔无动于衷。我很饿，起身想去推摇篮，却比父亲还笨手笨脚地撞上了桌子，杯子差点翻倒在地，幸好只是撒了些茶水。小家伙无视我的努力，嚎得更起劲了，他妈妈只得把他抱上楼。隐约还能听见她沙哑而亲切的声音：好宝宝，好乖乖……我想她大概在给他哺乳。

"乖乖是宝宝的名字吗？"不太确定印第安人怎么给小孩子起名，我于是问伊斯雷尔。

"不。我们叫他杰西。"

"但他的确乖，很乖很乖，"伊斯雷尔末了补了一句，"说不定我们也可以叫他乖乖！"他表现得异常兴奋，好像生怕我不信。小家伙依旧在楼上闹腾。

我环顾四周，一片新裁的麻布挂在门口，代替了门的位置。父亲终于抖够了，放下脚，起身去了厕所。

罐子里的果酱实在所剩无几，我得管住嘴，不能再吃了。从楼上传来伊斯雷尔妻子的咳嗽，让我又想起她起伏的胸脯。她是如此动人。她给了我好多果酱。

"很快就又该出去打猎了吧？"我问伊斯雷尔。

他搓搓下巴，无奈地干笑。桌子下面叠着几张破鹿皮，看上去他今年没什么拿得出手的收获。

"我的运气全用光了。"他说。

"也许你应该再往南走走，试试身手，"我说，"或者西边。你在哪儿都不难安家的。"

他认真地看看我。双颊深陷，颧骨凸出：

"真是那样吗？"

他声音干涩。我挪挪椅子，凑近他说：

"我也想娶个妻子，也想有个你这样的房子。"

他拎起一根枪管,枪托还没上好,忽然甩手又扔下了。楼上咳嗽声愈烈,婴儿哭嚎声又起。他笑了,说:

"只管去做想做的事吧,小丹。这是我对你唯一的嘱咐。"

父亲和我不时去探访。随便教友会怎么说,我决定我想干吗就该干吗。我抱着小杰西,很快他已能站能走,能追着我给他做的皮球跑来跑去。后来,我们又多了个胖小子,接着是个小姑娘。他们的妈妈永远一副倦容,但她总能抽出时间教我拼写和运算,我还学了些德拉瓦尔族的方言,念起来就像在唱歌。她曾在城外给印第安小孩办的学堂里教过书。从她那儿,我知道了不少德拉瓦尔人的传说,听说了好些稀奇古怪的动物。她给我读《格列佛游记》,里面也有不少怪兽的故事。等我学会看书读报了,就轮到我读给她听,野人和侏儒什么的。

她的眼圈越来越深,人越来越消瘦,总是咳嗽,一咳就停不下来。伊斯雷尔仍隔三差五外出打猎,但收获甚微。我于是把打回来的猎物分给他们,有的时候是条鹿腿,有的时候是熊肉。我已经十五岁了,总感觉浑身有使不完的力气。她总是微笑着看我。

在诞下最后一个孩子后不久,她终于还是病了。她躺在床上,瘦得只剩下一双大大的眼睛,没撑多久,死了。父亲是有把她葬进教友会墓园的想法,但他还不至于那么出格。最终,我们把她安葬在自家领地边上。在那之后,伊斯雷尔和孩子们就搬了回来,和我们一起住,那个小姑娘和她妈妈一样,常常咳嗽。伊斯雷尔瘦得只剩一把骨头,他试图帮父亲开纺车,但总是心不在焉,手脚也不够麻利。每次被织轴不小心扎到手指,他就会停下来,咳一阵,无奈地笑笑,感叹做什么都力不从心。

我靠打猎一个人扛起了养家的担子。对于那个时候的我来说,随便猎头鹿,或者别的什么,都轻而易举。

教友会的那帮妇人们来找妈妈,劝父亲和伊斯雷尔应该像大家一致期待的那样,在众人面前做出忏悔,劝她应该为了孩子们着想,送他们去参加聚会。她们眼圈红润,企图晓之以理、动之以情。妈妈不予理会,弯腰去顾伊斯雷尔的幼女,父亲听到了则大声呵骂:

"立马从我的地盘滚出去,你们这群叽叽喳喳的乌鸦!滚!"

我一遍一遍想起伊斯雷尔的妻子,她在石板上划来划去教我认字,她柔声为我朗读。我注意到她有几颗深色的雀斑,落在锁骨中间的"V"上。我因而对雀斑和字母"V"都产生了莫名的喜爱。她教我在写"V"的时候两边探出头,像长出了两个小翅膀。她还告诉我,"V"是胜利的意思。我还记得我把"朋友(friend)"漏拼成了"魔鬼(fiend)",惹她捧腹大笑。字母的毫厘之差,竟有意义上的千里之谬,简直让我震惊。

但是现在我已经知道,你可以随心所欲随便写什么。某天,我拖着一头母鹿打猎归来,看见父亲正站在门口,伊斯雷尔站在他身后,威廉·希尔手持一张告示站在对面,他父亲站在离他们几步远的地方,显得格外矮小。他已经放弃了跟父亲握手。妈妈站在窗口,手扶着喉咙,脸色骇人。

该来的总算来了——埃克赛特贵格会对我们全家的最终判决:

"触犯训诫,违反命令。1750年3月26日,贵格派教友总会裁。"

白底黑字,写得大大的。父亲立在那,反复念着这行字,拊掌大笑,这个画面即使在日后我也常常记起。伊斯雷尔又咳起来,朝希尔喷出一口血痰,被妈妈硬扯进屋内。她小声问父亲:"去哪儿?哪儿啊?"声音中不无焦虑。"别处,随便什么地方。"父亲扯断了外套上的纽扣,哗啦啦蹦了一地。伊斯雷尔还在咳,瘫坐在地上,力不从心地大笑。

门外,希尔大声喊:

"小丹,我原想先告诉你的。我不会忘了你的。"

像有一块滚烫的燧石猛力击打在我胸口,要把我整个点燃。希尔啊希尔,对不起,但那个想法一经产生就无比真实,无比强烈——我要亲手杀了你,希尔。我朝窗外咆哮:

"留着那张破纸擦屁股吧!"

希尔的父亲站在他身旁摇了摇头,理了理身上名贵的灰色套装,庄严地迈开大步,走了。希尔仍然边走边回过头张望。他从口袋里翻出一堆硬币放在地上,指指钱,又指指我,冲我猛点头,呆立在片刻的怅惘中——布恩一家这回都被驱逐了。我觉得他一定在想:接下来你打算怎么办呢?

4. 卡罗莱纳

我用鞋尖把那堆硬币踢进土里,但带走了希尔的枪。在离开埃克赛特的漫长路途中,我自始至终抱着它,走在车队前方。每辆车都塞得满满当当,妈妈、父亲和贝茨坐在马车里,还有内迪、斯夸尔、汉娜、伊斯雷尔以及他的孩子们,哦,对,还有早就被驱逐了的长姐萨莉一家。祖父的黑色雕花大木柜咯吱咯吱占据了最后一辆货车几乎大半的空间。我骑马走出山谷,远山的影子投在斯库尔基尔河的流水中。路过弗吉尼亚的时候,小弟斯夸尔和我协力牵着车队涉萨斯奎汉纳河而过。他那时尚不满九周岁,已经很会泅水,一边指挥着驮马一匹接着一匹泅水过河,一边竟还能确保马背上的人和货都完好不湿。他深色的小脑瓜顶冒出水面,又潜到水底,在马车的一侧沉下去,又从另一侧钻出来。

"哈,你在这儿。"我说。

他冲我点点头,伴着我一路朝西南方向,一直走到了印第安人的地盘。路面开阔起来,沿途都是迁徙的车队,不只我们,大家都在寻找更为理想的安身之所。

我四处搜寻任何值得开枪的目标。任何。兽远鸟迹,鸿爪虫丝,旷野上的影子,草窠中的异动,丛林里的声息,以及任何能让我想起威廉·希尔的东西。运气好的话,我们很快就能找到一个远离希尔、远离教友会的地方安家落脚,一想到这里我就很是开心。

一路上,火鸡和鹿经常沦为枪管下的牺牲品,我还第一次打到公麋鹿。那是在弗吉尼亚的一个清晨,天光明亮,我干净利落地一枪正中它的脑瓜。斯夸尔当时也在,我递给他半条鹿肝,两个人一起大快朵颐——味道鲜美之至,我甚至觉得我能一口气吃下五十个。当然,我自信还会打到更多的猎物。

我还是偶尔想起伊斯雷尔的妻子,她敞着胸衣,声音宛若流水,在地窖里淙淙流淌,而如今她真的长眠地下了。我的思绪跟着她,钻进土里,在地下暗流翻涌,只把眼睛和耳朵留在地上,保持时刻的警醒。风中,我感到自己皲裂的皮肤像剥落的蛇蜕,但此刻的一切不正是我穷此一生追索的自由?

以前,我还曾一度艳羡长兄伊斯雷尔的火眼金睛,不过如今,我早已练就了自己千里辨物的本事。但伊斯雷尔却倒下了,躺在一辆马车里,一入夜就止不住猛烈地咳嗽。我整晚整晚坐在篝火旁,伴着他不规则的呼吸。母亲向过路的摩拉维亚神父讨药,他用德语默诵祝祷,除此之外,显得无能为力。

我不敢进去探望,他更无力出来看我。我不敢想象他的病容,却无法不感受到他在一天天消瘦,在消失,在渐渐离我们而去。我几乎不敢想,什么也不敢想。我听见母亲的哽咽和父亲的沉默,满是无望。

那就让我来好了,让我成为比伊斯雷尔更出色的猎手,让他只管等着瞧看吧,我对自己说。这样的想法简直令我热血沸腾,不能安坐。我于是问妈妈要来了伊斯雷尔的狩猎衫,串珠的那件,穿在自己身上,也学他编起头发。他的小儿子,杰西和乔纳森,掀起马车门帘偷偷看我,却在被我发现前慌忙放下帘子。直到三天后,我才回来。

我始终念着你,但你终于没能等到我,伊斯雷尔,当三天后我打猎归来,你已经先我一步去了。我想象着你的身躯慢慢变凉,凉透,想象着你的眼睛慢慢失去它们往日的光彩,就像那些死去的鸟。我依旧不敢进去看你,只能等着母亲把你裹起来。我依旧不敢去想你此时的样子，那让我难受。我不想看见死神坐在你肩膀上，冰冷而贪婪地吮吸你所剩无几的体温。我不想让死神接近我分毫，因为我无法预料他会靠得多近。

只有妈妈和父亲在车里陪着他们的长子，很久很久。最终她跌跌撞撞地爬出车厢，哭怨着的都是那个人，都怪她！我们家族中从没有人害过肺痨，从没有！

哪怕是亲爱的妈妈，都不幸染上了死神的冷漠与残酷，于是他的病，全都成了她的过失，他的妻子。妈妈甚至无法直视他的幼女，那个同时继承了她母亲古铜肤色和肺痨症的小姑娘。他们叫她萨拉萨莉，取自姑姑和长姐。不多久，她也死了。

再次，我想起她的母亲，她是多么可亲又可爱的老师，遗憾我竟记不起她的全名。但我始终记得她的头发，和她的身体。伊斯雷尔叫她，囡囡。或者用德拉瓦尔人的语言，叫她，卿卿。现在我终于明白了那串音阶的含义。

伊斯雷尔，妈妈噙着泪告诉我，你希望我能继承你的枪，希望某天我有了自己的家，也能过继你四分之一印第安血统的子嗣。你把你的生活全然留给了我，又或者说是我把你的生活全然据为己有，一如我曾愿望的那样。

在最初失去你的空虚中，我举足无措，只有带着猎枪钻进山林。于是，又过了好几天，我们才重整出发。我感到自己形同走肉，只有手指上硫黄的味道让我意识到自己还活着。火药粉倒空，重新称重装满，再用冰凉的铅芯捅回枪管，等待，瞄准，射击，火光迸出，声音炸裂，子弹出膛，匕首扎进尸身，感受到血肉间的阻力，沿着背上划开的刀痕，用力，剥下整张兽皮……

这些都承袭自你。在我的记忆里，你永远是那条灰色的影子，和太阳一起穿过旷野，朝着夏季牧场走来。我们把你埋在马里兰州德国人新辟的聚居地。我还在坟头立了块牌子，教友会从不许给死人树碑，但现如今我用不着再理会教友会说什么了。尽管那块牌子只简单地写了你的名字，很是简陋，但直到今天，只要我想，就肯定能找到它，找到你。

我看不透你，想象中，你总是告诫我要不断去探索，去发现，我也因而总是追随着你。伊斯雷尔，我不知道其实从此往后，换作是你来追我了，向我追讨被我据为己有的你的整个人生。

我们继续赶路，沿途也碰到些不错的落脚之地，但总是不甚称心如意。父亲一心想远离所有人、所有事、所有过往，我则一心想远离伊斯雷尔，远一点，再远一点。我一个人远远走在车队前面，甚至到了晚上也坚持不在车厢里过夜。我们走啊走啊，沿着印第安人开辟的道路，盘着阿勒格尼山脉，一直走到了卡罗莱纳的亚德金谷。这里的土是红的，我的鹿皮靴帮两侧挂满了铁锈色的泥。整块地方看起来不错，周围山林环抱，水草丰茂。

父亲眺见一条精瘦的汉子，荷刀正打算穿过亚德金河畔平原。他勒住马，把大家喊停，自己跑下山，追上那个人，和他聊了很久。我们远远看见那个人频频点头，镰刀刃折出太阳的金光。他回来的时候，朝妈妈大声说：

"三个先令一英里，你觉得怎么样，亲爱的？"

妈妈说好，除此之外她不知道还能说什么。这种地在埃克赛特足足要一百英磅。父亲一口气买下了一千两百亩。于是我们开始卸车。这是一块狭长的空地，空间充裕，靠近河流分叉口，西面青山掩映。何况，便宜，妈妈脸上尽量保持笑意，我知道她在担心，担心这里地处偏远，人迹罕至，没什么朋友，当然也没有教友或者教友会。

我们遂决定在此安家。我扛起枪，正准备到附近转转，被父亲看见了，他在下面劈木头，准备修屋造房，当然现在连房子的影子都还没有。他正想把斧子丢给我。

"你这是要去哪？"

"别处，随便什么地方。"

我用他自己说过的话把他噎了回去,他一屁股重重坐在一块大石头上。土地亟待平整,伐下来的木头需要搭成木屋,马车需要卸货,妈妈和孩子们还在上面。父亲卯足力气,好容易才把祖父的黑色雕花大木柜拖下来,他双手扶着膝盖,盯着这个歪歪扭扭的家伙,一脸凝重。我知道他现在满脑子都是伊斯雷尔的死。

"难道你不该留下帮帮忙吗?"

我想说,不,我不打算如此,特别是在今天——当然还是他自己的原话。但我没有,最后只说:

"我大概会离开一阵子,少则一个月。"

这是我现在唯一想说的。我控制自己的表情,尽量显得平静而愉悦,谁还能说什么呢?他的脸色沉了下去,随之一同沉沦的大概还有一直以来他一厢情愿的律师丹尼尔的厚望。我由衷庆幸自己的手心里没写着打铁或者织布,父亲常常也会端详一下他自己的手掌心,争辩说上面没有巧手善工的天赋,一点也没有,不知道是想说给谁听。

在卡罗莱纳的这片穷乡僻壤,他忙于让全家在此安身,忙于让自己像颗圆白菜那样赶紧落土生根。他不愿提起伊斯雷尔,也不许我们提起过往,只有内迪偶尔还会念起宾夕法尼亚,流露出一丝不舍与怀恋。我站在半山坡向下张望,看见河滩上的小斯夸尔蹲在那,好像在钓鱼,内迪也在,单脚站着,好像想把另一只脚在腿上蹭干。他是快乐的化身,有他在,大家就总是都开开心心的。就像现在,哪怕他自己湿着脚肯定很难受,但发现我在看他,立刻投来不介意的微笑。他干净而甜美的歌声飘荡在薄暮中的田野上:

"太阳落进了山那边,

"西天的云彩镶金边……"

妈妈遮住眼睛,说他曾在埃克赛特的老房子里也给她唱过这支歌,父亲厉声喝止,说那幢房子反正已经卖掉了,不如就当它从没存在过好了!一想到自己的一众孩子们如今无家可归,妈妈愈发伤心,她找出块蛋糕,打算走下河滩,去哄哄她的宝贝儿子。

父亲，我知道你不愿提及过往，一心以为美好的前程只是尚未到来。但你可知那所谓的过往从不曾放过我们彼此，一路紧紧相随。

父亲面露疲态，掏出手绢擤擤鼻子，然后又赶忙看看手绢，生怕里面万一掺进一星半点的血丝，可能就是他人生的终极审判。他看看手绢，又看看手掌心，好像掌纹还能生出什么变化似的。他奈何不了我，他清楚晓得我除了打猎别无所长，只好用目光对我说，即便你穿上他的衣服，你也成不了他，我的长子，伊斯雷尔，他才是真正的猎手。我听见他呼吸颤抖，他抓抓脖子，一字一顿地说：

"早去早归，丹，莫要一去不返。"

他太了解我了，我的的确确想就此远走高飞。于是他让他那个铁匠铺的学徒跟着我一道去打猎。米勒高兴坏了，终于能暂时摆脱父亲，摆脱拓野开荒、夯土造房的繁重劳动，但他显然不适应山里的生活，一双长手根本用不来那把来复枪。我只得把他留在营地，一个人踏进清秋的丛林，一路沿着亚德金河设陷捕猎，攀上蓝岭逶迤的山麓——原来那儿的空气真的是稀薄的蓝色！就在这片淡蓝色的雾霭间，我学着像动物一样思考，预见它们逃遁的方向。我知道怎么诱使它们自投罗网，在什么样的情况下，它们会乖乖地躺在里面束手就擒，而在什么样的时候，它们还会再顽力挣扎几下，甚至不惜自己咬断卡在捕兽夹中的后腿，却可能依旧无法脱身。动物们不会思考，没有语言，也没有思想，一切行动只是出于原始的生命本能。我所需要做的，就是待在一旁，静静等待，等到它们终于认清了现实，只剩下一点力气将将够长呼短叹。我记得伊斯雷尔第一次教我识别它们留在地上或树枝上的痕迹时认真的模样，现在，他已经离我很远了吧，只剩下回忆中的那条灰色影子。我注视着陷阱里的它们，看着它们的血汩汩流出，渐渐变得黏稠，吮吸空气中久久不散的腥气。我甚至创下了从早到晚一天之内猎三十只鹿的纪录。成捆的兽皮，使米勒不住在低声咒骂。而有那么一瞬，我感到自己几乎重拾快乐。

在接下来的几年，不论秋天还是冬天，只要是好天气，我就外出打猎，足迹几乎遍及周遭森林每一个角落。我把肉带回家里，把皮草卖到索尔兹伯里。皮草贩子个个闭耳塞听并不精明，总能从中捞点实惠。如果有什么办法把兽皮重新贴回去，让它们起死回生，我肯定会试试，也好多打几次，多些收获。皮草买卖的确收益颇丰，除去家用，自己还能攒下不少。我买了杆新的猎枪。渐渐地，我开始对金钱变得贪婪而狂热，永远想赚取更多的金钱，想得到更多的东西。

一天晚上，米勒忽然想去上游老摩根·布赖恩家的欢场看看，不过身为学徒，又觉得好像不妥。这个时候，我们一向善解人意的内迪微笑着，捋捋头发，满不在乎地说：

"干吗不呢？"

不得不说，我是欣然地接受了他们的怂恿。于是，我和内迪偷偷潜出门，趁着夜色翻上杰西贝尔的背，它可是父亲最喜欢的马，平素没舍得套过马具。还真不愧是匹好马，脚步轻巧，丝毫不介意有两个大男人同时压在背上。米勒另骑一匹小矮马，机谨地紧随其后。内迪一路上都在哼着《男欢女爱》和《美人美酒》，还是那把干净而甜美的好嗓音。我哈哈大笑，想跟着一起唱，却怎么也和不上他的调子。

布赖恩家的几个小子正聚在一处，轮流射击打草靶，枪声穿破昏暝，在夜幕中回响。

"看看谁来了，我们的神射手，'印安战斧之神'！"

话音出自布赖恩家的一个公子哥，灯下，他的头发像着了火。他举着双手做出投降的姿态，逗得米勒和内迪都乐了。

"这么说都在等我们咯？"我说，"怎么，今晚的派对还不够热闹吗？"

对方笑笑，叉着胳膊说：

"来来来，赶紧让我们的神射手露一手给姑娘们瞧瞧！"

另一个小子趁势打趣说：

"要我说，布恩，可以的话，还是把裤子系紧点吧，哈哈，这可是公共场合。"

"等你自己先学会提裤子再说吧。"我当然不甘示弱。

那小子下流地抓了抓自己的阳具，翘着屁股。内迪笑着翻下马背，走向联排别墅一头的谷仓。谷仓那边，歌舞升平，人们两两一对，在明亮的火把下，转着圆圈，一对一对从谷仓大门口旋过。米勒躲得远远的，寄希望于没人发现，也就没人会告诉父亲。我也下了马，抄着手看热闹。大门口左侧的一张脸吸引了我的目光：一个端立在墙边的年轻姑娘，脸微微侧向这边，黑色的头发和深色的长裙掩入夜色，灯影下，只剩一张脸，好像画在墙上。乐声和喧闹声中，她只是静静站着，连根脚趾头都不肯动一动，更是别指望会看我一眼，尽管我一直在看着她。

我举起手中的来复枪，瞄准了旷野上的一团黑影，一枪毙命，枪声未落，人群中沸起一阵叫好，又一个布赖恩家的小子走过来，重重地拍了拍我。而她，还是动也未动。

一个年轻男孩跑出去，把刚刚我打下的猎物搭在胳膊上又跑了回来，是只灰色的猫头鹰。他模仿它的叫声，展开它的双翼，听它浑身咯咯作响，看它羽毛叠着羽毛，脑袋耷在一边。其他人也兴奋地学起了猫头鹰的叫声。内迪把猫头鹰当作战利品，双手呈捧给她。她不接，一言不发，闪身走进谷仓热闹的舞群中。另一个女孩跳出来，跑到内迪面前。灯影下，她和刚刚的她看着很像，好像姐妹。这时候，谷仓中有人高喊让内迪进去唱一曲，他把猫头鹰递给面前的女孩，她显得很困惑，但还是接过去抱在胸前。我也加入了他们的叫喊，我太高兴了。

米勒不知道是什么时候走的。内迪也早就跳出了我的视线，等我后来再找到他的时候，已经天将破晓。

"我们最好赶紧回家。"我说。

我们找到杰西贝尔，跨马动身，依旧由我勒缰。一路上大概我还在走神想着姑娘们的舞裙和一动也不动的那个她，以至于明明早该看到那团黑影，却只顾埋头策马疾驰。正当杰西贝尔小心地低着头避开道路两旁横七竖八的枝枝杈杈，矫健地穿梭在树林间，忽听内迪一声惊呼——

"快跳！"

我感觉他的鞋跟几乎插进了马腹，但杰西贝尔再想抬腿为时已晚，一瞬间天翻地覆，它双膝重重跪倒在地，向前翻了个个。昏暗中，那团黑影一骨碌滚到了一边。

我被结结实实地摔在地上，觉得心脏几乎快跳不动了。四下无声。然后分明听见一声脆响，像小孩子骨头断裂的声音。我大声咆哮：

"内迪——！"

我感到伤处发热，呼吸困难。竖耳聆听，但什么也听不到。我四处乱摸，想找到我的猎枪，或者是匕首。

"内迪——内迪！"

"在这儿！我在这儿，我没事！"

内迪跪在路旁。万幸刚才那一声折断的只是杰西贝尔的脖子。现在它像条脱水的鱼，后背着地，翻来翻去，一定难过极了。我渐渐看清了周遭，发现自己就站在它边上，两只胳膊滑稽地在黑暗中扫来扫去，来回摸索。夜空的尽头渐渐泛起点点白光。

黑影发出一声哞叫，试图翻身起来，我才意识到那是头奶牛，活生生的一头奶牛！在我的错愕中，它拍拍尾巴，扬长而去。谁曾想一头奶牛能轻易顶翻一匹坐骑？内迪无奈地大笑，宿醉未消，吐了一地。我也笑得近乎癫狂，直到感觉有雨点打在脸上。我在杰西贝尔身边坐下来，为它深感惋惜。

它竟还没有断气，是的，马腹起伏，尚有呼吸！我爬过去，凑近看着它，它长长的睫毛拍在我脸上，眼球转过来，仍闪着光，眼波翕动。我摸到它的鼻子，它的嘴唇，把耳朵凑上去。它不肯咬我，可能没力气咬吧，况且它向来温驯。我听见它缓缓地喘着气，感到喉咙发紧，无法把子弹推进枪膛。就算装进去也没用，刚刚的碰撞中，我的火药早就撒了一地。我低声问：

"内迪，内迪？火药还有吗？"

他也没有，他的枪不知道丢在哪了，到现在还是一副晕乎乎、醉醺醺的样子。我不得不摸到杰西贝尔的脖子，把匕首正正地插进它的喉管。其实不难办到，因为它的脖子已经反折向背后，以它现在的姿势，更像是主动把喉管露出来呈给我。它很耐心，等着我摸到脖颈和胸腔相连的位置，那儿有个坑。匕首可以由此笔直地插下去，甚至不会碰到骨头，我握着刀柄，它抖了两下。我把身子向后挪了挪，免得血溅到身上的新衬衣上，但我仍尽力把耳朵留在它唇边。杰西贝尔，我把你最后的呼吸留在了耳畔。

就在这时，我分明听到一个声音，分明闻到一股干草的味道。我站起来，茫茫夜色之中，电光火石之一瞬，我分明看见那是伊斯雷尔的脸，他凄然的笑容，他凌厉的双眼，他张了张嘴，像有话对我说。

可惜他嘴里的声音落在半空，很快就在雨中消散无踪。我感到自己脖子上汗毛倒竖，侧着耳朵竭力搜寻，但一个字也听不清。内迪还蹲着不肯起身，边笑边咳嗽。他什么也没看见，什么都没听到，但我确信我是看见了的。我甚至有点盼着我们已逝兄长的脸再次浮现，好当面问问他，他想告诉我什么。我感到害怕。

"我们走，内迪。"

两个人相顾无言，在潮湿的黑暗中，一路搀扶着，向家的方向困难摸索。斯夸尔注视着我爬进被窝，像往常一样，明察秋毫：

"你身上都是湿漉漉的马的味道。"

他把他的脚盖在我的脚上，帮我取暖，但我依然双脚冰凉。我想着杰西贝尔，想着伊斯雷尔，忍不住泪如雨下，只好把脸别开。

天亮的时候，父亲发现走失了心爱的马驹，赶紧骑上矮脚马沿着林子去找，又一个人骑着马孤零零回来。

"它是怎么跑出去的？它是怎么折断了它的脖子？它又是怎么，怎么割断了它自己的喉管？"他喝问。

"难以想象。"我说。

我保持缄默,像内迪一样,专心低头吃着面包。我撒了谎,但我不信会遭雷劈。谎言不会招致灾祸,沉默亦不会,至少那个时候,我深以为然。

后来我又回到林子里,想再见到伊斯雷尔,听清他对我说的话。伊斯雷尔,你说如果我当时再用心些,是否就能获悉接下来将要发生的一切?但林子里什么都没有。而那时的我尚不知道还将被多少死去的亡灵一路追索。

5. 费城娼妇

自那日见到伊斯雷尔的亡灵,有好几个礼拜,我整夜整夜难以入睡。但他并没有再来找我。我只好从天黑到天亮待在新搭的木屋外面,数着天上的星星,满心困惑。伊斯雷尔,我害怕再见你,更害怕再也不见。

又是米勒的主意,去费拉德尔菲亚逛逛。他恳求我一起去玩上两天,当然,背着父亲。他蹲在地上,盘算着我们的兽皮可以在那卖上个好价钱,正好有些富余,够自己消遣消遣。

"好吧。"我应允了。

换个城市转转,伊斯雷尔没去过的地方,这听上去是个不错的主意。

客栈的床单声称是干净的,但看上去实在暧昧不明。第一晚,我们不得不和一个法国人共用一间房。他给我们讲了在巴黎的见闻,半裸的女人装在透明玻璃箱子里。睡意把他的声调抻得长长的,裸——的。他几乎睡着了,眼睛只剩下一条缝,我想让他多说些,但他狡黠地看看米勒,笑说:

"怎么,还没开过荤吧,年轻人?"

他把手伸向米勒,后者脸色苍白,翻过身去,第二天一大早就打道回府了。那个法国人不久也走了，整张大床只剩下我。我满脑子都是那个法国人口中的女郎，想象着，她慵懒地从玻璃箱子里翻出来，再翻进这张床。

一天晚上，我向北穿过几条街，进了海尔镇。小镇紧邻河岸，轻易就能听见浪花拍打在河堤上再向四边炸开来的声响。我并不与人攀谈，只把眼睛睁得大大的。镇上真是什么生意都有，往来船只和商贾络绎不绝。鱼腥气久久不散，月光下，地上星星点点，都是鱼鳞。我喜欢陌生的环境，陌生的地方，喜欢无法预知当下的感觉，这令我时刻警醒。我又摸了摸随身携带的匕首。

我站在河边，下意识地又在找寻伊斯雷尔的脸，就像在宾夕法尼亚的时候一样。我扫过面前的每一张脸，企图从人群中把他揪出来，他没死，至少没有完全离开，我确信不疑。就在我望着河面，想着过去呆呆出神的时候，一个男人吊着胳膊朝我跑过来，远看像拖着残翅。他背在建筑物的影子里，我来不及看清他的脸，只听到他含糊地喷出一句，不是"救命"，但是很像。他跌跌撞撞地向我伸出手，好像要用他的断臂买我的胳膊。我向后一闪，他跌在我膝下，顺势抓着我的腿不放。他抬起头，到这时我才看清了，不是伊斯雷尔，他浅蓝色的眼睛里全是泪，粘在眼睫毛上。这个男人跪在我面前喘着粗气。我瞄准了他胡茬没刮干净的喉咙，喉结上下滚动，拔出匕首高高举起。如果这种时候有必要的话，我想我不介意杀人，我甚至觉得可以一力对抗死神，何况它现在离我这么近。绝大多数的年轻人大概都这样莫名自信。我紧握刀柄，刀刃正对着他头顶。我看着他的脸。就在我以为我准备好了的时候，他一骨碌爬起来，跑了，再没敢回头看我，而是一路呼唤着人鱼海神现身营救，跑向腐臭的河岸边。

笑过之后，我平了平心情，挑了一条远离河岸的路继续闲晃。空气湿漉漉的，脚下的鹅卵石散发出温润的色泽。这里很黑，零星几个窗口灯光绰约，没什么人，也没有鬼。你也化作鬼了吧，伊斯雷尔，你想跟我要什么呢？

我走得很慢。在一间叫"印第安女王"的客栈猩红色斑驳的招牌下，一个醉汉甚至呕出了一枚西洋双陆棋的棋子。过路的马挂住了我的头发，马背上又一个醉汉，一双粗糙的大手掠过我脖子。我忍不住又把手伸向了匕首，冰凉的刀柄此时摸上去是那么孤单。

我闭起双眼，吮吸到新鲜树枝烧着了的味道，腌泡菜的味道，腋窝的狐臭味道。我在一片面包店的门廊里坐下来，店门早就关了，门缝里煤渣的余味让我忧伤地忆起狩猎的生活，篝火将烬，燃化成灰，猫头鹰盘旋在夜空中。凉意从脚底板和屁股下面冒出来，我不得不站起身，却无法把眼睛从来来往往的一副副面孔上移开，你看他们，这些人，活在这里，从始至终一直生活在这样的城市里，而这里，连钟声都显得那么懒散。

我向着南边客栈的方向往回走。另一家客栈的窗口亮着两盏灯，映出女人们的身姿和面容。其中一个张着大嘴打哈欠，两个在吞云吐雾，还有一个拽着长长的裙子。而男人们一旦现身，她们立刻变成了木头，在脸上雕出精心打造的微笑。娼妓，我想到格列佛的故事，那是世界上最引人入胜的故事。尽管伊斯雷尔的妻子跳过了所有有关娼妓的描述，并没有逐篇悉数读给我听，但后来我自己也读得懂了。哈，格列佛，你不是也曾有过面对着婆娘们手足无措的时候。

"是你，果然是你，真的是你！"

我在踏上木板路的一刻其实已经嗅到了他的气味，原来人对某种气味的认知是不会轻易迷失在记忆中的。还是那张宽脸，甚至连肩膀滑下来的角度都一点没变，熟悉的声音，熟悉的铁锈般的口气。

难道是我对过去的过度回忆将他从黑暗的时间谷底召唤出来的吗？——威廉·希尔，也许他才是一直等待我的命运审判，而不是伊斯雷尔。不得不说，我居然感到某种解脱。他看上去高兴坏了，一把攫过我的手。

"故人重逢总是快乐之极，荣幸之至。友谊真是上苍的恩典。布恩，一切过得还好吗？"

"我过得相当不错。"

我用希尔几乎难以听见的声音小声回答。他只顾高兴地把我的手反复抬起来又放下，兴奋地嚷嚷：

"什么风把你给吹到这儿来了？"

我没有告诉他事实上我在寻找已故的长兄。他也没有松手的意思，不迭地说：

"你可是我的发小，想想咱俩欢乐的旧时光啊！不过看来今晚你是在找别的乐子吧，哈！"

他瞟向街边那个体态丰腴的娘儿们，我则想起旧时光里他跟那帮混蛋们站在大桥底下兴奋地高喊，你姐姐是个不要脸的娼妇！也许他只是习惯于此。他用胳膊环着我的肩膀揉到那团胸脯面前说：

"我们可以一起上，这小娘儿们看上去鲜嫩多汁，"他把硬币在手掌心里颠得叮当作响，"就当作是我的见面礼好了，不然在这个镇上，真不知道还能干点什么。"

我被他笑着上下打量，还是那副好奇样，只是似乎多了几分好感。他目光澄澈，话语真挚，似乎真的以为我们一直是要好的伙伴，绝口不提我曾偷了他的枪或者我们一家曾惨遭驱逐，我当然更不想旧事重提。抛开过往的不快，再见还能是朋友，毕竟不是什么坏事，就像希尔现在这样。而他也还像当年一样，口袋里总有花不完的闲钱，相形之下，我的那点钱哪还算钱，怎么看着都逊色得多。

他唱起《绿色的田野，我的家》，张开双臂，把那个小娘儿们和整个夜晚一起揽入怀中。

我觉得自己就像头土猪，但还是很有兴致地跟了上去。

我们一路拾级而上，她的房间在最顶层，昏暗中散发着油脂的腻味。她把自己丢在床上，床板立刻发出一声脆响，好像为即将发生的事情紧张不已。她倒在那儿娇喘叠叠，竭力展露浑身的曲线，声称不点灯是为了省蜡烛，但希尔哄她点起蜡烛，说是好近距离仔细欣赏她的魅力所在，还说为此她想买多少蜡烛他都满足她。于是她点起蜡烛，烛火忽明忽暗,她在我俩的注视之下褪去胸衣,脱下罩衫,把白花花的肉从束衣带中解脱出来。希尔哼了一嗓,胳膊重重地搭在我肩上。他告诉她我们是兄弟。就凭这句,我忽然萌生出一种冲动,想狠揍他一顿,但随即反悔了。她倒是毫不在意,懒懒地问:

"那么兄弟们,唱歌的先上,还是另一个先来?要不要留你先在边上多唱一会儿,打发打发时间?"

唱歌的先上。我看着希尔压到她身上,唱着一首抒发快乐心绪的老调。还真亲如兄弟。希尔在替我重写我的人生,驾轻就熟,毫不费劲。我看着希尔,手指在她身上游来游去,游进她的身体,扭头投来一个畅快的眼神。如果换作是你父亲,此刻会说什么?今天就向你的教友们做出你的忏悔。我这么想着,而恐怕希尔真的会照做,向任何人坦言不讳。

透过烛光,隐约能看见外面的街巷,这不变的场景让我感到不那么陌生。我从窗子看下去,房子的影子里走出一个女郎,一辆双轮马车刚好路过,楼下酒馆里透出的灯光点亮了她古铜色的头发。伊斯雷尔的妻子,地窖里帽子滑落在地,我顿感心塞,往事在这里追上了我。马车转了个弯开走了,女郎重回视线。她抬头的一瞬,眼波流转。

我忽然觉得嫖妓也并非什么坏事。

希尔的脸贴在那丰腴的屁股上正忙得不可开交,我走出屋子,听见背后他用近乎窒息的声音唱着:

"我咆哮,我呻吟,

"我们合二为一

"我们睡在一起……"

而就在楼下,我朝那个古铜色秀发的女郎招招手:

"嘿,近来可好啊,宝贝儿?"

事实是,她也踩着红色的长筒袜,但最为迷人的所在,是腿股上的肉窝。我仍记得烛火扑朔,照在她脸上,好像白天里斑驳的树影。我仍记得她尖尖的下颚,她打着卷的头发,垂在耳前,她让我叫她玛丽亚,她告诉我她把童贞留在了意大利境内的一座火山上。她时而放声大笑,时而笑声戛然而止。但她又那么温柔可人,包容我的生涩和仓促,让我忘却烦忧。我要谢谢你,玛丽亚,如果这是你的真名,如果你还待在镇上,又或者,你也消失了,跟很多别的人一样,这辈子,不复再见。

第二天下午我再出门的时候,本想尽量躲着希尔。但忍不住又走回了那间酒馆,期待找她再续温存。也许时间尚早,她没有出现。于是我给自己又觅了个高挑的,尽管这回腿股上没有肉窝,但依旧笑脸迎人。至于在费拉德尔菲亚接下来的行程,容我不一一尽述。

等我回到卡罗莱纳时,费拉德尔菲亚的种种已经褪成一场慵懒的梦,显得那般不真实,却着实榨干了我的钱袋。倒是米勒,把他自己的那份收入护得好好的。他看着我,脸像一块肥皂,纤尘不染,对我的满面风尘嗤之以鼻。

我原以为自己是个幸运儿,伊斯雷尔也曾这么想。我没想过接下来何去何从。

夏天来了,猎物越来越少,只能靠去索尔兹伯里的市场拉货赚些钱。拉车的工作无聊至极,烈日当头,我无时无刻不想弃车而去,一走了之。更糟的是,亚德金谷明明是当初我们千挑万选的落脚之地,而现如今,变得一点也不令人眷恋。还能去哪儿呢?我的双腿像灌了铅,完全提不起劲头,感到生活不能就这么过下去,庸庸碌碌,埋头拉车。恐惧涌上心头,害怕自己就此淹没于生活琐屑。我时常感受到伊斯雷尔的鼻息和他的嘲笑,紧跟在我脖子后面,但一旦转过头去,却什么都没有,从来都没有。

日已西,城外几里的回家路上,路过洛伦斯的酒馆。小酌一杯之后,我出门解手。房子后面,一捆干草扎在木棍上,中间抹了一笔红色的染料,像被砍了头的死猪。没有头,但我就是觉得它一直盯着我。

我视此为征兆。

我来不及解手,更顾不上一天的疲惫和久坐后酸软的屁股,立刻加入打靶的队伍。傍晚的风很大,而这只是一场小小的射击比赛,甚至都说不上是场比赛。但我知道我一定要赢。风刮得人睁不开眼睛,但我要赢。我掏出希尔的旧猎枪,命中红色的靶心——死猪的眼睛。奖品是一把从被俘的易洛魁人手中得来的战斧。那个易洛魁人,老洛伦斯夸张地说,临死前引来了一队卡托巴人的驻足和嘲弄。

"白皮肤的印第安人,哈哈,哈哈哈哈!"

他们的笑声被风带到各处。他们甚至笑出了泪花。一个醉汉笑得太专心,干脆跌下了主路,滚进田野里。

有段时间,我天天带着那把斧子招摇过市。我带着它参加更多的比赛,希望借此带来好运。尽管它重得要命,挂在皮带上晃来晃去,让我觉得自己就像个傻帽。真成白种印第安人了。但我赢了,一场接一场地赢下各种比赛。这种所谓的比赛不过是些小儿科的把戏,但我还是乐此不疲,表现得简直就像为这些比赛而生。有些比赛连奖品也烂到家了,什么破瓶瓶罐罐之流或者尽是些晒得变了色的兽皮。不过有的时候也赢过威士忌或者钱。我渐渐声名在外,还曾亲耳听到过人们的议论,他们拿我充当谈资,当然这其中不乏捕风捉影甚至无中生有。有一次,我正在量装火药,我听到一个女人说我一枪打穿了三个男人,枪眼留在他们身上,就像衬衣的纽扣孔。另一个马上抢着说,我在某个礼拜日的午后,把一颗人头一劈为二。有时,家人们团坐在草地上野餐,孩子们看见我就大叫起来,开枪,开枪!忘了嘴里还塞着面包。

另一个打靶的人走过来,把他的火枪伸给我,他一脸凶相,张开嘴暴露了满口烂牙:

"现在,把你的一只手背到身后。"

我照做了,另一只手接那杆的火枪,枪管比我还高,握在手里不停地抖。人们纷纷猜测我接下来会怎么办,有些还为此打起了赌。我感到所有人的目光都落在我身上。

我可以的,单手射击。一想到此,我渐渐冷静下来,胳膊也不抖了,呼吸也平复了。我让自己站得笔直,让子弹打得神准。快看我,伊斯雷尔！这句话刚跳到我脑子里，就被枪响盖住了。那个并不和气的人也悠悠拍起了巴掌。我十分喜欢扣动扳机后的那声枪响，喜欢枪响后硝烟的味道，喜欢看着子弹正中草靶，连带激起几根干草梗飚到空中，再慢慢落地。

我再次感到重获新生。于是又另置了两把枪，一杆长枪，一把短型来复。秋天来了，我带上斯夸尔和内迪一同进山打猎。斯夸尔总是很安静，颇具城府。相对于他的年龄而言，在追踪猎物行迹上，已经算是经验老到的猎手。而内迪却总要嘲笑他依赖日头的位置判知时间，不觉得在深山老林里，准确知道时间有什么用处。内迪永远哼哼唧唧的，有时也停下来把我们叫住，提议坐下来歇会儿。他老想着赶紧回家。诚然，亚德金谷的一草一木已经尽在我们掌握，也就失去了探险的兴味，游戏显得越来越无聊。

某天回到木屋，我发现希尔坐在门口唱着歌。
"你来这干什么？"我问。
他笑了，举起手里新制的长枪，摩挲着枪管说：
"探索卡罗莱纳的无限可能。"
"就在这儿？"
"就连费拉德尔菲亚的那帮小浪蹄子们都嚷着要来一探究竟，就连她们都听说了你的功夫——当然其中也不乏有人早就已经亲身体验过了，不是吗？"

他别有所指地拍拍我的肩，把枪递到我手里，说是礼物。他另外也给孩子们和妈妈都备了礼。进屋的工夫，他和内迪聊起了过往，他说他来我们家总有回到自家的感觉。妈妈端上咖啡，他在桌子前坐下来继续大聊特聊。他掏出一份卖地广告，上面大字写着"葱茏""肥腻"什么的，说这都是他写的，为一家宾夕法尼亚的报社供稿。我想他意指"肥沃"，但我对自己的拼写也不是十拿九稳，何况我不想显出看透了希尔的想法。他以低价大量囤地，任何他认为日后有利可图的土地，都出手买下。父亲走进来的时候，希尔站起身恭敬地称他先生。父亲的脸僵住了,但听闻希尔提出送给他上游五十亩水田,被逐出埃克赛特的辛酸记忆似乎慢慢得到了安抚。财富是好东西,我算是看懂了,钱能抚平一切,那感觉就像手掌拂过皮草。

没过多久,人们就把房子盖得到处都是了,都赖希尔卖地有功。我对这些全然不以为意。有一天,我瞧见一个俊俏的姑娘伏在溪边洗亚麻,有趣的是,她只穿着贴身汗衫,露出浑圆的臂膀。我,内迪,斯夸尔都看呆了。被发现后,她一溜身钻进岸边的猪栏,不睬我们在背后哄闹。

如今,我们得走得更深才能猎到鹿,连精心设下的陷阱也常常是一无所获。

新的人源源不断涌入,随之而来的各种飞短流长像漫天黑网遮笼了整片山野。流言像播撒在空气中的病毒,每个人似乎都立刻受到了感染。山野再无宁日。彻罗基族、肖尼族、易洛魁族四处烧杀掠夺,不放过任何一片小小的聚居地,甚至对老人和妇女也痛下狠手。接着是弗吉尼亚人对印第安人的大反击,小至偷拿了一颗鸡蛋,都可以成为他们相互残杀的理由,连长久安居于此的卡托巴族人也不愿放过。他们剥下敌人的头皮,向地方法官换取相应的赏金。希尔最喜欢这些传闻,他坐在我家的炉火旁,手垫在脑后,一遍一遍翻来覆去不厌其烦,像妇人们乐于描述某位身染绝症的可怜人是怎么在咽气前吐脏了床单,留下了什么样的临终遗言,甚至能够报出死神降临的准确分秒。而我一点都不想听。

"有些小可怜,双亲被印第安红毛儿戕害,只得带着一身伤躲进丛林,天晓得他们能躲到哪儿去。"

他流露出对那些小可怜们的怜悯之情。他的手搭在幺妹汉娜肩头,讲起故事来全情投入,连身子都会随着他故事的情节而发出战栗。我无法直视他泪汪汪的双眼。但他比任何时候更为富有,他把他贵格派家族的财富变成投机的赌本,并且,他赌赢了。

我渴望财富,渴望未开垦的处女地,渴望拥有一切。一个阴天,我带着兽皮来到市场。真是到哪也躲不开这些耸人听闻的蜚语,隔着货摊,一个婆娘给我讲了某个农民的悲惨遭遇:脖子被斧头从后面劈开,只能拖着爬了四天四夜才抵达安全之处，这期间几乎滴水未进，唯有坚持逃命，因为一旦沦为印第安人的俘虏，唯一的下场就是被绑在木桩子上活活烧死。她边说边用眼睛在我脸上热切地扫来荡去。

"他们到处乱窜，简直像群老鼠，"她说，"肖尼族个个都是纵火犯，以他们那个什么黑鱼酋长为首。他把抓来的人浑身涂成黑色，黑得就像你的头发，简直是在提前预告你被烧死后自己是个什么德行。"

她捏着一份报纸，里面还配了张火刑的插图，塞给我看。然后抬起手罩在眼睛上面，把远处她丈夫喊过来一起在我摊上的兽皮中间挑挑选选。我想起妈妈讲过的，在英格兰和更北的地方，女巫们被抓起来活活烧死，化成一堆灰烬。我驾车回家，只想一个人静静待着。

我渴望财富，渴望所有。卡罗莱纳让我欲壑难填，从头到脚，心痒难搔。我从没和印第安人起过争端，从来没有。我也不曾和法国人生过龃龉。但我毕竟血气方刚。

"来吧，小伙子们，来加入我们！

"让那帮蠢货和他们红皮肤的走狗们一起见鬼去吧！"

这样的征兵令真可谓毫无亮点。但我还是告诉妈妈，入伍津贴可是国王的先令，比什么都可观。她担心战争会要了我的命，我安慰自己，你怎么知道命运做出了怎样的安排，极有可能你命不归此。

我亲吻妈妈忧伤的脸颊，独自驾了辆货车加入到行军的队伍中。仗着年富力强，深以为哪怕世事变迁，自己总该知道何去何从；哪怕世间纷扰，自己总能觅得安宁的托身之所；哪怕世情沉浮，自己终能够重归自由。我所不知道的是，死神已经掀起了它的衣袍，冲着我：来啊，站近点，看仔细些。

6. 接连受伏

出了卡罗莱纳一路向西,基本就没什么像样的大道可走,净是些羊肠小路。队伍于是散了又散。想象中的壮烈景象至今也没有出现,法国人好像并无意露脸。上士们只有一遍一遍大声鼓舞士气:一旦看见他们,我们就一脚把他们踢回魁北克去!广袤的大地和富庶的森林永远属于英格兰,属于乔治王!布雷多克将军把正规军安排在前线战场,一律身着红色军装。至于这些殖民区的民兵团,只能由妻子和母亲把衣服染红,看上去基本就是一帮乌合之众。而这群乌合之众就这么稀里哗啦,打着口哨,向前行进,一路怨声载道。队伍拖拖拉拉地穿过沼泽,穿过灌木丛,穿过森林,沿途不放过一根树杈、一棵青草,统统砍倒,路上的任何一点起伏,都能让他们停下脚步,哪怕是个蚁丘,也不妨先停下来研究研究再说。

"……真该留一个,回头带给咱妈看看,或者至少拿回去换点钱!"

两个民兵绕过我们的火堆向着自己的行军帐篷走过去的时候,我不小心听见了他们的闲谈。说话的人正要继续,听者赶紧竖起一根手指盖住嘴唇,说:

"哪有赏钱?都吊在那儿好几个月了,连苍蝇都绕着飞。你倒是可以拿来充当阴毛,你妈大概会喜欢。"

他们说的是上次宿营时看到的那些钉在树上的头皮。一经进入阿勒格尼山区,行军越发艰难。阵列中间个个疲惫不堪,浑身酸软,每个人心心念念的不过是躲着上士们的眼睛偷抿上两口而不致挨骂。哪个车夫也看不上民兵团的那副德行,幸好老天保佑,他们也就这么些个人。连印第安人恐怕都看上去要比这群乌合之众精神多了,但谁说得准印第安人现在支持哪边呢?我自恃要比他们好得多。只要留心看看,你就知道我说的准没错。而我,在陌生的环境里,凡事永远留心。

队伍继续前行,南来北往东拼西凑的人操着各地方言,彼此又开始就自以为知道的地名吵了起来。是是非非,争论不休。

"如果不喜欢现在的样子,大可以推倒了重新来过,这简直是你们本土人的特权……"

语出芬德利,最话痨的车夫之一。他已经喝得酩酊大醉,比谁都凶,虽然我们都喝了点。他算上了年纪了,一把老骨头,一双淡蓝色的小眼睛。从前做过商贩,所以现如今负责提供酒水供大家享用,作为交换,我们须得忍受他的喋喋不休。朗姆酒让他笑容可掬,我们则互相放哨,提防着上士。因为牙疼,他把一块布遮在脸上躺着给我们讲他的游历见闻。他最南去过佛罗里达,跟塞米诺尔族有过生意往来。他声称在那儿还差点打死过龙——估计是短嘴鳄吧,但他确实被那双诡异的眼睛吓坏了,其黑色的瞳孔大开,就像摄人魂魄的两道窄门,还有那湿滑的身子喷出的热气。还有一次他在湿地深处遇见一个英国人,和他的母亲以及十二个太太住在他所谓的乌托邦世界,每天完全遵从爱好行事。

我是唯一认真在听的。我想知道他的全部所见所闻,特别是提及女人。我开口问他:

"那么这些太太们都有哪些爱好呢?她们住在佛罗里达的湿地深处,穿些什么呢?"

从芬德利的遮脸布下面飘出笑声和含糊的答语:

"也许以后我会告诉你的,也许噢。"

我坐起来接着问:

"芬德利，你花了多长时间走到佛罗里达？那儿能打猎吗？"

但他似乎已经睡着了。

"吹牛吧！"另一个车夫多德朝他丢了柄勺子，正中面门。

此举彻底惹怒了我们的芬德利，他一骨碌坐起来一面找那柄不知道滚到哪里去了的勺子，一面抬高了声音戏谑地说：

"就为这个，我也得给你讲讲。我还去过一个杳无人烟的地方，没有女人，没有法国人，甚至没有铺路的必要。美妙极了。零星有几个印第安人，不过没什么关系，总之就是很妙。不需要路，不需要名字。干干净净，清清爽爽。我无数次梦到那里——小伙子们啊——梦到那份清净——你们哪天有谁明白了清净是什么意思，或者老天爷开恩让你们也见识见识，你们也会魂牵梦萦的。"

我听得入神。我想芬德利一定也发现了，他就像是在专门对着我说。我正要问他，那个美妙的地方藏在哪里。忽然其中一个车夫像头公牛一样大叫起来：

"哦，我的天呐！芬德利，你听上去就像是爱尔兰人在传教，'啊，上帝啊……'"

"滚到一边静静去吧，快别把牙疼也传给我们！"

多德也跟着嚷嚷起来，他撅了根小木签子掏着耳朵，一不留神下手太重，骂了句娘，转过身来又接着数落芬德利：

"瞧你瘫在那儿简直像条鼻涕虫！那帮印第安人怎么没直接送你上西天呢？美妙的天国大概什么人都收，他娘的管你清净不清净。"

芬德利咯咯咯地笑起来，拍打着胳膊：

"确实如是。那些印第安人可算得上是我的至交，也是生意伙伴，他们给我看过不少稀奇古怪的物件。"

"他们肯定也喜欢你的物件吧。"

"那是当然，所有的所有！他们爱极了银器和金饰。"

"哎唷，你的那物件是金的还是银的？真是活见鬼了，我的怎么才是肉长的？不过又粗又大。够胆就从你那遮羞布下面爬出来看看！"

多德猥琐地大笑着去解裤带，逮着机会就忍不住脱了马裤炫耀他的"物件"。但是芬德利不为所动，躲在那块布底下，只是伸了伸胳膊继续说：

"瞧着吧，我说的这些不但会成为你们梦想中的现实，还会是你们做过的最美的梦。"

多德把口水吐到他的遮脸布上。

我滋了口酒，说：

"芬德利，通往天堂的大门已经向你敞开。"

他闻言轻轻挑起脸上的那块布，像个娇羞的新娘掀起床单，他上下打量着我，嘴角挂着意味深长的笑意，又重新把那块布盖回脸上，明白他的这番话至少已经把我钓上钩了。

空气滞浊，嘴里像被塞了一把沙子，身上也是。

队伍已经开进了宾夕法尼亚的地界。又是宾州。号手远远地走在队列最前面，接连数日尘土飞扬，连号角声也嘶哑不堪，在不得已的时候才强打起精神。四下里，唯一还不知疲倦的只剩夏末的黄蜂和讨厌的苍蝇一路纠缠，我只好把脖子上涂满油脂，但这些家伙却不以为意，赶也不走。前方，步兵团刚清出一片泥淖，正在搭设木板，为后面的车队开路。我勒住马，让它们难得地歇会儿。在我们前面是一辆敞篷货车，拉车的犍牛似乎早已对走走停停的行进节奏习以为常。我看着它们隆起的脊背，不禁开始猜想它们在想些什么。猜不到，也难怪，阉都阉了，哪还会有什么想法不想法的。

一只小虫钻进耳朵，我晃晃脑袋正在想法把它倒出来，扭头忽然看见了莫莉·布莱克，我小小的生了病的妻子。她的鬼魂蒙着双眼，紧跟在我马车后面，转瞬即逝。

二十几岁，大概正是多愁善感的年纪，我安慰自己。

队伍忽然掉转过来顶着车头向后退步，队伍一片凌乱，缰绳缠在了一起，一匹坐骑受了惊，焦躁不安。我不得不下马理顺缰绳，嘴里忍不住又编出许多骂人话。身后的芬德利骑在马背上大笑：

"别停啊，接着骂，我简直可以一直听你这么没日没夜地编下去。太逗了，布恩，你还真是天赋异禀！"

于是我为了他的利益着想，把这些诅咒话悉数奉送给他本人。他拊着干巴巴的大腿，笑得更厉害了。

好容易把这个畜生从绳套里解救出来，队伍继续向前，一路跟跄着趟过木板，重回地面。就算是爬也比这么进一步退两步的速度快吧，我感到闷热难耐，尽量专心于时刻跟前面保持半个身位的车距。我又想起那个臂膀浑圆的姑娘，只穿着贴身汗衫，想起那一张张俊俏的小脸儿和曼妙的身姿，片刻走神。

前方还在不断劈斧拓路，号角声又起，并无意外，一成不变的《罗斯林堡进行曲》。"该死的什么破堡，就不能吹点别的吗？"芬德利大嚷。我朝后喊：

"又开始头痛了吧？是不是很想死？"

他不睬，倒是我自己头痛欲裂。队伍大概又向前推进了四五百米，烈日更胜，连行到水边都感受不到丝毫凉意。一路怨声和咒骂，丁零当啷噼里啪啦吱吱呀呀哼哼唧唧。先头部队开始涉河。

我们被迫停下来，高高的河岸对侧是耸然的山脊和白桦林。河水湍流，车子根本不可能开上对岸的浅滩。于是斧头兵又开始干活，我们则被喝令待在原地不动。

我靠在一边休息，帽子滑到背上，烈日当头，头疼更甚。

起先，并没听见喊叫，只是隐约听得身后闹出些动静。然后是零星的枪声。然后枪声愈密，四下里乒乒乓乓，唯独不闻人语。我爬起来，身前不远处，离先头部队还有些距离的地方，一个军官勒住马，手掩着口鼻，像是闻到恶臭。他拍马转身，一脸茫然。我忙爬上车顶，队伍前方半里开外，几百号侏儒从林子里钻出来，正向着河岸俯冲过来。除了在书里见过，哪来的这么多小矮人？

人群中一个矮子身着蓝色制服的身影，好像是法国人的军装，显得与众不同。他用枪托砸昏了我们的一个士兵，翻到对手身上，掏出匕首，剜下了对手的天灵盖。我看着他跳回到地上，拎着那揪头发在空中振臂挥舞，整个过程一气呵成。我看着他，仿佛自己跌进了一个诡谲的地下世界，比如一个组织隐匿而庞大的蚁丘。惊愕中，我无法把眼睛从他身上挪开，只能呆立在车顶上。一条狗发出绝望的哭嗥。地上横七竖八堆起越来越多的尸体，像一只只死鸟，披着红色的羽毛。那个军官忽然大吼，这不公平！是的，我想我确实听到他这么喊。他手中的剑柄急挥向前，命令后卫部队和车队向前压上，让畜生们打头冲过去。最前面的一辆马车冲进了自己的步兵团，而前方的骑兵纷纷掉头四散。我拿眼睛回身去找芬德利，却只能看见穿着蓝色军装的法国兵和脸上涂着油彩的侏儒，到处都是。他们手起刀落，像镰刀落进草丛，而我们不过是挡在他们面前的不足挂齿的杂草丛。

他们已经跃上了最前面的五辆马车，撕下白色的车罩，开膛破肚，一探究竟。我听到他们中有人操着法语发出指令，然后一些印第安人开始把车里的东西一一翻倒出来。一切尽在他们的掌握，看情形恐怕这伙人已经跟着我们好久了，也许有好几个礼拜了也说不定。

多德从那辆车上跌下来，发出最后一声叹息，好像整个人被掏空了。我眼见他跌下马背落入波涛。水里已满是我们的人，有些人面朝下趴着，有些挣扎着拍打出零星的水花，有些则在齐腰深的流水中奋力举起手里的枪，等着上士和军官们下一步的军事指示。

眼前的场景让我感到震惊，危难当前，偏是有人并不选择奔命，面对危难已经张开的血盆大口，不为所动，而是静静等待命运的安排。原来我并非孤身一人。多年以后，我站在丛林深处，看着漫天飞雪，没有躲也没想逃，而是又想起了彼时陷在河边的情境。

法国兵和印第安土著以扫荡之势源源不竭，不断涌上来。骡马、犍牛、补给，还有战败者的头皮，他们不愿放过分毫。法国的国王也发出了悬赏令，割下敌人的头皮就能换取赏金。我想象着他身着用这些头发丝织成的长袍,甩着宽大的袖子。

眼前的,不是战争,应该叫作杀戮。无休无止,杀到只剩下乏味和恐惧,杀到什么都不剩。我忍无可忍。上士们惨叫着接连落马。我看到芬德利还在车上,头上还盖着那块破布。我感到浑身发紧,枪就在手边。我不知道我发出了多大声响,或者我根本没喊出来:

"快撤!快!"

我想用匕首割开绳子,一匹马挣脱着,带翻了旁边的马。我翻上其中一个马背,斩断套在它身上的缰绳,快马跃进莫农加希拉河没胸深的水中。我埋着头,眯着眼睛,双手持枪,艰难蹚向对岸,水面上不时传来低吼、叫嚣,但我只顾埋头向前。我预感到可怕的事情。

只剩下远处少数几个幸存的人,和我一样,朝向对岸。其中一个走在我前面,举步维艰,裤子被扯得稀碎,身上都是撕开的伤口,汩汩流血。

水流中的尸体就像浸饱了水的浮木,我只能勉强从他们上面扒出一条路。伊斯雷尔,我不曾眼见着你死去,但却控制不住想到你的尸身,我甚至不敢看这些死人,生怕看见你就倒在他们中间。只此一次,我已经感觉自己见识了太多、过多的杀戮,幸好我的双手还是干净的,我没有杀人,我救了自己。V是胜利的意思。然而,每每想到这画面,人就像是被迫硬吞下了一块酸牛肉。我唯愿我此生永不复回想起当时当日的情境。

我面朝西方,直直地站太阳底下,阳光晃得人睁不开眼睛。我想跑,挣脱所有的杀戮,挣脱所有的所有,一直跑到芬德利提到过的那处世外桃源。应该离这儿不远了吧,应该是的。

我胸闷异常,大口喘着粗气,但是,妈妈,我就好像又看见了你那张爬满忧伤的面庞,像一棵惨白的洋葱,满头尽是银发。还有爸爸,我就好像又看见了伊斯雷尔死的那天,你们满眼的凄然。

我放弃了继续寻找世外桃源的想法,一心只想要回到卡罗莱纳。殊不知,我却并没能挣脱死神的利爪,没能挣脱杀戮。殊不知这世上已经并没有出路。

我心下戚戚,走上归家的路。我一棵一棵数着路过的每一棵树,对着它们唱起歌,试图尽量放空脑袋。我在心里列数着从小到大养过的马驹的名字,风驰、晨鬼、海伦、紫燕骦,还有腊肠。然后接着数起了猪——朱巴和李子——这两个家伙!一点也不笨,知道快被宰了,硬是自己从猪栏底下拱出一条道逃走了。我想起黄昏中的夏季牧场,妈妈招呼奶牛入圈——哈,你在这呢,哈姆。妈妈啊妈妈妈妈,我又想起了你。

我继续向前走,感到手肘触碰到什么动物的鼻息。

在僻静的山林深处,我却感到手肘触碰到马的鼻息,当然没有马。那是杰西贝尔。它的死好像已经是很久远很久远的事了。而这是我第一次真切地感受到它的魂魄,它那温婉的,散发着干草味道的鼻息。我不愿想起,但伊斯雷尔也出现了,紧贴在我脖子后面。是他,是他以沉默将杰西贝尔从死亡中唤醒。我撒开双腿,两旁伸出的枝杈在我的脸上、手臂上留下道道血痕,可是,除却撒腿奔跑,我不知道我还能怎么办。太阳落在背后,眼前的万物生出暗红色的铁锈。

原来,那紧随其后的,就是死亡的气息。我大喊着,不要,不要过来,但他们也喊着,来吧,来吧。小莫莉·布莱克轻轻地打着牙战。伊斯雷尔眯着眼朝我微笑。我合上双眼,低声问:

"究竟是为什么?你到底想我怎样?"

我听见自己干涩的声音,却听不见一点回应。杰西贝尔的鼻息渐冷,但来来去去,始终不肯消散,它像是在对我说:

"这样,你便再无法忘了我了。"

我试图不再想下去,为此,只有整夜赶路,无视弄伤我的枝杈,不愿片刻慢下脚步。回家的路竟如此绵长。我想我可能听到了狼嗥,但心跳的声音塞满耳朵,吵得我已无暇他顾。

我从天黑一直走到天亮,拖着步子,像是整个人已经睡着了。浑身都是被树杈割破的伤口,流着血,耳郭也撕开了一道口子。但我依旧不愿片刻慢下脚步。疲惫果真撵走了痛楚,撵走了烦恼。我就这么一直一直走,一直走到溪边,那儿有个人。

是个印第安土著,坐在圆木桥上钓鱼。钓鱼而已。他伸出一条腿轻轻前后荡着,软底鹿皮便靴勾在脚尖上,打着赤脚,露出浑圆的脚后跟。

路很窄,除了从他坐着的地方穿过去,别无他法。而他弓着背,盯着鱼线,来复枪躺在一旁。

我的任何响动都肯定会惊动他。我感到自己被困在这里,肋骨扼住了心脏。我感到心跳得很响,吵到我想一把把它揪出来,踏在脚底下。

他就坐在那儿,钓鱼,除此之外哪也不去。

我是真的受够了所谓打仗,受够了所有杀戮。我冷静地对自己说,你可以把他吓跑,然后你就能继续朝家走。

伊斯雷尔,我知道你自始至终都跟在我身后。我闭起眼睛,端起枪,睁开眼睛,手指扣动扳机,那个印第安人忽然转过头,我们四目相视。他动了!他的眼睛动了!那是活生生的一双眼睛!我被自己吓了一跳。

枪管被开火瞬间的后坐力抬起来,又落下来。他的眼睛又动了动,然后无声地倒下去。接下来的很长一段时间,周遭仿佛都陷入了静止,什么声音也没有,直到他扑通落入水中,再没站起来。涟漪渐渐消失,留下一湾碧绿。

我怔怔地僵在原地,像看见一滴水溅在烧热的铁器上,瞬间化为乌有。我忽然知道了伊斯雷尔的鬼魂一直以来想要对我说的话,而可怜的杰西贝尔不过是他再次派来的信使——你永远也无法忘记你的本性——伊斯雷尔,我知道你不过是想告诉我这些。是的,我就是一个彻头彻尾的杀人犯。还记得那次你带着我在山里打猎吗,伊斯雷尔,我们点起火,诱杀了一头母鹿。是我杀了它,以对我而言太过简单、对它而言太过不公的方式杀了它。先是它,然后是杰西贝尔,现如今是一个活生生的人。也许连你的死，我也难辞其咎，是我攫取了你所有的运气，是我间接杀死了你！

我唯有继续向前走，比之以往，愈加强烈地期盼逃往别处。但我还是蹒跚着，回到了卡罗莱纳。我努力不去回想他们，那些死在我手上的生命，努力让所有欷吁沉入水底，就好像那个淹没在静静河水中的印第安土著。我再没和任何人说起过他。试图忘了那天的一切。有过那么一瞬，我以为我几乎要把他忘了，但仅仅一瞬，他和他们就回来了，回来找我，找到我，然后不再离开。后来，杰西贝尔的鼻息仍不止一次地出现在我的身畔，那么柔弱，那么无辜。

更不止一次，我心有余悸地回想起那个雨夜，假若是内迪折断了脖子，假若悲伤的不是杰西贝尔的双眼，我是否也会一样下得了手，杀了他。

7. 樱桃在口

回家的路依旧漫漫。我死命抓住对她的记忆,不再容他们的鬼魂靠近半步。而彼时我尚不知道她的芳名,全部关于她的记忆不过是那半张侧脸,布赖恩家暗漆漆的谷仓映衬着她白皙的面庞,深色的长发让她的脸看上去仿佛是画在墙上,她一动不动地站着,站在我的记忆中。丽贝卡。

她和那晚的那群人一样,都姓布赖恩。她记得我。

"我是不是早就在哪见过你?"

她轻挑眉毛,从我脸上扫过去。她有鸟儿一样漆黑的眼睛,张着瞳孔。这句话和许多她说过的话一起,后来总是反复在我脑海中重现。她转到一边说:

"我可不想一直盯着你看,还不如看看南边的好风光。"

声音听上去很凶,我亲吻她冰冷的并不光滑的手背,迫使她强拧出一丝微笑。她的一颦一笑,总让我心动。我的爱妻。

回到亚德金的几个月后,我终于再见到那张脸。那天,希尔说要带上内迪、斯夸尔和我去果园看姑娘们摘樱桃。会很好玩的,至少希尔是这么说的。虽然我不这么觉着,但还是跟着去了。一路上希尔都在大肆品评费拉德尔菲亚的情色服务业水准等等。内迪有的时候插嘴几个问题,斯夸尔不动声，只是听着。坦白讲，纵然记忆里温存犹在，可我就算对玛丽亚，那个"火山荡妇"也没有一遍一遍反复回味的兴致。

我落在斯夸尔后面，捡了根木头棍，想打两只鸟下来。希尔已经喋喋不休地开始了下一议题，说他也是听来的，莫农加希拉河战役牺牲者的残躯被一路运回费拉德尔菲亚，堆在广场上，和平看来遥不可及。他大声问我：

"不少人都烧成炭灰了吧？你一定见过的。"

他竟显得那么兴奋。他不知道从哪儿听说我在战场上奋勇杀死了不少印第安人和法国兵。无非是些无中生有的道听途说，故意弄得耸人听闻，不过是为了博人眼球罢了。可为此，我还是享受到不少充满感激的注目礼，甚至一个索尔兹伯里的老妪坚持要"与这位守卫了纯真家园的年轻人握握手"。

她这一番话非但让我不情不愿，而且十分不堪。不过就算如此，请容许我不吝称颂她简直是个诗人。她翻翻眼皮，望向她心目中的天国，不由分说地告诉大家，她的确曾经创作过一首诗，哦，不，远不止一首。她边说边甩着脖子上的脂肪，但她真的攥疼我了。

"还有被剥下头皮的？"希尔穷追不舍。

"概没见过。"

这些问题让我恶心，我根本不想记得我曾参过兵、打过仗，不想记得我曾造下恶业。战败让一切名誉扫地，希尔还为此赋曲一首：

"将军率部战斗在沙场，

"他的鲜血染红了军装。"

接着还有：

"五十五岁的布雷多克惨死他乡，

"远征的战士生还无望。"

这就是希尔的大作。他说要是我愿意多讲点，他还能写得更长。他发出饥渴的呻吟，以为战争不过是给他的无聊生活添点猛料。不料我说：

"休想我说一个字。"

他不肯善罢甘休,换了首歌接着唱起来:

"可怜的不列颠人,

"可悲的不列颠,

"可怜的不列颠人无法忘却可悲的不列颠……"

我受够了这首歌词,受够了希尔的表演,也受够了这样的生活,受够了什么要去果园看姑娘们摘樱桃的狗屁主意。整整一早上,走啊走啊走啊走啊,连个屁都没瞧见!

"等我真看到那些小丫头片子,看我怎么用这只手亲自喂她们吃樱桃,撑到她们不能自持。"

希尔的主意果然就是狗屁。我们走穿了林子,还是什么都没有。希尔手遮着脑袋顶上的太阳,木讷地站在那。内迪大笑。这时,斯夸尔以他一如既往的平淡语气说:

"报告希尔长官,那边树上蹲着几个小子,还有几个姑娘,要是再不快点,估计樱桃就被摘光了。"

希尔应声大踏步向前开进,内迪紧随其后。斯夸尔看看我,我挥挥手让他只管去玩,不用理我。樱桃树树龄尚短,个个枝柔叶顺。只有其中一排略显粗壮,勉强成荫。两个姑娘并坐在树荫里,互相分享着篮子里的野樱桃。她们看到我,我看到其中一张脸——布赖恩家的惊鸿一瞥——丽贝卡。

她们端坐着吃着樱桃。丽贝卡的手缓缓伸向果篮,而我仿佛看穿了她一动不动的端庄不过是受缚于生活的礼教。她的心一定也在扑通扑通狂跳不已。我认定她将成为我继续活在世间的勇气源泉,成为我重获新生的生命契机。我感到内心澎湃,暗流汹涌。

我注视着她,甚至忘了呼吸,鼓足勇气抬起腿,走到她身边挨着坐下来。她嘴里塞满了绛紫色的果实,干脆不想开口说话。我就这么看着她下颚一抬一落,果汁溢出来,挂在嘴唇上,抬手又往嘴里补了两颗樱桃。

旁边的女孩扑闪着小鹿一样的大眼睛盯着我——是她,那天的那个姐姐,从谷仓里跳出来,接过了内迪手里的猫头鹰。

"嘿,近来可好啊,宝贝儿?"

"也问候您日安。"她礼貌地回应我,说话的时候,手盖在下巴上,声音像是被堵住了一样。她也是一头乌黑的长发,但是眼睛的颜色浅一些,脸也要尖一些。

"原来你们是姐妹。"我说。

姐姐不自然地扭扭身子,我自嘲我那糟糕的口音。丽贝卡从果篮里又抓了一大把樱桃。身旁的姐姐埋怨着天气真热,壮着胆子又多看了我两眼,站起身,向着太阳地里内迪和斯夸尔坐的地方走过去,那边还有几个姑娘,照看着自家小一点的弟弟妹妹。希尔逡巡着走来走去,终于舔舔手心,抹了抹他的新猎枪:"瞧这个。"走上去跟大家显摆。

我待在原地。

丽贝卡又吞下颗樱桃。一只蜜蜂飞出蜂房,飞过果园,落在她手腕上。我掏出匕首,炫技式地在手指缝之间扎来扎去。她看也不看,盯着那只蜜蜂,看着它爬向果篮。她手腕一翻,蜜蜂并不躲,而是径直爬上了一颗樱桃,一边吮吸着绛紫色的果汁,一边扭动着它肥大的屁股。她轻轻摊开手掌,五指纤纤,以一种欣赏世界奇观的眼光看着自己的手,然后握上拳头,把那只蜜蜂困在掌心,发出闷闷的蜂鸣。

我看着这一切:

"这个可怜的小家伙既没有害人,也没有害你,你干吗非表现得像个邪恶的女巫?"

她仍然握着拳头。蜜蜂没有蜇她,或者看上去没有。她的脸上并无痛意,确切说,她的脸上并无任何表情。

我把刀丢出去,轻轻地,刀尖扎破了她裙角的蕾丝花边。

终于有那么一刻,她停住了嘴。哈哈。

"真是个美好的下午。"我说。

她不说话。

"真是条美丽的裙子。"我又说。

我捡起刀,又丢了一次,然后稍加了点力又丢了一次,这次,刀尖直直地冲她裙子飞过去,把裙子钉在地上。

如果她胆敢尝试起身,那条娇滴滴的裙子就会立时被扯成布条。这身裙子看上去就不便宜,不像是家里缝的。

她依旧保持着刚刚的端庄和沉默。手心里的蜂鸣声嗡嗡未绝。就算蜜蜂真蛰了她,估计也不会让我看出来。我把刀甩出去,再捡回来,一遍又一遍重复着这种把戏,胆大妄为地在她的裙摆上划开一道接一道口子,一次比一次更靠近她的大腿。她始终动也不动。我以为她会笑出来,可她只是继续啖着樱桃。我看着她的下颚一抬一落,讲究地把果核吐在另一只手里。

"这么漂亮的手,吐脏了可惜。"我说。

她双唇轻启,像要说话。并不,只不过又塞了一颗樱桃而已。这回她朝着林子的方向把果核远远地喷了出去。一滴绛紫色的果汁从唇上滑落在白色的裙摆上,也不知道是果浆还是她双唇更馥郁。刀还保持着斜插在地上的角度,我朝着果核飞出去的方向点点头,转过来对她说:

"好嘛,过不久又要冒出棵樱桃树了,虽然离果园有点距离。不过那可将会是名副其实的你的樱桃树,到时候你大可以把结出的果子都摘回家。"

脑壳上立时中了一颗果核,果汁顺着太阳穴淌到我的脸上。看她,则假装无辜,抬头望天——又没下雨!她打开拳头,那只蜜蜂还坐在她掌心里,摇了摇脑袋,一扭身子,盘旋着飞走了。留她一个人独享樱桃。

"你击中了我!我中弹了!"我夸张大叫。

我假装中枪受伤,假装毙命倒地。于是,第一次,我听到了她的声音,轻轻的,有点低沉的沙哑:

"千万别见怪。石头想飞到哪儿、砸到谁,我爱莫能助。"她仍不看我。

"万望您谅解。匕首想飞到哪儿、扎到谁,我也爱莫能助。"

她拉起裙子，露出裙底的长袜，上面不小心粘着青草叶，脚踝纤纤窄窄。她是故意把裙子拉起来给我看的。现在她已经理好了衣裙，就好像什么都没发生一样，就好像是她自己故意勾破了裙摆，故意溅了满身果汁，故意别了把匕首充当裙饰。她眨巴眨巴乌黑的大眼睛，我觉得我被整个人吞了进去。

我总是自诩胆色过人，因为我竟有胆那样试探过她的脾气。下次再见，说不定她真的会一枪把我崩了。

"你瞧。"

我声音很大，身上都是血。我变着法子想让她开口说话，想再听到那沙哑的嗓音。她乌黑的大眼睛眼波流转，却不肯流露半点心绪。

我把猎到的鹿拖来她祖父的院子里，一刀一刀，大卸八块。她和姐姐都住在这，而她的那几位同父异母的兄弟则随父亲住在别处。据我观察，布赖恩一家虽然家境殷实，但仓廪非丰，所以对我而言，新鲜的鹿肉无疑成了最理想的见面礼，因为这份礼物她无法拒绝，只好笑纳。

我浑身上下已经不是汗就是血，鹿血一直流到地上，一摊猩红。她站在门廊里看着我，身后跟着一个家奴，家奴身后跟着姐姐，玛莎，大大的眼睛，手遮住嘴，一脸紧张。倒是那个黑奴不以为意地抱着胳膊笑出声来。

"嘘，琼，别出声！"玛莎对她说。

我抹抹额头上的汗，也笑了。

"你瞧，正如我讲过的那样，屠夫们的生活实可谓艰辛。现在你看到了？"

丽贝卡转身消失在门廊里。我无措地站在那儿，浑身是血，像个刚从母体里爬出来的不谙世事的巨婴。玛莎没走，双手叉腰看着我，琼又笑起来，边笑边摇摇头。

"这可是活杀现宰上等新鲜的鹿肉，新鲜得说不定落地还能跑能跳呢。"我说。

丽贝卡端着一只碗回来了,把碗轻轻搁在台阶上,又站回到门廊里,像船头的破浪女神像,守护着身后的房子御浪而行。

我走过去,碗里是牛奶。乳白色的光晕宛若圆月。

"你把我当成小猫了吗?"

我笑笑,端起碗。手上的血迹沾在碗壁上,我却莫名愉悦。碗本来也不是很干净,而且牛奶有点酸了。我温柔地对着一碗举在半空中的牛奶说:

"我们终于找到了彼此,两条都需要好好洗洗的灵魂。难道就没人来帮帮我们吗?难道就没人愿意来伸手帮忙洗洗干净吗?难道这里的姑娘们根本就不知道什么叫干净,还是连她们自己本来就不干不净?你说今天会不会是我的幸运日?"

我舔舔碗沿。玛莎还是呆呆地盯着我。琼不笑了,换成是丽贝卡大笑起来。

过不多久,我们就都坐在了布赖恩的房子里。天色尚早,但华灯已上。父亲站在灯下流着汗,努力保持着脸上的微笑着,朗声说:

"朋友们[①]。"

他忽然心念一闪,原来时至今日,这个词依旧是他的痛处,他依旧不是贵格派教友会的一员,哪怕他已经如愿当上了亚德金的地方治安大法官。这样的想法顿时化作一股凉意,直浸骨髓,他的两条罗圈腿只有站得更直了。丽贝卡同父异母的兄弟们此刻列成长长一排,蔚为壮观。她的祖父老布赖恩坐在七拼八凑的破摇椅上,睨着眼前这帮新添的亲戚,似乎正在犹豫是不是还来得及把我们一个一个全都撵走。为时已晚呵,虽然一紧张就免不了结巴,但是这一次,父亲及时地为内迪和她的

[①] 原文作"Friends",与"教友们(Friends)"同。——译者注

姐姐，玛莎，领颂了结婚誓言。我们的小内迪看似已经做出了他的人生选择——或者也可以说是他的人生终于选择了他，那晚的那只死猫头鹰是他唯一送给她的礼物也说不定，而玛莎看上去更圆润了，我所说的圆润当然不指她的大眼睛，不过大家今天都尽量避而不提。无论是"通奸"还是"私交过甚"这种说法，早已成了这个家族不能承受的生命之重。只有内迪，永远一副心满意足的样子。玛莎挽在他臂上，说，愿意，她愿意从此嫁予他为妻。

那么现在是不是就轮到我了。我一心想像丽贝卡一样保持身体端直，纹丝不动，眼睛却瞄见她胸脯的起伏。她是那么活生生的一个小小的可人儿，十七岁花样的年纪，几乎和我等高。而我，二十一岁。我站起身。

她竟答应了！不敢相信也难以置信。简直像下一秒钟就要天崩地裂，地动山摇，山呼海啸，父亲沉着脸转过来。而我像以往一样，至多盼着他别泄气，站直点，记得腿，还有膝盖！他语速沉缓，掷地有声，甚至忘了结巴，流利地报上我的名字，丹尼尔。

自伊斯雷尔走后，我也不知道怎么，忽然成了同辈之中最受他偏爱的一个。我尽量不去看他噙着泪的双眼，尽量不去看他日已苍老的面庞，意外的是，我居然也感到眼前朦胧并一时凝噎。假装咳嗽，清了清嗓，好容易才说出话来：

"如若征得您首肯，我愿娶她为妻。"

小小的"她"，我的爱妻，像一个奇迹。我使劲晃晃脑袋，只想放声大笑，紧紧抓住她的手。

终于，礼成。老布赖恩像是刚刚被从坟墓里捞出来，重见天日，新鲜的空气和操蛋的生活接踵而至。丽贝卡的继母走过来吻了吻妈妈。两个布赖恩家的淘气鬼把嘴凑在酒壶嘴上，指望着洒出一点半点的朗姆酒。希尔上下打量着我的妻，极尽想象之能事，把手拢在嘴边打了声长哨。

"晚安，晚——安！快给她肚子里留个种，快点，布恩，和她生个孩子！酒呢？酒瓶在谁手上呢？"

直到楼上只剩下我和丽贝卡两个，我仍然能从楼下的喧闹声中准确辨识出希尔的声音。我担心他讲起我的第一段婚姻，还有小莫莉·布莱克。我是真的害怕再听见莫莉的牙战。但希尔整晚只是像头奶牛一样哞哞地笑啊闹啊，试图说服自己他是快乐的。然而我知道，他并不满足，他不过是想拥有和我一样多。

我有了妻子，真的妻子，此时此刻，就在我身旁。我忽然想起我的詹姆斯叔叔。那天，在长姐萨莉婚礼之后，他对我说，找个女人，然后娶她。我想起我还是个孩子的时候，他如何宠我、惯我，如何捏捏我的鼻子，对我悄声低语。任何短暂的欢愉都可以成为他的打鸟棍，他挥舞着这根棍子，挥向入不敷出的土地，挥向得寸进尺的邻里，挥向无足轻重的学校，挥向红颜薄命的妻子，挥向别无他望的生活，企图扫清一切现实中的不快。我也不喜欢上学，但我记得他常讲历史，耶利哥、希腊、特洛伊、罗马，他知道我喜欢听。我想起他往我口袋里塞糖块，塞到要满出来塞不下了为止。我还想起他总是对我说，小丹尼，以后，你一定会比我厉害多了。

还能听见希尔在外面嚷嚷，一条狗跟着他一唱一和。我和丽贝卡不停地转圈，不停地跳舞，脚步越来越重，越来越乱。空气凝滞成搅不开的一团，整个房间闻上去就像是醉后的呼吸，我也一定早就满嘴酒气，丽贝卡大概也有一点，只不过她多数时候闭着嘴，好像几乎不用呼吸似的。床腿咯吱作响，可不是我俩闹的。楼下一阵闹腾，只听见内迪轻轻的笑声，他和他新婚的妻子。哈哈哈哈。

詹姆斯叔叔，你看呐，这是我的新娘，我的爱妻，我的新的人生指望。敬你，愿你长命百岁！我举起酒壶，再灌下一大口朗姆酒。

一番梳妆，琼闪身把我让进屋，临走前冲丽贝卡眨了眨眼睛。而此刻，只剩她，只有我。丽贝卡一袭睡裙静静偎在我身畔，烁烁烛光在墙上继续转着圈跳舞，悉数化作她眼底的柔波，乌黑细密的发丝软软地搭在枕头上。我感到快乐滑过双腿，爬上脊背，呼之欲出！对这一刻，我已等了太久,想要的太多。

"终于等到你,终于在一起。"

而她依旧动也不动。楼下是谁在唱歌,《黑女贝蒂》忧伤的咏叹调。

我双手覆在胸前,在心里对玛丽亚以及所有费拉德尔菲亚的姑娘们默默祷告,但愿今时今日,今非昔比。如果我现在手边有刀,倒是要在她的睡裙上再划几道口子,看看她腿股之上可也有肉窝。

我爬上床,笑对她说:

"还记得樱桃园吗?"

她把头靠过来:

"看来婚姻让你变得多少有些柔情蜜意了。"

她的声音像燧石击打出爱的花火。

"婚姻就是这样。"我说。

"朗姆酒也让你变得更柔情蜜意了。"

"是呢,还有牛奶也是。今晚,你有没有又留一碗给我?"

她没说话。手指缠上发丝。

"至少,你也是已婚之人了,身在其中,你便知道那是什么感觉。"我说。

"诚如你所言,我结婚了。"

她这样说着,反而好像一切与我无干。我摩挲着她的头发。

"我的布恩太太。哦,你真是,可怜见的。"

"我是不是早就在哪儿见过你?"

这是第一次听她讲出这句话,附送狡黠一笑。我则像个终于得手的好色之徒,一时莫大地满足。

身下的她呼吸渐促,呼吸得越来越困难……

九个月后,我们有了詹姆斯。丽贝卡,你可知道,我几乎是数着手指盼着他的到来。我知道,因为詹姆西[①]是我的心肝。

---

① 詹姆西(Jamesie)是詹姆斯(James)的昵称。——译者注

8. 面朝红土

诚然，你可以重获新生，但这并不意味着你自此幸免于衰老。任何人，任何事，不舍昼夜，纷纷老去，无一例外。

丽贝卡在我眼中依然光彩照人。事实上，她分分秒秒点燃我的欲火。即使到了现在，即使到了事过境迁的现在，也还是如此。新婚燕尔时，我无论走到哪里，无论做点什么，哪怕是在玉米地里劳作的时候，哪怕是在荒郊野岭狩猎的时候，都不免想起她，她的面庞，她的肩胛骨，她的膝盖，她抬起手臂时肌肤之下隐约可见的一条条肋骨，一一浮现眼前，仿佛伸手可得。我把这些讲给她听，说她浑身都是降服我的武器。她开心称是。是的，她的所有，她的一切，她的身体，她的肌肤，她全身上下的每一寸，无时无刻不牵着我的心。夜里，我唤她作威尔士的小女巫，海伦女神，她不是特洛伊城的女王，她是我的深林女王。我把她抱上床，吻她的背，一路吻下去，感受到她起伏的背脊下面悄悄的欢喜。

我的可人儿啊，我是多么希望此刻，你就在我身边，让我触手可及。

她祖父的农场无聊之至。尽管土地肥沃、水草丰茂，但到处充斥着腐朽的味道，像是随时在对外宣示着布赖恩姓氏对一切的产权所有，让人难受。更何况,我从没一个人干过收割的活,本来对农活也不在行。犁沟总是歪歪扭扭,犁杖总是绊到土里的石块。一匹套马,一架犁杖,田间地头日复一日的琐碎像块铁砧压在我背上透不过气来。玉米也不是玉米,更像是铅锤。说实话,我一点也不喜欢玉米,去他娘的,恨不能看着玉米粒噼里啪啦炸成玉米花,最好干脆什么也不剩。幸而我还有丽贝卡,我想着她,想着我们充满柔情蜜意的被窝,想着任何让我能哪怕片刻忘记犁杖的事,企图麻痹自我。

忘掉入伍从军,忘掉法国兵,忘掉印第安人,那不是你该有的生活,而今才是——我仿佛听见妈妈的声音。我停下来,弯腰扒拉出一块带着花纹的石头。马套在犁杖里,回过头来——都忘了吧。

谈何容易!遗忘总是比铭记更难。听说法国兵和印第安土著向着卡罗莱纳卷土重来,战况愈加不乐观。除了还在观望的人,很多人选择举家向南,或者向西撤离,自此远走他乡。至于英国人,我是说真正意义上的英国的英国人们,根本不在意我们被连根拔起。到了这地步,大概只有我们自己还自诩为不列颠的子民,只有民兵团还高举着国王的旗帜。然而,我们真的还是国王的子民吗?说起来似乎倒是该怪我们自己,谁都看不顺眼,一不小心,成了他们与他们之间皮草贸易的壁垒,成了他们和他们之间条约谈判的绊脚石。我们散落在北美广袤的土地上,擅自在他们或他们皆不愿意看到的地方生根发芽,遍地开花。而所谓战争,不过是一场猫鼠之争的游戏。直到有一天,你终于明白,原来你自己既不属于猫,也绝非鼠辈。

我直起腰环顾周围,细听四下声响,分辨远方的硝烟。在那边,当然也是属于老布赖恩的田产,两个黑奴边闲侃边干着活,声音慢慢飘过田垄,隐约可闻。再远处,无疑还是属于老布赖恩的房产,大门紧闭,没有什么动静。丽贝卡和孩子们待在里面,詹姆西和小伊斯雷尔——我给新生儿取名伊斯雷尔,长兄的名字——还有杰西和弟弟乔纳森。布赖恩的其他房产彼此都相距不远,无一例外四围扎着高高的藩篱、养着壮实的奶牛。现在我知道了,可怜的杰西贝尔,奶牛确有行凶的本事。

安居乐业让人自然而然感到安全而满足，诚然如是，我却始终在想，假使此刻，我站在悬崖峭壁之上，面前苍茫的山野如果是深邃的汪洋，布赖恩的整个农场看上去将不过是一个微不足道的孤岛，飘零在黑暗之中。而在此之前，千辛万苦伐倒的一棵棵大树、拔出的一段段树桩、清理出来的一片片野丛，不过只是在广阔的黑暗与无涯的苍茫之间辟出了这脚下的尺寸之地，而已。

而我，永远在遥望那片黑暗，那片苍茫。

我发现自己在叹气。唉声叹气还不如一走了之，我想。我扔了犁杖，马却没停，只哼了一声，向前使力，撕开一大块草皮。我合上眼，回想起刚刚过去的冬季，第一次穿越蓝岭，认识了一个在山区牧场放牧的黑奴，伯勒尔，宽脸细脖子。我把酒壶里的威士忌分了几口给他，他把野兽的足迹指给我看。他说他还看到了更多，但我的威士忌无法分他更多了。于是，我与他别过，孤身一人顺着那串踪迹一路向西，又走了两天。沿途许多溪流和泉眼，还有西洋参。我挖了不少山参回去，卖到了镇上。除了山参，当然少不了别的猎物，收获颇丰。我在脑海中回想着那个冬天的样子，路过的每一棵树连同树皮上的每一道划痕，每一株植物，每一种动物，每一个痕迹。

但我不得不回来。已经是春天了，农忙时节，布赖恩家的农场上，劳作是无休无止的。风穿过树林，有浪的声音。我想起小的时候，每每我们闹着要听故事，妈妈就会给我们讲她的妈妈是如何从威尔士漂洋过海、不远万里来到这片陌生而未知的土地。她揣着背井离乡的惶惶之情，一心以为会倾船海上，但在她看来死无葬身之所甚至好过晕船呕吐。

风渐止，声渐息。我发现我还站在田垄间。我坐下来，仰面躺下，把脑袋垫在一块石头上。头很疼。我仿佛预见到自己终于有一天，以类似的姿势被葬进布赖恩家的墓地，又或者就被埋在这片地里。地表以上，人们压上一大车土方，踩得实实的，于是地表以下，我的脸上就糊满了这种铁锈红的土渣。

好像有人一路向我跑来，伴着轻柔而短促的呼吸。我心跳加速。几乎有相当一段时间我都忘了,那些死去的亡灵怎么肯轻易放过我,他们始终一路紧紧追缠。我还活着,有丽贝卡,有孩子们陪着,也有那些亡灵跟着。再次,我感受到他们的冷漠,他们的不甘。

哪怕就算有一天我真的死了,他们也会把我从土里挖出来吧,想到这儿,我失声而笑。假如真的在地表以下,笑声是不是也会是扁的。

我站起来,没人,周围重归安静。那马瞥瞥我,耳朵耷在脑袋上。我发现我的手里还握着刚刚那块带着纹路的石头,不留神又叹了口气。

所谓命数把另一条出路指给了我,然而这次,我并不想遵从。

显然丽贝卡是被近来的流言吓得不轻,而将她的恐慌归咎于我。已经是暮春时分,连月无雨,田里的秧苗打着蔫,连空气都是干燥的。在过去的几个礼拜里,亚德金谷许多聚居地遭到彻罗基族和易洛魁族袭击的事时有发生。正是青黄不接的季节,没有充足的食物,新种下的玉米来不及长成就枯死在地里。与此同时,不断有新的人涌入,占据越来越多的土地。跟着这些人一起来的,还有贼盗,他们觊觎着任何可能到手的东西,甚至从河对岸哈尔西家拐走了一个姑娘。我们集结民兵在噩梦之前把那可怜的姑娘救了回来,但哈尔西还是说她有整整一个礼拜不肯开口讲话。现在好了,哈尔西一家搬走了,陆陆续续很多别的人家也搬走了。

趁孩子们睡熟的时候,丽贝卡把我拉到门外。春末夏初的虫鸣不绝于耳,房间里的蜡烛吱吱地淌着油。她竖起耳朵,不放过一个声响,把我的衬衫绞在手指上。

"你难道真的乐意一直守在这儿不走吗?你说啊?"

她眼神凌厉,但声音温柔,她太知道如何刺穿我的铠甲。我想,她大概也预见了死时的模样,我的死,或者她自己的。或死,或俘,或囚。她的眼前大概还闪过了孩子们被俘或被害的画面,她无法忍受这种想法继续折磨着她。是啊,谁能有勇气直面自己骨肉的离散呢?

"丹尼尔！"

窗外，龟裂的田野，奄奄一息的玉米和麦子，没完没了地劳作的人们，还有日复一日的民兵操练——前进，后退，永远懒散。我的目光穿过这些，望向远方的苍茫，望进无边的黑暗。而丽贝卡紧紧抓住我的背，好像要把我像只小狗那样提起来，她的手似乎在问，难道想要一份安宁的生活是我的错吗？不是的。

"丹尼尔，哪怕是印第安人，现在都在撤离。我亲眼看见一队卡托巴人带着行李家眷向北边去了。如果连他们尚不想陷入纷争，你为什么还要坚持守在这儿呢？"

上个礼拜，民兵团轮到我和斯夸尔执勤，我们巡逻到一户偏僻处，发现詹宁斯和他的儿子、家奴仰脸倒在自家麦田里，身上绿莹莹黑漆漆一片，全是苍蝇。他们的天灵盖被挖掉了，眼珠也不知去向。那个男孩，才十三四岁。我几乎不忍再看，感到难过万分。

木屋门外，趴着一具彻罗基人的尸体，身上有个枪眼，也早就落满了苍蝇。我们让詹宁斯一家入土为安，扔下那个印第安人在光天化日之下腐臭坏烂。屋里没人，但我赫然看见一条女式睡裙勾在衣挂上，床上还丢着一顶女孩的小帽。而这些，我都没告诉丽贝卡，尽管后来，她还是知道了。

"你明明闻见烟味了。"丽贝卡背对着我。

"明明是你最先闻到的。"

我的玩笑话好像说的不是时候。我的确闻到了烟味，我们都闻到了。昨夜，从北边林子另一边传来，像是卡特家的方向。烟很厚，不像灌木起火，黑烟滚滚，卷挟着浓重的焦油味道，臭气熏天，浓稠得像是能挂在皮肤上。丽贝卡望向我，泪水瞬间盈满眼眶，她努力眨眨眼，挤去了泪珠，不让它们流下来。于是我们谁也不再提烟的事。她在房门口里走来走去，像是一条挥在空中的鞭子，最后走进房间。

她的失态只不过表露她一心只想离开，而她的身体仍然保持着训练有素的端庄。父亲也面临着一样的窘境，在母亲的唠叨和岁月的消磨中渐渐老去,他的卡罗莱纳之梦如今已碎。同样摔得粉碎的,还有丽贝卡祖父的梦。老布赖恩全然不顾亚德金谷的田产,站起身来,掸掉手上的尘土,也走了。离开似乎是大势所趋。

"丹尼尔?丹尼?"

丽贝卡的声音从门廊飘来。

"你知道的,我从未临阵脱逃,哪怕是只身面对玉米地!"

又是一句不合时宜的蠢话。我从齿缝间呼出一口气,不过是在换一种方式叹气罢了,但我还是努力接着说下去:

"我们可以把父亲那六百亩地买过来,再盖栋大房子。室内装木饰护墙板,还有橡木地板,你会很喜欢的,不是吗?"

我并没有仔细权衡过这个主意,不过我想也许她会。这时,其中一个捣蛋鬼哭醒过来,丽贝卡赶紧走进房间。好像是詹姆西,这个小家伙从来就不能老老实实安生睡觉。

我再度望向窗外的苍茫和黑暗,微风拂过枯瘪的稼秧,搅出窸窣的声响。

我忽然感到一块巨石从背上卸下。这突如其来的安慰并非出自于躲避印第安人或者法国兵的袭击,而是终于有了理由离开这片寂寂的红土,离开这些吃力的农活。就任由它杂草丛生吧,我将另觅他处——去往任何别的地方,父亲,正像您曾说的那样。

好吧,就这样吧,我走到门口,轻轻地对丽贝卡说:

"那么我们也搬家好了,布恩太太,只要你高兴就好。"

一个黄发稀疏、满脸愁容的妇人坐在那儿,不停用手抠着脸,尽管这种奇怪的举动看似并没给她本人带来多大快感。这里的人都在偷瞄,悄悄揣测究竟她这是怎么了,但似乎没人认得她。她的下巴已经见血了,可看上去她仍没有打算就此罢手的意思。

多布斯堡,卡罗莱纳的地方长官在两条溪流间修筑的防御工事,离我们原来住的地方只向东几里，可里面早已挤满了人，空气紧张，光线熹微，天花板像是紧紧扣在头上的一顶帽子。我们和另外十几个人就这样一起塞在工事其中一间木屋里，紧挨着北边的围栏。除却冗长的沉默，女人们偶尔也饶有兴致地追忆起往日的美好时光。木屋的四围是毛料围成的，我们挤在中间，像新剥下的生毛皮。

"你漂亮的小裙子在这儿可谓是艳冠群芳了。"

丽贝卡小声笑笑，尽可能掩藏着笑声背后的苦楚。木屋内充斥着惶恐的味道。小伊斯雷尔不时的嚎啕像是道出了大家心底的声音。倒是詹姆西这回终于睡熟了，仰在那儿，睡梦中带着一脸热切的希望，大概是因为睡着之前，我哄他说我们待在城堡的地宫里是等待着国王的觐见。木屋外面有条水沟，蚊蝇嗡嗡作响，其中一只蚊子溜进屋子，惹得众人纷纷扬手猛拍，但无甚建树。怀里的小伊斯雷尔闹得更凶了，于是孩童们的啼哭一声接着一声，以传染之势在屋里蔓延开来，让人想到夜里的狼嗥，也是这样一个接着一个，一声未平，一声又起。

刚刚那个黄色头发的妇人突然叫起来：

"简直是一帮蠢女人、笨妈妈！当妈难道就那么容易不成？！"

说完，该抠的继续抠，该哭的也还是在哭。

长兄伊斯雷尔的长子杰西安静地蜷在我脚边，一条胳膊上吊着夹板，是丽贝卡用衬衫布和薄木板凑合绑的。他是在他生父过世后不久过继给我的，但即使在我一个人面前，他也总显得不很自在。和弟弟乔纳森以及所有的遗孤一样，总是谨小慎微地度日，却总还招致霉运。

"胳膊还疼吗？"我问他。

"不疼了，先生。"他答道。

"'叔叔先生'，在这个地方叫起来感觉不错嘛。"

杰西看看我，笑了。随即又赶快小心地藏起笑脸。他试图把重心换到另一侧，好让挤在他旁边一直抱怨的家伙抽空透透气。他就是这样，小心翼翼，从不自找麻烦。一张小脸在昏暗的木屋里却显得如此皎洁，像井底的圆月。我想，他的断臂肯定很疼。那天，他从谷仓楼上跌下来，没哭一声，只是默默地提着手肘，吊着前臂跑来找我。他总是不小心伤到自己，好像生活对他而言处处设陷。那妇人冷然又说道：

"这个小家伙我倒是乐意抱来养，来吧，让我来给他个家。"

杰西闻言转过去睁着大眼睛看着她。

"谢谢您老，那倒不用麻烦了。"我朝向那个妇人说。

她瞪了我一眼，抱起胳膊，像是受到了不公正的待遇。我转脸问杰西：

"饿吗？"

我把手伸进口袋里一顿摸索，明明记得还有吃的。但杰西摇了摇头。我只好摸摸他的头发，抱歉除此之外无能为力。我站起来想舒舒筋骨，但逃难的人挤了一地，丝毫没有插脚的余地。丽贝卡用围巾遮着给怀里的婴儿喂奶，小伊斯雷尔终于吧唧吧唧止住了哭声。丽贝卡没看我，只是伸出手拉住我的胳膊，说：

"今晚真是亏你挑了这么个绝好的寄宿之所。"

她希望我也能玩笑几句好让她也能轻松些，因为在心里，她其实有点抱歉是她的主意才硬把我拖到这儿来。但是我一时没顾上理她，腿坐麻了，针扎似的。

我下意识坐下来用手堵住杰西的耳朵，是的，我听见了，夜色之下另有声响。是狼吗？还是印第安人，或者法国兵？是婴儿们的啼哭把他们招来的吗？我把耳朵贴在木屋后墙的枪孔上悉耳聆听，杰西在我手底下不安地扭来扭去，丽贝卡失控地大喊：

"听到什么了？！"

她的眼圈红得像花瓣，让人忍不住想伸手安抚。其他人也纷纷坐起身，竖着耳朵。丽贝卡不停在追问，我只好告诉她，这么一闹腾，现在倒是听不见什么动静了。

"如果真有什么动静，你肯定会告诉我们的，是吧，丹尼尔？"

她直盯盯地看着我，杰西也是，还有木屋里其他的人。甚至连詹姆西也翻了个身，睡眼惺忪地抬起头。唯独那个黄头发的女人专注于抠脸。

这回轮到我大喊：

"什么都没有！你们听，守卫都在巡逻。不会有事的，继续睡吧！"

木屋里终于安静下来。月亮拽着身后的夜幕吃力地向上爬，透过枪孔，夜色更浓了。周遭的鼻息和鼾声让人压抑，我试图趟过地上一具具身体，换到另一面墙底下听。

猛然间，一声短促而分明的犬吠，距离很近，仿佛一柄利器刺穿了我的脑壳！肯定有事要发生，一件似乎我这一生中早晚要发生的事。果真如此，那就来吧，尽管放马过来，我就在这里，或战或死，但绝不是困在这里，坐以待毙。

然而，始终什么也没有发生，仿佛一切停滞了，诡异的静谧竟让人无以承受。如果这时哪怕有扇窗子，我一定已经毫不犹豫地跳了出去，生怕被命数揪住不放，生怕像杰西一样，总不免牵连于他的命数。但让我诧异的是，这一回，所谓命数竟然错身而过，向着另外的方向消失不见。让我不禁错信，也许，我是可以改变它原有的方向的。

我走回杰西身边，掏出匕首，把耳朵贴回到枪孔上，在深沉的夜色中仔细搜索。无声的静谧仿佛一块厚布，当头笼罩。拴在工事中间的马忽然喷出的一声鼻息，这时也仿佛平地炸出的一声惊雷。我感到内心澎湃，无可阻拦，抬脚走向门口。

杰西脸色苍白，像块皱巴巴的亚麻布。他继承了他母亲的眼睛。四目相对的瞬间，那乌黑而深邃的双眸仿若万斤铅坠，不容分说扯住了我的脚步。好吧，格列佛，此刻，我又想起了你，被侏儒束手缚脚的你。

我心下默默对自己说，且别动声色。然后开口对杰西说：

"好乖乖，胳膊疼得厉害吗？睡不着吗？"

好乖乖，有的时候我也会这样叫他，像他妈妈一样。

"有点儿，但是还能忍。"

他眼睛扑闪着，好一会儿，才说出话来。说完，又缩起脑袋。我蹲下身子，把自己的胳膊放在他的胳膊上，像是这样便能帮他复原似的：

"这样会碰疼你吗？"

"有点儿……"

"哦,抱歉抱歉。"

我哼了一声,惹得杰西终于哈哈哈地开怀笑出声来。也许有一瞬间,他终于忘记了他受累于命数的生活。角落里一个年轻人骂了一声,那个黄头发妇人直起身敲着脑袋,小伊斯雷尔又哭起来。丽贝卡看看我,又看看杰西,一脸恹恹的疲相。杰西赶忙缩作一团,一条断臂端得远远的,好像不属于他似的。我知道他一定又在疼了。

再这么继续窝下去,人都要烂透了!又在木屋里坚持了几天之后,丽贝卡也终于忍无可忍。她提议往弗吉尼亚去投靠她的家人,我们遂动身出发。一路上,她面若冰霜,不许孩子们片刻离开车厢。直至终于再见到祖父,丽贝卡才终于露出笑颜。

老布赖恩在弗吉尼亚置了块地,周围依旧"无的放矢",但我可不想再务农了,何况他养了很多黑奴,人手充足。高兴的时候,我就驾车拉些烟草到集市上做点小买卖。生活在这里变得就像杯盏停当的筵席,无非玉盘珍馐,佳肴美馔。说实话,在这里我们的确吃得不错。孩子们抱着谨小慎微的一点点快乐,反而是丽贝卡收获求之已久的解脱。她抱着怀里的小婴儿,一圈圈地散步,圈子越走越小,端庄又重新回到了她身上。但我却发现自己越来越食不知甘,嘴里只有烟叶的苦涩味道,整日里这些沉甸甸的刀叉,以及永远"是不是需要再来块苹果派"之类的对话令人索然。

我们就这么度过了整个夏天,以及整个冬天。我不常做梦,但困在老布赖恩的大宅子里,还是时有梦见芬德利嘴里的理想世界,那个佛罗里达的英国佬和他的三妻四妾,泊居荒凉之地,全然听凭爱好生活。只管去做想做的事——这难道不正是死去兄长曾告诫我的吗?我又想起伊斯雷尔,特别是当他的孩子们就围在我身边,而他却不在。他真的不在吗?我无时无刻不在警醒,不在观望。

丽贝卡近来常做乱七八糟的梦，梦里满是若有似无的征兆。一旦她把梦讲给我听，而我又不能及时奉上恰如其分的解析，那么接下来的一整天，她都会无比乖戾。我不曾把我的梦讲给她，不曾讲给她有天我梦到亚当和夏娃，在秘密花园里正行好事。梦里的世界纯净而僻远，篱笆四围，牛羊遍野，孑然于喧嚣的世事之外，悠然于恬静的平淡之中。梦里尽是称颂和赞美，尽是欢笑和拍掌。啊，亚当，我真是快乐的女人。哦，夏娃，我很开心听你能这么说。

我字字句句记得梦里他俩的对话，好像声音很大，还萦于耳畔。直到后来我忽然意识到，梦里的亚当并没有提及他快乐与否。不知道为什么，直到现在我还记得这个梦。

后来发生在这对璧人身上的一切，不消我说，大家也都知道：蛇，苹果，惊讶之余是永无休止的惩罚，以及，再见！但是于我看来，比之投靠弗吉尼亚和布赖恩住在一起，被逐出伊甸园算哪门子的惩罚？至少他们可以爱去哪儿去哪儿。而我呢，永远要不时、不断、不停、不厌其烦地提醒和感谢丽贝卡的祖父收容了我们。老布赖恩则永远陷在扶手椅子里，肚子撑得鼓鼓的，好像他的万贯家财原来就藏在这么显眼的地方。他似乎天生酒糟鼻子醉汉脸，我从没见过他沾酒，但长相和事实二者之间的反差反而更让我觉得他难委以信赖。至于他身上经久不散的枯腐味道，大概是来自天天数也数不完的旧纸钱吧，我想。

吃穿用度，我欠了他二十英镑，而我欠他儿子的大约更多。那段时间里，父亲带着妈妈逃去了马里兰，如她所愿，离伊斯雷尔的墓更近一些。内迪和玛莎也在布赖恩家，妹妹汉娜和她的家人待在一起。有的时候，我会忽然想起留在卡罗莱纳的斯夸尔，只不过不敢多想，他还好好活着吗，还是已经死于非命？还或是受迫于枪匠学徒的生涯，哀莫大于心死，而身灭亦次之？我总之是恨透成日里驾着马车东奔西跑。斯夸尔，你大概也恨透了你的工作了吧？

我发觉自己被困在客厅里，只好尝试参与到谈话之中：

"春日在望啊。"我似乎是对着老布赖恩说。

简直没话找话,却又不得不同这个吃饱了撑着的老头子说点啥。不知道他的梦里有什么?——地里的烟草叶子长了蛾子?或者他的万贯家财生了蛀虫,随时可能被吞噬殆尽?

我在自己的椅子上不自在地扭来扭去。丽贝卡和一众妇人们在厨房里一边揉面团、剁骨头、砸坚果,一边聊天。其中一个说:

"一定是小的时候差点被淹死,否则怎么我现在这么怕水?即使是夏暑难耐,只要看见一泡水塘,我就登时觉得自己瞬间被冻住了。"

一番话惹得旁人咯咯直笑。

"也许你在另一个轮回里的确被淹死了,然后这段噩梦般的记忆就变成了一颗种子,一直跟着你,就像癌症。"

"我可不希望我生癌,你是说我看着像生了癌吗?"

"你们真的相信人有好多次生命轮回吗?我倒是不信。"是丽贝卡的声音,平静而坚定,和之前躲在多布斯堡的时候判若两人。

"我信,我信。我不但信,简直想再轮回一次。我想我上辈子肯定死于非命,不然怎的一到了晚上这里就疼。"姐姐玛莎说,"我害怕极了,生怕就这么睁着眼睛、张着嘴巴死在自家床上,想想看,第二天早上你被发现是那么副样子死在那儿,多吓人!我是生了癌吗?就这里疼。"

穿过门廊,我看见玛莎把手按在胸口正中,她似乎认为这个位置正是心脏所在。消化不良罢了,我心里说,但没吭声。听丽贝卡接着说道:

"我可是宁愿生癌,也好过死于刀斧之下。如果仍留在卡罗莱纳,早就被砍死了也说不定。"

于是另一个妇人顺势讲起那些父母双亡的孤儿,只能游荡在亚德金的丛林里。

"我是无论如何都不想再回去了。"另一个说。

我几乎忍不住要朝着她们大吼:别听风就是雨,谁说什么都信!但玛莎插言说:

"内迪在镇上听人说,彻罗基人想围困劳登堡,不过守兵们都娶了印第安老婆,她们在彻罗基人眼皮子底下偷偷送进去补给,豆子啊、猪肉什么的。"

丽贝卡大概在重重地敲着什么东西：

"你会为内迪冒险做同样的事吗？如果换了是印第安老公呢？"

大家都笑了，玛莎又说：

"想象一下印第安女人的样子，不知道她们裙子底下穿的是什么？"

我想起某次射击比赛赢回来的奖品，一条美洲豹的皮毛，深黑色的，有浓重的杂草味，后来转手卖掉了。说不定，丽贝卡，也许你会喜欢，也许你可以把它穿在身上，或者用它给我们的新生儿做个襁褓，我们的小千金，苏珊娜，把她扮成野人部落的小公主，好好吓你家人们一跳，吓得他们一屁股摔在地上，运气好的话，兴许还能折断两根老骨头。

我沉浸在自得其乐的幻想中，内迪从外面走进来，双颊被风吹得通红。他向老布赖恩点点头，在他身边的椅子上坐下。老家伙忽然多疑地说道：

"两个黑脑袋！"

内迪笑了。是的，妈妈以前也总说，我俩是没有同年同月同日生的双胞胎，是一个模子刻出来的两兄弟。不过，尽管都是黑头发，内迪偏偏有更甜美的嗓音和更俊朗的外表。妈妈说，他最好一辈子不蓄须，不要遮住脸上甜美的笑容。于是他永远把脸刮得干干净净。姐妹之中，萨莉和贝茨管叫他洋娃娃，小的时候还常常让他原地转圈。他永远一副不计较的样子，顺从地听凭调遣，圆圈转得多了，扑通一声躺倒在地，而脸上还挂着笑。内迪，我一直记得所有种种，过去的所有，所有的所有。

"到镇上去了？"我问。

"对。"

"外面暖和吗？"

"对，暖了点。挺舒服的。"

"镇上有什么新鲜事吗？"

"没什么值得一提的。"

看得出来,内迪对我心生怜悯,被我连珠炮似的问题弄得有点尴尬。他对自己倒是照例满心满足。他站起来,背对着炉火,抻了抻筋骨,说:

"这实在是幢不错的宅子,丹,很舒适。当然,我知道你在哪儿都能过得不错。"

"可能吧,还不都一样。不像你,我们的小内迪,恋家的小内迪,亲爱的小内迪哟。"

我学着妈妈的腔调,自己却陷入了乡思,纵然不知乡系何处、情归何处。内迪哼起了小曲。不知道是哪个孩子在哭,丽贝卡从厨房向外喊:

"是内迪回来了吗?快来帮我哄哄孩子。"

"顺便也哄哄你自己的。"玛莎跟着叫。

"还有我的,"另一个女人,"别人简直不能让她片刻安宁,内迪,都是你把她宠坏了!"

他照例言听计从,面带微笑。一见到他,孩子们的吵闹声陡然升高,女人们则不忘打趣,几时能拥有他的"娇容月貌"就好了。

留我一人还待在椅子上,无事可做,像老布赖恩一样肚子撑得鼓鼓的,却塞满了了无生趣的厌世情绪。老头子这会儿已经在椅子上昏昏睡去,兴许梦到了美食或者香烟吧。我走出门去,走到清冷的空气里,走向马厩。既然别无他事可做,不如套上马去镇上转转。我企图让马具和皮带的扣法占据全部脑海:这个在这边,那个放那边,套进去,穿出来,向下拉,向上拽。就在这时,我的命数以全然一新的姿态忽然出现。

"老天呐,简直吓了我一跳,还以为是个鬼!"

他不动也不笑,只是安静地立在厩门左侧,背靠在残冬未尽的清冷的日光里,空气中的尘埃绕着他周身团团打转。还是老样子,只不过弓着的背更弯了——斯夸尔,我的好兄弟,已经俨然大人模样,颀长而高挑,留着辫子。我盯着他笑出来:

"不过就算是化成鬼,我也认得你,斯夸尔,你知道的。真是有段时间没见了,已经长得比我还高了,看看,站直了,别藏了,怎么看着像是被货郎担压弯了腰的小摊贩。"

最后这几句,我明显带上了妈妈的腔调。他莞尔一笑,双手始终插在裤袋里。我说什么来的,真的,他安然无恙地出现在我面前,让我无比开心。兄弟就是兄弟,从头到脚,由内而外,我想是这样的。

我伸出双臂拥抱他。

"好了,好了。"他只是淡淡地回应我。

"你怎么来了?"

"跑路来的。"

他耸耸肩,意思是他是背弃了父亲为他安排的枪匠学徒的活计,逃出来的,但至少看上去,他自己不甚以为意。

"把你的枪都丢下了吗?师父难道没追你吗?"我问。

"造枪什么的,我已经学了不少了。况且亚德金现在连人都没剩下几个,哪还用得上造新枪啊?"

"都搬到这边来了吧,瞧,连我们恋家的小内迪都跟来了。话说,你打算在弗吉尼亚干点什么营生?"

他又耸了耸肩膀,直直地对视着我,说:

"是我太太觉得该是时候离开卡罗莱纳了。"

"你太太?哦,天呐,快让我恭恭喜你。真想不到你原来会是个半途而废不好好做学徒的人,更没想到还是为了娶妻成家。怎么样,婚姻生活不错嘛?"

他脸上闪过一丝笑容。我把他头上的帽子拉下来遮住眼睛:

"又一个布恩太太,可怜的姑娘。希望你在人家面前可别这么木讷寡言。我们什么时候能见见她?还是你早就已经警告过她小心你的家人,离我们越远越好了?"

帽檐遮住了半张脸,这种戴法很适合他。但他把帽子又重新提到脑后,眼睛顺势从房椽扫到地面,马厩里显然没什么吸引他的,却见他又扫视了一圈。我拍拍他双肩:

"只管去做想做的事吧。"

伊斯雷尔，我们已逝的长兄，再一次，我想起了你。我想，斯夸尔也何尝不该趁青春、趁活着，想做什么就做点什么呢，况且他还年轻，尚不用牵顾子嗣。我邀他进屋，好像这宅子是我的一样。光顾着他来了高兴，差点忘了老布赖恩还睡在客厅角落里。

女人们带着小家伙们都散了，内迪也不在。斯夸尔显得坐立不安，在房间里来回踱着步子，一会儿看看炉火，一会儿看看挂钟，心神不宁地像丢了骨头的狗。

"你坐一会儿好吗，稀客？待我去把内迪喊回来。"

斯夸尔还是站着，瞪着墙上的挂钟，那样子像是遇见了一个宿敌。他忽然快步穿过房间问我说：

"来点野味如何？"

声音里不无严肃，他不常如此。我收回脚步，问：

"你带什么好东西来了？"

他龇着牙，走回到挂钟前，低声说：

"彻罗基族人已经撤出卡罗莱纳，准备退居西边。按照既定的和约，自此永不跨过阿勒格尼山脉。亚德金谷现下一切安然。从上游下来的埃利斯也回去了。纵火烧杀早就已经是好长时间以前的旧闻了。"

"哈！"

"并不是所有的人都了解那边目前的状况。"

我们相对而立，却不敢彼此对视。他继续说：

"我们应该自己回去看看，看看家当还在不在。以及——"

我替他接着说下去：

"以及这个时节，冬毛快褪了，正是制皮草的好时候。"

"你说亚德金湾还剩多少河狸？"

"还有西边的树林呢，何不向西多走一走，来一趟长途涉猎？"

"是啊，何不呢？"

"何不呢？"

我们相视一笑，狡黠如两条猎犬。尽量压低嗓门，不动声色，两个人之间的对话简洁明快宛如阵阵鼓点，生怕被妇人们听了去。但难于掩饰脸上的得意和放肆的笑声，像两个等着开餐好大饱口福大快朵颐的傻瓜。院子一侧的枫树慢慢吐露新芽，向阳舒展。天空那端的云彩细细抽成丝带，向西飘散。

睡梦中的老布赖恩一声大喝：

"你可曾为了国王陛下而浴血奋战！"

"是呵。"我冲老头子说。

"一切都该好起来了吧。"我冲斯夸尔说。

"至少不会比这里更糟。"

"肯定不会，再糟糕也糟不过现在了。何况一切都会好起来的，实在不行我们还能再走远一点。"

"那么，何不呢？"

"是啊，何不呢？"

9. 应许之地

我们在亚德金的房子竟然屹立未倒,除了耗子,并没有发生鸠占鹊巢的事情,甚至像从不曾有人在此居住,连一丁点人气都感受不到。这对我而言,不失为幸事一桩。我爬上阁楼的卧室,也就是詹姆西和小伊斯雷尔出生的地方,如今只剩下空空的床架。我走到外面的农田里,掘起厚厚的杂草,略有点恪尽职守地种起了庄稼。不得不说,脚下这片红土地可没有对我流露出任何久别重逢的喜悦,依旧是吃力不讨好。我沿着田垄一趟一趟撒种,带着花纹的玉米籽从指缝间滑落到翻起的土壤中。我抬头望向不远处的密林,好像受到了它们阔别已久的召唤。

寂寂湾谷不复寥寥,陆续有越来越多的人家迁了回来,带着劫难之后的小心和笃定,重归故土。没有印第安人或者法国兵的下落,倒是有些商贩。斯夸尔和我从一个肯赊账的小贩那里买了些子弹,他略带异样地上下打量着我俩。我俩不管买点啥都只能先赊着账,于是也只好任由被这样打量来、打量去。

我们开始为即将到来的长途涉猎做准备。出于生计,妹妹汉娜的丈夫,约翰·斯图尔特也加入了我们。他骨架很大,嗓门也大,唯独一只耳朵失聪,导致答起话来不很自信,生怕自己听岔了。令人安慰的是,他不但是个好猎手,也是个好帮衬,眼里有活,手脚勤快。

接着，我们开始打包行囊。一天晚上，我、斯夸尔和斯图尔特正在擦洗旧捕兽夹，希尔骑着一匹深灰色的高头大马器宇轩昂地出现在面前。

"听你太太说你又回来，"他跳下马鞍，缰绳丁零当啷一阵响动，"代致她对你的关切。这是准备去打猎吗？去哪儿？也算上我一个。"

斯夸尔和斯图尔特都看着希尔，我只好说：

"得了，想必希尔少爷不过是想跟着去看看，一路上还剩不剩下什么值得大赚一票的土地吧？"

"以及，哈哈，和布恩家的小伙子们一起找点乐子嘛！"

希尔满脸堆笑在我身边坐下来，掏出一沓钱拍在我手背上。我没伸手去接，他只好又把这捆钞票小心地搁在我腿上，摸出酒壶吞了一大口，说：

"敬友谊——友谊万岁，以及，嗯，敬你我财源广进！让我们一起赚他个盆满钵满。我要为你们出书立传，让你们扬名立万。知道吗，我都开始动笔了。"

希尔把酒壶抵在鼻子上。

"可是，"斯夸尔问，"会有读者吗？"

希尔闻言大笑：

"哦，我亲爱的老伙计，谁买了弗吉尼亚报纸，谁就是我们的读者。这年头，有谁会介意多知道点新鲜事呢？"

斯夸尔轻轻摇头，继续和手里的捕兽夹作斗争。我又陪希尔坐了会儿。说真的，我是真不知道我俩这门子友谊究竟情生何处，他总是情真意切，让我总是不得不陪着倍感动容，诚然，打动我的还有他口口声声的财路。他似乎比我更笃信这份友谊的忠贞与存续，我只是更笃信他生财有道而已，单看看我腿上码着的这沓钱就不言自明。

又花了两天工夫，一切行路补给终于准备停当。进山前夜，大家坐在暮春的晚风里，已经依稀能嗅到夏天的味道。月亮没出来，但是篝火很亮。希尔喝着小酒唱着歌，体贴地尽量压低了他的破嗓子。斯图尔特

忽然举起手,指着头顶上几只早该动身的候鸟唐突地说:

"这么大个头儿,看样不是蝙蝠!"

话音未落,夜色深处传来一阵莫测的声响。

篝火晃得人看不清究竟那边发生了什么,丁零当啷越来越近。

"是见了光就跳舞的熊?"我猜。

斯图尔特早已止住了笑,屏息凝神,忽而好像听得一阵笑声,其他人也都安静下来,全然注视着远处火光尽头的异动。一对诡异的眼睛飘忽在黑暗之中,扑闪着,冒着绿光,像猫,又不像猫,显然比猫高大很多。我站起来,斯夸尔和斯图尔特也站起来,三个人不约而同地端起枪。我感到背脊一阵发寒,希尔却无端地兴奋起来:

"我早就知道有这么一天,灵界即将对我张开他的双臂……"

对面也安静下来。

"别人一说,我就猜到是你,果然没错,你这个胆小鬼!"

是人声,然后是马声,一声温驯的鼻响,再然后是下马的声音——如果对面确凿是人而不是鬼的话。走近了,渐渐看清肩膀的轮廓,然后是脸。芬德利!我脱口而出:

"果然是头不服驯化的大灰熊!一点礼貌也不讲,哈哈哈哈!"

我们顺势握在一起,他的手掌温柔宽厚。他取下随身的挂兜倒在地上,篝火的光亮之下,一片琳琅,仿佛刚刚出土的遗世珍藏。珠子、耳坠、戒指、针线包,还有一团理不清的绸带,尽是些印第安人的小玩意儿。

"芬氏父子,世代行贾。"我向众人朗声介绍。

惹出芬德利咯咯咯一串笑声。"说得对极了,我亲爱的布恩!只是有一点,"还是那副抑扬顿挫的爱尔兰调调,"我怎么不知道我还有个儿子。我想我也许有个私生女倒是说不定。不,不能只一个,应该一个接着一个,如花美眷,散落他乡。"

他也围着篝火坐下来,抻抻胳膊。

"上一回见到你,我亲爱的布恩,你还在莫农加希拉大河的波涛中奔命，像是刚刚从鬼门关溜出来赶着投胎。"

没想到有一天会在别人口中再次听到那个可怕的地名，一直以来，关于那场战役的一切仿佛被我强行封印于记忆的角落。而此刻回忆开闸，却似乎在以芬德利的视角，从他一双淡蓝色瞳孔中，从他脸上的那条破布底下，让我看见我，一条轮廓模糊的影子，跳进滚滚河水，奋力逃向家的方向，并再一次失手杀了那个水边垂钓的印第安人。那些亡灵又都回来了。

不知怎么，芬德利也变成了其中之一，脸色苍白但饶有兴致地紧紧盯着我。仿佛逃兵路上，他始终在场，一路相随，从战场，到丛林，再到卡罗莱纳。

"你也逃出生天了。"我说。

"侥幸而已，侥幸而已。"

他点点鼻尖，头发从前额垂下来。

"你看你客气的，来就来，还带了这么丰厚的见面礼！"

"我一般只和印第安人打交道，不过跟你是个例外。瞧你，你越来越像个印第安土著了。"

"真的决意弃军从商，脱下戎装了？"

"千真万确，行军进行曲可真是快听吐了。"

"不从军，不如从了我们？"希尔插嘴说，张着膝盖坐在那，现在干脆又张开了双手，一副海纳百川的领袖风范，好像早就成了这场狩猎计划的重要分子。芬德利细细打量他一番，扭头问我：

"你这是……要重回战场？"

"当然不是。"

"不会也心灰意懒了吧，我亲爱的布恩？"

"懒了，懒了。"

可芬德利好像忽然萌生了新的兴致，抽出一条丝带系在我的辫子上。一双手皮包着骨头，在我脑袋上拧来拧去，我只有干笑。大功告成，站开几步看着我说：

"薰衣草紫很衬你肤色！送你太太做礼物吧，或者你自己留着扎头发也不赖。"

"或者在脖子上打个结，打紧点！"希尔坏笑，芬德利跟着前仰后合。

他重新坐回到他的破烂儿堆里，脱下帽子抓痒，篝火映着空空如也的脑瓜顶，略显寂寥。

"不是远征，就是远行咯？"他问。

"天亮动身，打猎。运气好的话，就多走一阵子。这几年兵荒马乱的，难得有机会重新进山，大家都想着大展一番拳脚。只是这次别过，估计要秋天再见了。"

连讲起这番话来，我都觉得自己带着笑。斯夸尔也一改往日脸上的严峻，说：

"运气好的话，光是这些捕兽夹就能收获不小。"

"运气一定是站在我们这边的，运气总是和丹站在一起。"斯图尔特突兀的大嗓门。

他拍拍我的背，我感到掌力所至，感到被这种盲目的信赖一掌击穿，也不知出于什么，不论走到哪儿，到了什么时候，总能获得别人对我的莫名看好。

"嘿，伙计，你的运气也够好了，至少没有倒霉的爱尔兰人搅局。"芬德利笑对斯图尔特说。

"那么，我们要不要算上爱尔兰伙计呢？"我问。

"来吧，快来，大家都爱爱尔兰！"

"你看你不如就从了我们大家伙吧。"

芬德利再次扬起兴致，把系在我头上的紫色发带一圈一圈绕在手指头上，像把玩一只猫咪的尾巴。

"于我有什么好处呢，出个价码吧？"

希尔在火光中笑弯了腰：

"快乐啊，无边无际的快乐。与我们为伴，其乐无穷。轮到你开价了。"

芬德利摇摇头,手上一紧,又扯到了我的头发。

"有些快乐的妙处,只有爱尔兰人知晓。"他说。

"爱尔兰姑娘的妙处!"我说。

"哈哈!比之更妙!"

"哈哈,还有更妙的?"

芬德利终于松了手。他摊开掌心,仿佛在茫茫夜色中求索:

"小伙子们,时不我待啊。我知道一个妙处,那里的牛群遍野,那里的鸟兽成群,那里的印第安土著卖给我最上成的皮草。那是战争爆发前很久的事了,那可真是片富饶的沃土,你们有谁可曾听说?"

芬德利的字字句句都敲在我心上,而我嘴上不饶:

"该不会是你们爱尔兰人的天方夜谭吧?"

"天堂世界,当然人人都有听说。"希尔喷着酒气,却突发虔诚。

篝火噼啪,炸出半空中一团火星,又散落回我们脚下。我想起芬德利在行军的时候就曾提到过那方隐秘之所。火光把他的脸照得亮亮的,一双干巴巴的手仍在空中挥舞着:

"比天堂更妙也更真的人间乐土。没有人,除了我,再没有第二个白人知道的上帝国度。"

10. 人间天堂

通往天堂的路看来并不如想象中崎岖多舛。从亚德金一路向西，重归山林犹如鱼得水，我几乎可以数得出这里每一条溪流、每一眼山泉。鸟迹鱼踪、鹿痕熊爪，家珍如数，尽在眼前。而芬德利却十分不以为然，念念不休那片恨不能比想象更好、比天堂更美的所在，身上的百宝囊配合着马儿的脚步不时从这一侧摆到另一边。

他说得对，我一路都在想象，竭力想象。整个五月，我们骑着马一直向着山林深处走出很远，一路上树木参天、绿荫蔽日、微风和煦。以前自己出来打猎的时候，我也曾翻过蓝岭，但从没只身出过这么远的地方。路越走越窄，到最后，几乎难以辨识，但我全然信任芬德利。他一副尽在掌握的自信，每到一处，就报上地名——这里是克林奇河，现在是鲍威尔谷——记得那是条狭长而葱郁的溪谷之地。有的时候，我会错以为自己恍若美梦正酣，就像掉进了丽贝卡的又一场充满预兆和转折的梦境。丽贝卡，我还记得你有次给我讲，你梦到一块负气出走的黄油，从搅拌机里一身怨恨地跳出来，另给自己选了个安葬之地。而此刻，身在山林，满眼绿意，风吹草动，悉收眼底，没有怨恨，有的只是无边无际的平和和扑面而来的陌生感。一天夜里，风云突变，我一个人醒来，发现身边熟睡中的伙伴们变成了一个一个的雪堆——一场大雪，把天和地都盖了起来。

而第二天夜里的一场山雨又重新把世界漆回了绿色。已经是阿勒格尼山区了，我想，尽管没人提。路并不好走，但大家谁都不以为意。很快，一条山壑拦在马前，于是我们顺着陡坡潜至山脚，在低矮的丘陵之间发现了一条路。芬德利叫它"伟大的勇士之路"，是印第安人从前的驿道，许多年以来人来车往踏出来的。路不宽，引着马儿盘上白色的峭壁，原来深山之中另有洞天。横亘两侧的岩壁就在此处豁然打开，露出一大扇缺口，仿佛里面的世界已经恭候我们多时。芬德利志得意满，忍不住跳到路中央深鞠一躬，仿佛在向全世界致意，仿佛整条路都是他开辟的一样。这情境连希尔也不由称赞，但嘴上却还是说，这和他想象中的天堂仍然相去甚远。

我们停下马，把各自名字的首字母刻在路旁的峭壁之上，然后穿过那道山堑，走了进去。马儿沿缓坡慢慢向下，四周密林掩映，空气里带着淡淡的潮湿和生机。天上飘起了雪，掩去了来时的脚印。我们警惕着印第安人的身影，但看来是因为今年的春天来得太迟，他们还没开始从冬季宿营地向回迁徙。是的，差一点我们就忘了印第安人的存在，而这里和刚刚来时的那条路一样，都是他们的地盘；差一点我们就忘了整个世界。眼前的新世界大路宽阔，甚至比起费拉德尔菲亚的城镇都有过之而无不及。

"你们看见的这条条大道都是野牛蹄经年累月趟出来，神造万物，把这些大家伙安置在这里，于是它们就世世代代在这里繁衍开来。"芬德利说。

他自告奋勇地走在最前面，沿着几百上千年堆下的野牛脚印，我们找到了盐渍滩，周围还不乏水源。而那时的我竟喜不自禁地认为，眼前这块土地存在的所有价值，就是等待着我们前来征服的这一天。连路都辟好了，条条通途，不是吗？！

几只熊和鹿在舔盐，视我们如无物。于是我们不费吹灰之力剥了它们的皮，但是除此之外，收获并不算大。希尔爬上一座小丘，站在坡顶远眺树林，对芬德利突然发作：

"知道么，芬德利，我现在并不确定是不是该听信你的野牛传说了。"

的确连一头牛的影子也没看到。直到某天破晓时分，我们找到了更大一片盐渍地，也顺便找到了牛群。真的是一群，成百上千头了吧，数不胜数，黑压压的一大片，脚刨着地，舔食着土壤中的盐分，相互头顶着头、犄角抵着犄角，仿佛要齐心协力吃出个地洞。哪曾一下子见过这许多牛？斯夸尔试图用眼睛估算个数，希尔边摇头，边大笑。小牛犊发出哞哞的叫声，仿佛声调不稳的喇叭。牛群中抬起几个脑袋，只是在空气中嗅了嗅，就又埋进了土里，对我们这些生客的到来毫不关切。于是我更加确信它们根本没见过人，或者说，根本没见过白人，再或者，到了这儿，白人算什么？

我们隐蔽在树后。

"如果你们杀得了，够大吃一顿了！"肩膀后面传来芬德利的大笑。

"这哪能叫狩猎？这还不是手到擒来！"希尔说。

斯图尔特立时摸出枪，对着牛群校好准星。新的世界仿佛也给了他莫大自信。他开枪击中了牛群最外围的一头不大的母牛，子弹在两眼之间钻了个洞。受伤的母牛调转牛头，朝他奔袭过来，弹孔汩汩地冒着血。斯图尔特慌忙逃向树后，芬德利笑得更凶了。

"丹，快打死它，看在上帝的份上，快啊！"斯图尔特大叫。

我也笑了。芬德利乘势奚落他：

"你这不是既浪费子弹又白费感情嘛！"

母牛抽了抽鼻子，喘口气，又朝着斯图尔特追过去。我接连两发子弹打穿了它的脖子，才把它放倒。芬德利阴阳怪气的笑声始终就没停下。

"这下早餐的问题解决了！"他说，太阳从他脑后慢慢爬出来。

我们把牛肉和牛舌烤熟了分食，芬德利专心对付腿骨，烤脆了敲裂，取出热乎乎的骨髓。这是我第一次吃到野牛肉，鲜美之至，比鹿肉更好吃。我想到了家里的詹姆西、小伊斯雷尔、苏珊娜，还有杰西和乔纳森，于是心下决定把下一头牛的牛舌带回家给几个小家伙尝尝。

我们大口吃着肉，芬德利片了块生牛肝递给希尔，声称助他成为真正的男子汉。希尔大笑着接过，大口撕咬。芬德利这回说：

"现在，你的肚子总信得过我的野牛了吧？"

只有斯图尔特在费尽气力地剥着牛皮，这东西不但难剥，而且皮毛厚实，也很难打包上路。但他偏偏不肯罢手，用肩膀抵着牛尸，拼力想把连在肉上的最后那点皮子给扯下来，终于还是在大伙的旁观下放弃了努力，坐到一边擦着油迹斑斑的刀，无措地说：

"我答应过汉娜的，除了卖钱，这次也得给她弄块好皮草。"声音沉重而郁郁。

芬德利表示斯图尔特大可以今晚抱着牛尸睡个好觉，尽享胜利的喜悦。只可惜野牛皮在市面上一文不值。他接着举起了随身的酒壶：

"向光荣死去的牛致敬！向让牛光荣死去的猎手致敬！也向即将成为光荣猎手的猎手致敬！"

当然，斯图尔特最终也举起了他的酒壶。

路途平坦，但黑云遮天。我们在山谷的宿营地残雪未尽，夜里斯图尔特突发高烧，大家不得不暂时停下来，轮番照料他。他反复抱歉自己突然病倒拖累了别人，牙齿打战，仍然奋力挤出两个字：抱歉。他一直跟自己置气，跟自己的体温置气，不肯释怀。待斯图尔特状况稍好些，我们拔营继续向前，但他看上去依旧虚弱，大病未愈，身体消瘦得像被掏空了似的，于是我们走得并不快。斯图尔特时刻紧跟着我，我甚至可以感觉到背后他焦灼的目光。他的状况尚不足以应付狩猎的辛苦。我偶尔能打到一两头鹿，但很久没再见过野牛群了。一帮人也渐渐失去了初来乍到的新鲜感，平静下来。

然而据我所知，希尔恰恰向来最怕丧失新鲜感。山林风物并不能真的让他乐享其中，放眼所至也可惜没有值得买卖开发的土地田产，甚至连野外求生都没能让他收获多么非同凡响的惊险刺激。不可避免,兴奋之情渐渐被无聊和无趣收买。即使每晚围坐在篝火边,他依旧拖着一张长脸。他曾掏出笔,但随即反悔,翻脸把纸揉得稀烂,对众宣称:

"丝毫不值动笔一述。"

他总是有本事变成旁人不得不生拉硬拽还要尽量讨好的木头人,可是谁又有本事讨好得了一具木头人呢?

有天早上,他安静了一阵子,忽然冲着走在最前面的芬德利大喊:

"如果这真是你口口声声的狗屁'应许之地',那我们应该就地建一个大本营,然后打发布恩家的小伙子们去打猎就得了。"

芬德利置若罔闻,顾自带着人马穿过一片小丘,下到河滩边,大家纷纷下马而行。希尔不屈不挠,继续说:

"随时恭候您向我们展现神迹!"

芬德利闻声回头笑了笑,喊回去:

"眼前就是红河了,宝贝儿们!"

马儿们举步维艰,我们只好尽量捡冻实的雪地向前硬拽着走,穿过水边的甘蔗林。这些枝枝杈杈有时甚至高过人头,于是人像一脑袋钻进了笼套。一枝斜杈差点捅进希尔的眼睛,惹他大骂:

"谁他妈说这是红河谷?这么瞎胡说是得到谁的允许了?"

实在懒得理会他俩的纠葛,未料也分神被半截断杈戳中,从耳根直到脖颈豁开一道血口,我伸出手指拭了拭,放到嘴边,血是温热的。

至少,在这里,我是真真切切活着,血是真真切切热着。我不由再想,倘使我们才是最先发现这里的人,倘使这条河尚未命名。行到一处河岔,一条溪流蜿蜒汇入红河,我把手指上的血滴弹进水中。就用格列佛的话,命名你作鲁尔伯格鲁德河好了。此时身后,纷争又起,芬德利也在喊话:

"是的,是我说的,我说是就是!我可是第一批来到这里的人之一,更是唯一一个走到过这么远的人!如果我没记错的话,商栈就在前面不远处了,并且我——"

话音未落，芬德利终于转出了甘蔗林，确有一处商栈烧焦的残骸出现在面前，可半坍的地基像可怜人大张着嘴倒喘粗气，四围的栅栏早就熏得颜色莫辨，只剩下为数不多的几根勉强立着没倒，发了霉的南瓜和干瘪的玉米秆子散落了一地。几丛弱不禁风的青草从尚未完全消融的冬雪中刚刚冒出头，随行的马儿们已是蜂拥而上。再看芬德利，意外的萧条之景不禁连他也片刻失神，但随即便抬脚径直走进了废墟当中。

"嚯！"

他用手筛起地上一捧土，混杂着雪粒和暧昧不明的炭灰：

"缝衣针，大头针，兴许还找得见我的小玩意儿，卖给那肯塔基的小妞儿们。哦吼，卖给那印第安的小妞儿们……"芬德利念念有词地唱起来。

希尔也大步走进了"商栈"：

"赶紧憋回去，什么爱尔兰乡巴佬的淫词艳曲，听了真让人犯呕！"

希尔斜睨着芬德利，阔步把脚印踩得到处都是。他忽然抬手推倒了一根立杆，可惜并不如他所愿，杆子早就烧空了，没闹出什么声响便萎在了脚下，实不足以泄愤，气得他又在上面狠狠踏上几脚，说：

"就这？"

"就这？"芬德利重复了他的话。

这让希尔大为光火：

"你他妈的分明就是个谎话连篇的大骗子！我第一天就看透你了，根本什么料也没有，什么屁也不知道！折腾了这么远，连个子儿也没弄着，我们到底是来干什么的？你不是来过吗，证据呢？"

芬德利攒了一捧土，混着雪和炭渣，扬到空中，落下来的时候不幸有几颗沾到了希尔。于是我眼见着希尔怒火中烧，怒不可遏，一口吐沫喷在芬德利脸上。

倒是芬德利依旧和声悦色：

"上次来这里的时候，被一伙肖尼族人和法国人抢光了随身的兽皮和皮草料，难道我忘了说了吗？不过只要想，这里还不多得是大把大把的皮草,还有大片大片人迹未至的土地。还有印第安小妞儿,吼吼,我的伙计,想想看,印第安小妞儿啊!我承认我染指不少,不过兴许还留下过一个半个给你尝鲜,你兴许不太介意穿我穿过的破鞋也说不定。不妨动用一下你写文章时的想象力嘛!"

希尔这厢已经掏出了匕首。可他显见不是用刀的好手,未免铸成大错,我赶紧岔开说:

"行了行了,野牛肉那么鲜,你不是也没少吃?这还不都要在咱们这位爱尔兰朋友账上多记一笔?"

希尔两只脚扎在地上,手握刀柄,对着芬德利比比画画,完全沉浸于自己的怒气之中。这个人!永远小题大做,永远意气用事,永远甘愿向自己的情感俯首称臣。斯夸尔小心地注视着一切。斯图尔特脑袋枕在马身上。芬德利朝我咧了咧嘴,一双淡蓝色的小眼睛仿佛在问,我看见了莫农加希拉大河边发生的一切,我看见了你落荒而逃的狼狈,而接下来,你打算怎么办呢?

他向前一步,轻轻唱起来:

"哦吼,印第安的小妞儿们……"

希尔绷着胳膊骂了一句,甩手掷向芬德利,后者轻松避过刀锋。我拾起来地上的匕首,翻手抛出,刀尖擦破了希尔的衬衫袖子,扎进离他胳膊最近的一棵树干。

"好了,希尔,"我说,"芬德利没撒谎,他知道怎么带我们进来,就是因为他曾来过这里,不是吗?他心里自然有数。"

希尔把刀拔下来,盯住我看了我一会儿,随即又露出了那副友好的微笑,好像我们从来就是挚友。他目光闪亮,咧嘴大笑,向芬德利走过去:

"等你死了,我要把你生吞活剥,碎骨饮髓!"边说着,边用刀柄在芬德利胸前拍了两记,然后刀柄一转,重新握回手上。

斯图尔特像只受了惊的狗,忽然噤声。芬德利也收起了笑,面朝希尔,深鞠一躬:

"那么我且等着这样的一天什么时候会来。"

说完,转身跳上栗色的马背,看也没看我们一眼,双腿一夹,轻快地打马跑上了河岸边的缓坡,消失在林间,留下面面相觑的我们。一缕微薄的日光终于拨开云层,散落在眼前的焦土之上,一切却更迷茫,更寥落了。

狩猎衫冷冷地贴在背心,一阵横风扫过,抽打在每个人脸上。希尔破口大骂,骂得倒是颇有些匠心独运的想象力。不得不说,我现在有点明白他干吗动这么大肝火了。

谁也没动。我也说不清此刻我们究竟身在何处。斯图尔特看来烧还没退净,一脸疲态地望着我,问:

"我们是不是迷路了?"

"也许吧,或者不如说,我们是迷茫了。"我答他。

那天,一行人留在原地过了夜,各自无语。

第二日天光乍亮,我套上马具,翻上马背。希尔抬起脑袋,又骂了一串:

"遭天谴的爱尔兰混球王八蛋!"

但他很快跟了上来,让他暂时觉得有事可做,也就能让他暂时安静片刻。斯夸尔先把斯图尔特扶上了马,自己随即也跳上马跟上了大伙。我一路追随着芬德利的脚步,路边折断的小树杈,匕首在沿途树枝上留下的浅痕,他仿佛故意让我们能找得到。

接连跑了几个小时,被迎面一块岩坡挡住了去路,抬头,越向上越险峭,接近坡顶的一段干脆就是立陡的峭壁。坡底,芬德利那匹栗色的坐骑一脸乖戾,一看见我们就愤愤不停地踏着前蹄。我们也下了马,谁料马儿们刚凑到一块就砰砰砰一起造起势来。

看来除了爬上去,别无他选。

"来吧,伙计们,向天国进发!"我说。

山岩湿滑，割破了我的手指，划破了我的掌心，好几次脚底打滑，险些踩空。更别提坡底砰砰砰的马蹄声，搞得人简直快发疯。临近坡顶，一块山岩突出来，我只能整个人半吊在空中紧紧抱住岩角，好容易翻上坡顶，趴在上面好半天没力气说话。向下望去，一双双好奇的眼睛直勾勾地望着我：

"那么，丹，接下来怎么着？"

提问的永远是希尔。斯夸尔护着斯图尔特向上爬，斯图尔特动作很慢，身子依旧很虚，但勉强应付得来。登顶前的最后几步，几乎是我连拉带扯把他拽上来的。斯夸尔则身手矫捷，和我二人合力将希尔也拉了上来。一伙人坐在坡顶大口喘着粗气，坡底马蹄声依旧不绝。芬德利的那匹扬起头，龇着白牙，发出嘶笑。

坡顶四围，林木葱郁。

"在那儿！"斯图尔特指着不远处。

是芬德利，在一株大榆木的臂弯里，仿佛他就生于此地。看来刚刚的一幕，他全都看在眼里了。

我们气还未喘匀，扒开树丛，走到他面前。希尔"叭"一口痰吐在地上，提醒着旁人别忘了他还会吐口水。芬德利哼着无名小调，说：

"你们终于还是来了，不过请继续向前走吧，免得我这个令人生厌的爱尔兰乡巴佬玷辱了各位大爷的眼睛。"

他又鞠一躬，还用手挽了个花式礼，眼睛没离开希尔，但脚下走开了几步。

一瞬间，只能听到彼此的喘息和远处马蹄的回响。斯图尔特和斯夸尔站着没动，希尔径直朝前，与芬德利擦肩而过，我则转向左边，榆树的另一侧枝杈横生，在我的头顶撑起一片荫蔽。站在峭壁之巅，我想，一定是我率先发现了这片好去处，峭壁的另一侧，脚下，一望无际的平原，铺满青草，在阳光底下闪着微光，远处山林起伏，宛若波涛。好一片恬静和美，好一片勃勃生机，仿佛天地间绿色的脉搏，而我的呼吸在这片跃动中竟如此微不足道。

这时，天空中飘起了毛毛细雨。我张开嘴，雨滴落在舌尖上，滋味妙绝。是天空的味道吧，又或者是我偷尝到了秘密的回甘。

"这就是肯塔基。"

奇怪，从芬德利嘴里吐出的一串音阶却拼凑成了一个仿佛我早就知晓的单词。我似乎早已无数次梦见过这番天地，早在知晓它的名字以前，甚至早在命名它之前。而天底下竟有如此美妙的名字！希尔的脸凑到我肩头，其他人也纷纷凑上来，我遥望着眼前肥美的水草之地不禁发问：

"空空如也吗？"

"野牛遍野才是。灰熊，麋鹿，还有河狸，以及你所能想象到的、想得到的一切。只管瞪大眼睛仔细瞧好吧。"芬德利淡淡地说。

"那就是还少不了印第安土著咯？"

"是有印第安人，但并不在此定居。他们曾与贵国的国王陛下达成一致，肯塔基将永世留作狩猎之地。知道吗，我还为促成那次谈判尽过力哩。土著酋长向国王陛下进贡的银镯子金链子，哪一样不是我卖给他的呢。不过没多久，爱尔兰就声称拒不再臣服于英王管辖。不打紧的，今天的英王陛下不见得还能称王多久，你们英国人不也是想一出是一出。"

他朝着那片葱茏的绿色摇了摇手。

风中摇曳的青草，像是一个人舒展着他的背。我想我是相信芬德利的，他说得没错，我们是最先攀上峭壁发现这里的人，这里的一切全然不归属于任何别的人。

天堂也不过如此吧，像芬德利说过的那样。而此刻，对天堂的向往，岂能称之为错呢？

11. 有待发现

　　天堂派来了它的使者——一只虎头蜂在希尔的喉颈上蜇出一个肿块,让他看上去就像只林蛙。我们选在临水的一片草地上搭起了大本营,离这里不远就是盐渍滩。这下,希尔不得不留在营地养伤了。于是,披屋里永无宁日,无时不充斥着希尔和芬德利拌嘴的争吵。斯夸尔和我都隐隐觉得,不得不把他也留下来,一则是给这两个冤家打点野味填饱肚子,二则也真得提防着他们别真动起手来拼个你死我活。斯图尔特和我挑了两棵相邻的大树,借横枝架起一片高台,用以存放猎回来的兽皮。
　　他这时正站在其中一棵树上,朝下喊:
　　"放这儿应该安全吧,我看熊和狼是爬不上来这么高的。"
　　"大可放心,熊或者狼就是真来了,希尔也会把它们打跑的。"我说。
　　希尔已经肿成了胖子,此刻正专注于酒壶,酣笑着,扯着粗嘎的嗓门回应我说:
　　"倘使我真的死了,丹,我化成鬼也会千方百计找到你的。我会派我的魂魄找到你,告诉你我在往生世界一切安好。当然会安好的,我想会的。别替我担心,丹,等着我的魂魄找到你。"
　　希尔,你的话让我不禁觉得,你的魂魄肯定是块模糊但确凿的血肉，此刻正游走于你体内，却不理会你是死了还是活着，也不完全听凭你支配。它会找到我，我从未忘记过你的这番话。

这番话大概花了他不少力气，希尔说完便仰面躺了下去，剩条舌头伸在外面。我看看芬德利，确认他会乖乖待在这里。芬德利尽管不是好猎手，但厨艺颇佳。他蹲下来，拍了拍希尔的肥脸，对我说：

"丹，你走吧，带上大块头的斯图尔特，尽管放心去好了。我跟什么人都能和睦共处的，虽说他现在尖声尖气的，像极了咋呼的麻雀。也不尽一无是处，他还带着这么多朗姆酒呢！"

于是，我和斯图尔特沿着勇士之路继续前行。一路上并没有发现印第安人的影子。我们涉过浪高水阔的肯塔基大河，诚如芬德利所言，在一片沙洲尽头。我一遍一遍不厌其烦地念着，肯塔基，肯塔基。每每这几个音阶跃入脑海，我就念一遍给自己听。

起先，我们始终在林间穿行。行至窄路，斯图尔特总是会说，你先请，我随后。我告诉他别再这么说了，可他还是说：

"那么好吧，丹。"

他如此开心，尽管并未全然康复。我也如此开心，至少他是安安静静的。我得以沉醉于新天地之中的各种声响。鸟鸣，如水如泉，如弦如乐，如钟如磬。蜂虫，嗡嗡唧唧，喊喊喳喳，偶尔不小心爬进耳朵。连身畔的清风，都带着沙哑的嗓音。我们还遇见一棵开满了花的树，枝叶瑟瑟，花叶沙沙，招摇风中，像牧场上明黄色摇曳的高草。我甚至想用毯子把马蹄一一裹住，小点声，再小点声，好让我别错过这周遭一切的声响。

我们在一片开阔的草场边沿宿营。黎明时的草场是淡淡的蓝紫色的。两个人丢下马，丢开鞋子，赤着脚跑出去。长草尖上沾着露水，苜蓿叶子也湿漉漉的。谁也不说话，只顾把脚印踩得到处都是。自从有了猎杀第一头野牛的经验，斯图尔特的枪法也愈加沉稳。他听从我的指挥，我们从清早开始一路追踪觅食的麋鹿。临时营地已经陆续堆满了战利品，都是毛色上好的春季皮草、应市的畅销货，一捆一捆扎起来，挂在树上。在这之后，我们继续向腹地深入。

入夏开始，天气转暖。我们浑身涂满熊脂，驱赶蚊虫，只单穿条布裤继续打猎，于是没过几天，浑身上下就被晒得黝黑。斯图尔特也渐渐痊愈康复。似乎人到了这里，即摇身一变，换了另一种全新的方式，自此尽情过活。

野草丰茂，愈高愈密，穿行其间，像是有潺潺的水声。夏天来了，不过狩猎的运气始终不差。每天到了晚上，饱腹之余，我们都要在篝火边花上更多的力气，剥下更多的皮毛。数数，离开希尔他们已经月余。

某个静寂的傍晚，斯图尔特忽然说：

"我觉得我们几乎没办法一下子把这么多东西都运回大本营，不过大赚一票是毋庸置疑了，就像你那个朋友希尔说的。"

他的眼睛闪着光，就像他的匕首，此刻正游走在一条半成的鹿皮上。

"哈哈，斯图尔特，我倒是很乐得听你这么肯定。"我说。

当然，我自己也忍不住这样以为，忍不住以为自己幸运至极，忍不住以为自己坐拥金山。况且如今，我们对这里的一草一木也算是了如指掌了，地势起伏，路径行踪，甚至每一湾溪流、每一条河水，简直如数家珍。我们一路向北一直至一条水流湍急、水面宽阔的大河，我想，大概再过去不远，就是俄亥俄了。

斯图尔特掰着脏兮兮的脚趾头，大笑起来：

"有了钱，你打算干点什么？"

我思忖了一会儿，说：

"记得我们在一大片盐渍地附近发现的巨型骨架吗？"

"当然。不过那又不用钱买。怎么，难不成扛回去搭房子吗？"

我咯咯笑出了声，一口咬在兽皮的毛边上，尝到皮子的味道。我想起那些巨型的骨架，堆叠在地上，到处都是。我们爬进一副肋骨，使尽力气也晃不动。起初，我以为这都是死去的巨人，格列佛提到过的大人国。但斯图尔特认为那些长长弯弯的獠牙属于大象，说他在一间小酒馆看见过大象的画片。我没见过什么大象不大象的,不过倘使有,它们大概也曾生活在这里,像其他动物一样,时而来此舔盐。于是这里的一切,树木山石,就都有机会见识了它们的庞然,即使它们早就不幸死去,它们的魂魄也在冥冥中牵引着我们,来找这片骸骨。

说起来,好像自从到了这里,那些日日夜夜纠缠着我的鬼魂就再没出现过。我也再没想起过他们。

"也许,我可以给自己搭出一头大象,挑个小个头的当坐骑。"我说。

篝火对面,斯图尔特笑得更凶了:

"那我也来一个。我家的小姑娘一定喜欢。汉娜也许也不会太介意向大象传教布道什么的。"

我也笑了,想起了汉娜,好像我们一家子的贵格基因都落到了我这个永远一脸严肃的小妹身上。

"那你就替她把象身漆成红色的。"我笑说,惹得斯图尔特又笑起来。

一只巨型蝠蛾拍打着双翼,差点一脑袋栽进篝火堆。斯图尔特也静下来,我目送它翩翩飞舞,消失在夜色中,不知最终去向何处。

那段日子,我们不常谈及妻儿。尽管有的夜里,我也会突然想起丽贝卡,轻轻的浅笑仿佛就在耳畔,我甚至能看见那张撅起的小嘴。思念汹涌,如同她尖尖细细的鞋跟,一下一下敲在我胸口,剜出一个洞。直到这时,我才遗憾地发现自己其实很少念家。我萌生了一个强烈的念头,这趟远行怎么说也得给她带回点像样的东西。大象怎么样?丽贝卡,我的丽贝卡,你会爱上肯塔基的,一定会的。至少在那时的我看来,会的。

我于是朗声说:

"我认为女人们在任何情况下都不会拒绝财富的。即便她们从今以后只能穿鹿皮装。"

然而此刻,丽贝卡和孩子们仿佛远在世界一端。周遭只有巨大的荒僻和无边的寂寥,苍茫的黑夜渐渐将我们吞噬。我把自己想象成一只幼崽，被衔在母狼口中，或者在狼腹里尚未出生，大概就是现在的感觉吧，安然于未知之中，混不觉外界险恶。但我不知道，狼眼放出的莹莹绿光之中，除了口腹欲望，是否真的存在感觉，拥有思想。

我一点也不喜欢狼，为了把刚才的想法赶快赶跑，我唱起了歌。尽管不通歌词，斯图尔特也和着我唱起来。

暮秋时分，大本营里只剩下芬德利一个，我们还没走近，就远远听见了他的歌声，划破瑟瑟霜林，愉快而惬意。

"莫不是有天使降临肯塔基？"我大喊。

芬德利光着脚，浑身舒展地仰在草坪上。两只狼崽在他身旁扭作一团，像两团模糊的毛球，我不由双臂一紧。好家伙，果然是狼。芬德利抬头见是我们，笑了，不紧不慢地说：

"天使们时有光临，有时也来尝尝鲜牛舌。"

斯图尔特把一捆皮草丢在他火柴棍似的脚指头边上，问：

"斯夸尔呢？"

"也问候您日安，先生！"

芬德利竖眉一挑，大为受伤。

"还什么堕落天使呢，屁！我难道就不值当你过问过问？"他幽幽地说，"好吧，为了满足你的好奇心：你的好斯夸尔回卡罗莱纳去了，觉得有必要再添置些弹药和捕兽夹。"

他爬起来，僵硬地略施一躬，像夹着尾巴的猎犬，一只耗子或者一点风吹草动都能让他原形毕露。

"难道没兴趣了解一下另一位亲爱友人的行踪吗？"他问。

"你还没把他杀了？"

我当然是开玩笑的，不过这个时候，如果芬德利指着一个土堆告诉我，亲爱的希尔长眠于此，我想我也不甚意外。但他摇摇头，两眼倦意，冰蓝色的眼睛和那两只小狼崽如出一辙。

"喔，我的小丹尼，请容我向你致以美好的秋日问候。你看，冬日在望，但这里依旧和煦。"

其中一只小狼崽蹿上来一口咬在他脚踝上，我回敬他：

"的确是个美好的秋日，芬德利。你打算拿这两个小宠物怎么样呢？"

"两个孤儿罢了，我想我也许可以把它们训练出点名堂，然后卖了换些钱什么的。谁不想养一只训练有素的野兽，听上去就魅力难抵呢。但是这两个小鬼头，我一转眼就到处乱咬，有时还不小心翻进火堆。不过在这儿倒至少跟我是个伴。"

小家伙看了看我，一口乳牙咬在我的鹿皮鞋尖上。我甩了甩脚，掐着脖子把它拎起来还给芬德利。它又袭击了他，还竖起两只耳朵。芬德利懒懒地笑笑，一掌把它扇到一边。

我带他欣赏了我们的收成——马背上成捆成捆的皮草。他表情松弛下来，说：

"好嘛，这就等于金库里哗啦哗啦的银子。"

"希尔肯定也会高兴看到这些的。"我说。

听到希尔的名字，芬德利合上嘴，转身走回披屋，希尔当然没在屋里，只有斯图尔特坐在当中，扯着那只半路上猎到的火鸡。我们把火鸡拴在绳子上吊着烤，狼崽子们闻香而来，朝我连连发出呜呜的低嚎。见没人理，只好又跑回窝里，把脑袋枕在自己爪子上。

"没有盐巴了。"

芬德利惨兮兮地说。斯图尔特掏出自己不多的存货时，他简直要两眼放光。我也拿出了我的盐袋，一样所剩无几。一不小心，还撒了些出来。

"笨手笨脚，真是倒霉！"

"看来我们的布恩也不是神，是个大凡人呐。"芬德利说。

斯图尔特一口吐沫吐在撒了盐的地上，太阳光一照，晶光闪闪。

"这算补偿吗？点盐成金？"我说。

斯图尔特咧嘴笑了:"如果你说是就是吧。"

我们坐在披屋下。听山风掀弄屋顶,看两只狼崽满地滚来滚去。我让到一边,在寝铺上嗅到希尔的体味,终于忍不住开口发问:

"话说回来,希尔究竟去哪了?错过开饭可不像他一贯的作风。"

芬德利有片刻没出声,然后合上眼睛,说道:

"真是个片刻不肯消停的人。斯夸尔前脚刚走,他第二天也离开了。尽管我极尽殷勤之能事,尽显好客之本事,亲手伺候他直至病愈,我们这位朋友还是说,他非得回趟家不可。"

他端着一双手,掌心白凄,像是尽心操劳的凭证。

"那他的喉颈都好了?"我问。

"当然。"

"至少看上去是个人样了?"

"差不多算是吧。"

我大笑,心里却隐隐为他只身上路感到不安,只好说:

"来吧,伙计们,喝一杯,愿希尔安然归家。"

"然后待在家里,再别出来乱逛。"芬德利愤愤地说。

他的脸色在酒精的作用下明快起来,可是才一会儿,又黯然了。

"丹,你想回去了吗?"

斯图尔特避而不提"家"字。我亦没有慢下马来。

"并不。"

我想,斯夸尔要不多久就会带着补给回来,眼下只有芬德利的状况让人隐忧。不过他看上去尚算健康,何况还有两只狼崽为伴,陪他继续留守营地,看管兽皮。我只能暂时不去惦记希尔,与斯图尔特相伴再次回到肯塔基河畔。这里是最棒的狩猎场,我们沿路一一查看之前设下的捕兽夹。天气一日凉过一日,河狸毛越发厚实而温暖,正是最好的收获季。我们扎起帐篷,我睡得很香,梦里见到父亲,迎面走来,没有握住我伸出去的手,反而生气地推到一边。但第二天睁开眼,我又开开心心地继续上路了。

路过一片平滑的盐渍滩的时候,马儿们纷纷弯下来舔盐。我对斯图尔特说:

"不如我们也在这儿搞点盐,快回去把盐罐子拿来。"

斯图尔特觉得主意不错,正准备下马,忽然紧张地大喊:

"熊,熊!是熊!"

他跳下马背,蹿上东首的一棵山毛榉。在吃过形形色色各式熊肉之后,斯图尔特独独对熏熊肉的甘美味道赞不绝口,甚至曾以一贯的大嗓门宣称,熊肉才是真正属于猎手的食物,诚如印第安人所言,猎杀一头灰熊让猎手也变得更具"熊"胆!有一阵子了,他拿一副熊皮做了铺盖卷,捆在马背上载来载去,每晚枕着那股土臊味入睡。那是一副黑黢黢的皮囊,毛色没有一点光泽。他说他用意念向熊发出了它们的嚎叫,认为这样就会收到它们的回应。

久居野外的确容易让人产生诸如此类的荒诞想法,但我从没认为斯图尔特最后也会中招。他依旧很瘦,那场大病之后,就再没完全恢复当初。我当然没有看到任何熊出没的迹象。马儿们继续地头舔盐,大概也没有嗅出风中任何的异样。

我走上离河岸不远处的山坡。枪挂在背上,枪带摩挲着肩膀。坡顶长着一棵巨大的番荔枝树,枝条向四面舒展开来,周围的地上落满了果子,还有几枚挂在枝头。冬之未至,果实满枝。我敞开衣襟,让风灌满袖笼。啊,肯塔基。

斯图尔特扣响了扳机,枪声像钟鸣,回荡山野。我朝坡下大喊:

"再别浪费子弹了!"

却听得他兴奋大叫:

"打中了,打中了!"

我大笑,捡起一枚番荔枝向他丢过去,果子蹦蹦跳跳滚下了山坡。也许我本该好好回味思忖那场关于夏娃和亚当的梦,或者那晚关于父亲

的梦究竟意在为何,但可惜没有。我绕着树干,看中了另一颗更大的番荔枝:

"你的愿望落空了,斯图尔特,"我说,"你以为你哪来的那么大魅力呢。要是让印第安人听说了,他们准保要叫你作老母熊。"

就在我伸出手打算把那枚果子拾起来的时候,我瞥见了他们——印第安人,几十个之众。除了迎风招展的发梢和头上的羽饰,所有人一动不动,只把眼睛和枪口落在我身上。看样子,他们已经在坡顶守候良久了,只等着命数把我带到这里,带到他们面前。

12. 大开狮口

芬德利，我一路上想着你：想着你守候在营地，守护着猎物，一双浅蓝色的瞳孔始终如一；想着你吹着口哨，唱着曲，哀婉动人的歌谣一首接一首不停；想着你生着炉子，做着饭，鼓捣着锅里缺盐少咸的食物；想到那天，你把小狼崽子们抱在怀里，向我们挥挥手再见，目送征途再启。

我想，你一定还等在那里吧。

"他肯定早就走掉了，我就没见芬德利开过枪。"斯图尔特从齿缝里挤出一句话。

我们被这伙印第安人押着，向我和斯图尔特的临时宿营地走去。

看来肖尼族人比较爱好和平，至少目前这一路上气氛平和。这伙人的首领会说些英语，不外乎一些生意往来的常用词句，对我们说起话来的时候算是极尽温柔了。他们彼此的交流更接近德拉瓦尔语，所以我们之间勉强能够沟通达意。他让一干手下在营地周围四处查看，示意我们坐下，我们照做了，但身子是坐下了，手还跟押解我们的肖尼勇士绑在一起，不得不高高擎着。负责看管我的那个肖尼人束着红色的绑腿，上面缀着鹿鬃，他俯身戳了戳我的衣服。

首领与我们相对而坐，看上去极富耐心，指指自己的前胸，说：

"威尔上尉。"

看他腰杆直挺，面相严肃，一副军人样貌，那么起了这么个英文名字也就见怪不怪了。他单肩披着斗篷，半盖住了身上那件黄兮兮的戎装，衣料的颜色褪得差不多了，看不出究竟是英军还是法军。头发剃过，拢在头顶，挂着银耳环，沉甸甸地坠住了耳朵。他的眼里都是无奈，好像面前的我们不过是他秋猎尾声又多出的两只待宰的羔羊罢了。

我和斯图尔特藏在树上的皮草捆被他们一一卸了下来，面对这副情境，斯图尔特只有把头深埋在双膝之间，勉强遏制住内心的挣扎。他鼻子里喷着热气，仿佛在召唤死于他枪下的熊的亡魂。印第安人果然拿走了他的熊皮，可丢下了肉。斯图尔特不肯善罢，我只得说：

"让他们都拿去好了。"

"丹，这简直是上帝在诅咒我！"

不得不说，作为圣徒汉娜的丈夫，冒出这么一句渎神言论，着实吓到了我，这还是那个一到安息日就嚷嚷着要停止狩猎、放下屠刀的斯图尔特吗？当然，事实上，这一路，逢安息日，我们也只会象征性地祈祷一下，然后盼着礼拜日快点来而已。可是现在，斯图尔特简直瘫在了地上，像随时能散架一样。

"你没说'丹，上帝在诅咒你'，我就已经谢天谢地了。让他们都拿去好了，这不过是咱们的其中一个据点而已。"我对他说。

像这样的临时营地还有好几处，都分别藏了不少皮草料。我尽量把这些都抛在一旁不想，不愿这些人从我脸上看出任何端倪。

威尔上尉向手下简单交代了几句，一伙人就兴奋地挥起棍棒跳起舞来，像足了《潘趣与朱迪》里的滑稽木偶。可惜我一个字都没听懂，我们对自己命运转折的茫然不觉，更是让其中一个忍不住捧腹大笑。他们知道，我们的无知和无措不是故作姿态，我隐约觉得，表面和平的游戏到此为止了。

原来只需要一柄抵在后背上的刀，我们就不得不带着他们去——指认其他匿身藏宝的密处，想到这，我忽然好想放声大笑。一路上，只有斯图尔特还在无谓地折腾，像个肠胃病患者。晚上，他们会用牛皮搓的绳子把我俩背靠背绑在一起，绳子的另一端缠在肖尼看守的腰上。

"别想那么多了，尽量闭上眼睛睡会儿吧，约翰。"

"这个姿势让我怎么睡！"

斯图尔特依旧嗓门很大，被吵醒的肖尼人嘴里骂骂咧咧，被分配了专门负责押送他的那个肖尼勇士闻声坐起身来，手罩在眼睛上，极目而视。我尽量把头转到斯图尔特没聋的那只耳朵边，低声说：

"别想那么多了，不过是些身外之物，毕竟我们还有命在。"

"但是——这群天杀的套走了我们所有的辛苦所得！"

"咱们还有大本营呢，好了，睡吧。"

但他就是不肯消停，我因此也几乎没怎么合眼。

第二天大清早，威尔上尉就一屁股坐到我面前，身上披着毯子抵御晨雾，一双眼睛不紧不慢地在我脸上游走，从额头到下巴来回逡巡。

"嘿，大嘴巴的那个，你们来这儿看来也有一阵子了。"

他捻了捻我的胡子尖，像是在打量可疑的苔藓。至于他的脸，不得不说，甚为平滑，像内迪似的。

"收获不止这些吧。"他接着说。

"就这些了，已经全都拱手奉上了。"

冰凉而干涩的手指顺着胡子已经攀上了我的脸，让我想到妈妈，小的时候每每生病，她就会把手覆在我额头上。

"可怜的白人，一扯谎就脸红。你看你，现在连头发根都烧红了。"

我深呼一口气，笑了笑，把脸从他手上挪开。斯图尔特紧闭双唇，死死盯着我，想弄明白发生了什么。只见上尉大人微微一笑：

"你俩比我们今年的收成好多了。现在，带我去你们的大本营，把其余的皮草料也一并拿出来吧。"

他的语气是如此热忱。而当我声称再没有什么大本营了的时候，他愈加热忱地笑了，伸出一只手摇了摇。我忽然意识到，这大概是我与印第安人之间最久的一次交谈了，然而在他面前，我的悲喜哀乐仿佛就写在脸上，一览无余。

"好吧，我们来指路。"我最后说。

不然还能说什么呢？斯图尔特拽着我的胳膊，脸上挤出一线希望：

"你刚刚说你要干什么？"

"我们带路去大本营。没别的出路了，斯图尔特，这儿毕竟是人家的地盘，一切也就尽在人家掌握。即使我们不带路，早晚他们也会找上门去的，等到了那会儿，说不定连斯夸尔和芬德利都性命堪忧。"

斯图尔特的脸一瞬间垮掉了：

"随他们自己找去好了！随他们把芬德利大卸八块！这么久以来的辛劳所得白白拱手让人？你还不如就地杀了我！我不去！就不去！我答应过我老婆——你的亲妹妹——要让她过上好日子，我也的确是一直朝此努力的⋯⋯"

他扬起了拳头，但很快便放弃了，整个人垮下去，宽阔的肩膀、笔挺的后背，一瞬间变成了松松垮垮的一摊。身边的肖尼人只是静静看着，有几个脸上难掩得意，也有的流露出零星怜悯。不过我们很快就被迫继续上路了。斯图尔特蹒跚着，拖在后面，跟着是两个当值的负责看管我们的肖尼人相互交谈着什么。我们的马驮着我们的兽皮，却牵在他们手里。天气冷起来，肖尼人都披上了斗篷，有的甚至还扯了扯毯子，把头也裹了进去。幸而阳光很好，温暖而明媚。我发觉自己身感前所未有的轻松，近乎咆哮地唱起了希尔最喜欢的那首《越过重山，远走高飞》：

"你是我无时无刻的爱恋，

"愿拥吻你，在每一个深夜，

"如果你也一样，愿随我流浪，

"让我们越过重山，远走高飞⋯⋯"

嗓子哑了，不要紧，继续唱。我扭头看斯图尔特，他用眼神恐吓我，恨不能把我的脑袋拧下来挂在矛头游街示众。

"嘿，斯图尔特，来和我一起唱啊！"

"不。"

"斯图尔特……"

"绝不！"

"好了，约翰，只是一起唱首歌嘛。"

"可我不想唱歌，丹。"

他像一团燃烧殆尽的火苗，将熄于巨大的悲愤。更可怜的是，他似乎觉得对我也失去了本来的信任，尽管这种失去反而让他倍加自责。

我则仍旧一路放肆高歌，声音响彻林间。几个肖尼人大概是被我的举动逗乐了，嘴里咕哝出奇怪而沉郁的声响，像含着一块硬痂。活见鬼，他们说。是呵，至少还活着，说得没错，我于是继续放歌，引着他们一路走过大森林，穿过甘蔗林，翻过小山岗。

威尔上尉一直走在队伍的最前面，好像也被歌声吸引，不时回过头来，两只耳朵招展着，银耳环随风飘摇。

我头脑紧绷，幻想着如果能把想法寄托在风中，带去大本营：芬德利，听到我的歌声了吗，听到我的呼唤了吗，快走，快带上一切躲起来……

我尽可能大声地歌唱，想骇跑那些紧随身后的亡灵，生怕他们追上我的肩膀，附上我的身体。我大声歌唱，即使唱错了歌词，也毫不在意。

歌声让我们一息尚存。

但是芬德利显然早就走了，而且只带走了零星方便拿走的东西。大本营里一片死寂和冷清，不论狼崽子还是狼，什么都没有，骨头渣子也不剩。成捆的兽皮还架在树上，分毫未动，从树下抬头望上去，像是撑饱了飞不动的肥鸽。于是，肖尼人唱着歌，拿走了一切。

13. 荒野之舞

一杆还能凑合用的枪，几颗子弹和一些火药，每人两双软底靴，还额外附送一张钉补鞋底的鹿皮。当威尔上尉把这些东西压在我们摊开的手掌心上的时候，天空飘起了鹅毛般的雪花。

"现在，小伙子们，回家去吧。然后待在家里，别再回来。黑鱼可不想再听见关于你们的任何消息。这是我们的狩猎场，这里的一切只属于我们。"

他语调依旧和缓，像面对两个乳臭未干的毛小子。斯图尔特紧咬着下嘴唇，下颚抽搐，让人担心是不是又发起了高烧。我忽然萌生出一点不舍，生怕威尔上尉真的抛下我们，当然不只是因为我们现如今已几乎一无所有。

"黑鱼是你们的头儿吗？我们听过这个名号。也许他想见见我们也说不准，也许他会对我们感兴趣呢。"

我想起希尔，拉着长脸、伸着舌头，演绎那些不幸落在黑鱼手上的烧死鬼。黑鱼喜欢小火慢焙，火苗小得将熄未熄，整个行刑过程于是几乎能拖上一天。如果围观表演的还有孩子，希尔还会夸张地添上几声"我要不行了"的嚎叫，外加翻几个白眼。

上尉笑笑，不理我的申诉，继续说：

"别再回来。黄蜂的毒刺不会轻易放过任何人。"

我指着他身上颜色暗淡的外套说:

"这件原来也是黄色的吗?我们可以帮你搞一件更好的,我认识个商贩……"

他毫无兴致,但我仍不肯善罢:

"我们的一个朋友,希尔,就是在这被虎头蜂咬了一口,所以先行一步,走了。我不觉得他会回来了。你可能也不会对他有什么好感,不过我跟他可不一样啊……"

"就是你们英国佬招来了虎头蜂,在你们之前,这里可从没有过什么带刺的家伙。"

"不过你们一定很喜欢蜂蜜吧,你看,也不见得我们就没带来什么好东西。"

他走开了。

"上尉!"我再次呼唤他,但他的眼神仿佛从不曾认识我们。

他们真的走了,我的那位束着红色绑腿的看守临行前还朝我点了点头。每一匹马的马背上都驮着沉甸甸的货,他们就这样,沿着勇士之路嘎吱嘎吱一路朝北,渐行渐远。若有若无的交谈和谁人哼唱的小调飘摇在薄雪之中。

"你的歌!"可怜的斯图尔特边咳边努力说,"他们什么都没放过,连你的歌也一并拿走了。"

我们在冰冷而空荡的营地度过了艰难的两晚。直到这时,我才感到内心空落。竟然连匹马都不肯留下,我们连身在何处都说不上来,更糟的是,寒冬的折磨才刚刚开始。我试图靠重温一路的见闻经历重鼓士气:富饶的土地,丰硕的猎物,一切都曾美好得无与伦比。

说这话的时候,我好像化身成了芬德利,浑身逍遥,一脸自在。那么,何不从头来过呢?何不呢?旧梦重温,再历新生。斯图尔特假装睡熟了,只在松树枝搭起来的铺盖上翻了个身,就算作是对我一番建议的全部回应了。但是我们彼此心知肚明:我和他,谁也睡不着。

芬德利没再回来。

"看样子准是投靠了印第安人，等不及上那些印第安小妞儿了吧。"

雪地上腾起一泡热辣的臊气，斯图尔特连尿尿都带着愤愤的动静。他无法直视我，又倒进了松枝堆，冷冷地咒怨着全世界。在所有被掠夺一空的猎物和如今烟消云散的发财梦中，他最不肯善罢甘休的就是那床熊皮，而我则成了所有灰心失意的罪魁祸首。那么先前的运气又该作何解释呢？是命数的故意安排，还是我从伊斯雷尔的命里攫取了一切？我感到一双自命清高的利爪深深嵌进了我的肩膀。

我只身走出披屋，消耗了一颗子弹，打死了一只骨瘦如柴的火鸡。那就感谢命数做此安排吧。我把火鸡拖回屋，丢在斯图尔特的脚边。像是对话正进行到一半，不无唐突地说：

"好吧，好吧，不过我们最好快点追上去。"

山野之间的马铃声很容易辨识。月亮细细一弯，但月光洒在雪地上，折射出莹莹冷光，足以看清四周的动向。肖尼人在河边生起篝火，宿起营地，把马留在外面吃草。火光由浓转冷，起先还能听见一些声响，后来也都渐渐安静了。

我和斯图尔特蹲在树枝上静候。

两个人莫名地快乐，又快乐得莫名。

在寂静中足足等了一刻钟多，我滑下树干，匍匐向前，草地上撒了一层雪花，冰凉幼滑，马腿嶙峋，绳套结实。我只能全凭感觉，解开了套在其中两匹马腿上的绳结，顺势一路摸到马脖子，很好，还套着缰。

"怎么才能分出咱俩的马呢？"

斯图尔特嘘着声问，却犹如寂寂雪夜中的一声炸雷。

我尽量不发出任何声音地回答他：

"随便拉一匹就走。"

"可我想要我自己的那匹。"

忽然一匹马高声嘶鸣,其他几匹也受惊动弹起来,温热的马臊味随之飘散开来,河边一时马铃叮当。我仍在继续努力,已经解开了两匹,十指紧攥着缰绳。这时,斯图尔特摸到我身边,攀上我的胳膊说:

"我想要我自己的那匹。"

他声音渐强,手上愈发用力,像是一个临将跌落的人攫住了最后的稻草。我使力想甩开他:

"快放开,斯图尔特,该死的——"

一枚信号弹腾空而起,划破长夜。三张肖尼人的脸即刻出现在火把的光亮中,其中一个正是我之前的看守。斯图尔特睨了我一眼,蜷到一旁,而我的手上还攥着马缰。

他们在笑,仿佛很高兴又见到我俩,而我也真的差点当真。直到我的看守伸手接过了缰绳,用磕磕绊绊的英语问:

"唷,还想偷马?"语气仍旧温和。

在这之后,我就被一条绳子应声套住了脖子,所幸是个活结,可我还是顿时从脊椎骨到脑瓜顶感到不寒而栗。站直了,保持住。肖尼人扯着绳子的另一头,我感到脖子上像被擦破了,火烧火燎地疼,喉咙口顶着一块硬结,应该没错就是套结所在了。绳结处叮当作响,我伸手摸到一块冰凉的金属,是个铃铛。三人中的一个唱起了我听不懂的歌谣,他们一个个盯着我,像是在等待一个时刻。我努力地慢慢地重复着刚刚的歌谣:

"潘—潘—飞?"

他们的大笑宣示了我的徒劳。斯图尔特仍蜷着,眼睛滴溜溜打转。一个肖尼人伸手把他拎了起来,用枪托在他背上敲起了节拍,另两个则助兴拍起了巴掌,连马儿们都饶有兴致地凑过来,把我们团团围在了中间。

他们想让我跳舞。

好吧,那就跳好了。脖铃作响,让人联想起圣诞夜的氛围。而圣诞夜,我忽然意识到,也已经真的不远了吧,没有我,丽贝卡和孩子们一定会待在老布赖恩干燥而温暖的大宅子里。

我跳啊跳啊,边跳边唱起歌来:

"圣诞快乐,小伙子们!节日快乐,致每一个人!"

他们笑了又笑,终于未下杀手。

威尔上尉的眼睛再一次落在了我脸上,那样子仿佛在看一条不听管教的家犬。实话实说,在我内心底还确有一丝甘为其犬马的想法。假如是条狗,偶尔这样捣个蛋,最终也会被主人宽恕而不至于整夜关在门外。只要不是被关在门外,进的是谁的门,都无所谓了。

我们走啊走啊,我的脖子上一直挂着铃铛。

天气一夜冷过一夜,夜空缀满星星,像一块巨大的窗格玻璃。我们沿着肯塔基河一路朝俄亥俄走去,目的地应该是他们印第安人的过冬之地吧,我想。

斯图尔特一路瞪着铃铛般的大眼睛,看看我,又看看两边的肖尼人。

"想不想去他们的地盘看看?"我对他说。

他耸耸肩,反问我:

"有得选吗,我们?"

"我本人反正不介意去瞧瞧看。你呢,斯图尔特?"

"那我也不介意。"

他长吸了口气,说:

"我在想汉娜怎么办,我答应了她要赚好多好多钱,但现在竟要空手而回了。"

顿了顿,接着说:

"真想赶紧见到栋像样的房子啊,哪怕是印第安人盖的也好。"

他似乎已经欣然接受了命运急转直下的现实,在慢哉慢哉地又走了几天之后,一切似乎显得顺理成章起来。看守我们的肖尼人松松地扯着绳子，走在我们身旁。斯图尔特不时和他的看守蹦出几句肖尼语。印第安人叫他"马科瓦"，我告诉他是"熊"的意思，这竟然还让有点他引以为傲。那床熊皮留在他身上的味道的确经久未散，不过不管怎么说，总比叫我"大嘴巴"强，还是整天用英文叫的！

其中一个肖尼人叫嚷着，让我们再唱首歌来听，我只得应允，搜肠刮肚，却不得不承认要是希尔在场就好了。他们喜欢听《越过重山》《来点黄油》什么的，都是小詹姆西和伊斯雷尔一听到就会鼓掌跺脚的旋律。我也在路途中学会了几首肖尼人的小调，或者至少说学得八九不离十吧。等回了家，我就教给孩子们，保准能气坏丽贝卡。我每次一开口，肖尼人就会笑，一一纠正我的发音和唱腔，可真难！他们的旋律是那般悠长，无边无际，一眼难望。

我在这一刻念起了孩子们在炉火前赤足的舞蹈，欢畅的蹦跳，小小的脚趾头弄得脏兮兮的。我在这一刻特别念起了小詹姆西，我曾亲吻他的脚心，那时他才刚刚降临人世，那双小脚丫还不曾落地。而他现如今该是个大小伙子了吧，脚也肯定长大了好几码。还有小伊斯雷尔和苏珊娜，也早不是襁褓中的小娃娃了。远在家乡，时间不曾停驻，尽管他们在我的印象中一直定格在道别的一刻。我心中忽然感到一阵钻心彻骨的剧痛。

我静静地走了半里路，在脖铃声的掩护下，对着斯图尔特没聋的一侧耳语说：

"斯图尔特？约翰？"

"怎么了？"

他看向我，像发现了一只臭虫或者别的什么，心烦意乱，满眼疲惫。

"你会唱黄油那首歌的，对吧？"

"不唱！"

"你会的，我知道，'来点黄油哟黄油'，就那首。等会儿我一开口，你就准备好。"

"准备好干吗？"

"准备好跑路啊。想想你的汉娜,还有家里的小家伙儿吧。"

他停下来,看着我说:

"我想过,确实想过。可你看看我现在病快快的鬼样子,难道汉娜会想见到我吗?"

他说完继续走路,我则保持着一步之遥,紧随其后。又这么走了两天,我想我已经准备好了。其实说跑就跑并不容易,何况这一跑就意味着要离开这里的一切。肖尼人扎起帐篷准备宿营的时候,威尔上尉说他已经依稀嗅到了俄亥俄的味道,应该明天就能看见进城的水路了。斯图尔特和我仍然绑在一起,但现在已经只有我们两个,不再有看守扯着绳子。肖尼人一个个在篝火边舒展着身子骨、聊着天,等待夜幕降临。快到家了,他们也放松下来。

我深吸一口气,平复了下情绪,唱起来:

"强尼想来块小蛋糕……"

我的确起拍有点拖沓,有点伤感。斯图尔特看着我,脸上写满了悲伤和不解。但只一会儿,我们就双双站起来,相互默契地挤了挤眼睛。

枪就随随便便地堆在拴马和码货的地方不远,我猫着腰,他也伏下身子跟着我,从里面抽出一杆。周围是茂密的甘蔗林,起先我们还小心地向前摸索,后来干脆把枪举在身前,一路披荆斩棘大步前进,这当然会给肖尼人留下追捕的线索,但顾不上那么多了,反正已是隆冬深夜,天黑得奇快。我们一路小跑,转而向南,一路上只有彼此的呼吸和心跳,没有追兵,看来我们甚至不值得他们费力追捕。起初我还单手握着脖子上的铃铛,后来干脆放手由着它响去了,我想我也许并不介意就这么一直挂着它。

一路跑回大本营后,斯图尔特就不辞而别了。那天早上他一个人外出,然后就再也没回来过,尽管我在打猎时,仍试图沿路搜寻着他的踪迹。并且的确有天下午,我在一棵树上发现了形似"JS"[①]的划痕。我

---

① JS 是约翰·斯图尔特(John Stewart)姓名的首字母。——译者注

盯着那棵树看了良久，仿佛它不是留在树干上的一道划痕，而是刻在我身上的一道黥刑留下的伤口，仿佛时时刻意提醒着我，这里他曾经来过，而此刻他已悄然离去。一切的一切都错在他不该追随我而来，落得如今病疾缠身、一无所有的境地。我无时不在思考，是什么促使了他最终舍我而去。是他无法容忍自己身无分文地回到他亲爱的汉娜身边吗？还是怕胡子拉碴一身脏兮兮的样子骇到她？

斯图尔特，是我带你来到肯塔基，是我带你落入肖尼人的圈套。也许有的人会说，是我终于害死了你，可能吧，为了我的一己私利。但我有什么私利呢？把狩猎所得据为己有吗？可我现在不是也一样身无分文吗？也许你是对的，肯塔基明明就一无所有。我如今深陷茫茫山野，只有一杆不合手的破枪和几发不足道的子弹。也许此刻，芬德利正蹲在这其中的某棵树上瞧着我偷笑，用希尔的声音追问：接下来，你打算怎么办呢？

14. 流连忘返

　　一连好几天，我都没放弃在大雪中搜寻斯图尔特的踪迹，也希望能发现一星半点芬德利的影子。我浑身的毛孔都张开着，像是在捕捉风中的讯息，我试图轻声呼唤，有时模仿鸟鸣，有时模仿其他动物的声音。小心翼翼，不给威尔上尉他们留下丝毫线索，但看样子肖尼人早就回家猫冬去了。整条勇士之路空空荡荡，而严冬正步步紧逼。

　　斯图尔特留下的讯号如今似乎随处可见，我费解地看着树干上的字母——JS。也许每个人的离开都有他自己的理由吧，我只能这样想。

　　河面渐渐结冰冻实了，我抓了些鱼，捡了些坚果，打到几只火鸡，偶尔也能打到鹿。靠着这些，万幸我没死，活着，并且熬过了整个冬季。

　　我居然还在一只后翅斑斓的大鸟身上浪费了一颗宝贵的子弹，可惜没有纸笔，无法记录下它在天上的美态，只好留下了它的两只翅膀。万幸我还没死，我还活着。

　　我向北走回到俄亥俄附近，路上一个人也没遇见，遂又向西。我渐渐熟悉了每一条水路、每一处牛群栖息之地，熟悉了它们常去的盐渍滩，甚至熟悉了当中哪一块盐渍滩结了最多的盐痂。我爬上一道山脊，远眺山下成群结队的野牛伏在白雪覆盖的土地上，后背起伏，宛若一片涌动的汪洋。那声响和气息像抽打在我身上的鞭子，让我重获快乐。我一枪正中其中一头牛的喉管,看它轰然倒下,很快死去。在这之后的几天里,我除了吃掉些鲜肉,还晒了些肉干。尽管又少了一发子弹,但我仍感到欣然快乐。

鼓捣蹄筋的时候,没留神,反被抽到,这大概是我成年以后第一次失手伤了自己。但我不信命数就此会真的伤害我。我给自己做了一把像样的弓,和一些箭,用树上新抽的细枝和鸟羽、肠子什么的。新武器旋即命中了一只野猫,趁它向我扑上来之前,一箭正中心脏,干净利落,漂亮极了,快得几乎没有痛楚、没有感觉。我喜欢拉紧弓弦把箭"嗖"地射出去的感觉,箭镞扎进心脏的一刻,仿佛时间都要为此而停滞。

我其实还可以点火诱猎,像伊斯雷尔曾教我的那样。但我不愿那么做,打猎也要打得更漂亮些。何况,我也并不想借此把伊斯雷尔的亡灵召到这里。

弓箭在手,我得以续命。夏去秋来,仍是孤自一个,仿佛置身于万籁俱静的苍茫深处,仿佛又回到了那条沉睡的狼腹中,但这次,我变成了狼的一根骨头,或者是它睡梦中的片刻臆想。我躺在冰冷的藤条堆成的睡铺里歌唱冷冷寒夜,这里就是我夜晚的避风之所。我歌唱一切,远方的狼嗥让我心跳加速,但我不能为此停止歌唱。还有那首我特意为肯塔基谱写的歌曲,我要用尽气力唱出来:大黄蜂,虎头蜂,潘潘飞……我始终惦记着肖尼人,可他们和斯图尔特、芬德利一样没再现身。头顶漆黑的苍穹宛若不知是谁深邃的瞳孔。

寒意慢慢退去,白昼慢慢变长。冬去春来,大地再次萌出新绿,薄薄的,像覆着温软的皮草。我已不得不动身向东跋涉,威尔上尉留下的火药所剩无几,连制箭的鸟羽也使用殆尽了。

我故意避开了野牛的行踪,走得很慢,沿着勇士之路向芬德利领我们来时通过的那道山垭走去。然而这归途之中的每分每秒,我都恨不能转身回去,只想继续漫无目的地游荡在这片自由的天地之间,也许只有这里才真的是属于我的。

我先是在大本营停了停，把坍下来的松枝重新搭回房顶上，翻动起一阵淡淡的松香。披屋背后的一棵树上挂着的一条破毯子，早就被风扯成了碎布条，可还隐约留有芬德利的气息和狼崽子的味道。我捡回些冷杉树枝，准备把披屋重新搭一搭。

正准备生火的时候，寂静的山林中忽然传出一声异响——已经很久没有这种感觉了，没有那种听到莫名的声响却不知所以的感觉。久居山林，仿佛世界只剩下融雪滑落松枝摔在地上的声响，只剩下动物夜行时的喘息。

尽管还没到枝叶繁茂遮天蔽日的季节，尽管河的这一岸也没有旁逸斜出的藤蔓植物，但我真的什么都没看见。我直起身子，忽然有种走出蛮荒、重新直立为人的感觉，忽然再次意识到了生而为人的孱弱与渺小，尤其当此弹尽枪绝时。脑海中闪现出死神长长的獠牙，我曾几乎与他错身而过，险些命丧他乡，我曾险胜分毫，而时至今日得以侥幸活着，我曾沾沾自喜，离他那么近，又那么远。我不由清了清嗓子，捋了捋胡子，感到胸腔发紧，腹背受压，就像那日在老布赖恩家门口再见到丽贝卡时一样，我还记得那天我给她带去了一头死鹿。而此刻，身在不知何处，又再度面对着未卜的前途。

这一刻，我情愿是孤身于山野的。我钻进树林，沿着河岸的方向穿行，在风中捕到一丝烟味。渐渐有浓烟升起，越积越厚，一棵烧着了的枯木轰然倒下，火苗从一个树枝又蹿上了另一个。而那个声音越来越近。我俯下身，向前探看，已经分明可以听见马鼻子呼气和马掌踢踏的声音，还有人的脚步声。我瞪大了眼睛，隐隐在浓烟之中发现了四匹马和一个披着斗篷的人的形廓，其中一匹马甩着头发出一阵嘶鸣。

不会是伊斯雷尔的，不会的，这里并没有鬼。我于是改口：

"斯图尔特，是你吗？"

发觉自己的嗓音粗哑刺耳。我几乎已经原谅了他的不辞而别，是的，现如今看来，这也算不了什么。不过他可能还在生我的气也说不定。

当然，很有可能他后来又落到了肖尼人手里，这回不过是被当作对付我的诱饵带回了这里。

火光之中只有一条暧昧不清的黑影，我不敢贸然行动，感到脖子上青筋跃动。四周黑云滚滚，不断爆出树枝炸裂的声响。

一声呼唤穿透黑烟：

"是芬德利吗？"

声音远远飘来，小心而谨慎。声线很低，那就不可能是斯图尔特了。我心下一沉，但还是回应了：

"不是。他走了。"

那么，也就不可能是芬德利了。我即刻想到了威尔上尉，但声音也不像他。会是希尔吗？好吧，只要有马、有弹药，哪怕是希尔和他那一身臭毛病，我也准备忍了算了。

火光逼眼，烟霾呛出了泪花，但始终看不甚清。

"丹，是你吗？"还是那个声音。

"是我！"

我几乎没有片刻犹豫，起身走出大火，伸出黑黢黢的手抹了把眼睛。刚刚靠得太近，被火苗燎黑了脸。我扯了扯身上脏腻腻的狩猎衫，火星零落在身上。而那个火光中的身影渐渐明晰起来，很高，很瘦，那么看来也就不可能是希尔了。影子张开了斗篷，像一只展开双翼的大鸟。

斯夸尔，是斯夸尔，我可爱的小弟！他抬着胳膊护着眼睛。他非但活着，活生生站在我面前，还带来了补给！马背上挂着新打的捕兽夹，碰出丁零当啷的声响。只是马儿们看上去一路累坏了，警惕地瞪着我。

巨大的安慰涌上心头。

"好哇，原来是你，斯夸尔。太好了，干得漂亮！你的火直接把我引到了这儿。我还以为是圣经里燃烧的荆棘，还在想是谁摇身成了圣人先知。"

他像是陷入了思考，呆呆地看着我跃过火丛向他走近。尽管搁下了遮在眼眉上的手，但我仍不甚看得清他的脸。终于，他开口说：

"看上去你真是亟待救援啊。"

我其实也这样认为,但嘴上还是说:

"也许吧。"

又一只河狸!我扒开一架新设的捕兽夹,把刀尖小心地插进它的下颚,干净漂亮地剥开皮肉。河狸真是乐善好施,这已经是今天接连逮到的第十只了,而且我们又发现了一片不错的池塘,准备再设一条捕链,多下几个夹子,大展一番拳脚。眼看着收获的行囊一天沉过一天。说真的,如果打猎非要与人同行,我肯定首选斯夸尔啊,尽管久别重逢,两个人至今还有点生分和拘谨,尽管久居桃源,我还真有点不怎么习惯有事没事找点话聊聊。我问斯夸尔,一路上有没有留意到斯图尔特的行踪,但他摇了摇头,只回我说:

"你家里人托我代致问候。"

"他们好吗?"

"看上去不错,但都很惦记你。"

斯夸尔扯了扯链子上的捕兽夹,掂量了一下捕链另一端的动静,接着说:

"老布赖恩把家又都搬回亚德金了,重归农场生活。爸妈也回去了。"

"全都回去了?那好,那等我回去的时候,就知道去哪儿找他们了。"

"至少这个,"我像老布赖恩一样捋着下巴上的胡子说,"够资本让我和老头子来一场公平竞争了,估计现在就算我走到家门口,丽贝卡也肯定认不出是她丈夫回来了。"

不知道是不是因为提到了丽贝卡,斯夸尔的表情有点僵硬,扭过头去,假装看着兽夹。

"她也好吧?我想我问过你的。"我说。

"她也好。"

斯夸尔盯着兽夹张开的两齿呆呆出神,不再说话。我已经剥好了手

里的河狸。真真是副好皮囊,毛发纤长浓密而富有光泽。我掏出铁箍,把它撑起来:

"我会很开心再见到她的,哦,还有'家',当然,如果对我来说还有那么个地方的话。"

是的,我会很开心的,尽管我对她的想念可能不如她般强烈。至于所谓的家,也是一样吧。

"你回家待了一阵子是不是也很开心啊,斯夸尔?"

他不理我,只顾给夹齿打锉,刺耳的声响中,我仿佛又看见了锻铁炉边的父亲。一直到他"砰"的一声合上齿夹,又转过来不紧不慢地把营地四方打量了一圈,才总结似地说:

"多捕些河狸和水獭应该抵得上被抢走的损失了。"

出于我对他的了解,不会不知道这句话的言外之意,我的问题根本不值一提。于是两个人干坐着,直到他最后说:

"你应该回家看看了。"

他依旧面无表情,但抬起头,与我四目相对,让我明白,他只能话说至此。这句简单的建议像一块石头,敲中了我的脑壳。不得不说,斯夸尔总是很有准头。

"我知道了。"我说。

说完,也陷入了沉默。言犹未尽即事出有因,但我不问,不想脑袋上再挨这么一下。

接下来几天依旧运气极佳,收获颇丰。拔营归家走出山埑的时候,我在白色的峭壁前停下马,找到了当时刻下的几个名字。山石不动,肖然为证,一切不曾改变。兜过阿勒格尼山脉东麓,勇士之路在此打了个弯,与河水并行穿过狭长的溪谷。我还记得这里是鲍威尔谷,我说。还记得与芬德利一路同行,途经此地,却如今不知他身在何方,我感到内心深处并不想就此结束这趟探险之旅,徒生出诸多不舍。

溪流湍急，涉水的时候斯夸尔向我伸出手。

这让我大嚷起来：

"你大哥我又不是残废，明明有手有脚，活得好好的，好嘛？"

他仍不太适应我的谈笑，但还是捧场大笑着说：

"那是当然，我对我的兄长抱有绝对的尊重。"

我们牵着马渡了河，在岸边歇脚，绑腿都浸湿了，浆得硬邦邦的。空气依旧干冷而清冽，特别是行至背阴处。我想坐下来把脚晾干。

"我们最好继续赶路。"可见，斯夸尔不这么打算。

"继续赶路，继续赶路……简直快成了你的口头禅了。再多宿一夜有什么不好？"

"怎么？力不从心了吗，老年人？"

"才没，一点也没！"

我试着接受现实，尽管一多半时候还是惦记着溜回肯塔基，生怕自此一别，桃源杳渺，不复得路。我不理斯夸尔，拾来树枝生火，斯夸尔从旁叹了口气，只好也挽袖帮忙。

我们无知无觉，直到纷乱的马蹄踏响水花，从对岸一路奔袭而来。我和斯夸尔刚摸出了枪，还来不及装上子弹，一伙儿缚着彩色头巾的彪形莽汉就跃下了马背，一身湿嗒嗒地站在了我们面前——这里难道就是传说中的布罗丁奈格？莫非误闯了巨人国度？我又想起了格列佛。

两厢对视了一阵。我挎枪向前一步：

"伙计们，近来可好啊！肖尼族的？"

"彻罗基的。"

搭理我的是个高个马脸的汉子，浑身精瘦，颧骨凸显，让人不得不担心那两块骨头随时可能会顶破皮肤。尽管头巾磨起了飞边，但依旧仔细地向后挽着，举手投足，潇洒自若。至于另五个则始终绷着脸，眼也不眨直盯着我俩。打头的马脸汉子向斯夸尔的来复枪伸出手，斯夸尔看了看我，放弃了顽抗。我不怎么会说彻罗基语，只好用英语跟他们拉锯：

"那让我们也见识见识你们的枪呗？"

马脸扬了扬下巴,递过他的枪,什么粗制滥造的骗人玩意儿,不禁让我想起了芬德利的那堆破烂儿。我指指自己的眼珠子,问他:

"你认不认识一个白皮肤、蓝眼睛的小贩?皮肤很白很白,眼睛很蓝很蓝?"

他鼻子里哼了一声,笑起来,扭头对其他几个说了些什么,还花哨地鞠了一躬,一伙人也都笑起来。果然是芬德利。一只大手向我伸过来,我站着不敢动,手绕到脖子后面,摸出了那条还系在我辫梢上的丝带,芬德利的。他想扯下来,但系得太紧,于是只是用拳头攥着,说:

"谁都认识你说的人。"

"那你看见他了吗?"

他的手仍保持在刚刚的位置,朝我笑笑,说:

"好像是的。"

"那你还看见别的白人了吗?一个又高又瘦、浑身熊臊味、嗓门很大的?"

"好像是的。"

他的声音波澜不起,向我守口如瓶。

"你把他们谁杀了?"

我也尽可能保持一平如镜的声调,但他仍只是回答道:

"好像是的。"

马脸汉子大笑起来,递给我一柄烟斗。

我让斯夸尔生起了篝火。他一身警觉,低声对我说:

"我们最好准备好随时跑路。"

我那时正沉浸于和对方推杯换盏:

"来,让我们以蓝眼睛那位的名义喝一杯——或者,干脆这杯敬你,你叫什么?"

"吉姆。"

他漫不经心地回答,仿佛这名号不过是个笑话,所有印第安人的白人名字都像个笑话。

"和我的长子同名[1]！你母亲取的吗？"

他笑而不答。另外几个人还在琢磨着那把来复枪，其中一个抬头问吉姆。

"来做笔交易吧？"吉姆微笑着征询我的意见，仿佛他只是在说笑而已。

"哦，这可不行。"

我跟着他们一起笑起来。脸上和身上的每块肌肉几乎都在抽搐，朗姆酒喝得浑身暖融融的。我看向斯夸尔，他几乎要抬起一只胳膊，寄希望于我赶紧收手，不要害大家一起被乱斧劈死。但我无法自持，有点肆意妄为，心想看看这些人到底能怎么样，心想发生点什么也好，好把他们留在身边，或者确切说是自己想借此留在他们身边，于是说：

"你看，我们又不是小贩，我们跟'蓝眼睛'可不一样。"

吉姆伸出其中一根粗硕的手指：

"你的眼睛也是蓝的，你是'小蓝眼睛'。"

他扁平的指尖离我那么近，仿佛随时可能轻轻戳上来。另外那五个人已经上手在那翻翻捡捡了，一副买家派头。我只好由着他们，摆出做生意的架势，一一向其展示斯夸尔带来的那些来复枪，还有猎来的水獭毛什么的。吉姆从皮货捆中抽出一条，手指从眼洞的位置穿过去，抓起来贴在脸上。我强颜欢笑，大呼斯夸尔：

"快把你刮脸用的镜子掏出来，他们可能想看看自己的样子！"

但斯夸尔粗暴地甩甩肩，说：

"我的镜子不能给！"

吉姆看了看他，又扭头对几个同伴点了点头。他们于是就把皮草和枪装到了自己的马背上，把那几把粗制滥造的便宜货丢给了我们。接下来，他们跨上了我俩的马，朝我们高呼着、摇着手，连人带货过了河，走了。

---

[1] 吉姆（Jim）是詹姆斯（James）的昵称。——译者注

又是一场空!

斯夸尔坐在篝火边,蹬掉了脚上的鹿皮软底便靴,鼻子垫在拳头上好半天没出声。再抬起头来的时候,双眼满是冰霜。篝火腾起的灰烟在他身旁打着转。

"你可真是会做生意。"他说。

"至少他们也没一枪毙了咱俩啊。"

我感觉浑身的力量都在咆哮,难以抑制,感觉自己就像是一台蹩脚演出中的跳梁小丑。我诚心诚意地想重新来过。于是站起身,绕着一边给篝火添柴,一边对斯夸尔说:

"你难道不觉得,和印第安人之间几次三番的恩怨情仇简直就像戏里的桥段,或者根本就是一个冗长的笑话?"

斯夸尔又埋下头,深深呼出一口气,极不情愿地问:

"那为何还要继续呢?"

"就是要继续演下去啊,权当是场游戏,或者是个童话——谁不喜欢讲故事呢,故事里的人总能收获大团圆的结局。"

"谁的大团圆?"

"这可说不上来。每个人都有吧。"

我也脱下鞋子,脚趾头挨在火边上取暖。斯夸尔说:

"每个人?我们现在算哪门子的大团圆?"

"为什么不算,又有了理由重新来过了啊?咱们可以再回肯塔基去,向山林深处再走走……"

一想到此,整个人都倍感振奋。一向如此,一想到重归山林,我就容易万分激动。空气中多了一丝人的汗臭味,斯夸尔把鞋子挑在木棍上正在烤火。

"并不是每个人都有重新来过的机会。丹,你应该回家看看了。"他依旧不落声色。

鞋被丢进了火坑,化成两道黑烟。

15. 总角晏晏

"是你。"

她，站在木屋门口，举着一柄勺子，落下两滴汤汁，嘴唇叠在一起，在嘴角处攒起一道弯，跟我的想象几乎分毫不差。

我知道的，舞会那天，我刚到你祖父家的时候，你其实就看见我了。我知道的，你转着圈儿经过我的身旁，其实就看透我了。而我，只看见你的几缕秀发松松地搭在肩头，只看见你的眼睛轻轻地滑过我脸，片刻都不肯停驻。然而，我呢，我已经消失在那道深邃的目光之中。

昨天，我先是把斯夸尔送回了家，然后在门外过了一夜。现在，终于我翻过田野，穿过农场，回到自家门口，而你竟一眼就认出了我来。丽贝卡，你看上去满身疲累，面色暗沉。但你依旧貌美动人，那美貌侵略了我，让我呼吸困难。我的妻，我的爱，我的丽贝卡。

"在这儿看见你真是棒极了。"我说。

我推了推帽檐，想把她看得更仔细。我想对她说话，嗓音像只奇怪的塘蛙，我急于想对她微笑，咧开嘴却扯着了下巴。我迫切需要再听听她的声音，她果然不负我望：

"我也正打算这么说，布恩先生。"

"亚德金现在这么热闹，我刚才还以为路上说不定就能撞见你呢。"

"我也正是这么想的,布恩先生。"

她仍站着,手上的勺子滴滴答答。她的表情依旧如往日含蓄,不露声色,像第一次,在谷仓看见她的样子。她还是她,一直都在。我两眼一红,赶紧低下头:

"本来想多带回点东西给你的,我的可人儿。但我们被洗劫一空,斯图尔特也走了。"

"走了?去哪儿?"

"不知道。反正就是走了,不见了。"

胸口忽然被痛失一切的悲愤重重一击,连自己也无法相信什么戏里戏外、游戏人间的说法了。我肩膀一沉,呆立在门口。窗子透出里面的微光,墙上显出风吹日晒岁月的斑驳,整幢房子那么小,那么挤,充满了生活的气息,而我呢,我成了十足的外人、野人。

她不太情愿地打量着我,我也知道我现在在她眼中一定一副窘相:衣衫褴褛,鞋底挂泥,瘦骨嶙峋。白皮肤的印第安人,哈!我抻着下巴底下长长的胡子给她看。

她一边嘴角扬起来,温柔地笑了。不是开怀的笑。

"看起来是没少吃苦头呢。"她说。

"的确如此。"

她抬起头,望向远方,视线越过菜园,一一巡视种着黑麦、小麦、亚麻和玉米的一块块农田。这当中有不少都是她亲手栽下的吧,我想象着她纤长的手指,伸进土地,挖洞,再埋下种子。杰西和乔纳森正在厩棚外面修补犁杖,两人抬头向这边望了望,但并没过来。生活的不易和艰辛深深刺痛了我,我看着丽贝卡,忍不住想狠狠亲吻她的双颊,想把头埋在她肩上,想把嘴唇覆在她身上。但我没敢妄动,这里现如今俨然是她的地盘。

她也没动,看着我,只是看着。

最后,才说:

"不进来吗,流浪汉布恩先生?"

"如得您应允，太太。"

"我已经准了。"

她决然转身，我紧随着她穿过低矮的门廊。当初造房子的时候，真该把门廊盖高点。进屋发现，孩子们都围坐在炉台边，一个木头人偶在彼此之间被争来抢去，有时不小心还会被扔到墙上。他们都长大了，健康而茁壮。我大笑起来，听丽贝卡说：

"这是你们的爸爸。"

詹姆西第一个转过来——长这么高了——脸上开心和犹疑交织在一起，叉着脚，想跑又不敢跑过来。小伊斯雷尔还是老样子，一见到生人和大胡子，就忍不住炫耀起自己的一身本事。还有苏珊娜，已经出落得有模有样了，黑色的头发，打着卷儿贴在脑后。她大叫一声，向墙脚的木娃娃扑过去。她举着娃娃在摇篮前上摇下跳折腾了好一阵，然后甩手丢在了一边。

摇篮登时回应了一声尖尖的高亢的啼哭。

哭声把我刚想搭在丽贝卡腰上的手挡在了半路，我走过去。

摇篮襁褓中一个小小的婴孩，细细的黑色的绒发贴在小脑瓜上，和我的一样，也和她的一样。小家伙瞪着我足足一刻，小口忽启，挑衅地一声哭嚎。一双深蓝色的眼睛眨也不眨。

算算错过有两个圣诞节了吧，我这一去，也快两年时间了吧。

我也瞪着眼回敬，把她抱了起来。由她咿哩哇啦地在手里乱蹬。

"想出来透口气吗？"

大概是我更想看看这到底是怎么个小家伙，于是坐下来，解开襁褓丢在地上。两条小腿儿一经解放，她在我面前摆出个"大"字——一个小小、小小的女婴。

丽贝卡看着我，孩子们拉扯着她的裙裾和衣袖，伸手去够她手上的勺子。我怀里的她喘着喘着，忽然以一个稳固的音调放声高哭起来。丽贝卡下意识地走过来，却停在了一半，端着身子，眼睛在我和她中间摇摆不定。

我对孩子们说：

"都放开吧，让妈妈静静。"

怀里的她却扑腾开来，我只得擎着头，把她举起来。她则一副欲与天花板比音高的架势，细细软软的脖子倚在我的手掌心，在我胸前尿湿了一摊。

让我想起这个位置曾挂着那柄射击比赛中赢来的斧子，以及卡托巴人对此的戏笑。我也像卡托巴人一样，一脸的难以置信，对着她笑出声来：

"你的？"

丽贝卡点了点头。

"好吧，那她也算是尿对了一半。"

我的笑不小心卡在喉咙里。

"长得像你。"丽贝卡说，依旧看不出半点表情。

"那对她来说可谓不赖，也许对你来说也一样。话说，那她究竟是谁的仔？"

她不出声。

"看样我得找接生婆子聊聊了。生产的时候，妈妈们尖叫着的肯定都是孩子父亲的名字，人们不都这么讲嘛。谁给你接生的呢？玛莎吗？"

她看着我，好一会儿，决绝地说：

"她谁的也不是，谁也不是！"

她一言不发，却怒火中烧，两个人之间像落下了一道厚重的闸门。她阔步走向门口，一，二……六步，整整六步——也许这里已经没有足够容纳她和愤怒的空间了吧——停下来，对着墙而不是我，说：

"你一走就是那么久。况且那么久，连音信都没有。很长一段时间，我都在担惊受怕，丹尼尔，担心你是否还活着，害怕你是不是已经死了。后来，我渐渐接受了，可能你真的已经死了，永远不回来了。否则，要你说，我还能怎样呢？"

我想起斯夸尔眉头深锁的脸：

"这就是你所谓的理由吗?以为我死了?于是是时候另觅新欢了?那你就大错特错了。我现在岂不是从阴曹地府爬回来了,活生生就在你面前呢。"

我站起身走向她,她也转过身直面我:

"两次……就两次。"

"还嫌不够是吗!"

她又转过身去,甩开拽着她的苏珊娜。我发现孩子们都盯着我俩,我发现那个小小的她还在我怀里拱来拱去。

"她叫什么名字?"

"杰迈玛。"

名字倒是没听过,既不是我家的,也不是她娘家的。

"是那个人取的吗?"

她弯在炉前,狠命用那柄勺子鼓捣着罐子里的东西。我看不见她的脸,只听见她强装镇定的声音:

"家里来过一位神父,一个摩拉维亚教徒。"

"喔呦,还是位神父!那么是你献身于神了,还是神委身与你了?在编故事吗你!"

她也提起嗓门:

"还是位受人尊敬的长者,花白胡子,直垂腰际,浑身散发着陈腐的霉味,你爱听了吧?他不过是在回他属地的路上,行至这里,讨一顿晚餐。我给了他吃的,然后,我记得他就坐在那儿,边吃边看着我们。他看到了这里的境况,他对我说话,说我身陷孤独。我告诉他我一直都在担惊受怕,一直都是……"

"明明有小伙子们留下帮衬你,杰西和乔纳森……"

"你自己也说了,他们还是孩子!还不是要靠我一个人面对这一切的一切……"

"那孩子们呢,我的孩子们?他们还在场啊!"

怀里的她哭出了奇怪的咏叹调,高亢激昂,绵绵不绝。

丽贝卡再一次转过身来,直面着我。手里掐着勺子,一副恨不能把我的脑浆掘出来、恨不能一挥手狠狠抽在我脸上的样子。我感受到她的怒气,感受到自己的胳膊也如她一样绷得死死的。身旁的苏珊娜不小心撞翻了炉子上的汤罐,大哭起来。豆子滚落在炉台上,到处都是。男孩子们一动不敢动,呆呆地立在原地,眼看着汤汁流到脚边。怀里的她仍然在哭。丽贝卡死死盯着我,一字一顿地说:

"不是这样抱的,你把她抱稳点。"

勺子被失手掷在地上,登时碎成几截。她蹲下身子拾掇地板上的狼藉,我遵旨抱着怀里的她。但小家伙好像对这个姿势仍不满意,脑袋拱进我怀里,寻找奶头或者任何其他安抚。但我一无所有。

我走了。消失了。消失在亚德金茫茫山野间。山鸡,麻雀,松鼠,我的枪不肯放过任何一点响动。房子,颅颈,兽鞭,统统让人有抡起斧头劈下去的冲动。我整夜整夜坐在篝火边难以合眼,偶尔睡着,也会在抽搐中惊醒过来。一个人落得如此境地,换了谁能高枕安眠呢?

我想去找斯夸尔,去瞧瞧他们小夫妻俩日子怎么样,或者去看看汉娜也好,把斯图尔特失踪了的消息带给她。但我只是坐着。几天之后,我回了家。我在门廊外坐了好一会儿,看着丽贝卡,什么也不说,只是瞪着她。她更视我如无物,周旋于家务琐事,进进出出,忙前忙后,只有当眼睛每每落在摇篮里的时候,才露出一丝轻松的快慰。的确,从某种意义而言,正躺在那里面的那个小家伙是她的又一个"头胎",让她又一次体会了初为人母的喜悦,惊喜之情不亚于发现了一颗新的行星。她还去别家帮忙接生,一连几夜未眠,回来时,身上沾着金粉,仿佛路上失足掉进了金矿。

我就这么旁观着没有自己角色出演的生活,仿佛连苍茫的庄稼地都在无声地发难:你,不属于这里。

想起詹姆西呱呱坠地那天,丽贝卡浑身被涂满耀眼的金粉。我坐在门外枯等，边等边抄了块锋利的石片磨着手里的一块木头。手上的木头逐渐显现出树叶的轮廓，不是随风卷落尘土的黄叶，而是枝上招展的新绿。那个时候，我心里想的全是丽贝卡，担心生产会让她撒手人寰，我想让她活下去，或者得在离开时带上我的信物。于是我掏出刀子，精心雕琢着木料的棱角。现在想想真是愚蠢，但那个时候我真的想不出别的。

"是个小子！"

一个妇人出现在门廊投下的阴影里，闪着眼睛，等待我的反应。这种时刻，女人们一贯有此爱好和期待吧。

"那，他好吗？"

"当然，好着呢。母子平安，孩子在吃奶了已经。"

"这我倒是怪不得他。"

他，真是个让人说在嘴上也含笑的词，我像个王公贵族，豪情万丈，连自己都忍不住要笑话自己。我忽然也觉得饥饿难耐，口味好得几乎能吞下一整只牛。房子里又走出来一个妇人，说：

"来吧，幸运儿，我给你弄点吃的好了。你看你片刻离了老婆都不行。我想可以给你切块蛋糕，再来点啤酒如何？"

"不不，不用麻烦了，我想先看看我的儿子。"

我走进热气腾腾的房间，满心欢欣，直想尖叫。我还是第一次感到自己的多余和无助，望着她被好多妇人拥着，靠在榻上，眼神闪亮，乌丝落在枕上，一只手环在新生儿的脖子后面，把他捧在胸前。她看看怀里襁褓中的小人儿，对我说：

"送你的礼物。"

但她并没有把他抱给我，只让我瞧见了他翘起来的鼻尖和红扑扑的半张小脸。这让我想起了远在宾夕法尼亚的红脸詹姆斯叔叔，从前他可是一直对我关照有加。

初为人父，我一心想主宰全部，想让他成为我生命之一分。于是我当众宣布：

"他叫詹姆斯。"

丽贝卡并不与我相争，淡然一笑，算是应允了我的决定。后来才知道，她也有一个同名的叔叔。

我记得，统统记得。然而此刻，我坐在家门之外，满身风尘未浣，眼见壶底喝穿。又是一天行将结束时。晚饭之后，杰西出来了，显得局促而不安，不知道是不是不愿陪我坐会儿。我问他近况，他只说他累了，要进去睡了。

"晚安。"他说，声音很轻。

我就又孤身一个了。怕是连头顶的星空也在等着看我作何打算。我感到关于丽贝卡的一切正在从我的身体里被慢慢割舍，可那柄刀子真的在我手上吗？

我想要她，不只是宣示主权所有，不是的，我想全然拥有她，任凭欲望没过头顶，将我全然淹没。那曾经烙在心上的盟誓早已结痂，可如今却似乎要被撕裂。过往有多炽热，现实就有多冷酷。我的女人，我的深林女王，海伦女神，来自威尔士的小女巫……怎么会没有别的男人觊觎她的美丽呢？她是那么光彩照人，那么无助而害怕，况乎我音讯全无。

我感到精疲力竭，犹如一个苦苦央求的孩子，哭尽了一身气力。

我攀上立陡的窄梯，爬进阁楼的卧室。原本熟悉的每一级台阶，如今竟陌生得让人感伤。

那个小家伙在床边的摇篮里闹腾得正凶。房间里尽是她的味道，像宾夕法尼亚的杨梅。我的手慢慢摸到床边，摸到她的脖子，她的肩膀，她肿胀的乳房，她平坦的小腹。然后，我的手停在那儿，动也不敢动。

她的指尖轻轻的，像飞蛾，落在我背上，画满问号，让我如堕雪窖冰天，如临火山汤海。小家伙忽然扑腾起来，很快又慢慢安静了，像一只雏鸟。丽贝卡却僵住了。

我把自己附在她耳边：

"让自己获得解脱，对你我而言也许都不容易。"

酒精让我感觉天旋地转，感觉周身的血液凝滞在血管里，感觉犹如慵懒的夏日时光。她的发梢扫过面颊，仿佛带着她的呼吸。我想把脸埋进她的云鬓，就此沉沉睡去。

"那就别轻易再抛下我。"她说。

绵软的双唇印在我的手臂上，我却无法控制自己，问：

"究竟是谁？"

我闭上双眼，想一千遍一万遍追问她，谁谁谁，究竟是谁！像一到夜里就喋喋不休的猫头鹰。

"丽贝卡。"我最后说。

她缄默不语，不再像往日的深林女王，不再有往日的气度不凡。我觉察出她的脆弱，她用力屏住的呼吸。但她仍是我的女王，我的女巫，仍是黑暗力量的无上拥有者。我无法眼见她倾然倒下，伏在琐细的生活脚下，成为它的奴隶。不，她不能无助地害怕，不能脆弱地屈服。

丽贝卡，在我的脑海中，你还是那个头发乌黑，眼神明澈，吐着樱桃核的小姑娘。你永远是哪怕被烈火埋葬但终将重生的女巫，永远是气象万千而随心所欲的女王。

只管去做想做的事吧，我死去的长兄如是曾说。伊斯雷尔，算算你都走了那么久了，孩子们一个个也都长大了，日复一日在辛苦的劳作中隆起高高的背脊，默默等待着承受下一次生活的重击。

但是，不会再有打击了，我已决心不再离去。

"叫我如何抛下你呢，我的可人儿。"

我听到自己破裂的声音，可还是努力继续说，

"你呢，会抛弃我吗？"

她静静的。风势忽然大起来，很快也慢慢静了。

"我确有抛弃过你。有过一段时间。"

"但我并没有死。"

"没死。"

"我还好好活着，你看，我就在这儿，把你的手放在这儿。"

她笑起来，手放在我身上，往昔慵懒的腔调仿佛又回到了她身上：

"我以前也是这样摸着你的。"

她把脸凑到我耳边,忽然厉声说:

"如果你又一声不吭地走了,如果你死了,记着,我不会去找你,不会去认你的尸体。你看汉娜,被担心折磨得几近发狂!而约翰呢,无端地消失了,无影无踪,无音无讯……"

她用手掐我的肩膀,指甲深深扎进肉里,始终没有唤我的名字。

"你已经得到了解脱,你本没有错。知道么,你自由了。"

"我知道。"

"那么,你就真的自由了。"

"但你还没有解脱。"

我笑了,张开嘴,吻上她的喉,不知道除此之外还能如何。

16. 侏儒矮人

生活继续。在孩子们的眼中，我们相敬如宾，只是不再像以前一样彼此打趣，甚至互相看也不看。

摇篮中的小家伙成了整个家中无法忽视的部分，特别是在沉寂的睡梦中忽然爆发的惊声尖叫，让整幢房子都恨不能随着她的哭嚎一同悸动。我觉得那哭声意有所指，所以干脆把她抱在手上，瞪着她。哭声经久不止，嘴上努力的同时，眼睛一动不动地也瞪还给我，火爆脾气像极了丽贝卡自己。很快，她开始留意我的一举一动，软塌塌的脖子倚在我手上，脸却偏偏要扭向我说话的一边。

乔纳森和杰西看见我手捧着另一个外人，连脸上表情的弧度都不禁要精打细算一番。

"唉哟，唉哟，不是人人都说婴儿是上苍赐予的礼物吗？"我只好佯作感慨。

生活仿佛依旧没有安排我的角色，我也依旧不知道干什么是好。有的时候，我跟着乔纳森和杰西，到地里帮帮忙，偶尔也会去亚德金谷打猎，最多几日即回——惴惴不安总算在山林中得到片刻松弛。

秋天的时候，父亲和妈妈来了。父亲还是老样子，一刻不停地抖着脚，一心想着多置地，广屯田，好能给身后子嗣留些什么。但迫于生活，

他也不得不卖了部分田产。他的脸上和眼里布满血丝,仿佛纵横的河网,样子虽然看着苍老了不少,但说起话来依旧中气十足:

"一旦掌握土地,就没人能把你撵走。没人!"

妈妈兼顾照拂着几个小的,还要不时推一把襁褓里的婴孩,一双眼睛却始终在我身上。她知道怀里的孩子不是我的,但只字不问。临告别前,她一一亲吻我们,久久地把我的脸捧在两手之间,手心依旧冰凉而干燥。

"好了,我们走吧,我的姑娘。"父亲唤她。

我看着他们笨拙地爬进车厢,目送着他们走远,看见父亲从车窗中伸出一只手,对着远处的一群燕雀指指点点。

一月,斯夸尔披风冒雪,从马背上带来父亲离世的消息。我静静地听他说着,却无法正视他的脸。父亲希望和伊斯雷尔葬得近些,于是我们把他的遗体抬上马车,沿着通往宾夕法尼亚的路线,向远在马里兰的德国人的聚居区驶去。我一马当先,一路沉默着。我们在皑皑白雪之中挖出深色的坑穴,然后立起一块石碑:

"逝于 1765 年。"

这一回,我们给伊斯雷尔也补立了一块。在这之后,斯夸尔一个人先走了。田野的尽头,一条狗久久地注视着我们。

我陪着妈妈,她的手指一一抚过石碑上的文字。

"妈,你不会介意给他们立碑吧?我知道,这多少有违贵格会的做派。"

而妈妈说:

"他们当有此碑,告诉世人他们曾生于世,活于此间。我百年之后,也要回来这里,我亲爱的小丹,到时候,你也要给我立块墓碑。"

她和我们一道回了家。那之后的一连数个礼拜,我再度陷入整夜无法入眠的困扰当中,忍受着内心的煎熬和空虚,几乎要滚出泪来。我希望梦见父亲,他的灵魂却迟迟不肯造访。父亲死了,死神再次与我咫尺相望,而这一回,再没有人会挺身挡在我面前了。

我依旧寄情于山林。有的时候打猎也会带上我的詹姆西,是的,于我而言,他就是我的。我眼见着他个子长高,肩膀舒展。日复一日,长大得飞快。他的一头秀发泛着跟父亲一样的姜黄色的光晕,黑色的瞳仁则承自丽贝卡,只是眼神比她的更为敏锐,始终追着我,仿佛要从我身上看出点什么。

我对他倾囊相授:如何上膛,如何开火,以及万不得已时如何手刃迎面的猛兽。

他第一次把我送他的折刀扎进一头鹿的时候,我轻轻把手覆在了他手背上。又欠下一条命。但我内心只愿他此生安然,只愿他得到并拥有最美好的一切。我想起父亲,仔细端详着我们掌心的纹路试图预知前途,为我们屯下大片大片的土地留在身后。我想我终于渐渐开始懂得他的良苦用心。

"皮子要拿到市场上去卖就要这样,看我,"我对詹姆西说,"找到毛发的走向,用手指捋顺,紧绷在板子上,像这样。"

他像我一样,钻着牛角尖执着于一件事。此刻,他的心思全在那张鹿皮上,几个小时了,连姿势都不换一个。他已日益长成为慎思笃行的小男子汉,细细地观察我的一举一动,想学着把事情都做到尽善。直到天黑,才好容易哄得他终于放下鹿皮。山里的天气冷起来,小詹姆西总是手脚冰凉,常常即使紧贴着篝火,也很难暖过来。可他贴得那么近,柴堆中迸出的火星都落在他身上。他瘦瘦的,像所有长身体的男孩子一样,骨架的确撑起来了,但并不壮实。我望着他,摊开手掌烤火,浑身战栗。要是他妈妈见了现在的样子,一准要把他拖回家。

"过来。"我说。

他眼里露出惊异,仿佛忘了我还在场,仿佛我早该消失于苍茫林海。我的心沉了一下,但还是说:

"过来吧,到爸爸这儿来。"

詹姆西挪到我身畔,我把他拥进自己的衣服底下,后背贴在我赤裸的胸腔上。这种到了这个年纪好像早该没有了的亲近让他多少有点难为情,但还是欣然接受了。后来干脆舒服地蜷起双腿,靠在我怀里。我的鼻尖闻到他的发香,顺势扯了扯他的辫子,心想他在妈妈那儿可永远得不到这种体验吧,两个人的夜,坐在篝火边。

"暖和点了吗?"

"前面烤得很热,后背还是冷。"

詹姆西说起话来永远描述精准到位,在这一点上,有点像斯夸尔。斯夸尔,我忽然发觉,自父亲的葬礼之后,已经很久没见过斯夸尔和内迪了。斯夸尔据说又独自荷枪进了山,也不知去向哪里。想起他,让我的内心并不好过,但詹姆西这时却扭来扭去的,于是我问他:

"你自己坐会儿好吗?"

"不要。"

于是又坐了一会儿,两人才和衣睡下,身上盖着熊皮,脚丫子对着篝火,不再说话。斯图尔特,斯夸尔,还有肯塔基,忧伤和感怀不期而至,回忆却缥缈得犹如一个遥远的传说。柴堆忽然吐出诡异的火焰。

"爸爸。"詹姆西唤我。

他早就渐渐习惯了野外无际的黑夜,但即使已经是个大小伙子了,跳动的火焰仍会让他感到不安,总是在夜里挤到我的铺盖里,我对此并不介意。

"侏儒矮人的故事你怕是早听腻了吧?"

"是小人国。"他认真纠正我。

"是的是的。不过,你都是个大孩子了,肯定不喜欢听这些了吧?"

"不,还喜欢的。"

于是我讲起了故事,这可真是我俩之间最爱的桥段,永远也听不腻、讲不厌。他认真地听着,时不时从铺盖里漏出笑声,跃动的篝火映在眼里,一闪一闪。两个人讲着讲着都快睡着了,忽然听他说:

"可他们不想让他起来。"

"谁?"

"大个子那个。"

看来我的小詹姆西也游荡在半梦半醒的边缘,不然他一定会说"格列佛",我故意逗他:

"谁,你说谁?我怎么想不起来呢?"

"小矮人把他五花大绑,但他还是一下就站起来了。"

"是的,他站起来了。你看,小矮人毕竟是小矮人,小矮人的绳子怎么能把大个子绑在地上呢。"

"可他也不是巨人,还有比他高的。"

"的确。"

詹姆西不说话了,但还琢磨着刚刚的问题,没有睡着。他转过来对着我,一脸的若有所思。一字一顿地说:

"他的确站起来了,可他本不该这么做,甚至不该活下去。"

"他的的确确站起来了啊。"

"他本应该和他们待在一起,成为他们的俘虏,甚至如果他们要杀了他,他就得死。"

"啊?像狗那样躺在地上装死吗?"

我伸手搔他耳朵下面脖子的痒,模拟怪物的咆哮,吓得他身子一僵,一骨碌跳起来。我伸手安抚,摸到怦怦的心跳。

我真心实意地祈求你原谅,詹姆西,实在不该那样吓你。

17. 日出田野

夏日里的一天傍晚,我从该死的玉米地里爬回家,发现内迪和玛莎来了。同来的还有斯夸尔的太太,简。他们和丽贝卡并排坐在屋外的条凳上,像归置整齐的餐盘。孩子们四处乱窜,追逐打闹,一班堂兄弟姐妹好不容易聚在一起,仿佛自然而然要对彼此的真实实力互相考量一番。

"嗨,内迪。怎么,这架势是要约我一道打猎吗?"

他懒懒地笑笑,抬起眼皮,靠在墙上,说:

"自打上次回来,你消停了好久了。"

"还真是恋家的小内迪,你当时要是一起去了该多好。"

他笑出来,说:

"我还是更喜欢这里。你呢,找到想落脚的地方了吗?"

"还没呢。"

"果不其然啊,丹。那不如和我们一起回弗吉尼亚好了。"

"你要回弗吉尼亚了?"

他微微颔首,说:

"布赖恩当中间人,让我去那儿倒卖烟草。至于去哪,我一向听凭命运的安排,或者我老婆的意思。"

他笑着看着玛莎，后者坐得笔直，两手交叉，搭在隆起的腹部。可见，又怀上了。她扑闪着一双大眼睛看看我，又看看内迪，皱着眉头，任女儿在她脚边滚来滚去，闹了一身尘土，惹来哄堂笑声。

"我们在集市上碰巧遇见一位故友。"内迪说。

"斯图尔特？"我抬起头直盯着他。

"恐怕还没那么巧。是希尔。"

"所以说希尔一个人翻山越岭居然回来了，真是让人难以置信。"

内迪笑得很不以为然，抓抓脖子，接着说：

"依旧生龙活虎的，看不出一点悲伤。还开始了新的宏图伟业：在肯塔基招商引资。"

"你说什么？"

"他给报纸写了不少文章，随时揣在身上，还给我展示过其中一篇，并叫我向你以及家人致上他最关切的问候和最衷心的称颂。他说上次的那趟旅途真是让他终生难忘。"

"他现在人在亚德金？"

内迪点点头：

"他一回来就到亚德金来了，四处打听关于你那个朋友芬德利的故事，翻出不少陈年旧账。还有你的。据他自己说，他在写一本什么书。"

我感到心如冰封。希尔把我美好的世外桃源变成了支零破碎的谈资，并且不肯就此善罢，一路跟回来，还要打探我的是是非非。

我感到心如坚冰。

"丽贝卡，你见过他？"

房间里传出杰迈玛撕心裂肺的哭嚎，但丽贝卡坐着没动，淡淡地说：

"你们男人，整天就知道肯塔基、肯塔基的没完。"

乔纳森在马厩门前给马具上油，抬起头向这边望了望。婴儿没完没了的哭声看样子连他都听见了。

我折进屋内，抱起杰迈玛。原来是尿床了，怪不得一直扑腾。我忽然感到胸口一阵绞痛,不敢想象,也不能相信她的生父如果就是希尔。怎么可能呢?我凑到她面前想要把她看个仔细,却听她猛甩出一声尖叫。

"好了,好了。"我柔声哄她。

她只管瞪着我,连眼睛都不眨一下。

我不得不强迫自己喜欢上这个小家伙,然而让我自己意想不到的是,这看来完全不困难。我在主观上,把希尔撑得远远的,恨不得放逐海角天边。至于这个小家伙,不论怎样,她都不该被烙上私生女的宿命,不该在被提及身世时,人人讳莫如深。我不愿让一切照此发生,只愿为她抹去过往。当你可以重塑自己,重新来过,你又何乐不为?时间会磨平一切,记忆会忘乎所有,你会,别人也会,渐渐不复记得当初始末。这在当时,我深以为然。

我亲亲她,抱她走出房间:

"我想,我们的小宝贝是在找妈妈呢。"

丽贝卡一双眼睛锁在我身上,看着我又亲了亲她的额头。玛莎也是,眼睛瞪得像牛铃,手搁在喉咙上,猛然起身拎起地上闹腾得灰头土脸的那个,说:

"该告辞了。"

斯夸尔的太太简也随之起身,她明显比其他人还要拘谨。看样子,他们个个都晓得孩子的来历。简像她寡言的丈夫,一贯不多作声,但此时抬眼看着我。瘦小的身躯,窄窄的面庞,一双细长的碧绿色的眼睛。

"简,"我问,"斯夸尔不在家,你有没有什么需要我们帮忙的?家里怎么样?"

泪水盈满眼眶,她使劲儿眨眨眼,伸手摇了又摇:

"没事没事,一切都好,都好。"

小杰迈玛又嚎起来,丽贝卡顺势抱去一边安抚。再没人有话要说了。于是他们招拢孩子,准备回家。玛莎家的另一个小女孩儿不小心把坚果捅进了鼻子,玛莎过去帮忙。小姑娘一边闪躲着,一边尖叫:

"放开我,放开我!"

两天后的清早,玛莎出现在玉米地里。一只脚半陷进田垄,看上去就像个稻草人,笃定地扎在那儿,等着我。日头攀上她头顶,从背后渐渐升起来。她大概是一路跑着来的,说起话来像壶里滚沸的开水:

"日出田野,真是美得让人欢欣。"

我想笑,却发现她说话时神色凄然,再看她,如若不是怀着肚子,人真的消瘦了很多。她也是喜怒于色的那种人,看上去强作镇定,似乎接下来要说的话很是为难。这大概她自己也心知肚明,于是不顾脚下泥泞,上前一步,抱着肚子,对我开口说:

"我……"

她深吸一口,拍拍胸脯,鼓起力气接下去:

"你把那个孩子视若己出,但我想,你知道她不是你的。"

她伸手碰碰我的袖笼,身后的太阳给她的头发镀上了一层光晕,四周的玉米秧在她的身上撒下薄薄的影子。她的一颦一动、一字一句,都仿佛经过精心排演。连裙角沾染上的泥土都仿佛是着意的安排。我什么也没说,想不通她意在为何。而她的手已经抚上了我的胳膊,还在顺着向上摸。她浅笑着吐出一句:

"丽贝卡和斯夸尔,哈,听上去多和谐的两个名字。"

她舌尖一颤,四周的玉米秧随之摇曳。我的头嗡嗡作响,小心地问她:

"你是说斯夸尔和我的太太?你叫我信你吗!"

她瞪起眼睛,涌出泪水:

"我不知道,但我猜八九不离十。你不在的时候,他去过你家,说什么丽贝卡一个人在家,他是为了她的安全着想。他还说,你不在,生活于她而言太过艰辛。他还给他们带吃的去。"

她的手一路向上,像一只试探着深浅却不肯轻易放弃的老鼠。

"玛莎。"我说。

"斯夸尔和丽贝卡……"

"玛莎！"

我摇着头，想放声笑出来。她的手仍在我身上。

"如果你非要把两个名字缀在一起，玛莎和丹尼尔听上去不是更像旧约里的夫妻，还是最后不得善终的那种？是简让你来找我的？"

她瞪圆了眼睛，瞳孔放大，迫近我，两个人相距不过一寸，声音像风中的劲草：

"别忘了，你长子出生时，我就在场。"

我当然记得，是玛莎，玛莎走出来，告诉我我的詹姆西降临人世，我的丽贝卡一切安好，并把我带到他们榻前身畔。而她刚刚说话时的眼睛就如那天一样炙热。她像一只偷藏松果的松鼠，把秘密一个一个揣进怀里。我感谢她带来母子平安的好消息，她却笑说我不用太过客气。她脸上优越者的微笑仿佛在向我宣示：我太了解丽贝卡了。我几乎是眼睁睁，看她叉开双腿，诞下那个孩子。她晚上起夜，她抱病床榻，她的一举一动，她的一颦一笑，都落在我眼里。我了解她，于是我也深知你。我知道你所知道的一切。

"丹尼尔。"她只说了三个字。

我感到翻江倒海，说不出什么滋味。她的手滑进我的裤腰，抽出衬衣，慢慢褪掉，指甲陷进我的皮肤。

仿佛一切顺理成章。

也许是她被愤怒冲昏了头。

一群乌鸦飞过头顶，我发现自己眨眨眼睛仍能清楚分辨白色的云层和黑色的毛羽。我听见自己的声音：

"这么做有何裨益？你有你的丈夫，我有我的妻子，生活还是要过下去的。"

她的手终于迟疑了片刻，声音冰冷彻骨：

"……是她，害死了母亲，我的母亲……你不知道，生她的时候难产死的。所以后来，父亲娶了继母，又生了孩子。于是我和她搬去跟祖父过活。后来，她便有了你，再然后是那个孩子。她的生活自此如沐春风，全然忘记了因她而发生过的一切不快……"

在我看来，这不过是姐妹之间的争风，一个认为自己从来就一无所有的姐姐，却永远不得不把新的让给妹妹。空气也在跟着颤抖，我想我了解她的感受。她想借我的手结束这一切，为此不惜向我献上鲜血，献上身体。然而轮到我彻底困惑了。胃里像被抽空了一般，但她的手还在上面。

"回家吧。你看上去累极了。"我尽量让自己声音和缓。

这句话说得有气无力，仿佛对着一窝野狗，狗肚子里各有各的主意，一不小心就要四蹄开来。我以为她会朝我尖叫，但她却笑了：

"你说'家'？"

"是啊。"

"你倒是可以四海为家。可你觉得世上真有这么个叫'家'的地方吗？我们俩都还是小姑娘的时候，他们是怎么说的？只要你好好的、乖乖的，以后你会有个家，自此你的心便可以不再漂泊……"

"那就回去看看孩子。"

她叉开十指捧在肚子上：

"别担心，这里面正好就蹲着一个了。所以即便和你怎样，也放心不会有什么意外。"

我感到心跳很快，强迫自己合上眼，害怕下一秒就会撕开她的衣服，把她压在身下。

"玛莎！回去，去找内迪和简。"

"内迪，简。对啊，还有她。"

"不论怎么说，简可能需要你。"

"我这就是在帮她。"

巨大的愤怒使她浑身战栗，她转过身，脚却失足陷进了犁杖刚刚翻起来的土坷里。她挥手推倒了最近一排玉米秧，痛苦地蹒跚着，像一只瞎了眼的野猫，跌跌撞撞，终于摔倒，驮着肩膀撑着腹里的孩子。我赶上去帮忙。她扶着我的膝盖慢慢爬起来，一只手抵在我胸前，缓缓站直了身子，把泥巴留在我了胸口。她喘着粗气，踉跄着走了，白皙的手肘从撕开的衣袖中露出来。

"玛莎，玛莎？"

"你老婆要是个不要脸的娼妇，那你就是……"我心里有个声音说道。

玉米地静静不语。我想也许我该追过去，追上她，扑倒她，两个人，还有腹里的孩子，在泥泞的玉米地里。我想我也许该就势遂了她的心愿，顺手毁了她的生活，但我始终想不通她意在何为。可现在这副狼狈，倒仿佛大错已铸。我感到胸腔、头腔箍得紧紧的，生生作痛，仿佛杰迈玛用哭声拷问着我，拷问我内心无可奉告的隐秘。

另一个想法随之而来：

玛莎会怎么解释身上的狼狈，又如何对人说起我呢？

逃进山林仿佛又成了唯一能想到的出路，但纵使逃脱仍不得解脱。我的脑袋里充斥着奇怪的画面，一会儿是斯夸尔，一会儿是希尔，还有宽阔的帽檐下看不清面孔的男人，和我老婆的腿纠缠在一起。

玛莎没有再来。简也没有再来。只有我，忍不住反复揣测他们在背后会说些什么。

我带着我的詹姆西进了山。走前，我跟丽贝卡说，我们要去上一阵子，不知道什么时候回来，她不表反对。我们于是在外面流连了月余，向着西边，越走越远。层林渐染，由绿变黄，再变得深红，像是要在太阳底下燃烧起来。我想我们还可以继续向前。

在我的指导下，詹姆西第一次猎到了熊。我指着它白色的鼻尖告诉詹姆西，这是幸运的预兆。我们看着它死去，毛发沾满晨露。我让詹姆西扒开下颚，好看清它的牙齿，他一脸肃然，一条胳膊夹着熊头，好像生怕它随时回魂重生，另一只手伸出手指撬开黑色的唇颚。数月以来的第一次，我感到重拾内心宁静。

"要不了多久你就可以独自狩猎了。"我说。

像往常一样，一番深思熟虑后，他才出声回应我：

"我喜欢和你同行。"

"当然，我们过阵子再来，走远点。到时候，带你去个地方，一个真真好的地方！"

"我知道，是肯塔基。"

他也多少知道我在肯塔基的见闻，还有和印第安人之间的所谓游戏。我把过往当作故事讲给人听，但那片土地宛若金矿，深藏于我的记忆深处。我发觉自己变得越来越像父亲，反复炫耀着旧时的见闻，这让我忍不住想笑。

"是的，就是肯塔基，"我对詹姆西说，"有机会你也要去自己一看究竟。"

我坐下来，做了个梦，梦里百年身后，我的孩子们各个坐拥良田无尽，生活无虞。这岂非任何人对未来最美好的憧憬。然而现在，除了回家，埋首在玉米地里，我却别无他选。过冬前，我宰了两头猪，猪的腥臊气留在身上一连好几天。今年地里的收成不错。丽贝卡和我永远兴致勃勃，永远热情洋溢，恍若新婚，只有我们自己知道，所有这些不过是伪装起来的甲胄，一旦被打破，两个人都将支离破碎。我一筹莫展，只知道孩子们不能没有我。但伪装永远只能是伪装。

开始飘雪的时候，我计划把秋猎的皮草拉到索尔兹伯里的集市上卖掉，带着詹姆西同路。树叶飘零，云卷云舒，马车沿着路上的车辙一路颠簸，有点偏左。我让詹姆西驾车，他目不转睛，紧紧扯着缰绳。

"放松点，马又不会疯跑。"

"我知道。"

他看看我，稍稍松了松手上的绳扣，又忍不住攥上了拳头。

"哦，我的宝贝儿，"我忍不住莞尔，"你能自作主张，我倒是觉得高兴。"

快到镇上的时候，另一辆马车迎面出现在转弯处，路很窄，两厢都勒住马。

"是内迪叔叔！"

詹姆西说完就低下头继续看路，他总能洞若观火，已经觉察到了空气中的尴尬。玛莎坐在内迪身侧，肚子又大了许多，满脸意外，显见没想过会在这儿遇上我们。简坐在车座的另一侧，面若冰霜。内迪也沉着脸。倒是后座里的孩子们看见我们，纷纷爬起来招手，其中一个小姑娘像鹳一样单脚立着，使劲儿喊我：

"丹尼尔伯伯，丹尼尔伯伯，看我，快看！"

被她妈妈凶着噤了声。大家相觑着稳住情绪，仿佛这场不期而遇让脚下的寻常道路收窄成了危险的钢索。詹姆西看着我，玛莎也看着我，手指按在喉咙上。内迪也是。还有简，细长眼睛也看着我。所有人似乎都在等着，看我会开口说点什么。

我们的马喷着鼻息，一阵躁动，对面车厢一晃，两个孩子跌了一跤，旋即大哭起来。玛莎默不作声，内迪打量我的眼神仿佛打量着货摊上的一副皮具。难道玛莎和他说什么了？

后面的一个哭得更凶了。我们仿佛被彼此困在了原地，直到最后，我终于说：

"从集市上刚回来吗？"

内迪点点头。我像是刚刚注意到头顶，抬头看了看，说：

"是个赶集的好天气。"

终于，内迪出声问道：

"今年得了多少皮子？"

话题重归套路，不过我情愿顺着这样的套路，慢慢放松下来，像是相谈甚欢不曾被打断：

"才五十来张。鹿群约好了，集体消失了。不信你问詹姆西，我们走了很远才搞到这么多。"

我在詹姆西肩上拍拍，庆幸他今天在场。

轮到玛莎开口说话：

"你的小伙子长得真好。简，你说不是吗？看看这标致劲儿。"

我留意到了她说话时的重音，我也看见了她的眼里闪着光。你的小伙子。她有点激动，以致声音都在颤抖。她的一只手按在身上，显出胎腹的轮廓。她知道我一定也看见了，她让我知道她什么也没说，没有向别人说我在悲痛之中向她乞讨肉体的欢愉，也没有向别人说我情难自禁，撕烂她的衣服，把她推倒在玉米地里。她坐在那儿，嘴角挂着笑意。是我，我是他忠贞不渝、一无所知的爱妻。

这副姿态反而为她更添三分风韵，她知道我在留意看着她，我也发现自己一直看着她。她想在我们之间扳回一局。她遵照我的吩咐，乖乖回家，守口如瓶，现在，她看着我，等着我捧上属于她的嘉赏。

尽管内迪一直和我聊着秋猎的收成，我却始终在看着她。简把脸别过一边。两驾马车终于重新各自上路。留下我一个人始终心绪难平，天上的云亦不复是云。内迪的孩子大声向我们道别：再见，再见。再见的声音仿佛丧钟落在背后。我的詹姆西始终目视着前方，缰绳扯得更紧了。

18. 北而西往

我们在山林中越走越远，但不论走到哪里，沿途的树上早都刻满了某人到此一游的痕迹，实在让人看来生厌。我叫詹姆西也省省力气，他却似乎格外钟情于把我俩名字的首字母也刻得到处都是——DBJB——字迹歪歪扭扭，勉强挤在一起不至翻倒。不知道那些记号如今是不是还留在树上，还是早就随着树统统被砍倒了去。至于我自己，不知道再见那些记号又会如何感伤。

我们一直向着山林深处探寻，但猎物悄无踪迹。越来越多的人涌入亚德金，不只搬走的搬了回来，还不断有新的人陆陆续续搬进来。柴米油盐日复一日成了绕不过、避不开的难题。格列佛，我觉得自己仿佛成了你，莫名被生活五花大绑，缚在当中。

这一回，我没有读懂生活的暗示。

法警不时造访，令孩子们多少有些惶惶。在我印象中，好像法警都叫个"弗莱什"之类的名字，都是长腿一双，坐在门廊外的台阶上，两个膝盖分得远远的。我欠了一屁股债，已经记不清都欠了谁的。杂货店和酒栈的老板，还有那个新派来的税官，总是一趟一趟来找我，还有法庭的传票，那个法官长得有点像祖父。口袋里的钞票成了这个世界上唯一一种我无法用猎枪和捕兽夹征服的猛兽，眼看着它们大笑着，弃我扬长而去。我不想让丽贝卡再伸手问娘家要钱，因此并不对她多说，但我想，现实的境况她是不会不知道的。

事实上，我的名下就从没有过什么正经田产，可我和所有父亲一样，当然想给孩子们留下点什么，这个想法在我身体里暗自汹涌，隐隐作痛。于是我提出了搬家的想法，觉得自己愈发像父亲，平日里不安于室，关键时踟蹰不前，对自己没甚信心，却渴望着大展拳脚。

丽贝卡并不坚决反对，她尽管不相信我有多大能耐举家迁徙，但更不愿放我孤身上路。她大概太想弥补之前的亏欠，眼神黯然，只说：

"别带我搬得太远，离了这儿，我怕我会活不下去。"

我答复她说，不会太远的，何况这次是我们一家同行。于是，我们夫妻俩带上孩子，汉娜带上她和斯图尔特的孩子以及打听斯图尔特下落的愿望，准备一起动身。还有妈妈，自父亲——用她的话说——顾自去了他的安歇之所，她就搬来和我们同住了。唯一意外的是"恋家的小内迪"，完全是他老婆的主意，说是想一直和自己的妹妹住得近些。

离开已久的斯夸尔带着上好的皮草终于从山里狩猎归来。他提出分一半收成给我，但我没法接受，不敢想他的举动究竟有何意味。当我看着他时，我便不能不想起他年少轻狂时，曾为了一个女人，从学徒的铁匠铺偷逃出来的事情。

"不，我不要，你都拿回去好了。"

我只能说这么多。他走了，肩背微驼，步履从容，还是老样子，看不出有什么不同。几天之后，简来了，告诉丽贝卡，她和斯夸尔也想跟着我们一起去。若是从前，这当然于我是乐事一件，但玛莎的话仿佛一滴毒汁，像黑色的墨水，掉进我脑袋里，打着旋。玛莎也来了，我在谷仓里听到她在外面和丽贝卡讨论着远行的事宜。斯夸尔站得远远的，与我两人无可奈何地形若陌路。

春天来了，我们沿着亚德金河向上游杳无人烟的地方迁徙。我们宿下营帐，也有好几次，甚至搭起了木棚屋，可惜始终没能找到一个让众人都安心的落脚之地。但只要尚未放弃探寻，就足令我开心。路上，丽贝卡先是诞下一个女儿，转年春天又迎来了一个男孩。我们用自己的名字给他们命名，任何其他的名字都似乎充满陷阱。身为父亲，可说实话，我在育儿一事上并没有太多作为，而是习惯了把孩子们统统丢给丽贝卡，宁可自己一个人应付开荒，或者带着小子们一起去打猎。我无时无刻不在惦念着肯塔基，惦念着那里空旷的草场、出没的野兽。有的时候，我也不禁会想起肖尼人和彻罗基人，试图想想究竟该如何同他们友好往来、正当交易。我不敢想得太多，怕记忆模糊，毁了旧梦，但我又不停地反复想起，不曾朦胧了任何细节。

有一阵子，我们举家住在河岸边的一个巨大的岩洞中，洞里地面斜倾，高度很低，洞口开口不宽，但里面却十分干燥，几乎称得上舒适宜居。我告诉孩子们，我们身处地壳核心，来找传说中的精灵。快来，我说。勾勾手指，带着他们向洞内更狭窄更幽暗的地方摸索。苏珊娜和杰迈玛两个小家伙轻易就沉浸在探险的兴奋之中，詹姆西和小伊斯雷尔甚至也流露出与年龄不符的兴味。倒是妇人们对精灵什么的没有一点兴趣，要不是我一味坚持，她们怕早就扭头走了。她们掸掉沾在头上、身上的尘土和泥迹，抬头望着洞顶，满眼质疑，仍没忘了撩起衣服，罩在怀里小家伙们的头上挡灰。妈妈冲我皱着眉头，我说：

"放心好了，这洞经年不倒，不会说倒就倒在你头上的。百年前印第安人还可能在这住过呢，这么想有没有让你轻松点？"

妈妈看看我，眼神慈悲，无声却胜有声：我太了解你了。她摇着最小的孩子，仿佛意有所指。等内迪终于在几里之外造起了自己的房子，妈妈搬了去，和她最宠爱的内迪同住，一切变得好多了。唯独，我常想她。

我们留下来，丽贝卡说：

"我不要在山洞里生孩子。"

眼看着丽贝卡又要临盆，车马劳顿，使她不复往日温柔，连眼睛也褪去了柔光。可如果不是她点头，我怎么可能把这一大家子拖到这么个荒无人烟的地方来。

"难道在这个山洞里生也不行吗?"我问,"这里比我们之前住过的任何一幢房子都要宽敞不是吗?估计母熊要生产,能找到这么个地方也会觉得不错呢。"

"相当不错的产子佳处?"

丽贝卡望着洞顶滴下的水珠,强作欢颜,眨眨眼睛,面颊上滚下两滴眼泪。

"相当不错呢,"我赶忙说,"简直称得上殿堂级洞穴。"

"是呐。我们不如干脆给孩子取名叫山中洞人好了。"

"听着也是相当不错呢,像个印第安土著的名字。"

"别异想天开了你。"

她的脸在笑,眼睛在哭泣,舒舒肩颈,恩许我亲吻她的手。我照做了。我在亚德金河岔口靠近河狸湾的地方为她盖了一幢房子,形单影只的一幢独栋。现如今,这幢房子怕是早就没了吧,其他那些我们住过的房子大概也该寻不见了。可是,丽贝卡,我始终记得那个所在,我第一次亲历自己骨肉降生的那个所在。那天,玛莎也在,她全程都在看我,双唇轻启,摆出一个圆圈。孩子落地时,她紧紧拽着我的肩,状似晕倒,当然她并没有晕倒。我跪在产床前,看见婴儿头顶黑色的绒发,看他从丽贝卡的身体里蹦出来,仿佛平静的湖心突然出现的漩涡。此刻,倘若我闭上眼,那一日的情景仍历历在目。

丽贝卡倒在榻上,精疲力竭,但能躺在像样的房子里总比蜗居洞中让她欣慰些许。

她说让我给新生儿取名。怀里的他静静的,黑色的头发就和我的一样,我想了想,就叫杰西好了。

"不叫山中洞人了?"

她虚弱地笑笑,面容憔悴。我知道,她此刻并不想看见我,但我能留下,她还是高兴的。我知道。

"暂且不了。"

"可我们家已经有一个杰西了。"

"他大概很快就会成家立业吧。留一个同名的兄弟在家，也算记得他的出身——杰西·布赖恩·布恩。"

人总不要忘了自己的出身，我知道丽贝卡会喜欢我的说辞，也会喜欢布赖恩这个中间名。这对她而言是厚礼，对我而言是割舍，但只要是给她，我就会舍得的。玛莎锋利的眼神仿佛在质问，为什么曲意求全，让她一程？丽贝卡恩许我为她梳头盘发，说：

"你先回吧，玛莎，我有丹陪着就好了。"

婴儿的小手抓在她胸脯上用力吮吸，有那么一刻，她似乎回复了往日的荣光，她的头发在我的手中变得柔顺而丝滑。尽管谁也没有多言，但如履薄冰的日子仿佛正在靠岸，二人心里的隔阂仿佛正在冰释，再一次，我感到了久违的自由。

我们将置于河狸湾的家宅附近的土地清理出来，种下第一茬玉米。詹姆西和伊斯雷尔也到了身强力壮的年纪，和乔纳森、杰西一起，几乎揽下了所有的农活，偶尔还跟着我进山打猎。他们个个都是顶天立地的男子汉，这让我深感骄傲。

一日，正忙于辟荒，忽然听得马蹄声由远及近。我直起身看见远远走来两个扎着头巾、身着印花衬衫的汉子，一个骑在马背上，另一个走在一侧。让我不难以为是我默念心咒招来的鬼魂，但分明其他人也看见了。乔纳森、杰西和伊斯雷尔也直起腰，只有詹姆西还蹲在原处。杰迈玛尖叫着跑出屋子：

"妈妈！印第安人来了！"

我慢慢走过去，在离他们还有几码的地方站住脚：

"老伙计们！"

但我浑身汗毛倒竖，整个人仿佛绷住了一样。马背上的汉子指着我咧开嘴了：

"小蓝眼睛！近来可好啊？"

他翻身下马,伸手向我。高头长脸,满眼峻相。他生扯出一丝微笑,定定地看着我。

我当然认得他,当然:

"果然是老朋友来了,怎么样,大佬吉姆,我的枪使着还称手吗?"

我庆幸自己还记得他的英文名讳,面前的这位彻罗基人轻轻笑出声来,算是向我致意。身旁是张生脸,不妨也挂着友好的笑容。吉姆递上他的烟斗,问我:

"抽烟吗?"

空气中满是杂木烧着了的烟火气和男人们身上的汗臭。我陪着他们坐在刚刚清里了半截的荒地边上,招呼着地里的男孩子们也过来坐坐。他们像不敢不从,尽量摆出友好和恭谨的样子,只有伊斯雷尔胆大包天,竟然还瞪着大眼睛。杰迈玛也不甘示弱,一路跑过来,也站在那瞪着眼睛看着。那个彻罗基人笑着打量她,伸手拉了拉她脑后的辫子,却被她锋利的指甲划伤了脸。

"快住手!"

"爸爸,可他……"

彻罗基人示意我并不要紧的,他摸摸脸上的伤处,没有出血,从口袋深处摸出一块黑色的东西。是糖,杰迈玛像只小猫一样一把攥在手里。其他几个男孩都看着,一脸惊奇。

吉姆给每个人都分了块枫糖,含在嘴里。那个彻罗基人点点头,掏出了卷烟。苍蝇也嗅到了甜腻,寻味而来,绕着我们嗡嗡打转。杰西咂巴着嘴巴,被伊斯雷尔捅了捅:

"慢点吃,他们兜里还有呢!"

我们就这么坐着,嚼着糖,抽着烟,聊着天气和收成。限于语言,闲谈悠然而松散。彻罗基人好像天生四海为家,到了哪都轻松而潇洒,像农闲时的犁杖、休猎季的长枪,悠闲地把自己也放在一边,但你内心是知道的,他们不可小觑。吉姆的忽然造访让我在心里偷生欢喜,不用说,他的到来让我又想起了肯塔基。

他眍着烟斗喷出的烟圈，问我来此多久了。

"有好一段日子了。"

"准备扎根了？"

孩子们齐看向我，连杰迈玛也是。

"至少目前如此。"我平静地答道。

吉姆把靴尖钻进黄土中，说道：

"是个好地方，水草肥美，良田肥沃。"

那个彻罗基人扭着杰迈玛的小耳朵，在她手里又塞了块糖。吉姆笑笑，接着说：

"我们还碰见了你的朋友。"

我一下直起身：

"谁？是不是叫斯图尔特？一个大块头，像他一样壮实？"

我指着高个子的乔纳森，两手比画着，想确证他们是不是真的见到了宽肩厚背的他。吉姆看了看乔纳森，摇摇头，说：

"是你那个神出鬼没的朋友，蓝眼睛的。"

"芬德利！哈，眼睛既然还长在脸上就说明活得不赖，怎么没挖下来也卖了呢。你们在肯塔基遇上的？"

灰色的烟香盘亘在我嘴里，肯塔基没有杳然失踪，肯塔基还在，还能如此被谈及，我忽然激动得心跳不止。尽管我多不情愿肯塔基被人染指，但只要能念出这个名字，我都是快乐的。我于是重复了自己的话：

"是在肯塔基吗？"

吉姆摇摇头，望向东方：

"肯塔基是印第安人的地盘，不是白人该去的地方。"

"不过目前如此罢了。"

我又重复了一遍，和他们一起笑起来，但这一回的笑声为何如此尖厉。我们都听说了易洛魁族的声明，放弃对那片土地的所有。但截至目前，彻罗基族和肖尼族都没有签署任何条约。那个和吉姆同来的彻罗基人轻轻地打着响指，吉姆薅了一把青草绕在拇指上，说：

"看样子，你还没有彻底死心。那里的确有大片大片的土地，大群大群的猎物。我们的芬德利恐怕也攒了不少好东西，如果他肯拿出来跟你换，你说你会不会动摇？不过我也在担心我们的蓝眼睛是不是还活着，他本来就白得像条鬼魂，而肯塔基则美得就如天国。"

我看着吉姆，他微微一笑，不再作声。苍蝇不休不止，令人不胜其扰。杰迈玛跳起来，正色问：

"你在长途旅行吗？目的地在哪儿？你的家又是在哪儿？"

吉姆耸耸肩，张开眼睛发现话出自杰迈玛之口。

"看来你无家可归。"我说。

"高兴在哪儿，哪儿就是家。"

"那就是肯塔基咯？"

"前提是我们高兴的话。"

"随心所欲，高兴干吗就干吗，听上去不错，我长兄伊斯雷尔也这么奉劝过我。我们不妨都这么过活。"

吉姆的笑容僵住了，忽然把烟斗推给詹姆西，朝他点点头。后者本来一直躲着烟气，这会儿只得接了过去，硬着头皮吸了一口，猛咳起来，越是想把嘴里的烟吞下去，越是咳嗽得厉害，脸蛋涨得通红。两个彻罗基鬼佬大笑着拍起了巴掌。詹姆西很是难堪，平生第一次试着自嘲解围，但咳嗽尚未止住。杰迈玛一双粉拳帮他使劲儿敲打胸腔。吉姆微笑着慢慢环视四周，声音中带着不由分说、毋庸置疑的威严：

"是个留人的好地方。"

诚然，这世上上明明还有更好的所在。

我又变得躁动起来，每一根神经都在跳跃，每一滴血液都在澎湃。礼拜日，我们换上新衣，安静地坐在一起，听汉娜领着我们向神祝祷，祈佑斯图尔特——她的丈夫，早日归来。为了斯图尔特，我强迫自己竖起耳朵，却无论如何不能集中精力。我们坐在屋外，我脱下一只脚上的黑皮鞋，这已经算是我精挑细选的一双了，但脚背上早就折出了痕迹，脚踝处也磨得松了，堆在一起。我看着自己暴露在光天化日之下的脚趾，白惨惨的，忽然对自己飘摇而不足道的家底感到万分羞愧。还有丽贝卡，对不起，我竟不能让你更快乐、更幸福。我们整日辛劳，俯首于黄土之上，挖啊、刨啊，恨不能把自己埋种在地里，除却顽固不化的自以为是，始终一无所有，始终无法扎根于此，而这不正是该另觅他处的理由吗？我不想理会彻罗基人的奉劝，因为我记忆中的那个地方始终无法挥散。

我暗自祷告，希望他们再回来这里，果真，他们又来了。

不定期的印第安茶话会让丽贝卡恼怒不已，派苏珊娜和杰迈玛姐妹俩送上蛋糕，顺便奉送嫌恶。这种场合的确并不让人畅快，但没关系，我们应付得来，既然印第安人尽施善意，我们当然也愿意礼尚往来。他们总是给姑娘们带些糖块，带着小伙子们吸上几口，连我的詹姆西也渐渐抽惯了烟斗。每次来了，吉姆总是要寻机扯扯姑娘们的辫子，终于有一次，苏珊娜也哄得他解下头巾，发现他束着印第安传统发髻，周围剃光，只留下头顶一绺小辫子，现在放下来，垂耷在脑后，长约及肩。苏珊娜拽着他的辫子大笑不止，杰迈玛不敢伸手，但还是盯着看了良久。

我们的话题海阔天空，我的心里只有一件事：回去肯塔基。整个冬天，这个想法让我魂牵梦萦。

命数再一次读懂了我的心思。第二年开春，两个高大的身形从远端的地平线奕奕冒出来，像埋在地下的根须在春天萌出的新芽。是两个骑在马上的汉子，后面不远还跟着两个押车的奴隶，载着一车补给。不是印第安人回来了，是威廉·希尔。

"原来你在这儿呢，丹，你的冒险之旅可谓是闻名遐迩了啊！枪法冠绝、箭术一流的山林猎手，第一个涉足肯塔基的白人英雄……我可是没少花力气把你的事迹发扬光大了呢！怎么样，哥们儿，不赖吧？可惜那份报纸恐怕送不到你这儿这么远，不过也不要紧，我还在笔耕，继续写我的那本书。"

下马的时候,希尔的腰弯得很低,额头几乎点地。他再抬起头来的时候,我才发现,这么多年过去了,他已经开始蓄了须,颊髯坚硬,像极了扫把头。

"你得实话实说啊,希尔,我可不是到了那儿的第一个,这你是知道的。"我说。

"有什么关系?反正是我的书。"

他抓过我的手握了握,抽手问我近况,说见到我们大家,特别是亲爱的布恩家的小家伙们,真是开心极了。

亲爱的布恩家的小家伙们一脸无措地看着我们。我不让他靠近杰迈玛,她不能是他的,一定不是。我盯着她的脸,不是的,眼睛的颜色就不像。然而,即使是想到有些许的可能,都让我感到肮脏、无耻、下流、恶心。不是的,她是我的,至少现如今看来更像是我的,我顽固地想。抢在我开口前,希尔的那个同伴忽然说:

"大家早都听说了你的英雄事迹了。可干吗非要偏居于此,也太难找了吧?"

说这话的是圆滚滚的一个人,胖得失去了棱角,连头和肩颈都裹在丰满的脂肪当中。他和希尔一样,衣着光鲜,眼神放光,友好归友好,但隐隐带着一种意图窥探一切的欲望。他进得屋里,房子立马像缩水了一圈,变得紧凑起来。

"威廉·罗素,我的朋友,弗吉尼亚来的。"希尔介绍。

罗素脱掉手套与我握手,手心向上,似乎有意露出长途骑行的硬茧。看上去他和希尔交情不浅。他喊来其中一个随仆,把马牵去了厩棚。

希尔已经转向了丽贝卡,眼里流露出一丝亮光。罗素一副官家派头,也送上恭维。之后,是清纯可人的苏珊娜,你看她一直那么美、那么好。

这两个家伙竟然好端端活着,而斯图尔特却下落不明。我忍不住想动手打人,可身旁的丽贝卡站立起来,说:

"毋庸置疑,人人都该听说过我丈夫的传奇。"气派好比女王陛下本人。

希尔哈哈大笑:

"毋庸置疑,毋庸置疑!人人都知道了我们在肯塔基的冒险之旅。等我竣笔,他们就会从书里读到我们的故事。不过前提是我们得自己先把这个传奇写完,也就是说,亲爱的布恩太太,您的丈夫作为首领,将带着他的随众从肯塔基凯旋。而我们会让这趟冒险物超所值。"

终于有机会轮到我开口:

"你是说你要重返肯塔基?放过那些蜜蜂吧。"

我鼓着腮帮子模仿他上回被蜇了的惨相,希尔从心里畅快地笑出声来,充满了对旧日美好的追忆和对前程锦绣的憧憬。而那只差点要了他小命的虎头蜂,如今说起来,也不过是添个笑料罢了。希尔摸着胡子,说:

"你看现在我有了这个,还怕什么蜜蜂。而且,我们的土地开发公司业已注册成立了!"

我心里一冷。可他还在继续夸口:

"等你把我们带到肯塔基,你尽可以去享受你的山野狩猎之趣。不过有约在先:我们出了钱,你可不能把我们丢在那儿不回来了。你心里那点小九九,我可是一清二楚。"

"你真要回去吗?"

"主意已定,心意已决!到时候,让你先挑,看上哪块地,哪块就是你的了。"

"也就是没什么事情是能动摇你的了,是吗,希尔?"我一字一顿问他。

"是的!"

"你是说你要把肯塔基卖了,价高者得?"

希尔灰色的眼睛闪着金光,脸色温和地对我说:

"当然不会是随便什么人都可以买,只挑些有头有脸有身份的人卖。到时候，肯塔基会是个良田百顷、交通阡陌、屋舍俨然的宜居之城，而你呢，要是喜欢这样的避世生活，大可以躲着什么人也不见，丹。"

我知道他在等我的回应。

"我可不能让你赊账。"

"别提账不账的，布恩，这不是你的长项。难道还要我提醒你欠了多少账？我们就都既往不咎好了。"

希尔碰碰我的胳膊，咧咧嘴。于是，再一次，希尔大手一挥，重新规划了我的人生轨迹。在当时的我看来，财富是个顶顶好的东西，好得往往拥有财富的人都不甚自知；金钱也是个顶顶好的东西，好得往往衣食无虞的人偏不知福厚。我在希尔和罗素的身上瞥见了财富的模样、金钱的影子。在他们幸福的阴影里，我的不幸亦昭然若揭。我强颜道：

"在你看来，土地足以收买我的人心？"

"我对人心还真的颇有研究。"他意味深长地瞥了眼身旁的丽贝卡和几个小姑娘，克制地欠了欠身子。

我望向丽贝卡，巨大的不幸忽然翻起惊涛骇浪几乎将我淹没。我盯着她，话却是对着希尔他们说的：

"那么，就这么定了，不日出发。我也顺便替汉娜打探一下斯图尔特的下落，何不呢？"

丽贝卡紧紧地端着身子，黑色的眼睛一眨不眨。由着小杰西伏在她肩头，吮吸她的耳垂，她动也不动。我把手拢在嘴上对她说：

"听见了吗，属于我们自己的良田。我的孩子们再不必干这种刀耕火种的辛苦活儿，只要轻轻松松就能有不错的收成。机不可失啊！"

话既出口，重返肯塔基的宏图伟愿就势在必行了，何况罗素和希尔口袋里有的是钱。他们的生活似乎永远光鲜，我也指望借彼之力，咸鱼翻身。可是，为什么只有苏珊娜一个人兴奋地跳着，笑着。

罗素摊开肉掌，说：

"是女人和孩子让家之为家。而田产和森林，诚如你刚刚说的，富庶的肯塔基装得下我们所有人。到时候，在河边盖起房子，在地里种下庄稼，再辟出果园……还听说，运气好的话，兴许能挖到银矿。我反正要挑块好地儿，先栽下桃林再说。"

希尔兴奋地咆哮：

"酒保，再来一轮桃味白兰地，我请！"

他摇晃着站起来唱起歌：

"小鸡啊，叽叽叽，

"阳光晨露里，

"鸡蛋生一地……"

我仿佛也看见了一片油油的绿草，与远山相连，与蓝天相接，草地上，草棵里藏满了鸡蛋。

罗素悄悄对我低语：

"易洛魁人在和约上签字以后，早有人捷足先登了。"

他又看了眼身后的奴仆，其中一个点点头，恨不得立时动身出发。我感到喉咙发紧、呼吸不畅，我尽量控制着自己，不去看丽贝卡，也不看孩子们。

我梦里的肯塔基是我目力所及的一切。鸡群算什么，不过是和其他鸟兽飞禽一样的枪下鬼罢了，我在脑海中扣响扳机，把它们一一崩了个干净。

19. 故地重回

要是有人,肯定大老远就能听见我们的动静。这一行人马浩浩汤汤披荆斩棘而来。牛和猪交由小伙子们赶着往前走,鞭子一落,就是一声嚎叫,不比小娃们的哭声小多少。弟弟妹妹坐在篮子里,篮子一左一右挂在马背上,闹着叫妈妈,叫着要出去,或者干脆就是干嚎,总之不肯消停,让人心神难定。

丽贝卡骑在那头浑身秃斑的母驴背上,抱着最小的一个,眼睛盯着前方,寄希望于早点看到并顺利喜欢上这迟早要来的未来。我告诉她和女儿们,她们将会是最先涉足肯塔基的白人姑娘。既然丽贝卡一路都不说话,那我只能当这一局是我赢了。

我走在车马最前,路过妈妈的房子时,不禁反复回头张望,再往前走就走出她的视线了,也就走出亚德金湾的地界了。乔纳森和杰西左右伴着她,他们说他们想留在亚德金,陪着她。她老了,已无法再承受车马的劳顿,泪流满面,目送我们继续向前,一只手紧紧抓着头上的帽子。渐渐地,妈妈在我的视线里变成一个影子、一条轮廓。在此后的生命中,我多少次想再看见她的面庞,哪怕是一张只与她些许神似的脸,然而记忆始终只存留着最后的这幅画面:她抱着胳膊,目送我们向肯塔基远去,去到一个她无法想象也并不愿想象的充满美妙与惊险的新的世界。我们鸣枪道别家人,我清清嗓子,大喊一声再见,无力再喊出第二声,怕被人听出其中的感伤——不自知感伤早已跃然脸上。妈妈啊,我祈求,当我道别此生而往生的时候,上苍能让我再见你的面庞,祈求那张脸上不再流泪,没有悲伤。

我在心里同伊斯雷尔道别,还有所有那些亡灵。然而令我困惑的是,父亲出现在了当晚的梦中。

"丹,等在前面的将是一个崭新的世界吧。"他说。

我醒来,祈求他再次现身,祈求他能同我多说几句,然而,什么都没有了。自那晚之后,我好久不再做梦,夜晚变成空白的虚空。是不是世人皆如此,总是无端地想知道死了的人对活着的人如何评判、作何感想?终此一生,我总是在不停揣测,彼时彼刻,如果是父亲,他会怎么想,这样的揣测直到现在依然在继续。

我们沿着窄窄的山路慢慢前行,马不停被自己绊住脚,孩子们不停从筐里掉出来,货箱不停漏出各种各样的动物。希尔和罗素另外还召集了八户人家同行:卡拉韦一家,门迪纳尔一家,还有几家甚至从弗吉尼亚远道而来。除此之外,还有随行的仆从和几个单身汉。丈人布赖恩家的几个弟兄听说后也决定同行,行前向希尔预付了佣金和到了肯塔基之后置业的钱。他们带着扎根异乡的决心和多得怕是能塞满十座城市的行李。

比之印象中的前一次造访,道路仿佛更加崎岖。这种慢吞吞的走法累得我简直举不起腿,两只脚像不属于自己,好几次险些跌倒。我情难自禁,大笑起来,怎么芬德利在的时候,再难的路途也轻快?"爱尔兰人法力无边",若是他在,肯定会这么说。

丽贝卡换了头公牛骑着,座鞍上下颠簸,像牛背上生出的又一条脊线。祖父的黑色雕花大柜横架在另两头牛身上。我知道我这回是形同卖身给了希尔,以求换置土地,从本质上讲,跟那些个搔首弄姿的小娼妇别无两样。幸好我一早就知道,希尔向来来者不拒,何况现在的他简直心情畅快,一路上的嘈杂和温暾都能一并笑纳,施恩于我更是让他感觉飘然，一路都是皇族出巡、一马当先的派头，松松地挽着缰绳信马而行，把几个随从指挥来、指挥去，丝毫不记得这几个人根本不是他的家奴。罗素下马步行，时而快步走到队伍最前面，一脸和气，眼睛滴溜溜打量着周围。他靠到我旁边，对我说：

"布恩，这就是印第安人最早在战时留下的路吗？真难想象你是怎么发现这里的。我认识的人里还真没有你这样明察秋毫的能人。"

你可算不上认识我，我心想。但我只是点点头，继续行路。小伙子们开心地扛着枪，四下留意着山野中的声息。苏珊娜和杰迈玛在车队中前前后后跑来跑去，拽着她们的猫和另两个小一点的女孩，大咧咧的，胳膊被茂密的树丛刮出一道道血口，也丝毫不以为意。她们看见我，向我跑过来：

"爸爸，爸爸，能把你的水给蒂比喝一口吗？"

"爸爸，爸爸，能和你一起并排走吗？"

"爸爸，爸爸，能……"

"可以，好的，什么都行。"我答道。

那只叫蒂比的猫紧盯着丛林深处，眼睛蹿出绿色的火苗。树木参天，枝繁叶茂，矮处的灌木尤盛，经常得停下马，劈出一条路来，方能让整个车队勉强通过。行路的时候，马背上的篮筐难免有时被树枝蹭到，篮子里就会登时发出尖厉的嚎叫。然而，抛开我们这些嘈杂的外来人，寂静的山林，依旧美得淡然而从容。

我刚掏出斧子，正准备抡起胳膊再大干一番，罗素和他的两个儿子走过来，一屁股坐在一截树墩上。

"真是够闹腾的，简直叫人难以置信。"

"可不。"

希尔也凑过来，鼻子一哼，大声说：

"简直像赶了一群野牛上路，费劲！"

"嘿，希尔，你上一次赶牛都是什么时候的事了？"我问他。

他打起了哈哈，捋着胡子，满眼和煦：

"我可还记得我们上一次一起打野牛是什么时候,丹,你呢?"

"有这回事吗?"

罗素打断我们,插言说:

"天气尚好,还没降霜。肯塔基没有霜吧,至少现在还没冷到那份上,对吧?"

希尔用力挥着胳膊,大叫:

"哪来的霜?那可是四季如春的好地方!"

罗素两条胳膊搭在儿子肩上:

"当然,当然。听到了吗,孩子们?四季如春。"

两个年轻人咧着嘴,罗素加入希尔一起大笑起来,我一心只有我隐秘的天堂——我将第一个认领属于我的土地,最好的一片——在此之前,没有谁曾经涉足;在此之后,一家人可以安居。然后,我会找到斯图尔特,补偿一切,做我一直以来想做的事。我感到自己像是要把牙齿咬碎。

我挥起斧子劈向横在路中央的杂树。眼角一动,一团灰色的影子瞬间消失在密林之中。两块肩胛骨之间如芒刺在背,仿佛有一根无名的手指搭在身上。是狼吗?我望向绿意深处,想打响口哨,提枪追去。我忽然想起了伊斯雷尔,进山打狼,然后换得悬红。身在山野,并不会有什么赏金,也不会有鬼魂萦身的,我对自己说。

行进的速度大大落后于预期,还没抵达山垭,带来的面粉和燕麦眼看就快不够吃了,更别提朗姆酒了。后来,干脆一了百了,什么都没有了。

已经是鲍威尔谷了,路越收越窄,而两侧的峭壁越长越高。车马队伍尾大不掉,可要想带着所有的家眷和行李,还有这些捕兽夹什么的,穿过峡谷似乎更是奢愿。我感到焦躁难当。所有的事情仿佛都在作对,却没人说得清楚究竟是错在了哪。

我们就地扎营,一连几天,商量着下一步的打算。男人们整夜发着牢骚,只有汉娜仍试图传扬着上帝的真理,似乎我们有大把的时间花不完,而现在的这块地方待着还不赖。丽贝卡、玛莎和简给孩子们造了个安乐窝,孩子们躺在里面,像个微缩的堡垒。我认为我们应该继续前进,但是,前进?拖家带口,怎么前进?

罗素把我拽到一边,小声说:

"你和我,再带上两个黑奴,一起回趟弗吉尼亚。看来我们极有可能要在此过冬了,这地方不赖,不过没有补给可撑不住。"

我望着蜿蜒的山路和此刻山谷中袅袅升起的炊烟,这一切几乎要把我拉回到那些行军打仗的日子,拉回到莫农加希拉河畔的那场噩梦之中。而空气中飘荡着饭香,山谷中一派安宁,却又像是在安抚着我:别惦记着那些不快,都忘了吧。

我转身问罗素:

"难道丢下他们不管?"

"希尔会留下照看大家。"他说。

可这话说出来,连他自己都将信将疑。希尔正在河边哗啦哗啦地洗着头发,吞下一大口清冽的空气,再舒畅地"啊"出来,装模作样,生怕别人瞧不见他,不能分享他的愉悦。看呐,我的头,我的肩,我的健美的胴体。内迪和几个人背对着他在玩纸牌。老迪克·卡拉韦鼾声大起。他非要大家以上校相称,据说是他以前在弗吉尼亚时的军衔。有事没事,他就拎着根拐杖走来走去,像是在检阅他麾下的军阵。上校本人的那个瘦瘦高高红头发的侄子吉米,则梗着脖子,生怕别人瞧不出他对希尔的不屑。希尔呢,自顾自"啊"来"啊"去,"啊"个不停。

继续前进的意愿蛊惑着我,我提起枪,对众人说:

"少则五天,多不过一个礼拜,我们准回来了。"

丽贝卡目光如钩,看看我手里的枪,又看看不远处的孩子们,他们头上绑着树枝,像一个个小小的独角兽,追打着、雀跃着。我又看看斯夸尔,他擦着枪,也在看我。

"不，不，罗素，我想我还是留下吧。"

可一想到怕是要整整一个冬天窝在这里，我就觉得呼吸困难。我抬起头，天空也是无助而阴郁的颜色。

铿锵的斧声打破了尴尬。咣，咣，咣，直指目标。一声一声，落进耳朵里。是詹姆西，在距我们不远的空地上劈柴，手起斧落，声声利落，平稳宛如法庭上的铃声，敦促着听者守序和遵从。相较之下，一旁门迪纳尔家的两个年轻人简直就在乱砍一气，乒乒乓乓，毫无章法。詹姆西不理旁的，坚持着自己的节奏。

"詹姆西？"

这孩子耳朵红通通的——哦，也不是孩子了，十七岁的大小伙子了。不论何时，脸上总是认真谨慎的表情。可是不是在天底下所有的父亲眼里，孩子终归是孩子，就是长大了，父亲心里留着的也还是他小时候的模样？我自此改口，开始称呼他大名：

"詹姆斯，派你和几个伙计一起骑马回去搞点吃的用的回来，行吗？"

他眼睛一亮，旋即恢复了素日的严肃，审慎地回答：

"我觉得我没问题。"

我走过去，接过他手里的斧子：

"那好。你就和这两个小伙计一起去吧，他们不是一直在抱怨待在这里没意思么？那就拿出点男子汉的气魄来吧。"

詹姆斯微笑着看着门迪纳尔家的两兄弟。这两个虽然脸上吊儿郎当的，不过看出这回不敢怠慢，四条腿站得笔直。罗素也招呼着自己的长子：

"亨利，你也去，再带两个老黑，就亚当和查尔斯好了。"

他赶紧又嘱咐那两个仆从，这一路上都是他俩在负责押货。

"我们还是把希尔留下吧，他也好继续他的创作。让克拉布特里陪小伙子们一道回去。荒郊野外，数他有经验。"

克拉布特里是其中一个跟我们同来的单身汉，年过五旬，一头灰

发,不过枪法很准,而且一肚子故事,跟小伙子们做个伴,他们肯定不寂寞。他把眼睛从马掌上抬起来,看着我说:

"如此美誉,看来我只能欣然接受了,布恩。"

他说着摘下头上的帽子抛到一边,我也把我的摘下来抛向他。詹姆斯笑了一声——他的笑声和他一样小心而谨慎,像是在开口之前已经精心排演过了一样——也抛掉了帽子,然后又笑了一声。

宿营谷底,让妈妈们着实开心了一阵子,好容易能歇歇脚,除了各自仅存的面包,几乎其他的行李都不吝啬地摊了开来。丽贝卡给自己的摇椅找了一处草地,每当傍晚时分,她就合上眼睛,躺在那里。樱唇微翕,依旧端庄,笑看着胸前襁褓里的小家伙。不久前,玛莎也刚刚诞下一子。路过产房帐篷的时候,门帘缝中露出她的一双眼睛,婴儿在尖叫着,仿佛哭声是在唤我:看我,快看看我。

我们在周围用石头堆砌火环,像夜空下熠熠闪光的手镯。斯夸尔就在我身边一同忙碌,可是彼此仍不讲一句话。

十天过去了。沸反盈天的车马队伍渐渐平息为窃窃的呢喃,连犬马羊牛都安静下来,流连在草地上,辗转于芦苇中。希尔又陷入了无聊的膏肓,不愿去打猎,整日伏案疾笔。他爱把他的故事读给别人听,于是,其中一个伦敦来的仆从就只得耐心地忍受着。偶尔,他也会骑上马,兜兜转转,唱唱山歌,但山林之中,绝少再听见他高亢的嗓门,甚至,什么也听不见。

一日午后,我带上伊斯雷尔外出打猎。我跟在他后面,看着他束在脑后的辫子,黑色的头发中杂着些许红发。他挎着鸟枪大步向前,回头喊我:

"爸爸,多给我留几发子弹!"一脸兴奋。

我也高喊着回应他,看着他兴高采烈的面庞,看着他伸手翻弄衣袋,看着他咧开嘴冲着我笑。有那么一瞬,我仿佛看见了长兄的影子,那条影子也叫伊斯雷尔。为这名字,我总是为你担忧,我的伊斯雷尔,你说,如果一个人有预知未来的可能,他是会愿意看穿结局,还是别过眼睛,照常生活下去?

伊斯雷尔抓到一只火鸡,我父子俩携手接着又打到不少猎物。作为消遣,两个人还拿棍子打下来好几只叽叽喳喳的小雀。

姑娘们跑来跑去,专挑颜色鲜丽的落叶,不肯透露要做什么。

年纪稍幼的男孩子们则片刻不肯安宁,缠着姑娘们,偷看苏珊娜跑起来扬起裙子露出的脚踝。他们沿着小路向营地西面去一探究竟,嘴里不是在谈论肯塔基就是自己原来的住地,一遍一遍,不厌其烦。

其中一个单身汉比他们还不消停,游手好闲,顺走别人家的马和兽皮,趁着天光微亮,不知道溜去了哪里。天亮的时候,他却又回来了,一路穿过林子,跑回来,脸上蒙着汗,一双鼠眼。

"他们都被杀了!"

他的声音因激动而格外嘹亮,还体贴地试图用手赶紧掩住自己的嘴,却为时已晚。

我什么话都说不出来,原来这就是命数一直以来的潜心安排,原来命数早就在黑夜中开出了黑色的花蕾,就在你自以为相安无事而自甘落入它口中的分秒,露出了它尖利的獠牙。

下卷

不 悟

1. 若有天堂

若要剥下一个人的头皮,只消沿着前额发际下刀,插进去,深至头骨,弯一道弧线,画一个圆圈,然后把一只脚踏在那人背上,沿着刚刚划开的口子,用力,拉。整个过程比剥鹿皮容易多了。

詹姆西,我的詹姆西,你曾问过我的,可我执意不肯告诉你。然而,事到如今,我不觉得我还有丝毫隐瞒的必要。倘使你还能听见我,倘使你还愿意听我说。可也许你已不在意我说不说什么了。

詹姆斯·布恩,丹尼尔与丽贝卡·布恩夫妇之子,卒于 1773 年 10 月。

——我把你的碑文刻在心里,而我竟无法知道失去你那一天的确切日期,我竟无法将之录述在祖父留下的圣经中。我愈感心碎,悲痛无极,我试图振作,真的,可仍然觉得生活无以为继。

我曾有过和你一样的好奇:头皮骨肉分离时会不会发出声音?没有了头皮的天灵骨会不会感到寂寞或空虚?我曾在印第安人的聚居地看见过绷在铁篰上的人头盖,血已结痂,乱发垂荡在风中。我也曾见过英国兵举着印第安人黑色的头盖,当作战利品,换得赏金。如果非要如此,我情愿追随他们,成为刽子手,剥下别人的头皮,一块接着一块,让双手染上猩红色的鲜血。后来,我们在树林里发现了罗素家那个叫亚当的仆从,厄运来时,躲在一根浮木背后而幸免于难。他说整个过程,他一直用手指堵着耳朵,但他还是听见了,并且看来被吓得不轻,在我们发现他的时候依旧胡言乱语,又喋喋不休。而我,在那之后的数月时间里,整夜整夜,堵上耳朵,仍不停听见他所描述的恐惧与凄烈。

我听见我的詹姆西,大声呼救,唤他的父亲,祈求死神来快点结束他的折磨。

我听见他的呼唤、他的祈求,到后来,渐渐辨不出字句的内容,渐渐化成含糊不清的长音,渐渐沙哑,渐渐消弱。而余音萦萦不散,像低低拂过湖面和草场的风,颤抖着,回荡在整个肯塔基上空,经久不息。可他口中声声呼唤着的那个父亲——我——相距不过二里,竟充耳不闻。

斯夸尔把他们一一埋葬。他们明明已经带着补给回来了,眼看着营地已经是咫尺之距。斯夸尔告诉我,尸首伤痕累累,但所幸并未被剥去天灵盖。大概休战时期,再凶蛮的印第安人也不愿轻易向白人下此重手吧。可斯夸尔话说至此,任我如何再祈求,都不再多说一个字。

我强迫自己笑出来,笑声却近乎咆哮。我抡起斧子向一截树根狠狠砍下去,一下,一下,木屑飞溅。我情愿就此剜眼穿喉,就此毙命当场,可木屑只是轻轻地崩到脸上,再弹落到身上。我,生不如死。我试图在脑海中拼凑凶手的样貌,我想质问他为何大开杀戒,为何滥杀无辜?为何不诉诸一场公平的对决,哪怕最后倒下的仍是我可爱的儿子?

一头熊扑出来,越逼越近。那就近点,再近点。我一直等着它近在身前了,才扣响了扳机。又一只鹿跳出来,我放下枪,由它消失在郁郁的树林之间。

可倘使我真的知道了凶手,我又能如何?火刑,杖刑,剐刑?还有吗?没了。——我想不出我还能把凶手如何,而我甚至并不想把凶手如何。詹姆西,我的詹姆西已长眠,去了我再也看不见他的地方。我没有和他们一道回去为他落葬,我想我是见不得他真的死了的样子的。

我不再去想凶手姓甚名谁,也不再去想你,我的詹姆西。从这一刻起,我不会再提及你及你的一切。你既然死了,从我的生活中消失,那我也死了。可死了的我为何仍无法与你相见,我不知道你去了哪里,我只知道你的死都错在我。

我抡着斧子,一下,一下,以你的姿势和你的节奏,哐,哐,哐,企图以此掩盖住耳中你凄烈的呼嚎。后来,妹妹汉娜告诉我,你像曾为世人受难的耶稣,以生前的痛苦获得了死后的超脱,灵魂飞抵天国。你早已不能再听见我的呼唤,而渐渐地,我也不再能听到你夜里的呼嚎。

然而这甚至不能令我稍加释怀,不能,我无法释怀!我见识过人性的凶残,见识过人对付自己同类的手段。我相信,就是当耶稣被钉在十字架上,他也曾经历尽苦痛。我相信,就是上帝自己也不是全知全能的,他也曾面对自己儿子的苦痛,像我一样,无能为力。

风波之后,我仍坚持前进。罗素背过身去,阴着脸,脖子塌进肩膀。他也永远地失去了他的儿子,亨利。后来,他走了,跟他一起走的是门迪纳尔一家,另两个遇害年轻人的家人,还有差不多一半的人。继续前进!我声嘶力竭,朝着剩下的一半人大吼,仿佛只要到了肯塔基,一切前尘就终将被美好所替代。人总是如此,一旦落入惊恐和饥寒,只要有另一个人牵头,不问向哪都勇往直前,于是我们就这样又走了好些时日。我渐渐鼓起勇气,抬起脸直视丽贝卡,可我看到的是一张恐怖的脸,面若枯槁,形若死灰。但丽贝卡不看我。斯夸尔他们临行前,她曾交给我一块亚麻,转交斯夸尔为他裹尸——我不敢也不想再提他的名字——送他回故土落葬。从那之后,她便不再看我,亦不再同我说话。

斯夸尔和送葬的人回来了,而我也终于不再执意,同意调转马头重回卡罗莱纳。我们把铺盖和装备抛在了路旁。我把祖父黑色的雕花大柜丢在了树林里,把每扇柜门都敞着。玛莎和简把孩子们拢在一起,叮嘱他们千万安静,又拿破布条塞住了婴儿们的嘴。斯夸尔引路,内迪,我和我的伊斯雷尔提着枪,赶着牲畜。天开始落雪了。

终于回到卡罗莱纳的时候,我全然已经是个心死之人,一具行尸走肉,只能重新把自己埋进田垄与犁杖之间,死而不得其所。我用黑胡桃的汁水把每件衣服染了一遍,还试图把头发染得更黑。我躺在地上,当另一个地产公司找上门来,聘我带着一队铺路的人马再涉险地,我仍应了下来,只是提出条件,说我要等看到下一个孩子出世再走。可惜在这之后不久,那个闷热而蝇虫漫天的六月里,孩子落地时已是死胎。是个男孩。我不愿再看,由着人们把他埋了。

我的这次远行看起来出师有名,这家地产公司用银子、枪支和布匹衣物从彻罗基人手上买了肯塔基的一块地,签了协议。唯一可惜的是,签约现场,我依旧没能看到杀害詹姆西的凶手露脸。我看着河岸边坐着的一溜印第安青年,他们其中的一些对协议内容颇为不满,拾起河滩上的鹅卵石,丢出去,一边嘴里念念叨叨,说这地方始终还是他们的。当中那个壮硕的青年眼睁睁看着自己的酋长父亲在协议上落了押,忍不住叫出来:

"所有的字据不过都是骗人的把戏!"

没人理他,我也只听听,起身去给斧头兵做开路的标记。

第二年,我这具行尸走肉竟然又把全家老小拖上了开赴肯塔基的征程。我对丽贝卡说,我们将一往无前,在到达理想之地的路上,绝不止步。我还说,这是詹姆西会愿意看到的结果。话里话外,句句酸楚。

"你怎么可以把他作为你为所欲为的借口!怎么可以……"

她再不说话,一路上,我其实也并无再开口的意愿。

路上,车队陆续又加入了别的人。其中有之前一起冒险而最后半路折返的人,多数为了还债卖光了身家,现如今已一无所有。除此之外,不乏另一些将此番冒险视同掘金的人。理查德·亨德森——灰色头发鹰钩鼻子的地产公司老板——许诺将以两千英亩土地作为报酬,并代我偿债。由我一马当先开路,他驾马紧随我身后。这一回,我带上了那柄战利品斧头,来对付横七竖八的灌木和树丛。年复一年,春风吹又生,当年的断枝又冒出了新芽。一路上,所有人都卖力地挥着自己的斧头,一条足够马车同行的宽敞大路渐见规模——怀尔德尼斯大道,名副其实的荒野之路①。经由此路，似乎全世界的人都在向着肯塔基源源涌来，因为路的那一头，也曾经是我故土的地方，业已荒芜。因此，来吧，何不呢，来我的天堂，来我一手开拓的新的世界。

一行人马终于开进了肯塔基的地界，没多远，我们就在一株空心枯木中发现有人的尸首，断臂，没找见枪，但屁股后面挂着火药桶。我认出桶身上歪向一侧的刻字，J 和 S，是他，斯图尔特，这副骸骨也必是他的无疑了。我盯着枯木中的腐骨，脑袋里完全还是他生前血肉丰满的模样，脸是脸，下巴是下巴，眼睛也不是现在的两个空洞。

告诉我，约翰，发生了什么？是不是你后来又不幸被肖尼人发现了行踪，落得戕死于此？

还是你故意让他们发现了你？还是你因为断了一条手才伺机躲在了这里？还是你始终在尾随着他们返回肯塔基的路？

我曾天真地以为，在肯塔基，只有艳阳高照，没有亡灵纠缠。可是肯塔基原来也不过是片苦涩的盐地。至于肥沃的土壤，至于无际的草场，原来也不过是前人以肝脑和血肉浇灌出的美好幻景。约翰，我但愿自己不曾终于发现你曝尸荒野。

车马继续向前。在靠近肯塔基河的一片草场中央生长着一株巨大的榆木，如果在此筑起城池和地堡，看来会是个不错的选址。就是这儿了，我向其他人宣布。

没人有异议。亨德森翻下马背，双膝跪地，脸上涌动着喜悦的泪珠。他铲起一小块草皮，放进怀里，说他会始终带在身上。接着，他为这片土地施洗，名之布恩斯伯勒堡。我们开始夯地造房。希尔又现身了，胯下一匹新的坐骑。他说他自告奋勇把之前孩子们遇害的故事

---

① 怀尔德尼斯大道，即 Wilderness Road 音译，其中 wilderness 有荒野之意。——译者注

发表在了弗吉尼亚的报章上，说让他惊骇的是，为此有不少读者自告奋勇替受害者复仇。于是，有一个明戈族酋长的姊妹被斧头劈开了孕肚，腹中的胎儿也被挑在竿头示众。于是，有一整个部落的人被砍被杀，尸首伏地。不少彻罗基人，或者说是几乎所有胆敢在家乡人面前现身的彻罗基人都最终难逃一死。他说话的时候，灰色的眼睛看着我，像条看家的狗。他还说他恨不能自己亲手血刃印第安佬。他的声音轻轻的，碰碰我的胳膊，塞过来一份报纸。那张纸攥在手里，那么薄，那么轻，活像一张人皮。我不想去看，更不愿去想。

地堡四围的木墙渐渐合拢，内里木屋行列有秩，四角瞭塔高耸。我们原计划在木屋外围扎起削尖的木桩当作屏障，但似乎并没有太多人有此兴致，也没什么人有兴致对其他人篱笆内的生活一探究竟。人们只是纷纷忙于狩猎争认田产，以及倒卖土地。丽贝卡又做了诸多颇具征兆的梦，其中一次，她住进了一栋盐巴砌成的房子里，墙壁、门窗和地板都是咸的。这是她第一次主动打破了长久的沉默而再次给我讲起她的梦。许久以来，我们尽管仍睡在一张床上，却各自小心地避免了任何肌肤相亲的可能；挤在一个屋檐下，竟也能在狭小的室内空间精心地避免了任何碰触。而此刻，她坐在餐桌前，脸上难得莞尔，随即被羞愧取而代之，仿佛她不该再展露笑颜，仿佛她那个久远的原始的自我正在一点一滴慢慢消逝。她俯身继续做针线，专心补缀手里的亚麻，跟那块给詹姆西裹尸的一样。曾几何时，这都是老布赖恩送给她的陪嫁，自此陪着她一生颠簸，终于辗转至此。

丽贝卡，这简直是命数最拙劣的手段，为了平衡你我的恩怨，而带走了你的其中一个头胎长子，我们两个的第一个孩子。

针在你手上运得飞快，针尾的线不小心结在了一起，你惯是个不耐心的裁缝，而此刻你自然更加心焦气躁，好像错在手里的这块布就不该不禁折腾磨破了口子。我盯着你的手，先是想起了我们的新婚花烛之夜，那个时候，你我都还那么年轻，再然后的想法更蠢，我想也许我可以把那块陪着逝者埋掉的亚麻翻出来还给你，请原谅我除此之外，无法把他也还给你了。

屋子里只摆了几截树墩临时扮演椅子的角色，没有靠背，于是我们都挺着背坐得笔直。我从亨德森的商店里买了玻璃安在窗上，从林子里把祖父的雕花大柜拖了回来，但地板还没铺上，地上全是土。终于，我开口打破尴尬，我说她的梦听上去像她曾经讲过的一则古老的威尔士传说。半响，她才说：

"就是那个故事：公主告诉父王她爱他诚如肉离不开盐巴，然后就被他流放到了遥远的地方。"

"我可要好好记着这个故事，学着点该怎么对付桀骜难驯的子女。"

"可他后来对此懊悔不已，因为她才是对的。"

"关于盐巴的见解？"

"是关于爱的领悟。"

"啊哈，你当然知道了，你本人不就是女王陛下嘛。"

我只是句玩笑，但她怔住了，我也瞬间联想起了曾经那个来历不明的婴儿和而今的杰迈玛。于是两个人都动了气。我又强坐了一会儿，终于忍不住伸手打断她——线还缠在一起。

"丽贝卡，我们的儿子不论现在身在何处，都已是最好的安排。"

她的脸上满是震惊，眼睛黑洞洞的，缝衣针在指尖闪着银光。

"不，不是的，不是！"

我们彼此瞪着眼睛，无法回避彼此因愤怒而抽搐着的丑陋面庞。我恨不得把我的愤怒从身体中抽出来，丢在她面前，就像我曾经丢在她家门口的那头死鹿。可我只能站起来转身走出屋子，反手重重摔上门，未完工的栅栏在身后砰一声响，犹如整个世界都在崩塌。

秋季开始的时候，盐巴也开始不够用了，山野中的猎物随即也开始变得越来越稀缺，初来乍到肯塔基的猎人们不论看到什么，总是举枪就射。

我听到小家伙们床畔的卧谈：

"肯塔基的食物都是腥的，我总能吃出血的味道。"我的小杰西说。

其他人也纷纷附和，抱怨着，并罗列出叫他们难以下咽的各种味道，一二三，投票排名。我们每个人的每个毛孔中都散发着酸肉腐朽的味道。老迪克·卡拉韦大叫大嚷，原来他的一头阉牛被某颗不长眼的枪子一击毙命，而他红头发的侄子吉米不得已又射杀了一头横冲直撞的野牛。吉米枪法神准，心、眼、物一线，直中目标。疯牛终于在险些撞倒房子之前，被及时放倒在地。可是，少了盐巴，一下子又多了这么多牛肉，怎么吃得完呢？

没有盐巴了。

一点也没有了。

于是所有的人只能任由着墙脚边的死畜慢慢腐烂，变臭，招来苍蝇和鹭鸟，然后再慢慢发霉，变绿。迪克上校和吉米对此固然可以视而不见，可地堡中的井尚未完工，姑娘们打水的路上都恨不能绕道而行，只好纷纷掀起围裙掩住口鼻。她们倒是的确一贯蹦蹦跳跳的，只不过这回跑得更快了而已。

死牛肉霉烂的恶臭比之我们家里的味道不过半斤八两。牲畜和粪便的味道，剥下来晾晒的皮草的味道，烟味，衣服上混着的汗渍、油腻等等各种味道交织在一起。苏珊娜的衣服披盖在肩上，袖子早就碎成了布条条。没多久，她就只剩下束胸衣和衬裙还能勉强穿穿了。一天傍晚，她和希尔·海斯告诉我，他们打算结婚成家。她急于马上嫁给他，马上，甚至不可能再多等一天。她态度坚决，口吻不容置疑，抬起头看着我，俊俏的小脸控诉着：看看吧，我这当姑娘的时候过的都是什么日子。她背影的暮光中，一只小雀上下翻飞。

"我知道怎么生火做饭，也知道怎么做家务，我是说所有的家务！"她仿佛急于向我证明她已熟虑。

说这话的时候，她的双手护在肚子上，可她还不满十六周岁啊。

我被众人投票推举为布恩斯伯勒的地方法官——这让迪克上校甚

为不满——而让我顺理成章地主持了那场婚礼。苏珊娜，这大概是我能为你操持的全部了。整个仪式，泪水在我眼眶里打转，活像当年为我与丽贝卡主持婚礼的父亲。礼成之后，回到家，我扯着杰迈玛破烂的裙摆，不由感慨，也许再要不了多久，我们就回到亚当和夏娃赤身裸体的懵懂的天真世界了。杰迈玛把脸埋在小猫蒂比的身上，若有所思地看着我，忽然问道：

"你说亚当和夏娃埋在哪儿呢，爸爸？你知道吗？"

杰迈玛也渐渐出落成了大姑娘了，对每个人的唠叨总是报以最真诚的倾听。可是杰迈玛，我甚至差点也失去了你，差点让他们将你从我身边带走。

2．生死离散

你赤着脚,单腿跳进来,头发高高束在脑后,头上趴着一顶破帽子,说不小心踩到了一截断杈,扎破了脚。你把伤口举给我看,血迹周围有浅浅的一圈瘀青。丽贝卡要帮你扎起来,你说:

"不用麻烦了,妈妈。"

然后就单腿跳着出去了。我们怎么都没拦着你,就这样任由你消失在了午后的艳阳中。

我只能在心里拼凑当天的情景:杰迈玛单脚跳着来到河边,解下系在河边的布恩斯伯勒唯一的一叶木舟,想到清冽的河水中泡泡脚。她回头召唤迪克上校的两个女儿和她同往,微风和煦,几只水蝇贴着水面滑行,一条鱼一跃而起,又翻身落回水中,留给水面上的人一串涟漪。姑娘们并排躺在木舟里,看着天上的云朵舒展身姿,卷舒自如,变化出各种样貌,一会儿是高高的教堂塔尖,一会儿是玲珑的葡萄串儿。河水泛着微波,轻轻摇着小舟,把她们的嬉笑荡向远方。忽然鸟鸣声四起,杰迈玛坐起身张望,小舟逐波,已经快被推上了对岸,而对岸杂树丛生,幽暗的密林间掩藏着不轨的面孔。

不待瞭塔中的人看清,印第安人就已利落地将三人掳进了山林。轮到那天执勤的是年轻的弗雷德·加斯,他说他听到对岸隐约的哭喊,望过去时就已不见人影，只剩下河面上一筏空空的木舟，周围安静得像什么都不曾发生。

三天三夜，我们紧追其后，但始终慢他们一步，只追到姑娘们从衣服上撕下的布条和从头上扯下的断发留下的记号。我一路紧追，却始终不见她们踪影。第一晚，当我们停下来片刻小憩，我甚至感觉到夜幕映衬下她们亚麻色的衣衫就近在咫尺。我几乎想剁了迪克上校，这个无时无刻不在大呼小叫的笨蛋，永远嚷着"不是那条路"。终于，我们决定兵分两路，由他带着一队人马向他认为对的方向追去了。我则带着余下的人继续在丛林间穿梭。一度，我们失去了他们的踪迹，路上再没有任何记号，我们只能寄望于能尽快在上游抓到他们，斩下他们的脑袋！直到我瞥见了一条蛇，被棍子打碎了脑壳，才相信我们还没被他们甩下太远，还在沿正确的方向追逐。

让我先抓到他们，然后再回来痛扁迪克，我对自己说。我把牙齿咬得生疼，手里紧紧攥着缰绳。我们追啊追啊，谁也不许停步。直到第三天晚上，我们终于追上了这伙混蛋。我像蛇一样匍匐在山脊上的一棵大树背后，山下的印第安人生起了火，正就着火光擦着手里的枪筒。姑娘们被捆在一起，绑在树上，手指纠缠着彼此的头发，样子甚是狼狈。而我刚刚探出头，杰迈玛就一眼看到了我，她扬起脸，眼里放出光亮，像燃烧的火把，凯旋的勇士，高呼着：

"爸爸，是爸爸来救我们了！"

是的，我们来了，她们得救了。没来得及逃走的人贩子纷纷死于枪下。我的枪打中了其中领头的一个，看着他中弹跌进篝火堆，但我不能确定他最后的死活。这是实话，也是这场风波的结局。至于希尔，他的笔下当然自有他故事的结局：

"……完满的团圆就此按下不表。"

然而他岂知道，所谓的团圆并不完满，甚至千疮百孔——我在出发前浪费了一个小时的宝贵时间，只为了把礼拜日才舍得拿出来穿的皮鞋换成素日打猎的鹿皮软底便靴。途中，我还两次断了线索，差点跟丢。

真的，我当时只觉大脑一片空白，完全失去了对他们行踪方向的判断，不知道他们接下去跑向了哪里。而后来能抓到他们，近乎奇迹，又或者说纯属运气。希尔不知道的事情太多。后来，杰迈玛告诉我，抓她的其中一个印第安人晚上会叫她帮忙抓虱子，她也照做了。可是，杰迈玛，不得不说，当我追上你们，首先找的不是你，而是他，那个手上染着詹姆西的血而面目暧昧的凶手，可惜他并不在列。

我问杰迈玛，那个领头抓她的印第安人可是叫吉姆，彻罗基的吉姆，内心隐隐担心他并没有死，而是奇迹般地从我枪下逃脱，担心他会像那些纠缠着不肯放过我的亡灵一样，紧紧相随，再来寻我或者杰迈玛的麻烦。可她说不是，领头的叫斯科拉卡塔。我于是追问她何以知道这么清楚，他有没有逼她这样称呼，还是他们有没有逼她……

她瞪着我，说他们只是叫她放下盘发，看过之后又用她的梳子帮她重新束了起来。仅此而已，他们并没有动她分毫。她说：

"其实他们早就发觉你跟在后面了，爸爸，还问我是不是你的女儿。"

我暗骂希尔，在他的故事里，我成了不折不扣的英雄人物，而事实上，我原来一无是处。杰迈玛揉揉头发，说她也想效仿苏珊娜嫁作他人妇。站在她身边的那个局促的青年是迪克上校的另一个侄子，弗兰德，也参与了这次搜救。我看着她笑，看着她哭，看着她说她最大的心愿不过是走出绑架的阴影，获得新生。她把新生解释为与此前全然不同的、由着她自己做主的生活，就在她亲爱的父亲的木屋边上另起炉灶。

她绝少像今天这样低声啜泣。尽管她在我眼里完全还是个小姑娘，可要我如何拒绝帮她了却心愿呢？她偎坐在弗兰德身旁，举起那只受伤的脚丫给我看，告诉我这一路上如何抱怨脚痛，拖慢绑匪的脚步，眼光闪动着胜利者骇人的锋芒，仿佛在向我炫耀：瞧见我的厉害了吗，爸爸？

她一遍又一遍地强调，说她一早知道我准会来救她。她的笃定正是我的隐忧，一直是。苏珊娜已经当了妈妈，但长女出世时难产，让她受罪不少。你们都是我的掌上明珠,而这不是我期望给你们的生活。

我只有和小弗兰德·卡拉韦商量,别太急于娶杰迈玛为妻。我甚至百无所忌地假想,如若杰迈玛真的红颜薄命,至少我们还能把她葬在自家的篱笆之内,至少我们还能知道她眠于何处,至少我们还能尽量多陪陪她。而绑架事件之后,开荒垦耕简直形同自掘坟墓,哪怕里面的生活再糙再烂,谁也不愿意再走出布恩斯伯勒半步。人们寄望于堡内腐恶的气味成为拒敌于千里的天然屏障,但连他们自己也感到臭无可忍。玛莎每每走过我身畔,总要故意碰碰我,有的时候是脖子,有的时候是胳膊。我不知道我该怎么办,还不如来一场地裂山崩,把我们,所有人,连同这块所谓的福地一起葬之于深渊万丈。

一帮年轻人自己寻上门来,说要一起冒险。他们个个听说了我的故事和杰迈玛被掳的遭遇。希尔对访客大献殷勤,与他们海阔天空,几乎无所不谈。其中一个眼神犀利、狂放不羁的年轻人,萨姆·布鲁克斯,代英国国民军向我授予了上尉军衔。但是显然,小伙子本是兴冲冲为着报章上的布恩斯伯勒而来,直到到了这里才恍然发现,实际的状况令人大失所望。

"如此而已吗?"他不解地问。

他和他那个自称威尔的兄弟坐在炉火旁,手里一边填子弹,一边鼓吹如何射杀印第安莽匪。二人从弗吉尼亚的兰道夫堡而来,那儿的一个酋长在求和时死于武装民兵之手。玉米秆,那个冤死鬼酋长的花名,是位上了年纪的长者。为此,黑鱼一度放出口风,要挨个捣毁白人聚居点以示报复。

威尔分明还是张娃娃脸,头发打着卷儿。他说如果他当时离着再近些,肯定开枪崩了玉米秆的人就是他了,至于黑鱼,最好别撞到他枪口上,不然可别怪他不客气。说话间,他不小心被铅芯烫了手指,一声惨叫跳起来。我也就势起身,走到围墙外面,竖着耳朵,并无任何异响。

过了一段相安无事的日子，妇人们渐渐卸下警惕，依旧每日去水边提水、浣衣。黑奴中有一个叫蒙克的，会拉小提琴，有的时候也常常来上两段，边奏边唱，唱给他的小儿子杰瑞听。杰瑞是第一个在布恩斯伯勒出生的男孩，但我不愿看见他，他太让我想起自己的儿子幼年的样子。是的，詹姆西，我说我本不愿再想起你。

有天早上，我只身走出地堡，冒险想把地里的树墩清一清。就在这时，西边的山谷中梧桐树枝一声脆响。还没等转身，一颗子弹穿过踝骨，我应声倒在地上，感到身下的土地随着呼啸而来的印第安人的步履而震颤，我闭上眼睛：杰迈玛，他们上回掳了你去，这回换作是我了，他们用糟老头子换小姑娘可不是明智之选。

轰然一声巨响，咆哮声紧随其后。我强抬起脑袋想看究竟，就见一个年轻小伙子踏破城门向我冲过来，一把把我扬在肩上，像背起了个小孩，颠着脚，往回快跑。枪林弹雨，我伏在他肩头，内迪和斯夸尔也来了，向对面的树林开枪还击，印第安人只来得及点燃了几株玉米秧和南瓜苗，就草草鸣金收兵，身后布鲁克斯两兄弟还在兴奋地叫嚣：

"来呀，回来呀。再叫你们尝尝老子的厉害！"

希尔大笑着，打着响哨——再熟悉不过的声音了，我一听就知道是他，何况还有他纸端沙沙作响的笔尖。

西蒙·布尔特一直把我扛到床上才撒手。我一度以为他不过也是那帮投机倒把钻营土地财迷心窍的其中之一。看他好半天喘着粗气，尽管身高出奇、下巴很大，眼神却颇为和善。杰迈玛翻出一把钳子，剜出子弹，砸成扁片，安回在踝骨处，让我仿佛长出一块银色的皮肤。

"这回没事了，上校。"布尔特说。

"你是个好人，布尔特，跟你的名字一样。我们需要你这样铁铮铮的汉子留在肯塔基。"

他低下头，盯着手指的关节，幽幽地说：

"我其实本姓肯顿。打架时失手在酒馆里杀了人，就从弗吉尼亚逃了来，到了这才改姓布尔特的。"

我大笑，好哇，到头来反倒是被一个隐姓埋名的杀人犯救回条老命！还不如被印第安人掳了去。玉米秆烧焦的烟味飘进来，丽贝卡合上了眼睛。

接下来的几个礼拜，我只能躺在床上，把那一纸授衔军函拿在手上翻来覆去地看了又看，随时抑制不住想大笑出来。布恩上校。希尔来探望，我笑，他也跟着笑。只有迪克上校一个人郁郁寡欢，走过我窗前的时候，还不忘丢下一句：

"蛮夷！"

我呢？只好半躺着向他行个军礼！

又躺了几个礼拜，但我无时不竖着耳朵聆听。玛莎也来探望，还是那副故作矜持的姿态，手指小心又不小心地碰到我。内迪在外面执勤，我听到他清亮的歌声，一首老歌：

"是谁夸口说这里固若金汤，

"曾经坚不可摧的特洛伊城，

"如今不也开荒来种了玉米。"

特洛伊，古老的城邦，遥远的战争。终难想象，何以就成了如今的断壁残垣。我记得小时候，詹姆斯叔叔讲到过，希腊士兵和特洛伊勇士之间的纷争居然起于一个被俘的不忠的女人。而如今硝烟再起，像车轮滚滚碾过。从一个弗吉尼亚搬来的人手里的报纸上，我们才意识到，原来一场巨大的变革正在酝酿，东部的殖民地已经纷纷宣布独立。我们成了美国人，脚下的土地成了属于美国的国土，调转枪头对准英国佬，誓要将之一一驱逐。空场上燃起了篝火，姑娘们尽管破衣烂衫，仍然载歌载舞。只有布赖恩家的几兄弟闷闷不乐，声称他们情愿誓死效忠英王。

曾经的特洛伊城也许如今真的种上了玉米吧，可怜布恩斯伯勒没有玉米了，冬天还没过，谷箱已经几乎见了底，连磨面的麦子也所剩无几。我只好派人守着余粮，无奈人们饿疯了，不肯望梅止渴，不管见到什么都恨不得要塞进嘴里，于是，很快，那点余粮没撑上多久就被哄抢一空。饥饿无孔不入，还坚守在布恩斯伯勒的人做梦都在想，如果苦难可以像粮食一样屯起来,饿的时候囫囵吞下填饱肚肠,那他们情愿遭受更多苦难。

下雪了。雪越积越厚。亟须获得食物挨过接下来青黄不接的几月时日,并找到保存生肉的妥当办法。我脚踝处的枪伤并没好全,疼痛伴随天气转寒而愈演愈烈。但我还是招呼了几个人,准备找一口咸泉搞点盐回来。一些年轻人和年长的留下,负责照顾各户的妇女家眷。其他人跟着我,把几乎能裹到身上的皮草都裹在了身上,道别家人,一路向北。杰迈玛一直把我们送出布恩斯伯勒,走远了,回头还看见她挥着裙衫。只有她,丽贝卡没来送我。

3. 盐如风雪

我们在布卢利克扎起营帐，盐泉冒着蓝色的泡泡，吝惜地只肯分出细细一小股卤水。但我们还是竭尽所能，漏水、熬煮、蒸馏，忙活了一个礼拜，才好容易弄出几斗盐巴，派小弗兰德快马送回布恩斯伯勒。剩下的人原指望再多煮几斗，但实在收获有限。

这里本来是野兽出没的盐渍地，如今已鲜有兽迹。这几日，天气寒冷，群山之侧不时发生轻微的雪崩。卤水太稀了，于是有的人已经干脆放弃了努力，找了棵树在底下干躺着消磨时间。只有希尔和迪克·卡拉韦的侄子吉米两个人端着带出来的那口大壶，慢吞吞地往里添盐，不时停下来在炉子上暖暖手。

"我去弄点肉吃。"我说。

希尔站起来：

"跟你一块儿去。"

"不，你留下，看好其他人。"

他点点头，假装肃然地打了个军礼：

"遵命，上校！"

不等他再说，我跨上马一个人走了。

此后的一切，我仿佛一早就知道了似的，甚至早在离开盐渍地的营帐的那一刻就知道，心知肚明。而此时此刻，我的位置大概距离先前扎营的盐泉得有几个小时的马程，距离布恩斯伯勒则要几天。没有灯火，一切晦暗不明，目之所及，只有马背上腌臜的几乎流干了血的肉躯，也许骨子里，我还没散尽最后一点放浪的情致。

我牵着马，路上猎到一头野牛，肉用那张生牛皮裹着，外面再系上绳子，缚在马背上。这时分，前面的路被拦住了，一株巨大的枯木躺在当中，根须纠错，暴露在外面，像多脚的怪兽，仰倒在地，不得翻身。

背脊一阵寒凉。

我和马都停下来。但四下无声、无息、无影、无动，什么都没有。血水从牛皮包袱中渗出来，滴在雪地里，红得发黑。

快把绳子割开，我像是对自己说。

我摸向腰间的匕首，牛脂和血水把它牢牢地嵌在鞘中。该死！卸完牛就该擦干净的——你个蠢货，我心里暗骂，可匕首就是纹丝不动，像一条滑腻而拖不起来的死鱼。别说是外面包肉的牛皮，就是路边的洋丁香，怕也割不断。牛皮和丁香，呵，像极了诗情画意的詹姆斯叔叔才会说的话。就在这时，黄昏的薄暮中，我又看见了父亲的脸，左边的眼珠滑向一边，像是生前操劳过度，死后不愿再直视生活，索性偏着头欣赏洋丁香。我曾以为，肯塔基没有鬼魂缠身，没有亡灵不散，然而他们就在这儿，然而他们不言不语，越是你希望他们开口，越是不可能得到回应。

父亲，你躺在冰凉的地底下。而我，站在孤寒的风雪中。

我用意念默默呼唤伊斯雷尔，我的兄长，我在这儿，你在哪儿，帮帮我，让我走，或者带我走。绑在牛皮外面的绳子勒紧指节，油腻腻的。除了卸下的牛肉，其余大半牛尸随手都丢在了路旁的甘蔗林之中，不小心露出尖尖的牛蹄，支在那儿，隐约可见，比雪还要白。真是招眼！我没办法，暗叫不好。马儿僵立在我身侧，静静地观察我的呼吸——他们也会看见它的。可是它不懂，高高地仰起脖子，想看看树冠的另一侧，眼睛和牙齿在昏暝的夜晚竟显得如此耀眼。我把马缰绕在它脖子上，脸贴着马腹。它是匹好马，警惕地嗅出了杀气，心知是它身上的味道招来了灾祸——

来啊，我在这儿。

——他们于是嗅着它的味道，一路跟来。

马鼻子喷出一团热气。我抚着它长长的脖颈，安抚它，好了，好了，亲爱的。我把我冰凉的手覆在它鼻孔上，它不安地摇着头，扭过来看我的眼睛，等着我的下一步举动。

而我只是这样紧紧地贴着它，站着，一分钟，两分钟，三分钟。

它无助地扭来扭去，肚子底下四条腿来回不停踢踏，侧腹起伏。马背上的牛皮包袱也随之上上下下，仿佛随时有可能附尸还魂，起死回生，再扬长而去。马儿发出一声嘶鸣，我紧扯着马鬃。嘘，别作声。你看，雪越来越大了。

他们知道在哪儿能找见我，他们就匿身在风雪中，无声无息，杳不可寻。然而风雪是他们的同盟，全世界仿佛都已与他们结盟。

我暗自说，割断绳子，扔下包袱，然后开火，然后上马，撒！可刀子就像浸湿了的纸张，吹弹可破。来复枪也冻成了木头杆子，毫无威慑。我的心像一只不知道该飞往哪里的孤雁，只能原地徘徊，越飞越低。也许会死在这儿吧？或许我不是已经死过一次了？我也大口大口吐着气，热气从我的嘴里喷出来，变成白烟，和马的鼻息混在一起，升起来，再飘散着消失在半空。

不，不能就这么死在这儿，我们当中总不能一个不返。我艰难地举起胳膊，在马侧腹上狠击一掌，它跳起来，前脚悬空，背上的包袱差点坠得它仰倒在地。我看着它踉跄地向前跑去，试图腾身越过倒在面前的那棵大树，可惜了一匹好马，即使负重，仍知道什么时候该奋起奔命。它把脚搭在支起的根须上，翻过障碍，犹豫了一下，然后接着跑过了甘蔗林，向着河边跑去。我听到河上冰面破裂的声响和它的嘶鸣，听见它折回来，又向着树林这边冲过来，听见它沉重的呼吸和马蹄处冰碴和积雪飞溅的声音。算上它身上的那一大捆肉，应该够打发他们了吧，我默默地想，记不得还有什么了。

它的声音渐弱，慢慢听不见了。马背上血水滴在雪地上的声响却仍徘徊在我耳边，滴答，滴答，我僵在原地，滴答，滴答……

你也最好赶紧奔命。

像是自己在自己耳畔下了一道清晰的指令。但我的脚冻僵了，它们说它们死了，只能靠我自己了。

死神贴地飞行，缠上我的脚，慢慢顺势向上攀。想到死，我感到不能自已，奋力把身体丢到那棵大树的另一头，却发觉只是从方才令人战栗的黑暗，跌入到另一片无际的黑暗里而已。我站起来，听，树叶瑟瑟作响，果然林子里不止我一个人，而敌我已经阵线分明。

对方中的其中一人分神去追我的坐骑，另外三条影子敏捷地穿梭在横七竖八的枝杈之间，一路紧紧尾随。我心里清楚自己是跑不过他们的，但我还是跑起来，死了的双脚被勉强抬起来，再被重重落下，一下，一下，落在沙沙作响的雪地上，尽量把浑身上下的每一个关节都活络起来，胸腔起伏，气粗喘促。

快跑啊。

终于，一声枪响划破宁静的黑暗。我以为我就要死了，我甚至看见了那幅我葬身荒野的画面，看见了自己的心脏慢慢停跳，在最后一刻挤出最后一滴血。

不，可我还没死。开枪的人落在了后面，剩下另外两个仍在身后不远处穷追不舍。我只能继续向前跑，直到被一块落石和另一株横木截住了去路，裸露在土壤外面的树根又与藤条纠缠在一起，逼我不得不向旁边的灌木丛钻进去，一路跌跌撞撞，脸上、手上，全都是木刺和伤口，像是爱上了豪猪的愚人，反被豪猪无情所伤。我继续向前跑，慌乱中踏中了一块凸起的坚冰，冰尖刺穿了脚心，只得拖着一条腿跛行。我开始怀念年轻力壮的当年，可是，四十四岁，尚未老啊。

我继续向前，一瘸一拐。子弹从背后贴着我飞过去，灌木枝雪落纷纷，积雪落在我身上，把我变成白色。终于跑出了灌木丛，重新回到主路，脚依旧冰凉，油腻的手里依旧攥着枪管，但是开枪是想也别想了，来不及将子弹上膛，他们追得太近，只能继续向前跑。

砰的一声，黑色的药粉从我的火药桶中漏出来，落在白雪之上，丁点不剩，拴在桶上的皮带被精准无误地打断成两截，弹起来，崩在我胸口。真是好枪法！枪响的回声很短，开枪的人看来很近。他们不是在追捕，而更像是场嬉戏。脚下咯吱咯吱，像踩在盐堆里，我忽然想到布卢利克，不远了吧，我想我应该可以坚持到营地，可以吧，应该行的。

但我走不动了，我跪倒在一株粗壮的松树后面，背脊抵着树干，透过衣服，感受到树皮的粗粝。树枝蜿蜒，仿佛把我圈在其中，仿佛把我变成它的一部分，把我的骨头变成树枝、鲜血变成树液、眼睛变成树干上突起的木节。如此，我即使死了，也便永生了。如此，我的詹姆西，死在树林里的你，如此，我是否就能再见你了？

但是，不，我还是没死。我竟还是活着。我感受到自己的脉搏。我睁开眼睛，发现自己攥着枪。我一根一根掰开枪管上冻僵了的手指，举起来，摇了摇，把枪丢了过去。皑皑山林，黑色的来复枪如此显眼，他们大概看见了。

他们于是停住跑，慢慢向我围拢过来，从容得似闲庭信步，悠然如冰封冬河，如雪落苍岭，遮起世界原本的凌厉，一切变得温暾，也变得面目莫测。

我一直在等待凶手的出现，那些手上沾着詹姆西鲜血的凶手，仿佛我骑上我的马，踏上这条路，一路赶来这里，就是命数一早的安排，计划好了前来赴他们的约，来这棵松树下碰头。

我扪心自问，自己并不是嗜血之徒，至少绝大多数时候不是。对于那些丧命于我枪下的亡灵，可容我说句抱歉。

我躲在树后，等到他们走近到差不多能看清我的地方，才拖着两条腿从后面走出来，尽可能地撕开嘴，展示着牙齿和笑容。

"近来可好啊？还记得我吗？"

不管他们记得与否，我可是清清楚楚明明白白地记得他们，即便暮光晦暗，我也老远就认出了那张脸——斜睨着眼睛，但目光并无恶意，下身束着红色的绑腿，绑腿上还缀着鹿鬃——就是第一次在肯塔基被俘时看守我的那个肖尼人。这回，他指了指自己，告诉我他叫阿罗瓦斯：

"你近来也好啊？"

阿罗瓦斯笑了，携起我的胳膊，共同走入夜色，如若从背影看来，一定会真的以为是两个故友阔别重逢。

到第二天早上的时候，雪已经齐至小腿。我由他们夹在中间，走得丝毫不慢。下巴上胡须发痒，后背全是汗，衣服浸湿了，再冻起来，硬邦邦地箍在身上。有的时候，我不得不申请停下来喘口气，每当这时，他们就会用肖尼语叫我"老家伙"。我只有笑。可不知为何，再次落在他们手上让我心生一丝窃喜，感到周身的血液重新涌动起来。

在快到他们大本营的路上，我看见一条长长的火壕穿林而过，周围聚着很多人，几十上百个不止。

阿罗瓦斯和其他三个同伴把我带过去，松了手，不再碰我。壕沟中余焰未烬，闷在雪里，白日当头，并不太看得出火苗。篝火两旁，或坐或立，所有的印第安人都盯着我的脸。

阿罗瓦斯指了指火壕的尽头，向那边点了点头。我们接着走上前去，我感受到四周目光中的惊诧、打量，当然还有嫌恶。我的眼睛一一掠过他们的一张张面孔，但我仍然没能发现那张脸，那张我一直以来企图看清真容的凶手的脸。吉姆不在当中，当然了，这里不是彻罗基人的地盘。

我被带到坐在火壕另一端的部族酋长们面前。他们个个披着精纺的毛毯，银质的首饰表面像结了霜。他们坐着不动，只是打量着我，从上到下，好一会儿，才终于有一个对着其中一个看守我的人说了些什么。我全然听不懂，也完全没听懂接下来他们彼此之间的交流。他们好像一个接着一个在发言，交换着意见，一个人说完了，总要停下来，过一会儿，才由另一个接续上。那中间片刻的安静像是一根麻线上断断续续打着的线结，像是他们彼此其实并无太多想说。

坐在中间的一个拉了拉脖子上的披毯，站起身。他看上去并不比我高很多，也并不年长太多。我没法不注意到他的眼睛，像两块黑色的石头，让人不寒而栗。他伸出一双长手，没有佩刀，也没带枪，而是握住了我的手，两双手握在一起，一样冰凉而油腻。

看来其他人排位次之。在他之后，他们面无表情地一个接一个走上前与我一一握手，十指相交，一脸漠然。有那么一刻，我觉得自己好像置身于华丽的交际舞会或者周遭不过一场游戏，恐怕对手还没这么快亮出底牌。

我决定先发制人。搜肠刮肚，磕磕绊绊，好容易憋出句肖尼语：

"各位大哥……"

然后就噎在一半，再多半句话也吐不出来了。

握手的仪式还没完，轮到最后一个人站了起来，披毯松垮垮地搭在肩头，耳朵冻得发青，满脸倦意。我有一刻错愕，用英语说：

"近来可好啊，威尔上尉？"

我的嗓门提得太高，嘴角咧得太开，以至于整张脸都扭曲变了形。但他笑了：

"你叫我什么？威尔上尉？"

"一贯如此。"

"嚯！原来是你，大嘴巴！"

他握着我的手不放，不得不说，能被人记得让我还是挺高兴的。

"自上次被你逮住，也算是好久不见啊。"我说。

"这不就是阔别重逢了。"

"但愿如是。"

"你，还有那个虎背熊腰的伙计，逮到你俩又让你俩溜了！"

他一掌掴在我脸上，又大笑起来。可他的话落在我心里咯噔一声，他像是真的不知道斯图尔特已经死了。斯图尔特,想起斯图尔特,就自然而然想起他永远愤怒的面孔,半聋的耳朵,困惑的眼神。

"你说的是我的朋友,斯图尔特,你们后来又抓到他了?"

上尉的笑声像个兴奋的孩子,像是多年前离家出走的宠物又乖乖地找回家门。他没再提斯图尔特什么,但钳在我臂上的手指收得更紧了。我有种想把一切经历向他倾诉的冲动,像是对旧主双手献上忠诚和贡奉,可怜回忆如此凄楚,算什么贡奉呢?

我合上嘴,他的手仍箍在我身上,我成了名副其实的俘虏和外人。我盯着他薄薄的耳郭和钉在上面的沉甸甸的银耳坠,冰冷的金属散发出漠然的光晕。

几个肖尼士兵围拢过来,好奇我们除了轮番握手,还交流了什么。有谁拍了拍我的背:

"老布恩,哈哈,大嘴巴!"

然后接着唱起了歌,那首歌,《越过重山》,只是而今生死两重天地,相比之下,重山不过咫尺距离。我无法遏制,涕泪横流。欷歔于心,往事在目,甜蜜而悲苦,快乐而忧愁。威尔上尉柔声说:

"我告诉过你的,离这儿远点。"

我试图厘清脑子里的各种思绪,眼睛直勾勾地看着他,站起来:

"你离开我和斯图尔特之前提到过蜜蜂,可现如今这里哪还有蜜蜂的影子?"

紧挨着我站着个黑人,浑身低调地蕴含着一股力量,像坐在炉头的水壶,低低地滚着沸泡。他扎着蓝布头巾,眼珠也是深蓝色的,我说话的时候,这双蓝眼睛正望着远方。他让我想起芬德利,另一个音讯尽失的故交。荒凉旷野,苍茫山林,我总能时不时在别人身上发现从你挂兜里淘来的小玩意儿,我却不曾再见你。而你是否尚在人世?

那个黑人仰着下巴,安静地站在我面前。我一度以为他准是个黑奴无疑,待会儿大概就会由他执刀,按他们的规矩,来个什么仪式,然后赐我一死。可他忽然也跟着唱起来,只几句,调子起得很高,声音并不响——

"让我们越过重山,远走高飞……"

不得不说,他的声音是如此动人,他仿佛是有意在引起我的注意。

表情放轻松,眼泪抹干净,我对自己说。我竭尽所能稳住自己,胸中忽然荡起一股暖流,我想起了玛莎,想起了她令人无措的暗示和挑逗,想起了她瘦削的身子和拘谨的神态。主啊,救救我,可我的的确确在想着她的身子,光溜溜地,被我压在身下,我感到手甚至按到了她屁股下的盆骨。然后,我又想到了你,丽贝卡,还有我们的孩子。孩子们的脸在我眼前一闪而过,像急流里的游鱼,往来倏尔。我不知道我是怎么了,握紧的拳头松开,再握紧,脸上尽量不露声色。

那个眼神犀利酋领模样的人对我身边的黑人交代了几句,瞥了瞥我,再次摊开长长的手掌。黑人于是充当起我们二者之间的翻译,自如地在两种语言之间来回转换,却明显对谈话内容毫无兴致,像偶然落在双方之间的石头,只是专注于用另一方的语言重复着这一方的话。他晃晃脑袋,告诉我,同我说话的正是黑鱼本人,尽管怎么看他都像块石头,但提到黑鱼,语气中有点自豪。

我感到莫名的战栗,整个人摇摆着,行将跌进挖给自己的墓穴。黑鱼和黑人都看着我,直到后者忽然开口问我:

"那些人逗留在上游的盐渍滩那儿想干什么?"

我尚未回过神,吞吞吐吐,装傻反问:

"什么,盐渍滩上人?"

黑人叹了口气,眨眨眼,十足黑鱼派头。士兵们开始集结,换岗,谁也不知道接下来酝酿着什么。看来声东击西行不通,我只好赶紧说:

"如果的确有人,可能的确是从我们布恩斯伯勒来的,来采盐。"

黑鱼向溪流的方向张望,回神又说了什么。黑人翻译语调仍是不急不躁:

"等到明日午夜,不论是人还是盐,莫怪我们动手不客气。"

我看着黑鱼面无起伏的脸,试图看破一二。还有谁没听说过他的残暴之举吗?"

"这话是他说的,还是你说的?"

我抬起手,伸出一根手指,停在黑鱼胸前一寸,像他一般冷冷地彼此对视。对于我第一次流露出的愤怒,黑鱼视若不见,依旧面无表情。我只能再次提高了声线:

"你难道抓了我还嫌不够?"

我咧着嘴角,牙龈暴露在风中,冻得丝丝发疼。黑鱼只看了我一眼,我就在两道黑色的目光中败下阵来。我在心里恳求他的回应,手始终保持着刚才的位置,不知道端了多久,手肘开始发酸,发抖。我想起父亲,站在贵格会众人面前,别抖脚,我尽量控制着自己不要乱动。

黑鱼再次开口,不是冲我,冲着黑人翻译,后者转述:

"你是他们的头领,我们当然知道你也算是有点身份地位的人。你让你们的人不停向我们的领地扩张,所以,我们也派了我们的人,这会儿已经往你们布恩斯伯勒去了。"

他若无其事地耸耸肩。

我感到一颗心已经跳到了极限,勉强托在胸口,却仍在加速。你们已经夺走了我的詹姆西,我的爱子,你们不能再从我身上拿走任何东西了。你们不如将我碎尸万段,不如把我挫骨扬灰,来吧,要不要我现在就敞开衣襟,方便你们下起手来更快也更痛快……

我内心汹涌,可我嘴上什么也没说,身上动也未动。我合上眼睛,薄薄一层眼皮,如何能将这一切完全御在心外?心跳,扑通,扑通,越来越快,越来越重。我睁开眼睛,无非是看见他们一双双眼安静而漠然地落在我身上。黑人翻译扬头看我,像是只等我如何答复了。我望着茫茫大雪把山石草木盖在下面,想象着皑皑白色之下,这片曾经所谓的沃土之下,还有什么,无非腐骨尸骸。骨头叠着骨头,尸身摞着尸身,人的,甚至还有庞然如大象的躯骸。雪落在我身上,把我也变成白色,对骨头和死亡的想象让我越来越冷。

不论是不是出于大雪,我的声音亦冰冷而漠然:

"不如改道去抓另一伙儿?我告诉你们他们在哪,比布恩斯伯勒近得多,也省力得多。"

如此,我出卖了所有人。

4. 或赦或杀

  天气一刻冷过一刻。清早朦胧的太阳光中,积雪晶莹如盐。可如若当真积雪成盐,留在布卢利克的人马岂不大快,丽贝卡岂不欣然?我忽然想起她在我行前说过的话,她说她连周身的血液都无时无刻不在渴望盐的味道,仿佛血管壁上也长满了味蕾。我逗她说让她把我卖了,换包盐,能换一点是一点。她笑了,可她的眼神从我肩膀上越过去,落在了远处。

  他们押着我,向你们扎营的地方而来,我成了整出荒诞戏里的一枚棋子。双脚一深一浅踩进雪中,发出咯吱咯吱的声响,雪地折射出太阳耀眼的光芒。我们整日赶路,穿行在山林当中,尽管层林叠嶂,但日光耀眼,丝毫没有一刻倦怠。

  天光将尽的时候,我和他们到了你们在布卢利克的营地,而你们并未觉察,一个个闲适地裹着毯子,等着又一日夜幕降临。春水连海平,水位越高,水就越淡,往往耗掉几升几升水也蒸不出多少盐。你们躺在暮光中,悠然而满足。往常,年轻的吉米·卡拉韦一定是在站岗放哨,像他叔叔迪克一样,时刻机警。说起迪克·卡拉韦,我其实庆幸他此刻不在当中,甚至庆幸这辈子可能没什么机会再见到他了也说不定。可今天,连吉米也赤着脚躺在那儿,看着天光,一双鹿皮靴摆在石头上。希尔哼着歌，闭着眼睛摇头晃脑。一大桶盐巴安静地放在一边，周围还堆着几袋子散盐，随时一副准备凯旋的样子。

可这一切眼看就要荡然无存——我回来了，我还给你们带回了黑鱼和他的印第安人马。我回头看看黑鱼，他挑着下巴，示意让我一个人走出丛林。

希尔最先看到我，坐起来，蹭蹭额头，高呼：

"是丹！快看，我们的神枪手回来了。我打赌一定又是满载而归吧？"

我深吸一口气，自己听到自己局促而干涩的声音：

"那是自然，收获颇丰。"

每一个字都花了好大力气，才几乎是从牙缝中生生挤出一句完整的话。事到如今，除了照着身后的他们吩咐的去做，我实在想不出还有别的什么法子。自己造的孽，自己酿的苦果：

"伙计们，游戏到此为止。我被俘虏了，他们人多势众。别顽抗，至少保条命。"

你们盯着我，眼神像白天遇见夜鬼。

他们没有立开杀戒。黑鱼止住了他的手下，尽管有几个洋洋得意的士兵早就掏出了枪，这会儿正在挑衅。

你们被绳子捆住手脚按在雪地里，老规矩，绳子的另一头绑在肖尼士兵手上。你们张着嘴，蹙眉看着我。整个营区一片淡紫色的氤氲，盐撒了一地，枪被缴了堆在一旁。小卡拉韦的脸上交织着对对手胜之不武的鄙夷和自己早就看穿一切的得意，眼神跟他叔叔如出一辙。他，以及布鲁克斯家的几个兄弟，坚持到最后才弃械投降。我看到他对希尔说了什么，希尔环顾营区，不知道是在想辙溜走还是有话要说。

我知道我必须赶在希尔开口前第一个说话。我得自己掌控局势，是的，我知道我该怎么做。

我慢慢站起身，把看押我的士兵也从地上拉了起来，让他挨着我站着，确保人人都能看见绑在我腕子上的绳子，此刻就拽在他手里。我用蹩脚的肖尼语混着英语开口说道：

"伙计们，你们也看见了，在场的都是壮小伙，个个能征善战，精通骑射。相信我，他们知道怎么养家，更知道一身力气该怎么花。"

我试图挤出一个微笑。希尔完全听不懂我在说什么，却附和着狂笑不止。黑鱼的翻译把我的话转述给他们的人，我只能寄希望他是遵照我的原意在翻译。印第安人中一阵骚动，随即也笑出很大声响。我不管他们，继续说：

"他们有能力供养你们，也希望有余力继续养活我们在布恩斯伯勒的家人。我不得不事先声明，我们的地堡修得很牢靠，易守难攻。我知道你们原计划这几天就攻到布恩斯伯勒去，可在我看来，想攻下布恩斯伯勒并非轻而易举，谁也不愿意无辜承担更大的伤亡和损失吧？至于这些落在你们手里的壮小伙，我想你们也不会轻易伤害他们的，对吗？"

事实上，布恩斯伯勒不过是个不堪一击的朽木栅栏，可我当然不想让他们从我脸上察觉出心虚。肖尼人好像听进了我的话，我已经完全不知道自己在想什么，只剩一张嘴一直说个不停：

"等，最佳方案就是等。再等等，等到开春天气转暖，老幼也好上路，不至于像现在这样的冰天雪地，路上再有什么三长两短。到那个时候，我会亲自带你们去布恩斯伯勒，我会把黑鱼你的英勇事迹讲给他们，他们一定会对你心悦诚服，心甘情愿追随着你、搬到你的领地、和你的子民共同生活，成为一家人。别着急，再等等……"

漫天谎话从我嘴里说出来，变成冠冕堂皇的故事。我留意着希尔的面色，笑意中仿佛也写着信服。我发现我情不自禁地挥动着手臂，我感到我的脑袋仍在飞速转动。

"对他们好一点吧，"我说，"你说什么他们准会做到你满意为止。你且看看，他们个个可都是精神的壮小伙儿啊！"

黑人接着我，对着黑鱼说了好一阵子，我一个字也听不懂。

　　话音刚落，印第安人之间开始了热切的探讨，整个营区都弥漫着他们忽高忽低你来我往的聒噪声音，直到其中一个人郑郑重重地请出了一件法器，状如长棍，秩序忽如其来，一统喧嚣。肖尼人一个一个排起长队，顺次走上前，手握法器轮流发表自己的观点，每个人的发言都不短，慷慨陈词，群情激昂。暮光西沉，在他们脸上投下昏暝光影，可讲话的仪式还在继续。

　　从所见看来，情况恐怕并不如我期望中乐观。有的肖尼士兵边听边连连摇头，连阿罗瓦斯也是一脸凝然。不管轮到谁发言，我们的人都怒目而视，几个血气方刚的小伙子干脆咧开嘴，龇着牙，大概是在向对手宣示他们并不好惹的意思，除此之外，也不知道还能怎么样。小卡拉韦也咧着嘴，露出侧面的坏牙，抬起头上的帽子，抹了把头发，又陷入了思索。我几乎可以看透他的心思：一定有法子逃出生天，一定有的。

　　最后，轮到酋长们的发言。我们的人用眼神指望着我，而我亦不明所以，完全听不懂。夜色浓起来，可是落了雪，地上依旧皑皑，天上零星的星光穿透层林，落在我们中间。

　　黑鱼从诸位部族酋长们中间走出来，向我们和押解我们的肖尼士兵的方向走过来。他说了什么，两手摊开，相距一尺，神色冷峻。

　　四下安静。听他吐出一个短促的音节。周围登时举起很多只手。

　　那个黑人认真地数起来，边数边计数，手指起落，像是在空气中标出了记号。黑鱼又说了什么，我没听清。哗啦又是举起一大片手。这下连我也数不清了。我像失去了计数能力，不停地试图回想起妈妈教我的数字歌，一生二，二连三……

　　黑人翻译深吸一口气开始说话，声音完全淹没在肖尼人突然爆发的尖叫声中。比之他们的聒噪，风暴当中的我们安静得自成一格。瘦小的约翰逊平时看着就像个孩子，现在简直像在野餐，边吃边欣赏着周围的光怪陆离。而希尔也不得不把头不停扭来扭去，才能大略看清周围都怎么了，我生怕他脑袋再用点力就能从脖子上旋下来。

黑人翻译自鸣得意，走过来，把仰着下巴一脸困惑的我们一一检阅了一圈，然后弯腰在我耳边说：

"五十九。"

声音不疾不徐，却让人心生不安。

"五十九什么？五十九条狼来给我们分尸吗？"我问。

"那不如你自己留着算了！"说话的是本·凯利，伸出一根手指，直指黑人翻译。其他人跟着笑起来。黑人翻译没笑，挑了挑眉毛，看着我，说：

"五十九票，说'杀'！"

他合上嘴不再说话，又将我们一一检视一圈，然后扭过身，背着手，阔步向篝火旁走去。

希尔大喊：

"什么？那有多少人同意我们命不该死？"声音中满是不信。

黑人翻译不再回头，径直走了。其他人也无法再安静下去，纷纷效希尔不停大叫：多少？有多少人？像惊弓之鸟。黑人翻译这才又开了口：

"这就是你们这些白人唯一关心的吧？就像你们在其他时候也是永远如此，永不知足，欲壑难填，可你们对自己的弱点一无所知。"

他又向前走了几步，反身丢出一句：

"六十一。"

希尔声嘶力竭：

"他说什么？"

他不再回头。

"布恩，他说什么？究竟怎样？"希尔只能问我。

"罪不至死。"我说。

我们当中一阵喧嚣，最后终于渐归平静，所有人的脑子里都只有两个数字，五十九，六十一。直至今天，我仍仿佛听见他的声音，戏谑地在我耳边念出这两个数字。可那天，当我再睁开眼睛，已经寻他不见，他像是融入了夜色，无迹可寻，我心下骇然，因为不知道他竟去了哪里。

他们从我们剩余的补给里分出一部分给我们吃。黑人翻译回来的时候，我们正在吃饭，他背着手，阔步走到我面前停住脚。黑鱼看着手下将我们的东西悉数打包，还顺手折下不少松枝，不知道他们又想干吗。冬季里树枝尤其坚韧，要着实费点功夫才能拗断，于是一番周章最后一刻的那声脆响比枪声来得更令人心悸。

"既然给了我们吃的，显然是给不了我们太平了？"我问黑鱼。

"我们只许诺从宽对待你的手下，可没答应怎么对你。"

黑人翻译连笑起来都不疾不徐，黑鱼脸上滑过一丝戏谑，稍纵即逝。他说得极是。肖尼人用折下来的松枝将地上的积雪扫到一边，扬起白色的氤氲。我想现在我终于知道他们的打算了。

"只我一个人独享吗？那我可就恭敬不如从命了。"我佯装镇定。

"你能这么说，倒也对得起白人佬的作为。"

黑人翻译笑了，肖尼人笑了，我也笑了，尽管声音近乎驴嘶。对得起白人佬的作为。

天说黑就黑。几百号印第安人站成两排，黑人翻译把我带到两队人马中间，我望着这条人造的甬道，长近百码，地面上的积雪很快被清空了，露出深褐色的土面。甬道的另一端，我们的人被互相绑在一起，安置在雪地上。火把的光亮在夜色中像撑起一顶巨大的帐篷。火光中，看不清他们眼神闪烁，说笑间露出牙齿，仿佛弯弯的新月。

我几乎被剥得精光，只剩下绑腿和鞋子，浑身通红，寒风如芒，鸡皮疙瘩顺着两条腿爬上后背，尽管大张着嘴，鼓着鼻子，仍感到呼吸困难。其中一个我好像打过照面的士兵用英语朝着我大喊：

"快跑起来啊，你这头蠢骡子！快点！"

他兴奋拍手，但我迈不开腿。两旁的他们一个个都等着看我的好戏，寒光闪烁，我知道那可都是他们手里的家伙，棍棒，枪托，箭镞，明里暗里的刀子,只等着我走近,再稳稳地招呼到我身上。

我感到周身的肌肉都纠在了一起,犹如某种高潮,又不是。我难以描述此刻的感受,仿佛在同一时间感受到生命的蓬勃和衰老,仿佛属于我的生命正在冰雪中慢慢流逝,又慢慢重生。这种怅然的莫名让我抽搐,让我情愿自己不如死了,一了百了。

反正他们到头来还是会杀了我!这样想想,也是解脱,于是我抬起脚,试探着向前挪了挪。

起初,我还争取跑得快点。可他们不惜浑身力气,换成手里的家伙和拳脚,加诸我身上,全然不是闹着玩的样子,不肯让我轻易过关。黑鱼面无表情,出现在左手那排印第安人的身后,可我很快从他面前通过,也把他甩在了脑后,我接连侧身闪开一道链锤,又避过一柄斧头,眼睛四顾,周围金戈铁器寒光四溅。发现自己还没死,还拖着残肩继续向前,我感到肩胛骨大概是碎了,整条肩膀随时要与身体脱开来,已经完全不属于我,这颗心脏大概也不属于我了,它像不安于笼中的野鸟,在同样不属于我的胸腔中上下翻腾。

詹姆西! ——不,你个没有用的东西,我对自己暗叫,你的詹姆西岂能被你用来鼓劲?!你的詹姆西不该只是你坚持下去的动力和斗志!

我感到口舌酸涩,周身灼烫。雪落下来,一片一片落在我赤裸的脊背上,像千万白色的羽毛……拳头,腿脚,一声厉喝,贴面掴过的肉掌……我左闪右避,跳着刀山火海中的舞蹈……木槌,棍棒,对准我的脑袋高高举起的枪托,直扫下盘的短刃……胸前好像吃了一记重拳,我还没有死,我偏偏还活着,那就跑,继续跑,向前跑……

我无畏无惧,向死神投下战书,仿佛自有金钟铠甲护身的斗士,仿佛提起长矛、跳上马背随时愿为自由与爱情决一死战的骑士。我不是丹尼尔·布恩,我是丹尼尔爵士!纵然胯下没有马、纵然身后没有值得为之一较生死的美人、纵然胸前没有也不曾有过光荣的爵位,但我昂然向前,哪怕只有破败的灵魂和挥之不去的梦魇,向前,前方就是胜利。詹姆西，我想我只要跑得够快，我一定可以再见到你！

火海刀山的岸边，最后一个人压轴拦路。宽阔的双肩恍惚让我以为是彻罗基的吉姆来了，当然不是，他两个眼角之间涂着一抹油彩，透过火把的光亮，两条臂膀肌肉紧实而通红。

我定了定神，埋下头，直挺挺地向他前胸顶过去，感到一脑袋扎进了一副绵软的身体，瞬间，仿佛两个人的呼吸都止住了。

结束了，都结束了！可为什么我停不下来，仍然在跑，向前跑。没有人拦我，我可不可以就这样一直跑下去，跑进森林，要么直接跑回家，要么跑到杳无人烟的地方，让一切重新来过。

可我的脚步被他们的声音追上，我的布恩斯伯勒的伙计们，他们在喝彩。是希尔，大叫着，大笑着，大声唱着他臭名昭著的宿妓欢歌：

"我要咆哮，我要尖叫，

"我要把你揉进我的怀里，

"我要与你肉贴肉合二为一，

"我要靠在你酥胸上长睡不起……"

他平日里一开心就唱，这还只是其中一首。

我的心跳怦怦，像父亲锻坊的锤声，砰砰地落在烧红的铁锭上。我转过身，大口大口吞下清冷的空气，嘴角挂着涎水。我高高举起一只手，希尔也举起他的手，把身旁跟他绑在一起的卡拉韦的手也拽了起来，小卡拉韦拍着大腿，露出久违的笑脸，仿佛守得云开，终于松了口气。我与死神的又一场较量，再次险胜。但生与死之间，胜利终归是场胜利。

那个收官的肖尼人被我撞翻在地，还没爬起来，吐了一地腌臜。他比我想得要瘦，根本和吉姆不像。其他的印第安人竟然也在高声叫好，为我尖叫。

肋骨好像断了，还有脖子和肩膀，但我仍有呼吸，我没有死，我还活着！拳头攥得太紧，我这时才慢慢感到手指上的疼痛，还有耳朵，周围的尖叫声太响。可我就是没死，我还活着，我站在这儿，今天还远不是大限来临的时刻。

肖尼人都跑过来，勾肩搭背，重复着仅会的英语，对我"兄弟""勇士""好汉"相称。站近了，我才有机会一睹他们刚才手里的武器。

其中两个好像对我的耳朵萌生了莫名的兴趣。一个掰开折刀，那架势像要生割下我的耳朵。不，他不过是想给我看看他的刀刃，他伸出手指，用指甲尖沿着我左边的耳郭划了一圈，又反手指指自己的。然后捏着刀子利落地剃掉了我耳郭外沿的汗毛。那个黑人大嚷着走上来，把他们赶到一旁，然后再没看我，大踏步走开了。

而我，以胜利者的姿态站在原地。雪落无声，方才沸腾的热血慢慢冷却。

5. 漫漫长路

　　肖尼人押着我们回去他们的地盘。风雪兼程，漫漫一路，天地间只剩下两样事情：一个接一个的脚印，一片连一片的雪花，皆无止境，交替落在地上。但脚印与雪花之间，始终有它存在——死神，破衣烂衫，张牙舞爪，紧紧相随。

　　走到某天早上，我又想起了玛莎。

　　那几天我们饿极了，我以为是饥饿和疲劳产生的幻觉。雪又厚又重，步子越来越沉，像浸了水的鞋，灌了铅的裤筒，两条腿提不起来，变成了父亲那样，膝盖外翻罗圈着跛行。我背着那口装盐的铁皮桶，重量压在背上，压得我不得不停下脚喘口气。希尔，和我绑在一起，又咆哮起来，饥肠辘辘，可哪有什么吃的！就在这时，我感到脸被什么抽了一下。第一反应是伊斯雷尔又回来了。一想到他，我就浑身发抖，说不上是因为寒冷还是愤怒。我不要再想起他，想起我死去的长兄！因为想也没用，毫无裨益，就算他成了鬼，也是鬼里面我不想看见的那个。我也不要想起我的詹姆西，我仍觉得他的死都是我的错。

　　是玛莎，对，像是被她浓密的发梢轻扫过面庞的感觉。她和丽贝卡姐妹两人的头发很像，只是少了些许光泽，比起丽贝卡，更像是干巴巴的铅丝。想起玛莎，我也想起了身后的家，也许只有想想家，才是荒野之中的一点慰藉。

家啊家。玛莎，你曾说，所谓家，不过是自欺欺人的虚空。我直到今天才明白了你话里的意味，什么时候起，我所谓的"家"成了那个粗制滥造的地堡——肯塔基的布恩斯伯勒——竟然还叫着和我脱不掉干系的名字？想想就让人泄气：尚未完工即弃之一半、还敞着大半截的破木栅栏，还有那口井，只打了几尺，深不过腰，淹不死人，吃不到水，最多不过一不小心喝醉了跌进去，摔折条腿。家啊家，简直像个笑话，水井成了脸上的痘坑，玩笑变成了喉咙里的鱼鲠。整个地堡虽然把那株大榆木半圈在了中间，美则美矣，仍不过是个没心没肺的归所。我当然期望我们走了这么久，留守在布恩斯伯勒的人早就完成了未竟的工程，可我猜现实未必如愿。指望谁担此重任呢？斯夸尔吗？说不定他倒是真的已经扛起了布恩斯伯勒的大业，顺便把我太太也一起照顾起来了！玛莎赤条条的身子又出现了，扑闪着洞悉心事的大眼睛，和我纠缠在一起。我俩离开布恩斯伯勒，另寻到一片杳无人迹的天地，她掀开衬衣，扬起脸索要我的唇和吻，把一寸一寸的肌肤暴露在空气中，白皙的皮肤下面，每一寸骨头剔透可见。我们躺在地上，周围就生出绿油油的玉米田，把我们二人拥在当中。在她面前，我终于败下阵来，不再顾忌，而是放肆地享受着她的温存。

她的出现也不过是对食物无限渴望中催生的一场幻觉。食物，玛莎，都好像是遥远而缥缈的存在，仿佛就在眼前，而伸手不可触碰。

希尔没精打采地忽然抬起头，好像玛莎的发梢也不小心扫到了他的脸。他抬起头，迟疑地看看四周，不过是落光了叶子的光秃秃的树枝和绵延的白雪，还有走在前面不远的肖尼人的背影。死神与我并肩而行，而我并未觉察。饥饿是不错的死法，当然，病痛尤佳。一路上，不论是我们的人还是押送我们的印第安人，不少都染了泻症，只要逮到合适的地方，停下来赶紧解决内急。最倒霉的就数汉考克了，挺不住十分钟就得找个地方蹲下拉一泡。若要说还有谁比他还惨，那一定是跟他绑在一起的约翰逊。小家伙一脸稚气，还是个孩子模样。汉考克要蹲下来拉屎，他也只能陪站在一旁,两眼望天,仿佛在向上帝虔诚祷告。眼睛固然幸免于难,可耳朵和鼻子却不得不忍受身边这个屎盆子搅和出的各种声响和气味,换了是谁也受不了。

我觉得冷极了,从没这么怕过冷,眼睛上下两边的睫毛都黏在了一起,几乎无法睁开,完全听凭感觉向前迈步,背上的铁皮桶贴在衣服上,寒意透过脊背,直抵心口。不知道是不是就算走到世界尽头,荒凉也不过如此。队伍仍在向前挪动,可即便脚步不停、人一直在动,身上还是冷的。寒意仿佛在身体中安营扎寨住了下来。世界张开它冰做的手掌心,以大山压顶之势从天而降,让人不能反抗,无处躲闪。起先,希尔还不时抱怨几句,而我始终沉默,不愿开口多说一个字。

晚间燃起的篝火更令人绝望,没有补给,没有食物,生了火却烧不了饭。希尔也反反复复只剩下那几句抱怨:

"鹿啊牛啊的,都躲起来了吗?鬼佬印第安人怎么不知道打点吃的?"

卡拉韦保持了一贯超脱世外的腔调:

"至少有能吃的东西吧?布恩不是说这里是最理想的狩猎场吗?"他冲着我,"从俄亥俄顺着水漂过来的肥鸭子什么的,是吧,布恩?看样子准是印第安人不会使枪!"

一番话让希尔放肆大笑。另一堆篝火边的肖尼人听到笑声转过头来一探究竟,可他们看上去也疲惫不堪,只好对任何冷嘲热讽听之任之。

卡拉韦摇了摇头,闭上了嘴吧。倒是希尔来了精神,一声比一声更高:

"也许这些土著根本不用吃东西,餐风饮露就能活着。哈哈!"

卡拉韦抱着膝盖,好像对希尔的见解若有所思,说:

"如果这里是地狱,也是印第安人的地狱,不是我们的。啧啧,土著真是连地狱都这么大相径庭,我还以为地狱都是烈火熊熊的,可你们看,这里非但没有撒旦之火,反而冷成这副样子!"

他把两只手搂在一起,意为发言的结束。很长时间,没有一个人再说话。半晌，怨声又起，无非还是吃的、吃的、吃的。

天气太冷了，根本猎不到东西，你们这帮蠢货，动物当然也早就躲起来御寒了。我想大声喝止他们的抱怨，可我没出声，"土著地狱"的说法似乎让他们甚为得意。虽说不是酒足饭饱或者茶余饭后，在如此缺粮少食的时候，能多点谈资，虽不能果腹，嚼舌也无妨。

"听，好像是鹿！是鹿！你们听到了吗？"

威尔·布鲁克斯忽然惊呼，面庞放光，露出平日里被妈妈宠坏了的得意模样。起先大家还以为他是饿昏了头，才编出些声响骗骗自己的肚肠，可接着分明都听到了枪响和嘶鸣。所有的人都翻身坐了起来，不是幻觉，的确有事发生。徒步走了六天，饥寒交迫，没有人作声。

平日的一个个硬汉这时分仿佛成了好奇的孩童，挺着身子，张望着，试图从黑暗中看出所以。

看守我们的肖尼士兵把我们团团围在中间，可是透过他们两腿之间的缝隙，我们还是看到了燧石撞击出的火花。印第安人大概也一样冻坏了，花了好长工夫才点起火来，火蛇悉索着，沿着河岸蜿蜒而行，火势越来越大。火光映在每个人脸上，我们呆坐着，一动不动，像钉在雪地上的木桩。

肉香味飘散开来，像巨型的金色的桂冠，盘亘在头顶。当然，桂冠是只属于胜利者的荣耀。坐在一起的几个人狠狠眨巴着眼睛，竭力不要流下泪来，连我自己都差一点伸手拭泪，腹肠的本能之欲让人绝望而愤怒。布鲁克斯兄弟毕竟年轻气盛，目不转睛地盯着河岸上的人涕泪横流。大颗大颗的泪珠从眼窝里滚出来，冻住，挂在脸上。连奉命看守我们的几个肖尼士兵都耐不住肉香，尽管眼睛还盯着我们，脚下已经倒退着循味而去，心知我们一连几天挨饿受冻，根本没有反抗或逃跑的心力。

"他妈的，我受不了了，我也要吃肉！"

希尔第一个沉不住气，被我牢牢拉住，我摇摇头，不是我力气够大，拼得过肉香，而是他实在太虚弱，多一步也走不动了。我们只能静静坐着，唯一的力气还要屏住眼眶中的泪水。

一个看守我们的肖尼人先一步走了回来，嘴里塞得满满的，全是肉，手上托着块树皮，树皮上还盛着不少。他假惺惺地伸出两根手指捏着一块肉递到我们面前，抢在其他人之先，卡拉韦指着肉问他：

"什么肉？"

肖尼人仰望夜空，模仿嗥叫。我的眼睛大概是因为用力过猛而感到酸胀。

"狼。"卡拉威说。

肖尼人伸出舌头，像狗一样大口喘气。

"我们可不是你养的看门狗！"

希尔跳起来。这个时候谁要是说打赢了就有肉吃，他准第一个抢起拳头扑上去。众所周知，他年轻的时候就对食物和拳脚有一样的迷恋。但卡拉韦打断了他：

"看来他们是杀了自己的狗。我可不吃狗肉——太脏！虱子、虫蛆……"

说话的时候，舌头不小心拐到了侧边的坏牙，那颗牙显然已经烂透了。

"听我一句劝吧，伙计们，别吃，不论怎样也别吃！"

"可不，"希尔说，"他们有那么好心分出肉来给我们吃？说不定下了药想毒死我们！"

卡拉韦已经变得不慌不忙，说起话来从容不迫：

"哪来的毒药啊？除非他们出门打猎还背着药罐子。"

"曼陀罗草。他们可能在雪地里挖到了曼陀罗草！他们是土著，知道的肯定比我们多，说不定这里还埋伏着别的什么毒虫草药呢。"

希尔当然拿不准肉里有没有毒，他右脸对着我，抽搐着点点头，眼睛仍盯着肖尼人手中的肉。

"他们当然知道，他们知道的可多了，他们不仅知道什么能吃，什么有毒，更知道他们远在底特律的英国朋友们眼里，活捉美国俘虏可比死人头盖值钱多了。"卡拉韦话锋忽转。

"那他们就不怕脏兮兮的狗肉让我们吃坏肚子？"

希尔脸色一沉，失去了最后分辨的力气，仰脸倒在地上，懒得再多说、多听一个字。肖尼人耸耸肩，撇下我们，端着盛肉的树皮盘子回到印第安人中间。几天以来，我第一次开口说话：

"最好吃点。"

我知道我现在说什么都很难令人信服，但那个肖尼人的确端着肉回来了，大家纷纷把手伸向树皮盘子，闭着眼睛把肉塞进自己的嘴巴。第一口，希尔忍不住叫出声。年轻的本·凯利甚至边吃边模仿狗吠。可没人想笑。我大口大口把肉咽进胃里，安慰饥肠辘辘的自己。狗向来友好，偶尔吃些肉也没什么好怕的。可肠胃似乎并不认同，肉噎在半截，我不得不停下手。

卡拉韦始终没有伸手，固执地不肯进食。他表情复杂地看着我和其他人狼吞虎咽，象征智慧的前额和一双眼睛好像正在努力酝酿什么。

又走了两天。饥寒没有丝毫减缓，反而在那顿食不知味的尝鲜过后，更加气势汹汹，汹涌而来。

脚底的皮脱了一层又一层，新肉长出来，沾到雪地上，又刺又疼，像烫着了一样。冷风灌进肺子，从头到脚一激灵，每一下呼吸都牵动着肋骨和脚踝的旧伤。我后面的小约翰逊像中邪了，声称他每夜每夜梦见狗，成百上千，树冠上蹲着，树根下伏着，到处都是！

"那可是我吃过的最棒的狗肉，味道好极！什么时候咱们再来一顿？"声音很大，一路疯言疯语。

没人想知道他是不是真的还在别处吃过狗肉。大家默不作声，越来越沉默。

我被背上的铁桶压得直不起腰，脸都几乎要埋进雪地里。卡拉韦把他背上的铁皮桶放在地上,伸了伸腰,说他实在受不了扛着桶走路,一步都不想多走了。

他坦然地面对他们,举起两条胳膊,手心向上,面对他们的质问,大声回应:

"来吧,直接剥了我的头盖好了,或者整个脑袋拿去。反正老子就是不干了。"

他摇晃着脑袋,帽子被甩到了一边,露出一头红发。肖尼人干笑着看着他,但并不打算让他称心如愿。一个肖尼人走上来,亲自推着他继续向前走,另两个协力抬起了铁皮桶,可没走多远,他们就把桶丢在了一边,铁桶没了盖子,张着黑洞洞的嘴巴,倒在路边嗷嗷待哺。

晚上,我们就躺在结实的雪地上,白天将将融化的积雪到了晚上又上了冻,比刚落在地上时还要硬,还要冷。我们把树枝盖在身上取暖,我弓着身子,告诉自己不冷,或者告诉自己不怕,你反正已经死了。满脑子都是鹿肝和牛舌的鲜香,我强迫自己不要胡思乱想,怕忍不住流下泪来。胃里空空如也,连打鼓抱怨的力气都没有,我想其他人也是一样。几个年轻一点的甚至饿得一直在干呕。

天色一点一点暗下去,威尔上尉拎着几块树皮和一锅黏糊糊的东西走到我们跟前,说:

"吃了,先这个,再这个,不然——"

他捏了捏自己的肚子,揉了两下,接着说:

"——砰!"

"不然怎样?哦,上帝,不然他们就会让我们怀上孩子?"凯利惊呼。

约翰逊摇摇头:

"他说的是'砰',他们在吃火药!天呐,我还以为宰了狗,就轮到杀马吃肉了。没想到他们还能吃火药!"

威尔上尉只能看看我,用肖尼语说:

"弥瑟鲁奇。"

屙屎呕吐，他大概说的上吐下泻的意思，我只好开口解释：

"赤榆皮通肠，橡栎树汁止吐。有的时候长居野外我们也会吃。你们两样都吃点，胃里就会好受些。"

上尉把两样东西都递给我。有那么一刻，我其实情愿他递给我的真是毒药，一了百了。我各取一点，大口吞到肚子里。其他人也有样学样，只有卡拉韦仍不肯吃，嘟囔着情愿被底特律的英国佬体面地处死。

"我是美国人，这是美国的国土。我们与你们阵线不同，我们要与你们战斗到底。"卡拉韦对威尔上尉说。

威尔不以为意，摇摇手表示随你怎样都好。他抬起一只手摸了摸耳朵。转身离开的时候，我发现他的那只耳郭冻伤了。

赤榆皮滑腻腻的口感和橡栎树汁苦涩的味道虽然并不可口，但多少缓解了饥饿造成的胀气，起码足够支撑着我们在山雪中继续跋涉。天气仿佛在些许转暖，可情况非但没有变好，反而因为路面愈加泥泞，路也更难走了。终于挨到俄亥俄河边的时候，连肖尼人一个个都筋疲力尽，无力再行庆祝，只是脸上的表情轻松了些许。黑鱼让手下把事先藏在岸边的皮筏拖出来，让我们分批一起涉河。河面没有完全开化，水从灰蓝色的冰层边沿翻涌着涨起来。我把手伸进水中，丝毫不觉冷，饥寒已经让我麻木。

对岸树林边冒出一只鹿的脑袋，我甚至能看清它灵活的耳朵。我深吸一口气，可是，当然了，我两手空空，连把猎枪也没有。取而代之的是身畔一声短促的枪响，一个肖尼人没费什么力气就把它放倒在地，他雀跃着跑上前去，一路把它拖到岸边，在雪地上留下一道长长的血痕。是一头母鹿，腹中还怀着小鹿。我们就这么注视着它不安的肚子，直至一切归于平静。

没有惊声尖叫，没有低声耳语，甚至没有别的声音，我们只是安静地站着，看着那个猎手掏出刀子，剖开它的腹肠，轻轻地掏出鹿胎，放在几码远的雪地上。透过胎膜，隐隐可以看见一只刚刚成型的小鹿蜷睡在当中。然后是内脏，掏出来，放在锅里，其他人已经帮忙生起了篝火，盛了内脏的锅已经架在了火上。每个人的眼睛都盯在鹿身上,看着那个肖尼人一刀一刀、一块一块从连着皮的鹿臀上分下肉来。那么小心,那么仔细,在我眼里,他不像是屠夫,倒像是绣女,捏着指尖,正在埋头对付一条罩裙,或者一件孩童的帽衫。

"老天爷啊!"

希尔率先发难,但随即又低下了头。沉寂就如日复一日的积劳,缚在身上,缚住手脚,令人不能动弹。

我们只能原地坐着,看着酋长们排着队,依次走到炉前,从滚沸的锅中舀一勺汤汁灌进肚子。

"他们不吃肉吗?他们这回连让我们看着他们吃都不乐意了?"

"他们和我们不一样。看我们忍饥挨饿备受折磨,比自己吃肉还高兴。"

只有卡拉韦理会小约翰逊的发问,还是一副事不关己的腔调。他早就下定决心,即便印第安人给他吃,也绝不吃一口。他其实那么年轻,却行事笃定,一副只要决定了就谁也无法动摇的样子。有的时候,他的这副腔调真是让我忍无可忍,凭什么他还好端端活着,而我的詹姆西已经不在了。

酋长们之后,是其他肖尼士兵,再接着是我们。看守我们的肖尼人把我们从雪地上提起来,按照两两绑在一起的顺序,依次上前尝鲜。我们的人一个个迟疑着,但最后不管三七二十一,还是把汤汁咽进肚子。我和希尔殿后,轮到我的时候,锅里久沸的汤汁已经黏稠不堪,散发着莫可名状的诡异气味。我难以控制,伏在一旁呕了半天,再抬起头,却发现不论是我们的人还是肖尼人一个个都就近抱着肚子蹲在地上,一屁股腌臜。连黑鱼都没能幸免,只是背对着众人,找了个林子深一点的地方而已。

"有毒!"

希尔似乎倍感欣慰,额上挂着豆粒大的汗珠。可如果是刻意下毒,这岂不是害人又害己?如果不是……那么是你吗,死神?也好,干脆我们兄弟们一起上路！我拾起长柄勺送到嘴边，将一大口温热的汁水吞进腹中，味道像焦油，又像酸醋，汁水沥在前襟上。

还没等汤汁落进胃里，忽然双膝一软，就势蹲在了地上，众目睽睽之下，甚至没来得及脱了裤子。那些刚刚从第一轮腹痛中缓过神来的肖尼人眼睁睁地看着我，偷笑着，卡拉韦也摇晃着脑袋看着我的好戏——他当然没喝。雪从头顶的松枝上滑下来，正打在头顶，我忍不住一阵激灵。

幸好后来大家渐渐恢复了气力，重新把肉串在木棍上炙熟了吃，后来一个肖尼人又猎到了一头鹿，食物忽然富余起来了，烟熏和肉香治愈了恶心和腹泻，每个人脸上都荡漾着新生的喜悦。我们像学堂里的孩子，端坐好，眼巴巴地望着木棍上吱吱冒油的鹿肉，全然忘记了刚刚的狼狈和狼狈过后周围的腌臜。威尔上尉走过来，手上端着肉：

"你们吃了泻药大可以放心吃肉了，不然肠胃吃不消。"

我嚼着嘴里的肉，久违的鲜美，如果让我日后顿顿吃鹿我想我也乐意至极——我恍然意识到，我竟没有死，我还活着！

"这么说，你成了我们的老妈子了？"满嘴肥油仍堵不住希尔的嘴！

威尔上尉脸上笑意阴森：

"你可能真需要一个老妈子照顾照顾，"他又看看我，"你也是，大嘴巴。"

妈妈，你苍白的面庞应声出现，我不敢看你，只能大口吃肉，大声回敬：

"总是有人愿意对我需要什么发表见解，我需要什么？无非一顿饱餐。"

一块没完全嚼烂的肉块顺着食道一路艰难地溜进胃里。

"因为他们想掌控你。"威尔说。

"哈哈，以为拿根小胡萝卜就能溜得小狗团团转？"

"差不多，或者以其之道还治彼身。他们一定是觉得你有什么而他们没有的。"

希尔打断了说：

"你现在当然可以对狗评头论足了。可如果狗能开口说话，你猜它们会怎么评价你？"嘴里始终塞得满满的，吐字含糊不清。

笑又回到威尔脸上，说不出的可怖：

"你看来不太喜欢狗，那一定是喜欢虎头蜂了。大嘴巴给我讲过你的遭遇。"

希尔继续埋头吃肉，过了好一会儿才笑出来，接下来的话简直勇气可嘉：

"虎头蜂有什么好怕的，我现在算是看透了，当初就应该毫不犹豫一口吃了它们，哈哈。不过如果我是虎头蜂，我也会扑到人脖子上咬一口，人肉肯定香！不管怎么说，我们不都活下来了？你算个人物，我会把你写进我的书里的。"

威尔上尉不再理睬我们，转身走了。我望向远处，看见那个黑人家伙，终于在一片腌臜之中挑了块干净地方栖身。他得意地笑看着我们，又看看黑鱼。黑鱼双唇紧闭，始终不看我们一眼。

全鹿宴之后，一直到抵达老奇利科西，一路上我们再未进粒米。终于活着翻过最后一道山岭，到了印第安人聚居过冬的地方。我们几乎是手脚并用爬到目的地的，还不得不分出一只手拽着卡拉韦，他两个星期执着地滴水未进，整个人只剩下浅浅的呻吟，勉强从牙缝里挤出来。后来干脆一仰头，昏厥过去。

6. 奇利科西

终于抵达奇利科西的时候已经入夜。肖尼人剥光了小约翰逊的衣服，逼着他赤脚快跑，借他的尖叫宣告着大队人马的归来。小约翰逊形销骨立，简直就是童年噩梦中趁夜横行的厉鬼。我合上眼，可他声嘶力竭，震耳欲聋。

我再睁开眼的时候，发现村妇和老少都纷纷走出家门一探究竟。买查库西亚——我听见一个老妪叨叨说——白鬼。肖尼勇士们点亮火把，扫清一条路上的积雪，把我们排成一排，显然是准备再施夹道鞭笞之大刑。我想向黑鱼据理力争，可那个黑鬼拒绝翻译我的话，只是淡淡地说：

"我们只承诺在肯塔基放过你的人，可我们不能不听听这里的妻眷们是怎么想的。"

黑鱼又换上了昔日的领袖风范，脸上表情深不可测，对我搜肠刮肚东拼西凑的肖尼语申诉充耳不闻。我于是只能眼睁睁看着我们的人依次上阵，轮流经受棍棒拳脚考验。果然妻眷下手尤狠，拳脚起落，环佩叮当。年轻的萨姆·布鲁克斯大概不愿甘当逃兵，迎着两旁的棍棒奋起反抗，被打折了一条胳膊。一个小姑娘手持荆条专攻下盘，希尔的两条腿接连中招，差点跪倒在地，幸好他挺了过来，一瘸一拐算是完成了考验。卡拉韦更为狼狈，饿了十几天的他前胸贴后背，像一具移动的僵尸跌跌撞撞寻找早已杳无踪影的前世故土。他对着其中一个悍妇愤怒地抡起拳头，后者不甘示弱，手里的棍棒雨点般落在他头上和肩上。而卡拉韦直到最后终于通过了终点，始终坚持着没有倒下。

我意外地获得特赦，却并不感到高兴。黑鱼故意把我安排在身旁，陪着他从头至尾欣赏他们的拳脚和我们的狼狈。

大礼之后，所有人被带进一间原木垒成的空房子里。室内阴郁而潮湿，混着食物酸腐的恶臭。肖尼人用绳子绑了我们的手脚之后，就关门离开了。萨姆·布鲁克斯痛苦的呻吟和室外印第安人欢庆的声音交织在一起，通宵达旦。我大概累极了，在一片嘈杂中竟昏昏睡去，一夜无梦。

熹微晨光中，两个看守把我们一一摇醒，丢下几个玉米面包。我们睁开眼睛，发现彼此都还活着，眼眶湿润，眼神闪烁，狠狠扯下一大块面包，塞进嘴里，吞到腹中。个个的脸上和身上不是瘀青就是肿块，还有血迹早就干透了的累累伤痕。看守我们的肖尼人懒洋洋地倚在门口，饶有兴致地看着我们。这些家伙说不定下一秒就会要了我们性命，可我情愿还是往好的地方想想。希尔忽然冲着他们大吼大叫，面包屑喷得到处都是：

"你们打算把我们关到什么时候？"

他们于是给他松了绑，把他一个人拎起来带了出去。一时少了他和他神经兮兮的大嗓门，我居然感到有点庆幸。

"终于安静了。"约翰逊咕咕哝哝说出了我的心声。

卡拉韦大概饥饿难耐，终于咬咬牙屈尊吃了印第安人递上的面包。他像约翰福音中如期复活的拉撒路，中气十足，冲着天花板高声说道：

"我们继续待在这儿恐怕并不安稳，这地方毕竟是是非之地。切记，切记。"

"可布恩先生不是说我们到了这儿就安全了？"

威尔·布鲁克斯说，身畔靠着他受伤的弟兄。威尔圆圆的面庞上镶着一双乌亮的眼睛，目光中饱含憧憬和希望，随所住处恒安乐，他的双眼盈满了这样的祈求和迷信，样子不禁让我想起斯图尔特，还有杰西。

我不愿再追忆詹姆西。我的心像被什么一点一点掏空了，强忍着，打起精神说：

"我只知道他们答应过善待我们。"

"好吧，好吧，但愿他们是真这么说过。"

"否则情况只会更糟，卡拉韦！到目前为止我们不都还活着，没有血流成河，没有无谓牺牲，甚至没掉一滴血……"

"没有吗？"

卡拉韦撕开脸上一道已经结了痂的伤口，脓血涌出来，落在地上。他说话的时候始终高昂着头，看也不看其他人，只抬着头盯着天花板，仿佛是与房椽对话。搞得几个不明所以的人也举着下巴，眯着眼睛，以为说不定也能看出些许天兆。其他人面面相觑，只能看着我。

幸而没多久，肖尼人就冲着我们来了。

他们押着我们沿一条下坡路不知道向什么地方走去，日光惨淡，我们慢吞吞地拖拉在后面，显然早就习惯了这种盲目的服从，问也不问，只管跟着走。来了这么久，终于有机会看清了周遭的村落。崇山峻岭之间的平坦谷地中央，少说也有两百来个拱顶棚屋，像沉睡的猛兽，蜷缩在雪地上，边上零星散布着没有窗户的原木搭成的矮房。村镇的中央是一座榫卯相接的宽敞的大房子，当然也是木头搭的。这让我回想起宾夕法尼亚埃克赛特的种种，还有那幢上了年头的议事大楼，不知道这么多年过去了，石头砌的房子是真能屹立不倒，还是早就成了断壁残垣，随着那些久远的、记忆深处的过往，灰飞烟灭于漫长的岁月流转？

我们穿行在村镇之中，路上一个人都没有。安静不同寻常，令人隐隐不安，看来卡拉韦说得不错，这里的确是个是非之地。

又翻过一座山岭，前面不远就是河岸，河岸边又是一道印第安人的火塘，周围照例聚着很多人，排座着，仿佛等了好些时候了。看上去奇利科西的妻眷们今天各自精心打扮了一番，串珠印花棉布衫打着银质的别针，天气依旧清冷，外面罩着皮坎肩，肩上还裹着厚厚的围巾。肖尼勇士纷纷换上了新的狩猎衫和鹿皮靴，传统羽毛缀饰，比平日更为考究，一水单肩挂着披风，仿佛走进了盛装的剧院，等着一场好戏。我们与他们一一错肩而过，把点头致意、轻蔑和怒视都当成问候，悉数收下。他们脸上的表情算不上友善，也算不上敌视，但他们确实表现出不想与我们发生肢体碰触或者任何纠葛，甚至一直小心地拢着衣角，尽量避免沾到我们身上。一个印第安小鬼掷出的雪球正打在约翰逊腿上，他佯装中弹摔跤，倒在地上，小男孩捞着衣襟遮着脸，眼睛里放着光。

"他们要把我们活活烧死吗？"威尔·布鲁克斯沉不住气，出声问我。

河边什么人大吼了一声，我们这才发现希尔也在现场，叉开腿站在冰面上，赤身裸体，一览无余。印第安人在冰层上凿开一个大洞，两个悍妇捞起上衣塞在裤子里，一左一右死死钳着希尔的两条胳膊，这副场景恍惚得不像现实，像我们一个个都困在了希尔奇怪的春梦里。

希尔虽然敦实，但和我一样，个头不高，正要举起胳膊向我们打个招呼，冷不防被左右两个女人大头朝下按进了水里！河水及膝，两人不等他一口气喘匀就弯着腰协力把他再次按进水中。其中一个拽着他的头发，时不时提起来，让他吸口气，别闷死。观众们看来对整场表演甚为满意，纷纷叫好，指指点点，一群小鬼头更是激动得在人群中窜来窜去。

希尔大叫大嚷，像被扔在岸上的鱼，两只胳膊使劲儿扑腾着，一个正在使力的女人猝不及防，被他拽进了水中，两个人登时滚作一团，掀起巨大的水花星星点点落在不远的冰面上。希尔一跃把女人压在了身下，还不忘咧开嘴抛给我们一个胜利者打着牙颤的微笑。水中一片闹腾，野鸭交配也不过如此。又有四个女人跑上去，出乎意料的是，她们并没有把他溺死在冰河里，而是像落汤鸡一样把他拎了出来，不知道拖去了哪里，只留给我们一声惨叫，像是被哪个小婊子的指甲尖狠掐了一把。

至于那个可怜的女人，浑身湿透，衣服贴在身上，打着冷战，抱着胳膊，甚是狼狈。走上前一个年长的妇人，递给她一块毯子，又柔声在她耳边安慰了几句，可她仍沉着脸。

接下来是轮到我们了吗？布鲁克斯在我身后悄声嘀咕：

"我怎么不知道什么时候肖尼人也皈依了浸信会？"

卡拉韦还是一样居高临下：

"我但愿你们早都受过施洗了。没受过也不要紧，反正看样子他们非重来一遍不可。"

给二十七个壮劳力轮番施洗也不是个轻松的活计，我们被女人们依次带到河边，再挨个扒光衣服，按进水里，着实花了不少时间。过程中谁要是不老实，头上还免不了挨几记爆栗。不过这次的施洗过程显然顺利多了，没人反抗，即使是萨姆·布鲁克斯，也老老实实吊着半条打折了的胳膊跳进了水中。施洗结束，每人还能分到一条毯子，挨着火壕取暖。可是忽冷忽热，反而更觉得寒意蚀骨，从火壕边一一看过去，个个心如死灰，面露土色，生无可恋地枯坐着，不知道接下来是不是还有什么考验。

我有幸压轴出场。一个年纪稍长的妇人带着一个年轻女人撸起袖子准备帮我施洗，我顺从而主动地举起双手，帮她省了不少脱衣服的工夫。接着是绑腿和鞋子。风像鞭子挥在身上，而她们眼神比寒风更为凌厉。

我如果开口讨饶，你说她们会不会就此放过我们？可是一想到要说费劲的肖尼语，就觉得累，何况这一路已经折腾得够累的了。算了，我深吸一口气，只对一左一右两人说：

"二位女士高抬贵手。"

冰冷的河水很快没过头顶，世界凝固了，心跳仿佛戛然而止，我甚至怀疑冰天雪地就是我生命的归宿。她们开始用力搓洗我全身，颇像丽贝卡帮病人浣洗床单的手法。幸好她们没学丽贝卡，洗完了把我晾到竿上，而是莫名其妙在我身上一通敲打，指节贴着肋骨上下刮擦，旧伤未愈，我忍不住嚎叫。另一只手落在我头上，我感到浑身肌肉都张紧了，河床下的卵石硌在背上，被她们死死按着，动弹不得，索性由她们摆布。女人面无表情地捞起我的脚，蜷起脚趾，用石头在脚心上擦了又擦。另一个解下我脑后的辫子，再把我的头放回到水中。我又一个激灵，两片肺叶恨不得贴在了一起，脚踝伤痛入髓。我感受到自己的心跳，一下，一下，睁着眼睛看着她，她的面庞和她周围的世界仿佛也凝固了，在我眼前留下一片朦胧。

她把我拽起来，我发现我竟还活着。忍不住大叫：

"手下留情啊，我怎么说也是个活人！"

可我的抗议丝毫没有收效，反而又被她们重新按回水中。头发披散着，卷到脖子上、脸上，像河底交错的水草。我想，这一回看来是在劫难逃，必死无疑了，想张开嘴，忽然胸口撞在一块大石头上，感觉好像有什么东西不太温柔地在我小腹和两腿间抹来抹去。睁开眼，还是那个面无表情的老女人，完全蔑视我的男性体征，粗暴地挥着手里的抹布，在我身上来回擦拭。

恍惚间我又回到了宾夕法尼亚的童年，记得一次裸泳被发现，我从水里站起来，朝着那帮叽叽喳喳的小妞儿撅着屁股大吼：

"记住咯，将来老了也好多点谈资！"

她们把衣桶里的水扬在我身上，跑掉了。

我再次被拉出水面，边咳嗽，边打战，喷出呛进喉管的咸水。睁开眼睛，这一次换了那张年轻的脸，棕色的眼睛，小巧的鼻尖。她垂手站着，好像这回真的在等我开口说话。其他女人聒噪地围上来，也跳进及膝深的河水中，河水冰凉，却丝毫不以为意。岸上火壕边，几个裹着毯子的我方人马不知道哪来的力气，嘘声喝着倒彩。

我在冰河中站直了身子，让她们尽可以一览无余：

"我算明白了，白人才更得好好洗洗是吧？"

我打了个响哨，惹得众人哄笑起来。可赤裸在水中，半截还吹着冷风，我怕下一秒就要冻成冰棍了。但不管怎么说，我还活着，还没死，我勉强从牙缝中挤出最后一句话：

"那你看我现在够干净了吧？"

她们协力把我拽上岸，和其他人一个待遇，严严实实地裹进一张毛毯中推到火塘边，我保持着刚刚僵立的姿态，上下牙继续打架，周身又冷又痒，湿漉漉的头发结成了冰凌，倒竖在头上，像是受了惊吓。可如果头发有知，猜到了它们待会儿的命运，就不只是惊吓这么简单了。

我抬起头，乌云渐渐遮起了大半张天空。

妇人们解下绑腿，把毯子围在腰际，不知道在火塘的另一头张罗着什么。过不多会儿，她们又冲着我来了，招招手，示意我自己走过去。

那个刚刚帮我施洗的年轻姑娘按住我，又扯过一条毯子帮我擦干头发。我发现自己果然干净多了，竟然都能闻到松木燃烧留在她身上的淡淡松香。她从擦干的头发中挑出一根缠在手指上，使劲向上一提，那根头发就离我而去，弯弯地留在了她的指间。

接着她又挑起一根，然后又一根，再然后分出一绺，再然后是整整一把！

痛感顺着头皮爬向脖子，顺着胳膊，爬到指尖。一根，两根，一把，又一把，她不停手，我只得尽量保持不动，强迫自己尽量不要发抖，脸上也不要流露什么，眼睛盯着她围毯下不小心露出的赤裸的小腿。我好想变身成了夜空下的野狼，只想张开嘴巴，仰头嗥叫。不，还是忘了狼吧。我看着自己黑色的头发稀稀落落掉在雪地上，拼出一串含糊的密码。

至于刚刚还嘘我的人，一个个像失语了，直勾勾地看着我，脸上还残留着昨夜的瘀青。他们大概已经猜到，接下来就轮到他们了。

我大声说：

"这下满意了吧，太太们，我觉得自己就是一只褪了毛的火鸡。"

"拔了正好，你的毛反正不好看。"

她用肖尼语柔声对我说。我看不见她的眼睛，她双唇紧闭，不再说话，又扯下一把头发。她抬起手臂，我就笼罩在那片若有若无的松香之中。我用力把松香嗅进鼻子，说：

"我反正怎么都能凑合着过。"

"可不该这么随便凑合，明明可以更好。"

她换成英语，又同我说了好些话。前额上的头发尽数落地，她拍了拍我的脑壳，手法敏捷而熟练。还没等我回过神来，后脑勺的头发被狠狠薅下一大把，疼得我眼泪差点夺眶而出。

"那你算什么？肖尼人的剃头匠，还是巫医？"

她不理我，把原来系在发梢上的丝带交到我手上。薰衣草紫已经在日晒雨淋中褪成了暧昧不明的灰色。我的手轻轻抚平上面的皱褶，芬德利，我一直把你送的发带留在身上，你把我带到这里，而你自己却不知所终。我想你一定正躲在某处偷笑吧。

她用眼睛瞟了瞟威尔·布鲁克斯的卷发，但始终没停手，在我头上来回忙活。我想我现在一定一个头有平时两个大，说不定还顶着一个痛苦编制的光圈，像天上的天神，也许天神就是这么来的。我伸出一只手，摸了摸酸胀的头顶，空空如也，只剩下周围一圈还留着头发。

"哈哈，好家伙，这回剥起头盖皮倒是方便！"

我自导自演，模仿印第安人，自剥头盖，一不小心牵动旧伤，龇牙咧嘴，他们扑哧笑出来，而她们一脸怜悯。我的女剃头匠说：

"头盖皮吗？自己留着好了。"

"真的吗？那还真是多谢。"

"勇士们有权保有自己的头盖。"

"什么？"

"勇士，真正的男子汉。"

她抬起手，假装手里举着一柄斧子。

"照这么说我现在也是勇士之一了？"我问。

她耸耸肩，整个身子为之一动，说：

"原应如此。"

"不赖不赖，那现在呢？"

她看着我,没有回话。我把所剩无几的头发朝她甩了甩。另一个替我施洗的老女人一直站在旁边,忽然咧开嘴露出两排白牙,打了个手势。我的剃头匠莞尔一笑,说:

"她的意思是你的毛发,嗯,怎么说呢……"

"没关系,我看懂了。你是想说'软趴趴的',是吧?"

我站起来,解开身上的毯子,她面色不改。我不得不承认,依我现在这副狼狈样子,当然没办法给她留个什么好印象。身后的他们哈哈大笑,我改用他们听得懂的英语扭头喝道:

"笑什么!你们显然也都这么干过,不是吗,伙计们?人为悦己者容。不如这样,你跟我们回布恩斯伯勒,我们正好缺个剃头匠,伙计们,你们说这主意怎么样?布恩斯伯勒,别管头发长、头发短,毛发浓密胡子拉碴的,还是像我这样'软趴趴的',可是什么样的都有。"

我扭头看着毯子下的他们,他们拎着自己湿漉漉的发梢,却没有人出声应我。

好吧,是我不该提起布恩斯伯勒。什么地堡工事,不过是肖尼人的盘中之餐。烧杀抢掠,只得悉听尊便。我不知道肖尼人会不会把布恩斯伯勒一把火夷为平地,来年春天,焦土之上会不会萌出新绿,仿佛什么都不曾发生过一样。我几乎可以看见肯塔基涅槃重生的样子,河网纵横,草场无际,美丽而忧伤,明媚而阴森。

周围忽然变得面目可憎起来。

女人们开始轮番给其他人打理头发,我的剃头匠也在其中。我大叫着:

"接下来呢?接下来你们还打算拿我们怎样?"

"那么不如说说你想怎样?"

她平静如常,可声音中似乎略有异样。我知道她听得懂,换了英语大声回答:

"我是问你想怎样,你这个妖妇!把剩下的头发烫成卷吗?要不要喷点香水?的确,我的头发'软趴趴的',可这与你何干?"我擅自给她起了个名字，叫她达丽拉 —— 用美貌障眼，害死勇士参孙的红颜祸水。

我把一缕头发盘在手指上，每一句话都让我倍感无力。头上吃痛，叫声和笑声此起彼伏，他们依旧看着我。

我的剃头匠垂下双手，扭身向镇子走回去。我不再摇头晃脑，身上湿嗒嗒的，丝毫没有暖意。卡拉韦拉了拉毯子，裹得更严实了。他忽然起身，摇摇晃晃径直向河滨走去。女人们大声呼喊，纳佩阿，纳佩阿，不知道他是不是真的疯了。远远的，我看到他红色的头发竖在头上，像只公鸡。他转身站定，看着我，一字一顿，问出了那个问题：

"接下来你打算怎么办，布恩？"

7. 洗肠涤胃

一系列改造计划顺利而充分，和初来乍到时比起来，我们几乎已经改头换面，一个个头脸干净，衣衫整洁，甚至已经没了白人模样。原来的那身脏兮兮臭烘烘的衣服被丢在河边一把火烧了个干净，我们不仅有了新的衣服，还组建了新的家庭，成了全新的人。

我成了黑鱼的寄子，住进了他的府邸。

新的生活出乎意料地祥和而平静。我们被温柔相待，替代他们死去的儿子、丈夫、父亲，成为他们转世的亲人，重新回到他们中间。

直至今天，我才恍然领悟他们的聪明和超脱。可那个时候，我根本很难说服自己相信他们的诚意。相比之下，身为白人，总是对亲人过世耿耿于怀，所以活着的我们要把死去的他们装起来，埋在地下，同时埋进心里。自此之后，我们就开始一遍一遍在脑海中追忆仍有他们参与的过往，过往的片段像河滩上的石头，慢慢被时间打磨掉棱角，最终伴着我们自己的离世，而彻底消散，至此，方才叫尘归尘，土归土，已逝的尽归过往，而他们终于瞑目，不再苟活于我们的追忆当中。我告诉自己，自今日始，过往即已逝，过往尽归过往，过往的就不要再去追忆。

新家的屋顶是青棕色的榆木树皮搭成的，入夜，漏下斑驳的月光，人仿佛躺在母鸡的窝棚底下。我早就习惯了睡在外面的日子，偏偏一到了晚上，他们就恨不得把我拴在屋子里。整夜整夜，我听见女主人的叹息和辗转，听见她的一双女儿在床上翻来覆去，迟迟不肯入睡。只有男主人像是睡熟了，安安静静，无声无息。可他蒙着毯子，一动不动，活像一座坟墓。是的，即便过上了新的生活，我仍总能想到坟墓和死亡。

漫漫长夜，既无法安然入睡，又别无他事可寻，我只好用意念向身在远方的斯夸尔轻声呼唤。我把意念想象成细细长长涂着磷粉的火药捻子，一路翻山越岭穿林而过，从奇利科西爬回到布恩斯伯勒，别断，别偏，我需要借助意念找到你——

"斯夸尔，是我，听见了吗？"

在一起的时候，我们总是沉默，偶尔对话，仍从不触及二人之间的疏远和尴尬。那时的沉默成了如今的遗憾，我多想再听见你的声音，无论你会说什么都好，什么都好啊。斯夸尔，我真恨我自己当时的固执，我的固执简直让我发笑。

"怎么了，吾儿？"

声音中丝毫没有温度。炉火将熄，凉意渐起，我感到背痛，后脊发寒，打了个冷战。我眯着眼睛，屋内仍是一片昏暗的静谧：锅坐在炉子上，玉米穗倒挂在梁上，鸡栖于埘，一切和平日并无两样，让人忘了今夕何夕，不知这样的时日还能重复多久。

"只是做了个梦，自说自话而已。"我说。

毯子下的人似乎稍有和缓：

"别出声了，睡吧。"

我即应声睡去。

天光漏进屋内。我知道两个小姑娘正趴在屋顶上，从树皮中间的缝隙中好奇地向下张望。我佯装睡熟，尽管她们窥探的目光让我难以安枕。

大清早，她们就蹑手蹑脚溜出门外，悄悄蹲在房上，把我上上下下仔仔细细打量了个遍。我一开口，她们就笑，我若说英语，她们就要笑得更凶，我并不觉得我会有什么好笑，但显然她们不这么认为。我对她们和对其他人一样保持警惕，但她们确实可爱，两个俊俏活泼的小家伙。

屋顶上，一个对另一个耳语，沃奇奥尼基——白人，肖尼——指她们和他们自己。我心下一震，睁开了眼睛。白种印第安人！奇利科西除了跟着我从布恩斯伯勒来的白人之外，还有其他白人面孔，与当地人衣着无异，看上去是久居于此。偶尔照面，他们总是马上把眼睛挪到别处，从不开口说话。

屋顶的女孩儿们嘴里呼出的热气冻成白烟，几乎喷到我脸上，像是声音忽然具有了形状，要把她们的刚刚的话烙在我身上。我感到头皮痒痒的，扯了扯所剩无几的头发，对她们说：

"你们这些女人总是一心想改造男人。"

两人咯咯笑着，跑开了。

清冷的晨光从屋顶漏到我身上，像冬日纤长而冰凉的手指。头痛依旧，可经她们一番折腾，我也没法翻身再睡，索性从垫子上坐起来。我的印第安妈妈和印第安爸爸正在享用蒸锅里的早餐，埋着头，专注而安静。见我醒了，司其拉威瑟萨，她说，孩子。年轻的脸，饱经沧桑的眼，她递给我一只大碗，表情紧张。

也罢，全新的生活，全新的开始，我对自己说。我仿佛重回青葱年纪，兴冲冲地问：

"好的，母亲，我可以先去外面转转吗？"

她愣了片刻，嘴角动了动。我看得出她想让我先吃了饭再说，但她还是放下手里的碗，说我可以帮她磨些玉米面。她做出推磨的动作，看着我，不确定我是不是明白，转身又摘了几棒干玉米，也递给我。玉米穗都挂在房梁上，活像一群倒立的蝙蝠。

"女人才推磨呢！"

我的话把她的眉毛织在了一起，但她还是把玉米穗往我手里又推了推，一脸期待。她扭头看看黑鱼，满眼泪水，仿佛随时会哭出来。我把玉米穗狠狠掷在地上，大吼：

"如果我真是你们的骨肉，你难道还会这么对我？我是个男人，看看！是男人就该起码做个勇士！"

我使劲儿弯下腰，指着中心光光的脑壳，又扯了扯剩下的头发。我的印第安妈妈把脸埋进双手间掩面哭泣，我毕竟无法取代她死去的儿子。

"让他走吧。"黑鱼始终面无表情。

他在等，我知道的，终有一天他会回应我。女人的眼泪总让我万分难过，我向我的印第安妈妈深鞠一躬，我不知道我算不算是谁的"孩子"，但我知道我是个俘虏，我们都是俘虏，我提醒自己，哪怕我的印第安爸爸是他们的王，我是他王位的继承人，我仍是个俘虏，俘虏们的头首，只此而已。只此，而已。

我走出门，指派看守我的人随即跟上，我当然知道我并不自由。他趿拉着鞋子慢吞吞跟在我身后，一脸嫌恶，极不情愿，腾出一只手，正在专心对付脸上的脓包。我们就这么一前一后，穿街走巷，一直走到村舍和良田之间的空场上。我的两个印第安小姊妹和别家的小孩正在空场上游戏，在玉米粒和石子中间找寻乐趣，你来我往、你买我卖，看上去认真极了。玉米粒象征的财富各自敛成一堆，周围用雪砌成屏障，忽然我的一个印第安姊妹一声令下，用力一击，面前的金银财宝稀里哗啦登时飞得到处都是。她扬手向其他人丢出一把石子，其中一个不幸中弹的立刻嗷嗷大叫。可她看也没看，扬长而去。我给她起了个名字，"嘶嘶小姐"，像极了她在游戏中的样子。她和杰迈玛简直一样泼辣。不，我不该想起杰迈玛，时至今日，我已经不知道自己还能为她或者布恩斯伯勒做些什么了。

年纪稍小一点的那个发现我在旁观，跑过来，将一把石子塞进我手里，肖尼语像一串连珠炮。我弯腰接过她的馈礼，不得不用英语打断她：

"你可真是个端庄的小淑女。"

她笑了，干脆倚在我怀里，吮吸着自己的大拇指。她伸出一只手扯了扯我的耳朵。我像做梦一样，她大概也是。

"喜欢的话，这只耳朵尽可归你，小姐。"

她看看我，我指指刚才的耳朵：

"我是说耳朵，耳——朵——"

"耳——矅——"

"哈哈，差不多，差不多。"

我又指指耳朵，空场上其他的孩子也围上来，我的看守也笑出声来。"耳朵"，孩子们跟着我念。

"我还真是没想到自己也能有天当个老师，这点本事最多也就是应付应付你们这些小家伙。不如我来教你们玩纸牌？比大小，怎么样？你们有纸牌吗？"

他们面面相觑，看着我不知所措。纸牌行不通，只好继续教授英语，我伸长舌头，

"舌——头——"我说，为了把我的意思再说明白一点，斗胆使用了肖尼语：

"乌日——"

话没落地，他们忽然作鸟兽散，怀里的小妹妹也嗖的一下嫌恶地跳到一边，差点真的扯掉了我的耳朵，看守直摇头，我不知道我是不是又说错了什么。

"噢，姑娘们又狠心弃我而去了！"

我故做捶胸顿足状，伤心欲绝，倒地装死。杰迈玛一向对我的演技甚为捧场，苏珊娜和小伊斯雷尔也喜欢我和他们玩装死，还有詹姆西——

不！我在想什么！

我直挺挺地躺在雪地上，脑壳空空，凉意直截了当。我感到死神吮吸着我的热气，再一次与我面对面贴得很近，很近。

嘶嘶小姐几乎是从她的位置俯冲过来，直接扑到我脸上，对着我的

嘴使劲吹气，我感到她黑色的睫毛拍打在脸上，可我动不能动。

她尖声惊叫近乎刺穿耳膜。我忽然明白了，我不能死，她们和他们都不许我死，死成了禁忌。

我坐起来，发现还有一个小姑娘也一直抱着膝盖，坐在我身旁，全神贯注于我的一举一动。在她面前，玉米粒和石子垒得高高的，像座小山。

"嘿，小姐，看来你才是赢家？"

"舌头。"

声音冷若冰霜，但发音无懈可击。她转身走开，不再理我，像一枚子弹，裹进厚厚的铠甲，冰冷而全无温度。

我离开他们，信步走进田垄，可那个女孩脸上冷峻的神情在我心中挥之不去，她像其他孩子一样，无忧无虑，好像对任何世事漠不关心。我数着自己单调的脚步，我眺望着田野苍茫的尽处，我试图像她一样，放下自己，拥抱自由，感受灰色的天空，无限宽广，无限延伸。

黑鱼出现在我身畔，手里握着斧子，疏远而漠然。

我知道是我今天早上的行径令他不快。他没有喊我，径直走到前面，走出几码远，才回头看看我，我跟上去，可斧头并没有斩落在我头上，而是被他抱在怀中，像个婴孩。

我们并肩继续前行，穿过沟壑纵横的田野，走过坟包一样的小丘。他只顾安静地低头行路，却显得忧虑不堪。我的看守蹒跚地走在我另一侧，低着头，也是一样忧虑。

再向前走就是树林了，黑鱼停下来，面对我，斧头平躺在摊开的两手间。我接过斧头，斧柄毛糙，握在手中，沉甸甸的。我不知道我要接过斧头干什么，也不知道他们会不会用斧头对付我。我的脖子很粗，我宽慰自己。

"你奉命为你父亲的马驹打一口食槽，随便挑根你觉得合适的木头吧。"

我抬起头,声音来自身后不远处,不是肖尼语,是英语。是那个黑人,山林里的那个翻译!我曾在夜里听到过这个声音,不止一次,听到他的歌声,从镇子中心的集会大厅里传出来,和周遭的嘈杂混在一起。冬天里的奇利科西是个聒噪不止的地方,喧嚣伴随着生机。如果仔细竖起耳朵,我甚至能听见镇上唰唰小姐缥缈的哭声。

黑人继续说:

"我把鞭子落在了家里,不过无妨,我很乐意作为你的监工。"

我试图拒绝,却只惹得他发笑。他咧开嘴,露出牙齿和嘴里的糖块,眼睛不看我,只看着我手里的斧头。我无心与一个传话筒多生纠葛,转而对黑鱼说:

"我可不想做什么木工。我说了,既然你把我改造成了肖尼勇士的样子,我的双手就不该浪费在家长里短的平庸之上!"

我把斧头扔在地上,向黑鱼摊开双掌心,等待接受像父亲曾经那样的欣赏。许多许多时间以来的积怨仿佛终于就要沸腾,我死死盯着他,坚信如若不主动争取,就不得不被看低,就永远屈居人下,就再无翻身之日。我深深知道,我的那些布恩斯伯勒的手下无时无刻不想着逃走,他们此刻正竖着耳朵,像盘旋在空中伺机而动的鸟群。于是我瞪大双眼,一眨不眨,死死盯着黑鱼,再次提高了声线:

"看吧,好好看看,仔细看看,看你是不是能从中看出我的前途!"

黑鱼用手指遮住嘴唇,向黑人秘授机宜,我只能约略捕捉到只字片语。黑人翻译说:

"他说你无须劳作,你既是他的儿子,自有大把大把的劳力为你效劳,为你和你即将到来的家人打点衣食住行和生活起居。你只管说你的打算。"

他双手合十,仿佛在祈祷,又像在朝拜。空气缓和下来,可我并不甚在意:

"我只是想按照我自己的意志行事而已。"

黑鱼听罢翻译，点了点头。又说了什么，语毕，也做了同样的祷祝之姿。由黑人继续说：

"好的，愿你顺意遂心。"

我们彼此点头致意，转身各行各路。整个过程意外平静，意外合理，意外顺畅，我还没有完全缓过神来，他们已经扭头走远了。我听见背后黑人的口哨，旋律熟悉，可我只感到周身乏力，没有力气将之从记忆中捞出来分辨清楚。我的看守走上来，跟在我身旁，一只手箍着我的胳膊。他边走边回头张望，我无端觉得他似乎对那柄丢在地上的斧子充满向往。

日子一天一天过去，像雨滴落入河流，不见踪影。镇上时而也会有射击比赛，有时是搏击竞技。肖尼人把我拉到竞技场中央一决高下，他们对拳脚的迷恋就如我们对健康的推崇。我永远恭敬不如从命，但我并不能像他们一样乐在其中。不论是跳动的脉搏，还是瞬间爆发的力量，都不能让我确信我是否还活着。一次，一个胡子拉碴、胳膊粗壮的汉子下场与我对阵，堪称殊死较量，场面近乎血腥，我们抱作一团，却在搏斗间从彼此眼中读出了一样的困惑，你死或者我活似乎一瞬间都失去了意义，可我们谁都没有松手，直到最后，我任由他将我掀翻在地，以胜利者的姿态结束了这场缠斗。自此，我愈发消沉，像宿醉未消，久醉不醒，成日里浑浑噩噩。可怕的是，在奇利科西，你根本找不到一丁点能让人片刻麻痹的酒精。

与黑鱼的那番对话，让我的无所事事更加理直气壮。在游手好闲的日子里，我和我的看守游荡在奇利科西的大街小巷。我只想找故人话旧，却在河边遇见了黑人。他躺在岸边的石头上，暮光已西，打在身上，毫无温度。他是镇上唯一的黑人面孔，他们对待他的态度恭敬如对微服的邻邦王子。他是自由身吗？我想是的。他从不参与劳作，只是偶尔充当我们彼此之间的言语翻译。衣着扮相俨然土著模样，一样裹着头巾，一样挂着耳坠。

既无他事,我索性挨在他身旁坐下。我的看守徘徊在我二人一旁,对我的突然举动既不表赞同,也不表反对。他把手里随便捡来的木棍扎进河面与岸堤交接的冰缝,再拔出来,再扎进去,反反复复。除此之外,空气安静得仿佛即将有事发生。天气依旧冷,昆虫依旧还蛰伏在各自洞中,水面低平,日光惨淡。

"纳帕。"

"什么?"

"纳帕。"

"那就你也一样。"

纳帕,黑人说,闭着眼睛,声调悠然,尾音绵长,语气冰凉。我不明就里。我的看守不知道去哪儿了,一声脆响,一根断枝从树上掉下来。陪着他猜谜也无妨,我问:

"你是说树?"

他睁开眼睛,翻了翻眼球,露出笑容。我接着猜:

"云?冰?还是水?"

他轻轻摇头,抬起手,手指拢在一起,仿佛有什么东西从指缝中缓缓漏出来。

"盐吗?"我不得要领。

他几乎笑出声来:

"蠢货,正是盐把你们招来的!"

我也笑了:

"对此我并不反驳。"

"你们那个小白鬼简直蠢到家了!"

他坐起身,朝着上游努努嘴说。我顺着他的所指,看见了约翰逊。他像生病的家犬,弯腰屈膝,弓着脖子,摇头晃脑,口中念念有词。几个围观的肖尼人一脸不解地站在他身后。

"随你怎么说好了。"

"蠢货，都是蠢货，你们这些愚蠢的白人，食人的恶魔！"

"蠢货和恶魔也分很多种，肤色并不尽相同。就像树林里的鲜花也有各种颜色。话说，你喜欢花吗？"

我瞪大眼睛看着他，满眼无辜，而他睚眦相报，回敬我一个更加无辜的眼神。就这样，我们彼此不说话，干瞪着眼睛，直到约翰逊忽然真的学起了狗吠，白色的吐沫挂在嘴角上。其中一个旁观的肖尼人朝着他大吼大叫，逼问他布恩斯伯勒的方向。他站起身乱指一通，手指最后干脆停在头上，直指当空。

"他们现在叫他'小鸭子'——'裴卡拉'，我想应该是这么念的。对了，你介不介意告诉我'舌头'二字在肖尼语中是什么意思？"

"差不多是小杂种、小婊子的意思。"

"看来你和他们都对'小'字辈情有独钟，哈哈。"

他白了我一眼：

"谢尔托易！"像是他对我的某种评价。

"这是他们给我的新名字吗？"

"你到底有没有认真听听你印第安妈妈的话？谢尔托易——大乌龟，这是他们长子的名字，不过我看用在你身上刚好不为过。那天她们把你从水里捞上来的时候，你还真像只乌龟！谢尔托易！"

"谬赞，谬赞。乌龟可都是充满智慧的长命之物，绝非蠢货。"

"蠢货遍地都是。你且看看那边那个游手好闲的，是不是跟你一样？"

他指的是约翰逊。

"您也无出其右，"我口舌必争，"那他们怎么称呼您呢？'雷鸣'还是'闪电'？"

"庞沛正是在下。"

"庞沛？哈哈哈，庞沛，实在说不像话！他们起的，还是你自己编的？"

他面色一沉，不再理我，脸上回复了往日的冷酷。我们在沉默中对坐着。我听见我的看守将手中的木棍狠狠插进冰层。

这时候，我的剃头匠向河岸边施施然走来，一手牵着个女孩儿，一手提着衣篮。是她，那个脸色冷峻的小姑娘。夕阳把她的头发染成锈色，她拖着一条小木棍，时不时回头看看，好像牵着一条小狗。我待到她们走近，才说：

"近来可好啊，美丽的达丽拉？哦，也问候您日安，小姐。"

她们对我视而不见，只在雪地上留下一串凌乱的脚印。我目送她们离开，扭头问庞沛：

"那个女人也会说英语？"

庞沛懒洋洋地翻了个身，第一次对我们的对话表露兴致，但他仍沉浸在与我的博弈当中，不肯轻易缴械：

"纳帕。"他重复了刚刚的音节。

然后伸手抹了把脸，闭上眼睛。

"哈！我知道了，纳帕就是睡觉，对不对？"

他张了张嘴，笑着说：

"不是睡觉，倒是和纳佩阿意思相近，纳帕就是死，死就是纳帕。肖尼语不是没有逻辑的胡话。"

"好吧，多谢不吝赐教。那么请问，'女剃头匠'肖尼语怎么说？"

"不如先付学费。"

"好吧，不知何处能为您效劳呢？"

"容我想想。"

笑容凝在他脸上，可没过多久，他就闭上眼昏昏睡去了。我看着他双唇微启，鼻孔翕合，不禁开始怀疑自己上一次这样坦荡睡去是多久之前的事了。是我的杰西·布赖恩出生那夜吗？我们在离河狸湾不远的房子里迎接他的到来，我亲手为丽贝卡盘起长发，我走到外面，仰望苍穹，淡粉色的霞光挂在树上，天又一次亮起来。

"纳帕，原来如此，"我像是自语，"纳佩阿。我其实情愿失去生命，或者丧失心智，总好过如今。"

听到这话,庞沛忽然支着胳膊,一溜身坐了起来,上上下下打量着我:

"别一副酸不溜秋的调调。要不要再来点清水煮鹿肠给你通通便?看得出你那天还挺享受的。"

我忍住放声大笑的欲望,起身走开了。我受够了一次又一次压抑自己的怒火,受够了一变天就疼起来没完的脚踝,受够了低头就能看见胸前和肩上的伤痕,它们反复提醒着我,死神曾经那么近,而其实那么远。

约翰逊弓着背,像头刚落地的骡驹,双膝叠跪,看上去别扭而笨拙,在他的诸位观众的关注下,试探着伸出腿脚。达丽拉和那个女孩儿站在离他们稍远一点的地方,面无表情地注视着一切。

"唷——"从约翰逊挂着涎水的嘴里发出一声怪叫。

我想我大概能猜透他的心思,装疯卖傻不难,为了保命而把自己变成为"小鸭子"抑或"小混蛋"不难,所有的伪装、所有的蠢举也不难,难在长此以往,难在安之若素。约翰逊无法一直伪装下去,你何曾听说过一只鸭子能长命百岁?我小的时候,家里的确养过一头骡子,活了好多好多年,好大好大年纪,但最后还不是死了。

肉身不腐的方法有很多种,比如你可以把自己腌在盐缸里。那个时候的我真的认真地考虑着保持生命常盛不衰的种种方法,以为自己能永远将尚未失去的亲人、爱人紧紧抓住,留在身边。

8. 人尽可夫

"没问题。"
"没问题。"
"没问题!"

——我唯一能说的话,没问题。我知道布恩斯伯勒的伙计们都在看着我,等着我的讯号,可是我没有讯号,没有。他们以为我是什么?吉卜赛女郎手中能预见未来的水晶球?比之他们,我的确拥有最大的人身自由,可我的看守很是小心,不许我靠近约翰逊或者其他人半步。偶尔能在镇上打个照面,已经是他们对我们最大的容忍,除此之外,我们被禁用英语。可即便是这样,我唯一能说、能做的,也不过是硬着头皮,狠下心肠,不论被要求什么,永远回一句"没问题"。也许没问题本身就是个问题,谁知道呢。

我看着他们帮新的家人夯地造房,盖起新的屋舍,我看着他们面朝土背朝天,辛苦劳作,我看着日子转暖,田间的积雪慢慢消融。他们磨面,他们砍柴,他们和他们的印第安妈妈们齐心协力开垦新田。只有两个人,我一直遍寻不见:希尔和卡拉韦。直到有一天晚上,我才听见他们的声音,隔着好远,飘到耳朵里。希尔无出意外唱着歌,听上去醉醺醺,卡拉韦反反复复重复着他的歌词,像是吵架,又不是:

"可怜的不列颠人,

"可悲的不列颠,

"可怜的不列颠人无法忘却可悲的不列颠。"

卡拉韦一向讨厌唱歌,也顺便讨厌别人唱歌。黑暗中,不知有谁一声大喝,紧跟着又一声巨响,歌声戛然而止。不过也许这样的结果正是卡拉韦求之不得的。

第二天早上,我照例游荡在镇子上,我留意到镇子中心的大房子,也就是那幢集会大厅的后面不知何时加盖了一间没有窗户的木屋,两个粗鄙而屠瘦的肖尼士兵心不在焉地守在门口。我这才知道希尔和卡拉韦被关了禁闭,考虑到木屋的规模,他们现如今大概不得不整日耳鬓厮磨。没有一个印第安家庭愿意收留他们,不知道是不是他们脏透了,需不需要再行施洗。

我吹了个响哨,木屋内一阵躁动,好像是我打搅了他们的清梦。我的看守催促我快步离开,他瞟了瞟门口的另两个看守,可他们连眼皮也没抬一下。

离开了希尔和卡拉韦,我们又兜到了那天孩子们游戏的空场上。今天这里安安静静,他们好像都没出门。我决定向河边走一走,天气和煦,也许能还碰见庞沛,也许他会教我几句新词,或者多少给我一点接下来应该怎么做的暗示。上一次,他似乎有求于我,可直到最后分手,也没有挑明。

我的看守寸步不离,跟着我沿河边慢慢向前踱着步子。我比以往走得更远,春水涨起来,河面变得高而宽阔,河堤上的坚冰渐渐变成软软的春泥,河道转弯处,堤岸上爬满了藤条,我拨开枝杈,继续向前走,然后就看见了约翰逊。他在河堤上找了块稍显平整的地方一屁股坐下来,望着河水呆呆出神,把随手捡来的树枝一根一根丢进水中,下巴上涎水未净。看守他的人也在,一样百无聊赖地丢着树枝,只不过口水仍含在嘴里。

"枯树枝可没法当钓饵。"我说。

我把脚上的一只鞋子踢到了空中,鞋子飞得很高,落下来,不知道滚到了哪里。没关系,我有的是时间慢慢找。我的那位脸上发痘的年轻看守不明所以,只是看了看我,就随我去了。约翰逊整张脸转过来,对着我,开始了胡言乱语:

"星辰陨落,孤光晦暝……"

声音颤巍巍仿若上了年纪的老者,可脸上依然写满了孩子气。他声音很响,没完没了,喋喋不休,我不得不打断他:

"不用在我面前装疯卖傻,约翰逊。"

我感到失望,对旁边两个肖尼人看守连连摇头:

"可怜的疯子,可怜的小家伙。"怕他们不懂,我甚至还模仿约翰逊的样子翻着眼球摇头晃脑。对他,我说:

"我知道你在干什么,不失为一个好主意。"

约翰逊把脑袋卡在两根甘蔗中间,又自言自语起来。他折下一截细枝,细枝挂在手指上,好像涂了胶水,甩也甩不掉。他忽然伸手抓我的腿,我几乎吓了一跳:

"你干什么?"

我俯下身子,想听清他到底说了什么,他看着我,从胡子下面挤出一个似笑非笑的表情——肖尼人竟然留下了他的胡子,这些胡子像经年泡在泔水里的绳子,湿嗒嗒,黏腻腻地贴在他脸上——他的手死死地扣在我腿上,从牙缝间挤出一句话:

"带我们离开,这是你的职责!"

我的看守和他的看守都抱着胳膊,笑着等待他是不是又有什么好戏上演。肖尼人这种对约翰逊不远不近的态度和他们对待庞沛差不太多。在奇利科西,生活日复一日,单调而平淡,也就难怪肖尼人会对他们身上与众不同的个性既着迷又疏远。

我陪着他们笑,像彼此分享了一个笑话,偷偷对约翰逊小声叮咛:

"我们会离开这里的,时候未到。你最好守口如瓶,继续装傻,但别傻到把我们都卖了!"

我的看守忽然意识到他尚有职责在身,赶紧扯了扯挂在我脖子上的锁链,把我从约翰逊身边拽走了。尽管他顶着一脸脓包,总是一副对什么事都漠不关心的样子,却难于掩饰一番雄心壮志。她们没有拔光约翰逊头顶的头发,可他对此并不领情。看守放开手,让我自己走路,我对他摇摇头,佯说:

"可怜的裴卡拉——我念得对吗?可怜的小鸭子,他怎么变得成天神志不清的?"

我想起布恩斯伯勒的日子,约翰逊里里外外都是干活的一把好手,砍柴劈木,驰马打猎,倒是对养鸭和演戏全无兴致。我不知道究竟在他身上发生了什么,但我敢肯定他并没有彻底疯掉,尽管看来他的疯癫之举并不全然出于保命。

我脱了鞋,脚趾又湿又冷,但还不致冻伤。我们来了多久了?一个月?不止一个月?日子在不知不觉中随着流水潺潺而去。

约翰逊的看守也摇摇头。疯子忽然捶胸而歌,歌声拨开藤丛,悲戚而低婉:

"噢,你妈妈是个不要脸的娼妇,

"你老婆也是个娼妇,

"还有你的女儿——真他妈是个不要脸的娼妇!"

我在夜里听到过,歌声从那间没有窗户的木屋里钻出来。

我在白天听见肖尼人也哼唱着,边唱着歌边劳作。冬雪消融,他们打算把那几座坟包一样的小丘垦成良田,像一伙野心勃勃的盗墓贼,奋力挥舞着手里的锄头。我在一旁观战,和我一同观战的还有他们的女人。女人们提着袋子,里面装满了迫不及待落土生根的种子。哪怕小丘下面真埋着人骨,我猜她们也不会介意,反而盼着能让庄稼收成更好。威尔·布鲁克在人群中发现了我,伸长胳膊向我招手,可马上又羞愧地撂下了。

伴着锄头敲在土地上的节奏，歌声欢快而昂扬，锄头反而显得钝了。在他们而言，终于多了一首新歌，可在我而言，不过是旧调重弹。

"你女儿是个不要脸的娼妇，

"娼妇娼妇娼妇！

"你女儿不要脸，

"不要脸不要脸不要脸！"

你说是谁给这句话谱了曲，旋律甜腻而哀婉。娼妇！娼妇！！娼妇！！！一声比一声更高亢。回去的路上，甚至连我的看守都在不自觉地小声哼唱！

也许这旋律真能让他们快乐。白人的音乐于是飘荡在印第安人的领空，我的两个印第安小姊妹在门前的小路上码好了石子阵，踩着旋律，踮着足尖，跳起舞蹈。她们看见我，对我莞尔一笑。我看见她们笑了，对她们鞠躬回礼。

我把自己关进屋里，把歌声关在屋外，感到万分轻松。室内昏暗的光线和一成不变的味道成了对此刻的我巨大的安慰。门外，我的看守清清嗓子，提示彼此，他仍在坚守岗位，履行职责。屋梁上，鸡埘中间一阵悉索，一只鸡不留神倒栽进了烟囱。我的印第安妈妈笑着转身走向炉火，我在与不在，她根本看也不看，我望着她的后背，猜想她大概情愿我不在。

屋外越来越聒噪，歌声越来越高亢。黑鱼躺在垫子上，起先没说什么，但忽然睁开眼睛，看看我，从角落的毯子下面拽出一把燧石火枪，站起身，递到我手上。一把破枪，细看枪托已经裂了，可我还是接了过来，把枪架在肩膀上。我看了看他，问：

"你想让我用这把枪把外面的白人一一崩了？"

笑容在他脸上一闪而过。我其实更想问把你崩了怎么样？但我忍住了，至少我还不确定这把枪好使不好使。

我看着他，想再说句笑话。可他面无表情地说：

"去吧，打猎。"

"打什么,父亲?听凭差遣!"

"想打什么就打什么。"

我指望他再笑一次,但是他依然如故。身后,炉子旁边,妈妈的锅失手掉在了地上。

"女儿了不起,太太自然也是个厉害的角儿。"

庞沛淡淡地说,一边抽着柳木烟。山雪褪去,露出倒在地上的玉米秆和棕色的树叶,一群人翻翻捡捡,不知道想干什么。他盯着他们,好像生怕稍一走神,他们就会溜走。

和我同来的那些布恩斯伯勒的伙计们仍在地里干活,我离开他们,沿着通向山林的小径走到这里,遇上了他们。我把背上的枪摘下来拿在手上,新镶的枪托,我的杰作,递给身旁一脸怨懑的看守说:

"拿去打鸟。"

年轻汉子脸上露出一丝兴奋,高举枪管,直指蓝天。

"嘿,谢尔托易大乌龟,你有几个女儿?"

庞沛嘬着烟斗,给我起了个特别长的花名。看来不光是我,大家都太不习惯以那个可怜人的名字称呼我。黑鱼就从不叫我名字,但他会叫那两个小姑娘皮珮茜和波珮茜,他甚至还会在早上亲吻她们,把枫糖块喂到她们嘴里——我装睡偷见过的。我记得希尔说过,他最喜欢把战俘绑在木桩子上,小火慢烤,折磨致死。真不知道他是怎么想出这个点子的。

"数不胜数,你呢?"我反问庞沛。

"一个没有。"

"儿子呢?"

"还是没有。"

"在理,在理,谁会愿意委身于你呢?"

肖尼人纷纷笑了,拍着手站到一旁。他露出豁牙,还我一个假笑,

第一次显得无所适从,不知道该说点什么。我抢先问他:

"他们在哪儿找到你的?想必来此时日已久,看上去和他们都快成一家人了。"

庞沛耸耸肩,保持着刚刚的笑容,没有回话。

我追问:

"也是被抓来的?"

他看看我:

"和你不同,你个婊子。"

"那你是怎么到这来的?"

他笑不可支,说:

"我既没有认他人作父,也没有投诚于谁。"

"哈,好吧。"

他重新把烟斗塞进嘴巴,烟嘴卡在豁牙中间,嘴歪向一边。想了想,又说:

"在我看来,你是故意落到他们手上的,你的那些跟班于是也跟着来了。"

我狠狠地拍掉了他的烟斗,烟斗插在一坨烂泥中,烟嘴朝下。他看着我,僵着未动。

"好啊,大乌龟,我的话是不是触动了你的心伤?"

"你觉得是我自投罗网?是我自甘寄人篱下?"

"我不觉得你有什么好介意的,你现在贵为人子,又谈不上什么损失。不得不承认,有些人生来即高人一等,其他人只能看着、受着、忍着!"

他当着我的面哼起了那首新曲,停下来,继续说:

"他们大概恨透你了,他们,我是说你手下的那些白人。"

保命要紧,保全大伙,我警告自己。可是只要有庞沛在一天,我都无法安宁。我打起精神,小心应付道:

"我的人各个深明大义,知道现在这样才是我们最好的出路:转投肖尼人的阵营，彼此不再纷争，休养生息，甚至有朝一日还可以联起手对付英国佬。"

他望望天，似笑非笑：

"到了春天，我们更加会亲如一家。那个时候，你的家人就将是他们的家人，这可是你就俘的时候亲口说过的。"

他解下蓝色的头巾布，头发细密地一匝一匝盘在头顶，散发出橄榄油或者类似油脂的味道。我不知道顶着这么重的头发他会不会头疼，但我没问，知道他疼了也不会真的告诉我。烟斗倒插在烂泥堆里，招摇地挺着身子。

"不得不说，你在这儿看上去和他们亲若兄弟，"我说，"但我猜你过去无非也是个俘虏或者种植园的奴隶。"

他眼神硬起来，失去了光泽：

"我也知道你会对奴隶的生活了如指掌。你养在布恩斯伯勒的那些奴隶一定对你的聪明才智交口称赞。"

"布恩斯伯勒的的确确有不少黑奴，而且，你说得没错，我自是有我的聪明才智。"

他使劲搓着头发，像是在解痒，发油的味道一波又一波飘散开来。

"我们决定留下来，就待在这儿，不跑了。你呢？"我问。

他表情抽搐，大笑：

"跑？去哪儿，重回弗吉尼亚吗？我难道还没挨够鞭子，还想被关进猪圈跟它们争食？"声音近乎嘶吼，"我甚至都不记得我还是个人，不知道我还有个名字！"

"也许你本来就是头猪！"

"也许吧！"

我觉得他随时会扑上来将我掀翻在地，我叉开双脚稳稳地扎在地上，浑身紧绷，静观其变。

他也绷紧了身上的肌肉，攥着拳，怒火中烧。

接下来，是长长的静默，我们相对而立，其间的空气仿佛已经凝滞。河水潺潺，打着转，欢笑着从旁流过。年轻的看守扣响了扳机，巨大的后坐力让他一屁股坐在了地上。枪声回荡在头顶，随风飘向远方的树林。

我俯身拾起庞沛的烟斗，尽量使自己听上去郑重其事：

"罢了，罢了。干吗放着这里的好日子不过而自寻烦恼。"

"的确如此。"

空气松弛下来，变成虚伪的一声长叹。和解来得太过突然，连我们自己都难以置信。我察觉到他巨大的不快。但他最终还是松开拳头，展了展胳膊，恢复了往常一样懒散而漫不经心的样子。

"他们仍有可能随时杀了你，你知道的，他们，我是说你的印第安兄弟。"

"我当然知道。你也一样，别看他们还没对你下手，还不是随时说杀就杀了。"

庞沛双手高举过头顶，像春日里迎风招展的新枝，在空中摇了摇，又放下来，说：

"看到那些木头了吗？他们死后就都埋在那儿。"

他指着树林深处一小片开阔的空地，漆着油彩的木棍竖在当中，有些经历风吹日晒渐渐变了颜色，有些油彩鲜丽，显然时日尚浅。我什么话也没说，他吓不倒我。他笑了笑：

"那都是空心的，这样一来死人才能呼吸，从生到死再到往生极乐，差不多要三天三夜吧，你大概还不知道吧？"

我被他的话完全噎住了，张张嘴，发不出声响。他好奇地打量着我，末了，问：

"对了，谢尔托易，他们嘴里的姑娘是你众多千金中的哪一位啊？"

我和我的枪、我的看守潜入山林，可庞沛的话始终萦绕耳畔，步步紧逼，一步也不肯放松：

"……你是故意落到他们手上的,你的那些跟班于是也跟着来了……"

不论是他的声音,还是我的看守,我一个都别想甩掉,无论走到哪里!不过自从我让他摸了枪,这个肖尼人跟我的关系就愈发亲密。有的地方雪已经融了,我的脚印深深陷进春泥,可是有的地方雪还很硬。不论泥里雪里,我脚步拖沓,搞出很大动静,隔着很远,野兽早就闻声躲得无影无踪了。起先,我并不甚在意,但饥饿的阴影尚未挥散,那种让人但求速死的绝望想起来就令人心悸。我擦亮眼睛,打起十二分精神,像过去一样,不放过婆娑的树影之间任何猎物的行踪。

但是为什么要打猎?为什么要惦记着他们吃没吃饱?我给火枪上了膛,转手递给我的看守:

"尽情享受。"

他一把夺过去,大喜过望。可他转念看了看我,又沉郁了,他大概想起了黑鱼和他肩负的职责,告诫自己不辱使命,向我提议跟着他继续前进,我恭敬从命。我亦步亦趋,好几次险些踩到他的脚后跟。现在伺机逃跑并不明智,他极有可能一枪崩了我,虽然我刚刚见识了他的枪法,可我不想涉险,哪怕只有万分之一的可能,我也不要万一成了枪下冤魂。何况,就算我侥幸跑出森林,我又能向谁求救呢?附近的白人地堡虽然林林总总不在少数,可又有哪一个不畏惧黑鱼呢?布恩斯伯勒恐怕也不会例外。

我反复回想起第一天泪流满面的印第安妈妈,这让我莫名难过。我告诫自己,不要想加利福尼亚的妈妈。不,要,想。

我盯着看守的后背,他安静地走在前面,向左,再向右,时不时抬起头看看,可天上什么都没有。我跟着他,盲目地只顾前进,没有既定的目标,没有野兽的踪迹,只管向前走。后来,我实在忍不住了,拉了拉他的衣服,问:

"你叫什么?"

"卡斯奇。"

"好吧,卡斯奇。看,不,不是上面,低头看,这里:一只小鹿不久前在这儿睡过一觉,留下了一点痕迹。看到了吗?对,就是这儿,它卧过地方的草尖和平常生长的方向正好相逆,就是这么明显。这样的痕迹可以说林子里遍地都是,你们肖尼人应该很擅长这个吧?"

他认真地看着我,一脸懵懂。可惜我的肖尼语依旧磕磕绊绊,不能完全达意。我只好比画给他看,先是模仿鹿奔跑的脚步,再把手指支在头上,作鹿角状,接着我卧倒在树荫底下光滑的草地上。卡斯奇看着我,再次认真地点点头,然后也就地躺了下来。这下好了,我不知道还能怎么办了。

我们于是并排躺了很长一会儿,腿都僵了,渐渐感觉到冷。尽管离我们的脑袋不远就堆着一泡鹿粪,可我真的动都不想动。我吹起口哨,妈妈的一首老歌。以前在夏季牧场,一到了晚上,她就会唱起这首歌,拍拍牛羊的肚子,把它们哄进圈中。

"来吧,我的小宝贝,

"进来吧,我的小乖乖。"

真是一首轻快的小调,比之他们"娼妇""娼妇"的淫词艳曲不知道要好听多少。

妈妈唱歌的时候,我就会把猎到的飞禽架到火上翻烤。紫崖燕、乌鸫、画眉和八哥……回忆揪心,我合上眼睛,让旋律在舌尖跳跃。卡斯奇躺在旁边听得专注而安静。可他不等我吹完,忽然摇摇我,说要起来去打猎。他站起身,拍拍沾在背上的尘土和青草,我躺着没动:

"你自己去好了,我就在这儿待会儿。"

这当口,身边的灌木丛忽然窜出一条影子。近得几乎可以看清它柔软而纤长的眼睫毛,棕色的瞳仁,背上的斑点,裹着天鹅绒般的犄角,和渐渐褪下的冬毛——好一头雄鹿!我抓起地上的枪,来不及起身就扣下了扳机。子弹直至胸膛,它蹦了一下,跪倒在我们脚下。这一枪可谓干净利落,只在皮毛间留下一个小小的弹孔。它神情安然,甚至合上了眼睛,仿佛它的出现就是为了成全我的这枚子弹。

"妙哉！"

我想不出别的话说。的确，动物的痕迹遍地都是，但是谁又能准确解读其间的玄机呢？反正我不能。卡斯奇眨巴眨巴眼睛，摸了摸胡子拉碴的下巴。

还没回过神，我们又听见了急促的喘息，就在身畔！卡斯奇扭身探看，可我不看也知道是谁来了，约翰逊，只有他才发得出这种怪腔。他看上去实在不像只鸭子，雀跃着在树与树之间蹦来跳去，舌头挂在外面，嘴角结着涎水干透了留下的白痂，乱糟糟的胡子自立门户，像一只抓着他下巴不放的怪物，两只眼睛布满血丝，红彤彤的，甚是骇人，在看见我的那一刻不为人觉察地闪过一道亮光。他深鞠一躬，围着鹿尸跳起了诡异的舞步，四肢高抬，柔弱无骨。原来是只小鸭子，卡斯奇松了口气，笑了。不多会儿，小鸭子的看守就气喘吁吁地追了来，一副早都受够了的表情。

"约翰逊，"我问他，"这是你的鹿吗？"

"这是主的声音，还是我主人的呼唤？我一个人的主，还是我的一个主人？"

他擎着脑袋，仍旧拖着舌头，说起话来不清不楚，神情恍惚。我当然知道这都是他精心排演，有心为之。他尖声长叫。他的看守挥着胳膊好像正在向他的同僚抱怨：瞧见了吗，我一天天面对的都是什么？

"好了，好了，伙计。看上去他们似乎对你失去了耐心。小心在这么闹下去，他们哪天一刀宰了你。"

"真有那么一天，你岂不要拊掌击节？把我这只死鸭子踩在脚底下，像这样，就像这头死鹿！不，它跟我可没什么关系，一点关系都没有！"

惊觉他话语之间果真全无往日旧情。

"约翰逊，你……"

"别叫我约翰逊，裴卡拉才是我的名字！"

"小声点！他们现在由着你一个人安安乐乐地待着，是觉得你不过就是个与人无害的疯子,可他们心里其实……"

"你刚刚说什么,丹?!安乐?哦,不,我是不是该尊称一句'主人'?你莫非真觉得奇利科西是你我的安乐窝?可怜的裴卡拉为主人和圣上开疆拓土,为他们的安乐,甘愿肝脑涂地。罢了,罢了,愿主佑圣上,哪怕他的手上沾着臣民的鲜血!怪不得你太太的那些兄弟口口声声要效忠国王至死,我看骨子里你们还真是一家人无疑!"

"至少大家现在两不相扰,如果安乐就是和平,那我希望这样的安乐越长久越好。放松点,你也别太激进了。"

约翰逊向我坐的地方挪了挪,挪了挪,张了张嘴,喷出一股恶臭,眼珠子左右转了转,重新落在我身上,分明恢复了往日的澄澈,咬字也正常了许多,他压低声音几乎要趴下来说:

"他们喜欢你。"

"他们也喜欢你。"

"关键是你喜欢他们,布恩。你一贯如此,你向往他们的生活,向往这里,我说得对吗?现在你称心如意了。"

他猛地戳了戳我的锁骨。

"可你不也一样甘之如饴?怎么样,喜欢你的新爸爸、新妈妈吗?他们有没有给你讨一房媳妇,干脆把你安顿在这儿?"

瞳孔收紧,继续说,

"我还是更喜欢你的老婆,还有你的诸位千金!不光我,人人都爱。有一次,我给了你的小苏珊娜一个便士,她就同意了我把手放在她胳膊上。你说,要是我还想摸摸她的脚踝,她的大腿,或者再往上一点,干脆伸进她的衬衣,该是个什么价码?哦,哈哈,苏珊娜啊,迷人的苏珊娜……"

我攥着拳头,手指被自己捏得生疼。他笑看着我,继续说:

"不过,不是苏珊娜也没关系,你的诸位千金,换作哪个都行。丹,你听好了,我会把她们从你身边带走。白给的马,谁会不要?我是从来欣然笑纳的,哪怕别人骑过的也无所谓。驾驾,快跑哟,小母马，吁——"

  他颠着马步上蹿下跳。我不由自主跟在他身后，听他接着说：

  "听过那首歌了吧？我想你肯定竖着耳朵欣赏过了。怎么样，那可是我精心为你谱曲填词而作的，喜欢吗？"

  他猛地转过身，臭烘烘的大嘴压在我嘴上，味道呛鼻！我推开他，一拳砸在他下巴上。他边咳嗽着边问出了接下来的问题：

  "你难道就一点也没怀疑过你不在家的时候，你的妻女都在干什么？"

  他雀跃着跑开了。他大步并作小步，的确像个于人无害的跛子。我知道，两个看守都在看着我们。

  我感到周身血液沸腾着，汩汩冒着黑色的气泡。那头鹿安静地合眼躺在地上，像睡熟了一样。我手里握着枪，枪膛里躺着子弹，约翰逊尚在视线之内，正在一蹦一跳地向镇子走去，身旁跟着那个无可奈何的看守。

  剩下我的看守还不知所措地垂手看着我。

  "走吧。"我咬着牙用肖尼语说。

  卡斯奇伸手要我的枪，我没给，反手挎在背上。够了，都够了，我不会真的开枪的。他只好不情愿地提起一条后腿，我提起另一条，两个人一路拖着鹿尸向回走，在冬雪初融的山林留下一条弯弯曲曲的泥巴沟坎。我把翰逊和他臭气熏天的大嘴暂时搁到一边，转而开口对卡斯奇说：

  "看见了吗，这也算是种痕迹，而且会轻而易举地让敌人追到我们。"我指给他看。

  道路泥泞，草叶湿滑，他不小心绊住脚，重重跌倒在地。我上前帮忙，被蛮横地推开。他背对着我，可我还是发现他背对着我在偷偷拭泪，自己跟自己较劲。他擤擤鼻子，忽然换上了詹姆西的脸！我呆呆地看着他，拨开层层巨石，从心底深处一点一点，慢慢爬出来，脸上带着一样的懊恼和忧郁。

  可很快，他又消失不见了，像从不曾出现过一样，干干净净，再难寻踪迹。我望着卡斯奇,恨不得扑上去,把面前这张脸扯个粉碎。错了,都错了,不该是这副面孔的!可我只是紧紧抱着他的肩膀,手指几乎掐进肉里。许久,我们站起来,继续拖着鹿尸向回走。除此之外,不论是我,还是他,不知道还有什么别的去处。

9. 飞短流长

"你妈妈是个不要脸的娼妇——吗?
"你老婆也是个娼妇——吗?
"还有你的女儿——呢?"

时隔几天,我又在河边遇见了我的剃头匠。最近,我小心地躲着庞沛和约翰逊,躲着所有人,除了郁郁寡欢的卡斯奇,我几乎不与人往来,只专注手里的活计——给我的印第安爸爸再做一只橡木枪托。可当她从我身旁走过,我还是不小心听到了她的歌声。她说英语的时候,带着滑音,所以唱起歌来,原本言之凿凿的歌词变成了一连串的提问,而我情愿视此为她对异乡人的怜悯。

"人们如果反反复复重复一件事,说得多了,到了最后这件事多半也变成了真的。嗨,达丽拉,近来可好啊?"

"你们的那些人天天都是这么唱的。"

她看了看我,眼睛里有一丝揶揄。可我想,大概她平时就不苟言笑。至于那个一贯跟在她身边、一直冷着脸的女孩全然忽略了我的存在,全神贯注于两只鞋后跟,跺着脚,啪啪地打着节拍。我同样问候她日安,她仍不能把目光从两只鞋后跟里拔出来,只把我的问候字正腔圆地重复了一遍,像是又原样奉还给了我,更像是在纠正我的发音。

我不知道我在她眼里是不是真像个白痴，我模仿白痴肖尼人说话的样子，企图取悦于她。我的两个印第安小妹妹对我的这番表演总是会报以最由衷的笑声，好像我在她们这些土著眼里都是不折不扣的下里巴人。但是她不同，扭头转到一边，继续敲着鞋跟。我只好对达丽拉说：

"这位是您的千金吗？别怪我多嘴，她可长得一点都不像她妈妈。"

她伸手摸了摸女孩儿的头发。我顺势又说：

"怎么，想给她理发？我看还是别了，她的头发起码比我的好看，不如多留一留好了。"

她看了看我：

"你的头发渐渐长出来了，但是，呃，稀稀疏疏。"

"你是想说'软趴趴的'吧？没关系，你大可以放心这么说。'头发软趴趴，脑袋蠢瓜瓜。'"

"就是这个意思。"

她仍没有笑。我觉得自己像个小丑。

"这么说来，过不久又要麻烦你们女人代理头发了？"

"很有可能。"

她把水罐抱在怀中，拉拉女孩儿纤细的小胳膊，抬脚要走。我忽然有点担心她们平日里是不是食难果腹。我在黑鱼家所在的那条街上碰见过她，清楚她住在哪儿，但的确从没见过她家里的男丁，也没有见她收养哪个白人儿子或者白人丈夫。有的时候，她会过来，帮我的印第安妈妈打打下手，以此换点肉食。

"想吃鲜肉吗？"我问，"我可以帮你们打猎，我有枪。"

"打来的肉还是去孝敬你的妈妈好了。"

"会的，不过我当然也有本事多打一些。可不是吹牛，不信你问卡斯奇。野鹿见了我都会乖乖从树林里跳出来，直往我怀里钻！"

卡斯奇才不理我，把头扭到一边，看来还在与我怄气，不知道是气我瞧见了他失态的样子，还是在气我太轻易就打死了一头公鹿，再或者是气我虽然是个白人，却居然可以持枪。我看达丽拉没说话，只好继续说：

"剥皮、卸肉，这些我都在行。"

"我自己也能做这些事。"

"对此我并不怀疑。"

卡斯奇擤擤鼻子，猛拉了我一把。但我只管继续说我的：

"身边的这位小姑娘肯定还能帮你一把。"

"她的确得力。"

我原想问问女孩儿的名字，但话到嘴边，遇上她冰冷而犀利的眼神，只得咽了回去。她看我的样子，让我不禁怀疑，对面这颗小小的心脏是不是被敲碎了再捏起来的，总不见得是与生俱来的铁石心肠吧。达丽拉走了，把我留在原地。我仿佛又看到了那个年轻的自己，拖着鹿尸，身上血迹斑斑，暗地里期盼着丽贝卡走出房门，看一看我，哪怕只是看一看。一恍惚，都是些好久以前的事了，可我还是想说，一个男人，不论什么时候，都希望有女人能给他捧上一碗香稠的牛奶。见达丽拉已经走远了，女孩儿也飞身追了上去。可前面的她没走几步，忽然回身问我：

"为什么他们要对你的女儿说长道短？"

"这个当然，手底下的人有个什么不开心，很容易就会把矛头对准头领，或者头领们的女儿也说不定。可惜我却不知道他们骂的是我家的哪一个！如果我猜得没错，我想他们说的应该是杰迈玛，当然，我知道苏珊娜也是一贯乐善好施的。"

约翰逊不是第一个敢对苏珊娜评头论足的。只怪她太率性也太任性，难免时而有个什么出格之举，哪怕在我看来，她初衷并非如此。苏珊娜，我的心肝宝贝，为父不得不替你扼腕，有什么法子呢，怪就怪我们的骨子里流着一样的血，血里涌动着一样的不羁和放浪吧。

不过这在如今看来并不算什么，我学达丽拉的样子耸耸肩，表示并不以为意。她接着又问：

"是你的女儿曾经落在过印第安人手上，后来你把她营救回去了，对吗？"

她的话让我恍惚。遥远的往事，许久以前的往事，早就尘封的往事，翻滚着，汹涌而来，我好半天才吐出一句问话：

"你是怎么知道杰迈玛被掳的？"

轮到她耸耸肩：

"布恩斯伯勒建成没多久，你的女儿就在城外被掳走了。我们的人知道她们是谁，本打算把她们带来这里，未承想被你和你的人马抢先一步。不得不说，那几个女孩儿很是聪明。"

她笑了，眼睛弯成一条缝，露出粉色的牙床，我被突然出现在她脸上的笑容骇了一跳：

"的确如此。不过当中只有杰迈玛是我的女儿，另两个女孩儿是卡拉韦家的。"

她是我的——潜意识里我似乎从来这么想，从没否认过。她，是我的。杰迈玛的脸在我脑海中一闪而过。达丽拉说：

"她们把衣服撕碎了扔在地上，为了能让你们循着记号追到她们。大姑娘家家的，一路上哭哭啼啼，绳子不绑紧一点，还会被她们从马背上折腾下来，还不就是为了拖慢绑匪的脚步。"

我也笑了，我记得她们事后也是这么告诉我的。

"看样子，"我说，"你对故事的进展了如指掌。"

"对你来说，算是个故事。可于我们而言，只是一场事故。"

"难道是你们——这里的这些肖尼人——掳了她去?！你们的人，你们奇利科西的人？"

她歪歪脑袋没有正面回答。我感到又是我的命数，这一次，命数扬起了马鞭，而我则被戴上了眼罩，不能左顾右盼，只能埋头向前，直到再抬起头时，发现自己就落到了这里。我是多想问问她可还知道更多的事，比如詹姆西，但我不愿再提起这个名字。我怔怔地望着河面，冰河开化，春水上涌。我拾起脚边的一块石子，丢出去。是我，是我亲手救下了杰迈玛，把她，还有卡拉韦家的两个女儿，一起安安全全带回了布恩斯伯勒。我救了她，却没能救回我自己的詹姆西。我不禁摇头，胸腔之内难以平复。为什么，难道我一直以来都不是个好人吗？

那个女孩早就追上了达丽拉，两人并肩走远了。我来不及细想，大声清清嗓子，对着她们背影高声说：

"那天的事简直一片混乱。我们差一点错把贝奇·卡拉韦也当成肖尼人给一枪崩了！卡拉韦家的女孩儿也是黑头发，披散着，破衣烂衫地朝我们跑过来，我们还以为是肖尼人追过来了……"

"是的，的确混乱，"她淡淡地说，"我们知道当时的情境，这里的每个人都知道那天发生的一切。"

"看来你们的人对我们诸般好奇，我们何尝不也一样。"

身畔，女孩儿自顾自蹦蹦跳跳地向前跑去，只剩下路前方转弯处的一道影子还隐约得见，达丽拉快步跟上去。而我仍想大声呼喊，想告诉她们，其实在我心里，什么女儿啊，她们早就死了。为什么我的故交们现在如此恨我，不过是还奢望着我能像营救杰迈玛她们那样帮他们脱离险境，而我有负众望。他们所以说杰迈玛是个婊子，婊子婊子婊子，可究其一生的过错，不过是错生在我家、错成了我的女儿罢了。

那天晚上，我躺在榻上，脑中思绪纷乱，像父亲剪不断的麻线团。失眠总是困扰着我，在奇利科西的日子仿佛本身就是一场长梦，偏偏一入了夜，睡意就绝少再光临，即便偶然屈尊而至，也稀薄得于事无补，说散就散。可话说回来，人为什么要睡觉？为什么要在夜幕降临的时候努力把自己抛入一个如堕五里雾中的巨坑，再在第二天天亮的时候把自己捞出来重回现世？死神总是缠着我，哪怕侥幸而得的浅睡亦不放过，它低语着，像极了庞沛的声音，断断续续，语焉不详。而今晚，让我从黑暗中惊坐起身的换成了希尔的公猫嗓音，仿佛夜色下绝望的哭嚎，天知道他现在唱的又是哪一出，天知道他能这样坚持多久。晚风中，没有卡拉韦的声音，只有希尔，像是从遥远的地方慢慢飘荡过来。

渐渐地，我对整座小镇的地理方位已经了如指掌。整日走街串巷，盘算着眼前看到的东西是不是他日逃出生天的跳板，比如泊在水边的小舟，再比如系在木杆上的良驹。我的看守仍成日里形影不离，抛开那次私授猎枪的交情，他显然对我戒心未除，时刻警戒着，一心要成为那个逮到我越狱之举的小镇英雄。我索性把更多的时间花在家里，平生第一次心甘情愿过起了居家生活。家成了危难之时的庇护所，足不出户，就不用时时面对布恩斯伯勒的故交，也就暂时不用烦心那些力不能及的事情。

我决定用这点时间好好尽一尽身为人子的义务。如果我的印第安妈妈吩咐我去磨玉米面，我就去推磨；如果她吩咐我去刷锅，我也会立刻起身就去，不再纠结这些究竟是男人的活计还是女人的分内。我甚至还做了个矮凳，把《格列佛游记》里的巨人国和矮人国都雕在木头上，边干活儿，边给妹妹们讲故事，模仿书中各色人物的腔调，逗她们捧腹。我唯独不参与田野的劳作，因为不愿在那里碰见任何熟悉的面孔，不愿听他们婊子长、婊子短阴阳怪气的腔调，不愿有任何可能再碰见约翰逊那个疯人。

傍晚，太阳西沉，夕阳透过墙上的缝隙和屋顶的烟道口在室内留下一片斑驳。黑鱼安静地坐在屋内，妹妹们围着他，闲来无事，把他发间的羽饰一根一根挑出来，再丢在一旁。我的印第安妈妈对着光在缝补衬衣，我在一旁专心打制新的骨锥，也是给她的。我的印第安妈妈从不直视我的双眼，反而她和我说话的时候，总是把眼睛停在我的下巴上，或者脸上。不过好在现在她对家里忽然多了我这么号人物越来越习以为常。司其拉威瑟萨，她用肖尼语称我为"孩子"，这个词好像对她来说并不熟稔，黑鱼会叫我作"吾儿"，但她从不如此。

她手起针落，亚麻线在空气中发出轻浅的瑟瑟的声响。我望着墙上的影子，发觉今晚，整个村镇静得出奇。镇子中心的集会大厅里鸦雀无声，竟然连房子后面羁押了希尔和卡拉韦的牢房都不曾传出丁点声音。炉膛里细小的火星从炭堆中迸出来，也小心地尽量不发出一点声响。

那天，我不但睡着了，还做了个梦。我知道是梦，因为詹姆西还是小时候的样子,和丽贝卡一起藏在田野尽处,好像在寻找逃跑的空隙。周围太亮了,会被发现的!丽贝卡说着掀起长裙把詹姆西藏了起来。玛莎也出现了,没穿衣服,边走边唱着歌,太阳从沉睡的田野中爬起来,我爱这晨光中的一切。她随即躺在地上,叉开两条腿。而我的那些白人伙计们就站在旁边,友好地排成一队,握着他们直挺挺的男根,静候着轮到他们上场的机会。我像几乎所有时候一样,当然又是先锋。就这时,杰迈玛出现了,满眼困惑,一脸震惊地看着我们,手里仍抱着她的猫……我把手里的改锥狠狠扎进胳膊,方才从疼痛中惊醒过来,被俘之后我第一次做了梦,还是这样一个离奇的梦。

就在这时,我忽然听到安静之中一声巨大的轰鸣,像河面的坚冰破裂的声音,可明明早就已经开河了,我边思考边试图坐起来,腿抽筋了。我发现我的印第安家人一个个都好奇地看着我的脸,而黑鱼已经站在了门口。我站起来,被系在身上的绳子绊了一下。尽管到了晚上,他们仍然会用绳子把我系在墙上,但最多不过绾个松松垮垮的绳结,于是这样的举动便带上了考验的性质,仿佛时刻在反复捶问我的真心:

"你,会心甘留在这里吗?"

刚刚的巨响不是做梦。我的印第安父亲朝门口努努头,示意我跟他一路去看究竟,我自己解下绳子,随他走到外面。是树林那边传来的声响,不止我们,人们纷纷走出房门,和我们一起垂着手,侧耳细辨,没有一个人说话。

口哨声连着一串嗥叫,再然后是一阵冷笑,令人脊背发凉。天上挂着半轮月亮,半笼在云中。我想狼是不会介意月色朦胧的,只要有月就只管照旧嗥叫,狼就是狼,狼也只是狼。可倘使你一味想知道狼是怎么想,料定你活剖开它的脑壳也未必能看得真切。

镇中心的路上又传来一串嗥叫,可惜技巧拙劣,显然不是狼。希尔和卡拉韦兴奋地随之大叫起来,看来他俩起码还活着。黑鱼忽然身子一僵,我发现他暗暗捏了拳头,十指攥紧,又松开,松开,又攥紧。两个小妹妹壮着胆子趴在门口向外张望,眼睛扑闪着,不过很快就被拽进了屋去。晚风清冷，月光里的树和房子镀着银边，紫色的晚霞已经渐渐消散不见。黑鱼快步向大路正中走去，我紧随其后。我看见几个白人故交困惑的眼神，无奈向他们摇摇手，表示我也不知道发生了什么。我三步并作两步紧跟在黑鱼后面，绕过最后一间房子的时候，发现庞沛就站在背阴的地方，昏暗中他头巾的影子和脖子的曲线隐约可见。他向前一步，让月光照在脸上，好像是特意为了让我把他那副懒散而惬意的模样瞧个清楚：

"狗改不了要吃屎，鸭子改不了要上房，"他像是在劝谏我似的苦口婆心地说，"小鸭子终于想起来自己除了装疯卖傻还有别的本事，所以，拍拍翅膀，飞啦！"

10. 再踏征程

镇子中心的集会大厅又开始制造声响，隔壁木头牢房里也乒乒乓乓，造反似的，整夜整夜不肯片刻消停。

约翰逊逃逸后的第三天，其他几位酋长陆续带着各自的人马赶来这里，一路风尘，裹着严严实实的斗篷，抵御春寒。

其中一位访客披着紫罗兰色的毯子，自知与众不同，像清晨抖搂羽毛的山雀，目不旁视，却把众人的目光和注意力尽数揽在身上。女人们见了都不禁要屏住呼吸，哪有人见过这颜色！红的？不像。蓝的？也不是。彼此议论纷纷，却是谁也说不出所以然，只得伸出两臂环抱着自己，尽量想象那条毯子披在自己身上的样子。甚至几个有幸在场的小姑娘，都情不自禁地摩挲着自己的腰身，似乎也要丈量一下。我还从没见过她们对一件事情如此好奇，当然，这位酋长身上的颜色的确稀罕，真不知道他是从哪儿搞到这么一身行头的。

我被系在门上，身旁坐着我的看守，妈妈和妹妹们也在。从这个位置，我可以看清楚屋子里发生的一切，却看不清所以，很是想开口问问他，问他是不是为了这件颜色鲜丽的披毯向白人出卖了肯塔基的又一方土地、问他是不是从彻罗基而来、问他是不是也在与白人停火协议的签字现场露过脸、问他是不是袖着手看着我的孩子受尽折磨直至死去？我感到喉咙像着了火。马蹄声声，纷至沓来，马背上银饰琳琅，叮当作响。我真的很想问一问他可还认识彻罗基的吉姆？但我不敢说出那个名字，但愿他从不曾存在。

我不愿再开口。我知道此时此刻，不光我的看守寸步不离，远道而来的他们也都在关注着我的一举一动。我又一次被严加看管了起来，我和我的白人故交们个个都遭到了更为严苛的监管。天杀的约翰逊，且看看你做下的好事！

"父亲。"

黑鱼再回来的时候已经夜深。人还没到，烟草的味道先一步钻进来。妈妈和两个妹妹早就睡熟了，我照例被系在墙上，但仍尝试着向门口迈了一步。他不看我，专心嘬着烟嘴，像又饿又瘦掉光了牙齿的老头儿好容易喝上了牛乳。少见他如此心神不宁。

"那些……酋长们有何贵干？"我问。

他长叹一口气，抬抬下巴，吐出一口浓烟，余烟缓缓升起，有如精雕细琢。

"他们带来了一些消息。"他说。

但他并没有说是什么样的消息，就转身走了，阔步向镇子中心走去。集会大厅的烟囱正在喷着白烟。炉火未烬，争论未尽。我看着他的背影一闪身消失在门口。除此之外，我只能听见庞沛高声演绎着肖尼人的歌曲，重复着几乎没有起伏也没有变化的单调旋律。烟囱中喷出一星半点的火花，我忽然觉得"黑鱼"的名字取得别有用心，尽管听上去断不像是他的本名。印第安人似乎对起名一事并不在意，但黑鱼本人的确具备了些许鱼的潜质：蛰伏在冰层以下，肚子贴着河底的软泥，静静地，一动不动，然后忽然发力，跃出水面，哪怕对方是一只飞虫，也不轻易放过。

月光黯淡下来，两个妹妹翻了个身，好像睡得很浅。集会大厅里的争论还在继续，甚至更为热烈，丝毫没有倦怠下来的趋势。我站在门口，把松了的绳子又系了回去，想说点什么，又不知道说什么好。我回想着那日与约翰逊头抵着头的感觉，回想他疯癫嘴脸之下的无限冷漠，以及他不加掩饰的诘问：

"你是喜欢这儿的吧？"

我试图换作他的角度重新思考，却像失足踏进了暧昧不清的混沌之中。我猜，如果他不是饿死在山野蛮荒之地，而是侥幸爬回到布恩斯伯勒，回到那个散发着恶臭却终日无所事事的地方，他一定会告诉各位的妻眷，他们的男人现在成了什么一副人不人鬼不鬼的模样，顺便再告诉她们，是我出卖了所有人。天晓得他还会不会在布恩斯伯勒继续上演装疯卖傻的好戏。我盘算着，不知道密林深处像他这样的鸭子有没有与生俱来的天敌。

集会大厅里的声音戛然而止，仿佛所有人在同一时间堕入梦乡。我竖耳倾听，连希尔和卡拉韦也噤了声。整个世界安静得只剩下山风穿林而过树叶悉索的声响，夜莺偶尔的低吟，以及春水潺潺流去。一声哈欠，穿墙透壁，还有谁的鼾声，诉怨着往日的辛劳。

黑鱼的烟斗还挂在嘴上。我看见那一豆星火从远处渐渐走进，开口问道：

"开完会了？"

他擦着我径直走进屋里，影子也匿进了黑暗。不知缘何，他忽又回到门口，出现在我旁边：

"吾儿，我想过了，决定让你跟我们同往。"

我尽量显出惊喜和感激，并为自己的演技确实感到惊喜和感怀。他常这样用肖尼人的方式叫我，吾儿，舌尖一颤，尽管以他的年纪尚不至与我父子相称，况乎我从来不是他的骨肉。可他刚刚说这句话的语气，却又像是与我相识已久，像是我自一出生起就真的是他的儿子。

"父亲，"我说，"我可不是混蛋鸭子，我心甘情愿一辈子留在这儿陪着你。"

我咧着嘴露出两排牙齿，衬着夜色一定格外突兀。

"天亮了就出发，你也一起来。"言语中甚至听得见慈爱。

"打猎吗？"

我感受到身体被注入了某种力量，腿脚又利落起来，眼神也敏锐起来，仿佛人又年轻了起来，身手如电，目光如炬，随时能看破黑夜。黑暗中，我看见我的印第安妈妈，一条膀子滑出来，露在毯子外面，我看见两个妹妹弓着身子，脑袋底下垫着我做给她们的矮凳。黑鱼单膝跪在地上，轻轻抚过妈妈的肩膀，像哄着摇篮里的孩子：

"不是打猎，是远行。"他轻声说。

"来，这匹归你。"

一头黑白相间的矮种马，没套马具，简单在脖子上缠了圈绳子，另一头无出意外还得牵在我的看守手里。庞沛把我的坐骑交给了卡斯奇，自己跨上马，走了，他的马当然比我这一头健硕得多。各路酋领们策马在前。我的白人故交们还是老规矩，从腰间绑在一起，两两一串，脖子上另外系条长绳，编成一队，由肖尼人牵着。队尾的本·凯利和布鲁克斯家的兄弟这些日子以来，可是给好心收养了他们的新家庭添了不少乱子，此刻更是一副自鸣得意、自命不凡的样子，像小孩子处心积虑终于激恼了大人，还不忘躲在一边看戏。他们后面跟着希尔和卡拉韦，面色惨淡，眼神涣散，看来也是吃了不少苦头，更没少挨饿。

我急勒住马，引起了胯下这位的不满，卡斯奇向前扯着绳子，但我还是尽量转过身，想和他们说说话：

"伙计们，路途应该不远。"

我不知道自己何出此言，因为我其实也并不知道此行目的何在，隐隐担心他们恰恰是意在布恩斯伯勒。这次出来，他们显然带足了人马，更何况还有其他几位酋长率部加入。虽然现在看来，我们一直在朝着北方走，可谁知道他们是不是故意声东击西，后面会不会兜个圈子又绕道回来呢？我盯着脚下的路，可脑子里全是布恩斯伯勒，我仿佛看见了他们，他们都在，踮着脚盼望着我们的归来。丽贝卡，你会不会又以为我死了？如果我再次出现在你面前，这一次你又会对我说些什么？会不会像上次一样，用手遮住双唇，忍住笑或者哭泣，还是会恨不能痛打我一顿解气？

我向身后的他们投去一个深受鼓舞的表情，但希尔和卡拉韦并不领情，脸上的愤懑就如他们身上久困于室的酸臭味道。他们好像打第一天起就被关进了那间木屋，直到这会儿才放出来。起初喋喋不休的抱怨和整夜不停的歌声到了最后，渐渐只剩下希尔一个人的淫词艳曲。

"我咆哮，我呻吟……

"我们合二为一……睡在一起……"

他的声音像一根针，总能刺中我。总要花些力气，才能把他搁在一边不再去想。

远远的，我看见我的印第安父亲，树荫下长长的鼻子和闪亮的银耳坠，轮廓清晰可见。我始终猜不透他，推了推胯下的马，继续向前。卡斯奇松了口气，可是卡拉韦冰冷而阴郁的声音从后面追上来：

"从你的马上滚下来，布恩，他们也会把你一起卖了的。"

他努力凑近我，好像一看见我就获得了某种动力，于是，和他绑在一起的他们也不得不跟着一起凑上来。系在他脖子上的绳结在他脖子上勒出一道深红，像被判处极刑的囚犯瞪着血红的眼睛看着我。他一旁的希尔闭着眼睛，看也不愿看我。

"有必要这么一直绑着他们吗，父亲？"我大喊。

黑鱼回过头，我赶紧指了指自己的脖子。

"省省吧，我们可用不着你怜悯！"卡拉韦说，"且让我等到你被他们活活烤死或者丢进油锅的那一天就行了。不知道英国佬还有什么别的手段没有。"

"这就是你最后的愿望了吗，卡拉韦？"

"是的，我的临终遗嘱！"

"那就不得不让你失望了。愿望归愿望,不过这次是不会死人。"

他闭上嘴,猛拽了希尔一把,两人一个趔趄,慢慢才又找回了节奏。希尔一直以来什么话也没说,弓着背,闭着眼睛,只顾往前走。任我怎么唤他,也不抬头。

我也下了马,和我那位脸上发痘的看守并肩而行,故意离他们很近,尽管他们并不乐意。黑鱼好像又陷入沉思。其他几个酋领安静地走在最前面。那条紫色的披毯在丛林中显得格外耀眼,像一面旗帜,抓着我的眼睛不放。

庞沛漫不经心地骑在马上:

"快步走起来啊,宝贝儿们!瞧你们小脸儿红扑扑的,简直像一串小苹果。"

他的散漫态度和腔调瞬间激怒了小伙子们,本·凯利大叫回应:

"要是哪天你落在爷爷我手里,我就让你在本爷爷的苹果园里劳碌一辈子!你喜欢苹果是不是?好的,摘苹果、烤苹果派的活儿尽可以归你。"

几天不见,饿得精瘦的威廉·布鲁克斯打了个响哨,兄弟萨姆跟着笑起来。庞沛也笑了,笑得很大声。惊起树林里的一群鸽子,扑棱棱飞上天去。

别管他们,我对自己说,试着让自己放空,铁杉、白蜡、红松,专心数着路过的一棵又一棵树,看着脚下的路。路不像是新辟的,路面破损得厉害。没有觉察到转弯,但行进的方向已经渐渐转到了东方。有些树枝上已经鼓出了新的叶苞,还没吐绿。风把肖尼人不时的闲谈低语吹进耳朵,"春天",他们说,还有"家",我愣住了,像被人捆在脸上——上次是谁答应了肖尼人,春天一到,就是带着布恩斯伯勒的家人们对他们俯首称臣的时候?

山谷中隐约残雪未消。

尚有还未从冬眠中醒来的树,光秃秃的,丝毫没有转绿的意思。阳光没遮没挡,倾泻而下。

但太阳并不耀眼，惨淡地和天色混在一起，几乎难于分辨。

别想布恩斯伯勒了，过了这么久了，地堡里早就没了面包，没了玉米，没了盐，只有肉！如果老天保佑，他们还好好活着，约翰逊会告诉他们，起码我们也还没死，生活还不至一无所有，跟肖尼人兄弟姊妹相称也无妨。如果约翰逊能活着爬回布恩斯伯勒，他一定会这样说的。

令我没想到的是，我居然真的把布恩斯伯勒搁在了一边，像是把过往悉数锁进保险柜，埋进地底。别想布恩斯伯勒了，除非它自己撬开盒盖，从记忆里跳出来，蹦到面前……我感到眼前一黑，鼻腔发酸，内心苦痛难平。

丽贝卡，你素日坚强，那么多没有我的日子也一个人撑过来了。何况现在你还有斯夸尔和内迪帮衬，还有孩子们。对了，如果条件允许，记得要给姑娘们换上男装，让她们在城墙上来回走走、露露脸，显得咱们男丁兴旺，不能先输了阵仗。

只是我发现，即便在自己的想象中，布恩斯伯勒也并没有我的一席之地，不在碉楼上，不在城门口，不在木屋中，当然也不可能在田垄之间。我成了彻底的孤魂野鬼，不属于这里，也不属于那里。

我也闭上眼睛，推着马向前走。

湿答答的什么东西击中了我的背。回头，布鲁克斯家的小伙子们高昂着头，托着绳子。肖尼人都在窃笑。

"喔！是我的痰正好落在了您身上了吗？真是抱歉，先生。"

"才不是呢，明明是他自己挡了痰的路！"

别管他们。马儿埋头向前，它能看见什么？可它并不需要看见什么。它摇摇尾巴，拍走落在身上的跳蚤，扭扭脖子惊起肩头的扁虱，但是脚步从不曾停下。前面，庞沛懒洋洋地坐在他的马上。我忽然拍了拍马背，大声说：

"跑起来啊，宝贝儿！"

我想模仿庞沛的腔调，告诉自己把舌头抻直，然后，对，就是这副表情,保持住。

我们在一片不甚宽敞的盐渍滩边上扎起帐篷。两个肖尼人从林子里猎回一头鹿。肉香和玉米面包的焦甜让夜晚变得不再寒冷单调。庞沛朝我和卡斯奇的地方走过来:

"过两天去会会'头盖爵士'。"

庞沛边嚼边说,声音热忱,好像很想找话聊聊。他慢慢咽下嘴里的食物,我几乎可以听见他一连串肌肉运动的声音,食物变成一小块一小块落进胃里。

"看你,谢尔托易,"他从嘴巴里稍稍腾出一点空闲,"你也真是没剩几根头发了呢。"

"也就是说,我们现在是朝着底特律的方向去了?多谢相告。"

他不说话,好像故意吧唧吧唧的,大嚼特嚼,我刚刚还在为目的地不是布恩斯伯勒而欣慰,不得不又迟疑了,我不信任他,无法看着他的眼睛相信眼神中的一切。

篝火边的肖尼人中间忽然迸发出一串笑声。两个人正在抛掷什么东西。一柄刀。月亮只有指甲盖大小,孤零零地挂在天上。卡拉威和希尔以及其他人都坐在地上,像睡着了一样,晚上,他们被紧紧绑在一起,头懒洋洋地相互倚靠着肩背。风中马铃声叮当,我头皮一阵发麻。

"黑鱼为什么要把我们几个带到这里?"

"也许他担心你会从他身边逃走,那他就又孤单一个人了,没有儿子。"

他笑看着我,我知道笑里别有意味:他有求于我。我正这样想着,忽听他说:

"再上一堂外语课吗,谢尔托易?你还没忘了你尚欠着我上一次的学费呢吧?纳帕,纳佩阿,还记得这两个的区别吧?"

睡和死,我当然记得。这天晚上,我裹着毯子睡在卡斯奇旁边。庞沛睡在离我们不太远的地方。我以为我会照例失眠,可我竟睡着了,还做了个梦。梦里"头盖爵士"汉密尔顿——也就是英军驻派底特律的那位昭著的地方官——正襟危坐,踩着纠缠不清的头发,白的、棕的、黑的、灰的,各种颜色。头盖皮日久风干了,踩在上面,发出沙沙的声音,几乎与枯树叶无异。头发像干草一样纠结在一起,阳光下泛着诡异的光泽。汉密尔顿高高在上,胯下无名无姓的头盖堆积如山,像驾驭着一头庞然大物。在这一刻,白人叛军的头皮和敌对部族的头皮并无太大两样,如果仔细看,其中还有法国人的,也都大同小异。这么多,好像他的地盘上总是有人要跳出来跟他过不去似的,他把松散开来的头发拢回到头上,十个手指轻拂呈上来的又一块头盖皮,决定其价值几许,然后撒下一把先令,那些前来进贡的小人物就稀里哗啦追着四散开来,恨不能跪着把钱衔在嘴里。

梦里,我好像不具人形,变成了空气中的一粒尘埃,飞来飞去,左左右右,上上下下,把一切看个仔细。汉密尔顿两根手指捏着一只精致的蓝白相间的青花瓷盏,用浓重的英国腔发问:

"就这么多了吗,今天?"

黑鱼上前一步,又献上一捧头盖,小心垒在他脚边,像在落棺前轻轻放下的花和哀婉。那个身披紫色披毯的酋领带来了更丰厚的贡品。我看着他们献上各自的忠诚,几乎认得其中每一块头盖的来历:布恩斯伯勒的人,男的,女的,甚至孩子们也没放过。

"啊哈。"汉密尔顿满意地赞叹。

我在头盖中继续搜索,没有发现属于我的那一张。是的,我的,并不在其中!

醒来的时候,我发现自己一只手按着脑瓜顶。发觉自己的头盖尚在,却并未感到多少欣然。我的看守大概睡熟了,只有庞沛在惺忪之间,看着我,眼睛里流出一丝狡黠。他拍了拍好生裹在头巾里的脑瓜顶,不等我说什么,翻了个身,转了过去。

醒了的看来不只我一个,人堆里还有一个。静谧中,我听见他在唤我：

"布恩？"

我没搭话。

"布恩？"再一次。

我只得悄声起身，向他们靠近了些。我不敢靠得太近，怕惊动看守，蹲下，问：

"又怎么了？"

"你能听见？你居然听见了！"

是卡拉韦。我几乎闻得见他嘴里的恶臭，像他弃在布恩斯伯勒院墙外面的那具牛尸，酸腐的味道直冲鼻子。我想他那颗发了炎的犬齿这些天来肯定让他吃了不少苦头了。

"听着，卡拉韦，"我郑重说，"别轻举妄动，眼下可不是好时机，不管你怎么看，至少我觉得不是。等人马到了底特律再说，我会……"

他用笑声干脆利落地打断了我，以他一贯超然的态度说：

"我知道你要说什么。跟着你走南闯北这么多年，我也知道你说到底有多大本事。我叔叔可能是一意孤行，可我没忘了是你救了我的堂妹，连同你自己的女儿。"

他剧烈地咳嗽起来，扯了扯身上的绳子，在胳膊上擦出涩涩的声响，接着说下去：

"我猜你的杰迈玛取悦印第安人的本事你心知肚明。是的，堂妹告诉我，她并不像她们那样惊慌失措，面对绑匪竟然还能安之若素，像女主人回了家，或者说婊子进了城。我想你大概并不意外，她是不是也用的一样的手腕才让你对她'视若己出'？我只是不知道是不是我们也非得出卖肉身取悦于你，你才肯救我们出去？看在我们一个个早都被折磨得精疲力竭了的份上，用嘴行吗，布恩？还是非真刀真枪不可？"

我不知道他这一串连珠炮的问题酝酿了多久，几天？几个星期？我几乎要被他嘴里的恶臭掀翻，但我向前一步，撬开他的臭嘴，死死拽着那颗坏牙，他痛苦的嚎叫招来了肖尼人，也惊醒了希尔：

"丹，丹啊！"希尔疾呼，"别伤他，他不是那个意思，我知道你很快会救我们出去的！"

他声音很轻，我担心他是不是病了：

"你还好吗，希尔？我让他们给你拿点东西过来！"

卡拉韦一劲儿叫疼，一边骂骂咧咧，含含糊糊并听不清所以。我扒开他的嘴巴，使劲儿抻向两边，恨不得薅下那根烂舌头晒成肉干！卡拉韦，你若真想顶了"大嘴巴"的名声，我倒愿意助你一臂之力！乐意之至！希尔又出声圆场：

"我们不是真觉得杰迈玛不守妇道，不过是打发时间的乱弹乱唱罢了。"

可就是这句话，令我怒不可遏：

"你试试再说一次她的名字？我会亲手宰了你！离她远点，她，还有丽贝卡！她就是我的，我的！我一个人的！闭上你的臭嘴，你简直让人反胃。"

黑暗中，我旁若无人地挥舞着双拳，好像打到了什么，但管不了那么多了。绳子另一头的人也都醒了，骚动着，抱怨着。希尔急于辩解，却一时气结：

"丹……我，咳，你该不会觉得我……"

"闭嘴！趁我还没宰了你，希尔！"

可他还是说出了下面的话：

"是你自己的兄弟睡了她，丹。我那回从山里回来就听说了，以为你也是知道的。我相信他不过一时糊涂，你当时不在……"

"我的的确确知道，谢谢你费心。斯夸尔和我自己知道怎么解决我们自己家的纷争。"

肖尼人被吵醒了，拢上来。卡拉韦猛然发声：

"哈哈哈哈，看来是真的还被蒙在鼓里！"

他咽了咽口水：

"是你家的好内迪！关斯夸尔个屁事！"

11. 特洛伊城

　　天蒙蒙亮的时候，我想我是听到了什么，不光我，卡斯奇应该也听到了。起先，我以为是希尔，或者本·凯利，年轻气盛，在所难免。可后来发现是卡拉韦，一只手在自己下身摸摸索索，似乎还嫌这一波未平一波又起的日子过得乏味。果真如此的话，我建议他不妨再用点力。

　　他倒是不负所望！上下其手，血淋淋的嘴角漏出急促的喘息。惊愕中，我看见卡斯奇困窘地把头别向一边。所有人恨不得离他远远的，可在我看来，是他恨不得所有人离开远远的。由他好了，躲不开，只能听着，呼吸一声短过一声，焦急地化作最后一声长息。

　　好吧，算他赢了。他把我不愿面对的真相摆在我面前：内迪，真的吗？

　　我在脑子里中一遍一遍问候玛莎，想象和她纠缠在一起，做尽好事、坏事、说得出口的事、说不出口的事，所有事，把她当作泄愤的工具。玛莎，玛莎，你的殷勤究竟出自你对内迪的保护还是出自你对自己妹妹的嫉妒？我直到这一刻才看透，是你利用斯夸尔，让沉默寡言的他默默担下一切，而你和其他所有人一样，只关心内迪开心与否。为什么我没有早点明白过来，我觉得自己这才爬出混沌，曾以为重回人世，殊不知不过是落入了另一片迷茫。

一定是的,所有人的亲亲小内迪,所有人口中的恋家的小内迪。不光自己一个人快活,还生怕别人不跟着他一起快活,于是乎,没忘了给孤独中的女人送上关怀和慰藉,没忘了把别人的生活搅和成快活的稀泥。可是,内迪,非要如此不可吗?

"他长得像你。"妈妈过去常这样说。可能丽贝卡也这样说。丽贝卡,连你也护着他!但是我不否认,你以你的方式向我告知了真相,我不否认你说过,孩子长得像我。

卡拉韦终于安静了。我对他怒目而视,无奈光线太暗,天尚未大亮起来。我知道他不是信口胡诌,他像玛莎一样,流言飞语悉数收入耳中,百川归海,再在混沌中澄清事实的真相。

我像被忽然卸去了辔头,一时茫然,埋头地上,嗅嗅这里,闻闻那里,不论什么都放进嘴里嚼一嚼。我仿佛看见了从肯塔基风尘归来的希尔,一心想着给我的探险故事丰富素材,赶在我回来之前,却意外嗅到了一点点家庭内部的风波。我仿佛看见了卡拉韦家两个被绑的女孩儿,横心向死,出于对杰迈玛灵魂的最后关照,毫无保留地倾吐两人对其最直言不讳的成见。我仿佛看见了杰迈玛,倔强地认为她始终是我的骨肉,甜甜地叫我爸爸,可是,杰迈玛,是他们告诉你的吗?乔纳森?杰西?还是谁?我仿佛看见了他们扑闪着大眼睛,在我不在身边的时候,竖着耳朵,留心着周围的动静。我不在,内迪叔叔有没有频繁造访?有没有偶尔留得太迟,来不及赶夜路回家,干脆住下?有没有从谷仓或者马厩里传出奇怪而温柔的细响?

所有人都互不避讳,唯独我被蒙在鼓里。

而所谓的"家",我不过只得到了一幢空荡荡的房子,除此之外,一无所有。

车马继续向前,我像失明了,对外界和周遭的一切充耳不闻,视而不见。卡拉韦和希尔拖在队伍的最后头,肖尼人不时要吼两嗓,叫他们赶紧跟上。纳佩亚,他们叫卡拉韦作公鸡,大概取自其油腻腻的红头发。

沃奇威，是希尔，和他的本名①一样，译为山丘。除此之外，肖尼人并不理会二人，我亦试图将之从记忆中挖出去，扔掉。

森严而宏伟的底特律堡建在两河中间的平原正中，规模令人瞠目。我不得不恢复了视力，目之所及，这才是布恩斯伯勒本该有的样子，高墙耸立，街衢通达。我们在城外的墓园边上停下步子，城门徐开，守城将领红色的军装令人精神为之一振。若不是如此，我几乎快要忘了这一抹猩红，忘了尚在战时、人人戎装。与真正的战争相比，布恩斯伯勒和老奇利科西之间的摩擦何足挂齿。说不清是叛乱反动之举，还是捍卫自由之争，英国人，法国人，四面八方各个部族的印第安人，白皮肤的叛军，黑皮肤的奴隶，自告奋勇帮印第安人抵御外侵的人，和为黑奴之平等与解放奔走哭号的人，还没想明白立场、分清楚敌我，即卷入了漫天硝烟战火之中。

城外的士兵正在列队进城，看过去，一张一张都是年轻的面孔，拖着脚跟。也许是他们踏步的方式，让威尔和萨姆·布鲁克斯笑得前仰后合。只有我笑不出来，不知道他们与詹姆西的命运会不会有什么不同。卡拉韦也弯着腰掩着嘴，眼睛落在我身上，以为我不知道你的这只手晚上都摸黑干了什么吗？你固然瞒我不住，也可能并没刻意瞒我，但是那件事，那件事！你竟然瞒了我这么久。

上来一伙士兵看样子是要把希尔他们押进城区。希尔蹒跚着，在最后一刻转过来，看着我，嘴角轻轻上扬，举起了手臂。那些关在禁闭室里的夜晚，他一定讲起过我的故事，那本这些年来笔耕不辍的书里关于我的逸闻。漫漫长夜，需要一个又一个故事，才能填补无聊。我看着希尔高举着手臂，看着他那根短人一截的拇指，看着他向我道别，可他大概还不知道，此一别已是生死相诀。

---

① 希尔即 Hill，hill 在英语中有小丘、山岗之意。——译者注

亨利·汉密尔顿，英王派驻底特律的代理总督，抱着双臂站在窗边，两只手刚好搭在胳膊肘上。头顶的假发浓密而泛着银光，打着卷半垂至肩膀，如果仔细看，前额还隐约漏出一点原来深灰色的发色，这顶假发让他平白无奇的脸显得更加乏味，像一枚孵不出小鸡的陈蛋。窗玻璃有一半被木头窗棂遮起来了，依稀能看见外面来回巡视的护卫军和一个窄窄的白衣女子的身影，一闪而过。

汉密尔顿转身看着我。我真是不禁想问一问他，这一脑袋银丝原来的主人是谁，以及他花了多大价钱买了来，戴在自己脑袋上。庞沛以前告诉过我，一个美国叛军价值一百美元，明码实价，令人感动。如果我可以把我自己卖个好价钱，这笔钱足够给自己修一幢不错的宅子。

木地板上任何人的脚步或者声响都不禁让我心惊胆寒。

"您好，黑鱼酋长。以及，布恩上校——我想是该这样称呼您吧，布恩上校？"

他指的是我在布恩斯伯勒的时候受过勋，真是太久远以前的事了，想不通他又是怎么知道的。也许他和他们一样，对我的一举一动早就了若指掌。他说话的嗓音不大，很是客气，像为了掩盖爱尔兰出身而小心拿捏出的英国腔。眼袋浮肿，但声音听上去底气十足，丝毫看不出战场节节失利的沮丧。

照旧是黑鱼说话，再由庞沛转译。庞沛还是吊儿郎当的：

"我们从肯塔基捉了一些叛军。"

"已经交给守军了，是吗？赏金照例在临行前发放。今晚我正准备大宴宾朋，你不如也一道留下？"

汉密尔顿说话的时候并不看庞沛，当他根本不存在，眼睛只在黑鱼头上的羽饰、耳垂上的银环，以及我荒诞的发型之间来回逡巡。他约略皱皱眉，随即脸上又找回了刚刚的漠然，看来就连我的扮相也没能引起他太大的惊异。我不知道他是不是一贯如此，我想象着他披荆斩棘、与法国佬或者美国兵短刃相接，但脸上始终是这副宠辱不惊的漠然。我甚至想象着他一脸漠然地趴在汉密尔顿太太身上的样子，不知所谓欢爱是不是也不过例行公事。

　　这样想着，脸上泛出笑意，简直难以自持。庞沛也笑着看着我，用肖尼语问：

　　"你还有什么要对总督阁下说的吗？"

　　"还能容我插嘴呢？"

　　笑容僵在脸上，把两个嘴角扯得更远了。庞沛也忍不住快笑出来，只好装作咳嗽稍稍化解。黑鱼回复了往日的肃穆，厉色看着我俩。我转向汉密尔顿，尽量止住笑，只是看着他，传说中的"头盖爵士"，把自己整个身体卷在一起，连藏在软底鞋中的脚趾都蜷了起来，看着就像市场上待价而沽的马驹。我想他大概看够了我的牙齿了，于是才合上嘴。

　　黑鱼借庞沛之口告诉汉密尔顿，他对赏金价格并无异议。双手合拢，最后说：

　　"你不会说杀就杀了他们吧？"

　　"不会。"

　　"不过如果你见过他们的德行，也许会改了主意。"

　　"至少我会把他们的小命留过今天，哈哈。"

　　汉密尔顿连大笑起来都是克制的，房间里登时笑作一片。他忽然伸手摸了摸发际，幸好，假发好端端还在，我和庞沛简直不敢对视。

　　"黑鱼酋领，可否请上校先生暂时移步，我另有事想与您私下商谈。"

　　黑鱼并没看我，点点头。对他来说，我终归什么都不是，什么都不算！脚下仿佛打开了一个机关，我左摇右摆，稍有闪失，一定会落入那口黑洞。死神回来了，透过洞口，招招手向我致意。我回礼致谢，感到释然。

　　我被两个红色军装的守军和卡斯奇带出房间，沿着窄窄的走廊，走下另一串台阶，不是来时的路。下面一片漆黑，仿佛通向深不知底的未知，然后又是一条长廊，转弯，穿过一道门，又一道门，数不清又多少道门，我一度以为两个英国兵可能也迷路了，这个时候，只听其中一

个说:

"就是这儿了。"

房间举架很低,但是屋内很是宽敞,堆满了大大小小的箱子和木桶,都蒙着灰。灰尘让房间里的一切透露出古意,仿佛一座被遗忘在历史尘埃中的小城,仿佛盛极一时而后灰飞烟灭的特洛伊。我并无所谓他们把我带到哪儿,连特洛伊城都可以一朝倾塌,这四面墙壁说不好也会说倒就倒,把我埋在当中,到了那个时候,就真的是我该解脱的时候了。

"这地方不赖。知道吗?以前我也有一件红军装,和你的差不多,只是没这么新罢了。"我对那个英国兵说。

他们谁都没理我。卡斯奇一脸苦相,这里尘土飞扬,令他不得不鼓着鼻孔。英国人拽着他的胳膊,关上门走了,只留下我一个。门廊里还能听见他们的声音:

"为什么你的头发没有剃掉?为什么你的,呃……你的,你是哪个部落来的?你叫什么?我是问你,你的,名字,叫什么?"

我竖着耳朵,但听不见希尔或者其他人的声音,大概他们并不被关在附近。我继续竖着耳朵在昏暗中搜索,企图听见楼上庞沛的声音,依然未果。这间屋子只有一扇椭圆形的高窗,用栅栏封着,外面街市热闹,车水马龙,一切恍如隔世。

我不知道就这样静静站着等了多久,但死神并未如约而来。不单死神,一个旁的人也没有。说不清房间里是什么味道,我一一打开木桶,一个一个看过去:锯屑、石头、沙土、火药,哈!半桶火药,我是不是要走运了?死神啊死神,这一桶会是你放在这里的吧?我把黑灰色的药粉在指尖捻开,闻了闻,没错,如果我现在有块燧石,就可以点得燃。或者我应该把这些吞进肚子里,然后看看我自己能不能"砰"地炸开来!于是我抓了一把塞进口袋。

猛然听得身后吱嘎一声响,那两个英国兵回来了。我两手黑乎乎地站在桶盖子上,被逮了个正着,内心有鬼,只能傻笑。其中一个英国兵拎着刺刀的样子就像举着提琴的琴弓。他脸上的雀斑让他看上去实在还是个孩子面孔,可是眼神空洞而冷漠。

"你过去。"他说。

另一个于是走过来捅了捅我的胳膊,说:

"你过来。"

于是我跟着他们又离开了那间屋子,穿过另一条长廊。我的胳膊擦着冰冷的墙壁,迎面许多红色制服的英国兵一脸好奇地与我们擦身而过。终于,我们上了台阶,重回光明世界。

"上去。"雀斑脸说。

他和父亲的口音很像,尾音又慢又拖沓,带着英格兰埃克赛特的味道,我祖父和父亲曾经的故土。我好想开口问问他,从哪里来,可记得我的父亲,可曾也在孩提时代参加过埃克赛特的贵格派集会?但也许这么做并无太大意义,沉湎过去,过去很快就会找到你。

反正到了最后,横竖我是一死。肖尼人不动手,那就汉密尔顿爵士亲自动手。我曾对卡拉韦说,不会死人的,一个都不会,他反正从没真的相信过我的承诺,我不知道我自己有没有真的相信过。

我只得由着他们带我不知道这一次又去向哪里,恨不得亲手剜下自己的足跟。

12. 法国王后

"你还真是胆色过人。"

汉密尔顿看了看我手上残留的火药末,就对我下了判语。我试图像他一样,不露声色,漠然地对着他,任凭他说什么——像一枚孵不出小鸡的陈蛋!殊不知,蛋壳底下,心里早就千疮百孔。

他揉揉两个胳膊肘,表面上的风平浪静,似乎旨在掩饰内心的怒火。我不敢望他的黑脸,只好盯着他的手和胳膊肘,直到他先打破沉寂:

"你手下的那些人可没你这么够胆。"

"没我什么?"

"没你够胆。"

我不再出声,静候他拔出佩剑斩下我的头颅。但他只是坐着。死神看来还没玩弄够它的手段,还不肯就此放过我。我感到哽咽:

"您大可不必为此杀了他们。"

他仍抱着胳膊:

"众所周知,你们在肯塔基的家人以及肯塔基别处定居点的人现在都处于缺衣少粮的状态,不仅如此,补给迟迟不来,活下去的希望越来越渺茫。"

我大脑一热,说:

"什么众所周知,不过是人们专捡不好的事情嚼舌头罢了。"

"诚然。可他们过得好赖,你自己心里有数。你也知道他们都在盼着你能给他们指一条明路。"

"你说的'明路'是?"

他顿了顿,站起身,像准备当众发表阔论:

"所谓明路,就是尽快停止种种非法侵占我们印第安盟友土地的行径。恐怕一时会忍饥挨饿过段苦日子,但继续拓荒只能死路一条。"

"'明路'听上去的确明朗。"

"自是当然。"

只要你挑着对方顺耳的话说,就不会给自己惹太大麻烦。他果然不再理我,放下手臂,像女人们终于有机会解开紧身衣的束带松口气。他踱步穿过房间,回到桌案前,转身对着我,脸上的皱纹从眼角爬上两颊。站远了,更觉得他表情空洞而漠然。他又抬手摸了摸发际,换了轻松的语气说:

"所谓明路,也是尽快停止种种反抗暴行。不只英皇阁下本人希望永休战事,我们的印第安朋友也并不愿意看见你们为所欲为。你们滥垦土地,非法建立白人定居点,肆意破坏了我们与他们之间的双边和约。"

我把他的话在脑子里转了转。反抗?暴行?他们就是这么认为的吗?

"我为之效命的地产公司是从彻罗基人手里买下了肯塔基的那块地皮,"我说,"亨德森也与他们立有合约。"

汉密尔顿抬了抬下巴,两个鼻孔暴露在我眼前。他说:

"此'合约'非彼'和约',并不是政府授权之行径,实属无效。你心知肚明,并不是所有的彻罗基人都认可你们的土地买卖,更何况这与肖尼人全无干系。"

我感到手掌心和指尖上的火药末已经不知不觉搓成了泥团,微微发热,像是点着了一样。我们无心知晓政客们之间的钩心斗角,唯一的奢望就是能有个地方安安静静地过活,过我们想要的生活。就是这么简单。

如果庞沛也在，我想我又要笑出来了。

"布恩上校，请容我直言不讳：您许诺印第安人您将率部向他们投诚，是否出自真心实意？你确是不二人选，因为那本来就是你的据点——布恩斯伯勒，你们是这么叫的对吗？"

窗户外面，好像是只鹅在嘶声尖叫，接着是个孩子口吻的训斥，扑腾翅膀的声音，扭打的声音，乱作一团。窗棂挡住了视线，我只能回过头继续看着汉密尔顿。

"我说一不二。"

"那么，好。我们就放你回布恩斯伯勒，带黑鱼同去。由你想办法怎么说服那儿挨着饿的人，放弃无谓的挣扎。我们也不愿见妇人和孩子无辜蒙难，我想你也一样不愿意，是吗？你自己也有家眷在那儿吧，我想。"

看着他，别动、别说话，也别生气，我在心里默念。然后，我对他说：

"悉听尊便，我和黑鱼同往即是。"

可他仍不肯善罢甘休：

"那么，我不得不再多问一句：上校打算几时启程呢？"

我耸耸肩，抬头望向天花板。幸好，没有从房梁上垂挂下来的头盖皮，墙角处倒是结了张蛛网。我搪塞说：

"我的印第安父亲知道该什么时候启程。至少等天气转暖，妇人和孩子们才好上路。"

"黑鱼不是冷血之徒。且看他今天能把你借给我，陪我一整个下午，就显得十分大方。"

他又把胳膊抱在胸前，脸色和缓了些许，甚至略带笑意。我感到十指冰凉。

"我还没被他卖了？"

"没有，不论我出多高的价钱，他都不肯出手。他说你是个孝顺儿子，打猎、锻枪都是一把好手。你值得为此感到骄傲。"

"他真这么说?"

"当然。"

"善哉善哉,我的确应当骄傲一把。"

汉密尔顿转过身望着窗外灰蒙蒙的天空,两只手背在身后,用一种舒缓的爱尔兰腔调咏颂了莎士比亚的金句:

"狂风欲把五月的娇蕊作践。"

风一更,雨一更,山路泥泞,山风寒厉。可只有凛冽的寒风才能保全你们啊,丽贝卡、杰迈玛、孩子们,还有斯夸尔和内迪。尽管这种时刻,我的的确确也会有所挣扎,是不是连你也不得不一起保全呢,内迪?

我忽然想到希尔无时无刻不充满好奇的灰色眼睛。

"至于我的印第安父亲卖给你的那些白人,你会如何处置呢?继续卖给旁人做牛马吗?"

汉密尔顿顺着声音侧过脸来看了看我,不急不躁地说:

"这里的天气冷起来可真是奇怪,和我去过的任何地方都不太一样。我生在都柏林,四季湿冷,可这里不一样,风像冰刀子割人。你到了冬天是不是也会和我一样冷得难于安眠?"

他潜心装作对我的问话漠不关心的样子,手又抱回到了胸前。别,别以为真的博得了他的哪怕一点信任,别为此落入他小小的圈套。看,看他油腻腻的十根指头和指尖黄色的指甲盖,看他坐在高高的头盖堆上等着下面的人俯首称臣的高傲姿态。

"真是个奇怪的地方,"他似乎心不在焉,喃喃自语,"总是有莫名其妙就消失了的人,自此杳无音讯,杳无踪影。"

这就是你的手腕了吗,总督阁下?所谓消失了不见了的人,是不是被你强征入伍,换了个名字换上了军装?这对你来说易如反掌。再或者让他们变成无名的死尸,对你而言,更是轻而易举吧?

"你的女儿总算最后是安安全全地回到了你身旁,"他接着说,"我很喜欢那个故事。她的经历和她父亲的骁勇让整个欧洲为之轰动。人们根据这个故事创作的绘画、书和诗歌不胜枚举，他们总是对这片遥远的蛮荒之地充满浪漫的寄托。不知道你自己有没有看过？"

希尔，我想到了你的故事，也许是它们变作云朵，漂洋过海，周游了整个世界。但是此刻的你却被禁锢了手足，不知关在何处。我默不作声，但汉密尔顿看着我看着他，脸上露出一丝狡黠。像野猫看见了山雀，还要佯装不动声色，伺机下手。

"最后一个问题，"他说，"告诉我，你是不是真的和玛丽皇后同一天诞世？"

他笑了，看得出这个问题他是憋了很久了。

"你是说玛丽·安托瓦内特，法兰西王后。如果他们说是，那就是吧。"我悠悠地说。

"那么说不定要不了多久你也会操着地道流利的法语搬进水晶玻璃宫。你也许不信，可我能预见未来。说真的，命数就像喜怒无常的情妇，谁也不知道下一秒会怎样。可法语有什么难的？看得出，你对肖尼语就颇有心得。"

他的脸上又荡起皱纹。我的脑海中出现一幅画面：一张大网在水下徐徐展开，然后啪嗒一声，猛地收紧了。

13. 宝马良驹

果真是法兰西王后在场,也会眼红我现在的坐骑:从头颈后面的鬃鬣到四蹄,通体雪白,毛色亮泽,美得失真,像一幅画,又像一场梦。

"'头盖爵士'本人的假发都是它身上来的吗?对我们的大乌龟先生来说倒是个不赖的恩典。"

庞沛一边用手轻轻捋着马鬃,一边说。马儿闻言翻了翻眼睛,垂下睫毛。

"你是想说太美了,我不配,对吗?"

"太对了,你不配。你怎么总能心想事成?我真想不通他为什么要送你这么好的马,你对他来说毫无价值。"

"他不过是怕我临时起意改了主意,想以此安抚住我罢了。"

"那你会变卦吗?"

"谁说得准呢。不是我说你,庞沛,你看看,你的马叫你累坏了简直。"

我走在这匹良驹一侧,它所行之处如风流水。清早时分,我们,我和它,一人一马,把底特律连同卡拉韦和希尔他们都抛在了脑后,踏上了新的征程。他们固然看不见我现在的样子,可尽管如此,我仍舍不得翻身上马,只是走在它身侧。我把他们忘在身后,像羊毛上的小洞,偶尔也可以忽略不计。说真的，即使我真有这个本事，也不想成为他们的救世主。

总是有莫名其妙就消失了的人，就是这么简单。

我愿不再见到他们，我甚至不愿再想到他们。

这匹白马，手上和口袋里的残存的一点火药末，这就是我现有的几乎全部家当。哦，还有一袋子银质的小玩意儿和糖块，是清早临行前总督的副官交给我的，嘱咐我善加利用。可我早就和他说过了，他们，印第安人，向来对我很好。

这位副官看我的眼神似乎言犹未尽，崭新的衬衫底下好像酝酿着别的什么，强按住火气客气地说：

"他们拒绝把你卖给总督阁下，那么你自己是怎么打算的？"

他好像不经意地拍了拍衣袋，我明白这是给了我剖白的机会：我是应该重投英王怀抱，还是应该表现出早就死心塌地誓死效忠英王的样子来？干脆留在底特律，每天在鹅毛枕头上高枕无忧。然后率一路红衣高马的英国兵一路骑回布恩斯伯勒，护送着一家老小安安全全返回底特律，向英王投诚。布赖恩家的兄弟们肯定乐意之至。给每个人都发一顶鹅毛枕头，然后重新开始，何乐不为？

但在我看来，这幅愿景并不美好，反而干瘪而枯燥，像随时要倒退回以前的生活，以前那种我从没能以热忱投入其中的生活。那种被扼住咽喉的感觉又回来了。汉密尔顿提醒过我，战事未休，仍在继续，人们总是抱着投机的想法试图在其中坐收渔利。愚蠢之至，我对自己说，愚蠢之至。

我心属老奇利科西。可离开底特律以后，我们并没有直取布恩斯伯勒，而是打算先——护送各位酋领回他们自己的冬季聚居地去，再绕道转向布恩斯伯勒。路线被拉得很长，道路崎岖而泥泞，天气不可避免地渐渐暖起来。春天眼看来了。

别多想了。

是的，我不再多想，翻身上马。

紫色斗篷的主人麾下有一个很小的村子，坐落在穷僻的山谷之中，我们抵达的时候，几乎全村人都从屋子里走出来，站在门口向我们注目行礼。几个年纪很大的村民佝偻着背，手捂在胸前，都是一副病态。小孩子们追着庞沛指指点点，其中一个忽然注意到了我，伸出的手指最后在额头上比了个犄角。

"你看来还真是声名在外。"

我不理会庞沛，眼下的我就像一间空荡荡的屋子，不论别人说什么，由着他们的声音回荡在墙壁之间，没有一处落脚。

天色向晚，树影尖锐，全村的青年在头上插上火鸡和乌雀的羽毛，排成一排，跳起舞蹈，点头、摇头，表情漠然。女人们一脸自豪，为来客奉上玉米碴，里面还混着大块大块去年存下的南瓜，可那自豪不过是穷日子过得久了，自得其乐罢了。这让我不得不想到他们酋长身上的那条紫色披毯，这位毯不离身的部族头领明明大可以卖了这块稀罕物什，让村民们都吃上一顿饱饭。不知道为了买这块毯子，他花了多大代价，一块土地？几亩良田？也许这是他有生以来得到过最好的东西，为此，他无论何时都恨不能攥在手里不放。也许这条实实在在的毯子寄托了他对富足生活的憧憬，他把肩上的毯子又紧了紧，把自己整个人裹在了当中。

我把面前的盘子吃得干干净净，忽然有一种冲动，很想来串葡萄，或者两个苹果，三五颗梅子。总之就是从树上摘下来的新鲜味道，什么都行。但是我也知道，残冬未尽，这个时候想着收获，还为时尚早。空想想也是好的啊，一棵白花盛放的梅子树，一颗剥开了蓝紫色果皮就露出嫩黄色果肉的梅子，当然，当中还藏着石头一样的硬核。梅子最是可爱，一层裹着一层，自然妙手，堪称完美。

我仿佛看到了肯塔基的梅园，当然，我说的肯塔基只存在梦中，而旧梦一场丝毫不能生津解渴。那个裹在毯子里的酋长正抽着烟，兴致勃勃地与身边坐着的人聊着天，肖尼语、彻罗基语，还有什么听不懂的话掺在一起。我起先还能听懂只字片言，后来干脆放弃了去听的尝试。

我照例和卡斯奇挨着坐着,他不知道从哪儿捡了块石头,左手抛到右手,右手抛回左手。这时,庞沛从酋长们中间径直走过来:

"他们今晚的话题全都聚焦在你身上,大人物,深得总督大人欢心。"

"哦,是吗?我想我是不是不该对此感到意外?"

"那要问问你自己是不是真的意外。"

我感到疲惫而烦躁:

"用你问?你是不是真以为我心里的一举一动都尽在你的掌握?那你说说看,看我现在在想什么?这位朋友,你不过是个学舌的翻译罢了。"

"我跟你可不是朋友。话说,你有没有想念你的那些朋友,白人朋友?被黑鱼卖了的那几个?"

我摇摇头。专注于篝火前的舞蹈,说:

"他真该连你也一起卖了!"

"他不会的。"

他面露不悦,不说话,眼睛一眨一眨地看着我。

"看样子你对他来说不可或缺,庞沛,"我说,"深得酋领大人欢心。"

"什么不可或缺,不过是他生活的附属品罢了。好奇心使然,所以他才不会轻易放我走人。"庞沛咕哝着。

"如果真的放你走,你去哪儿?"

"我还能去哪儿?"

"哪都行啊,我反正不拦你。"

他起身走了。我不知道他心里在想些什么,我也不在乎他心里怎么想。酋领们纷纷起身,舞者们又开始了新一轮舞蹈。

舞群中间一个高个子的男孩,两条胳膊高举过头顶,门牙咬着嘴唇,站得笔直,像是忘记了接下来的动作。忽然,他向左一歪,整个脚踝扭到了一边,跌倒在地,痛苦地扭作一团。其他人不得不都停了下来。我为之感到难过,扭了脚的滋味可不好受。我望向坐在篝火对面的庞沛,他也在看着我，若有所思，指关节在地上敲得笃笃作响，仿佛在试探地面的硬度。一路上，随行的护卫军围着我的白马转来转去，慷慨地提出各式各样的交换条件：房子，衣服，珠饰，串在一起好长好长的贝壳，甚至是女人。我们到了这里的时候，大家已经热络成了一片，尤其是几个酋领，对我都很亲热，只有手下人还勉强板着脸。

"我把我家老婆子让给你，你把这匹马换我。"

"不换。"

可我的坚决并不能让他们轻易放弃。他们一路嘲笑着我南腔北调的肖尼语，对这匹白马表现出无限爱怜，恨不得搂着它的脖子又亲又摸，跟在它后面打着口哨：

"我会比他爱你更多。"

"让我拜倒在你膝下。"

"嘿，大乌龟，给它起一个跟你女儿一样的好名字！我来把它骑在胯下。"

卡斯奇笑了。我几乎想杀了他们，连同卡斯奇在内！如果有什么速战速决的法子，我一定立马下手。

早上拔营启程的时候，昨天的调侃又被重新捡了起来。无非是我的白马、我的女儿什么的，还有一如既往的口哨和嘲弄。黑鱼忽然勒住马，调转马头，告辞过汉密尔顿之后第一次认真地看着我，他看了看我，又把刚刚喧闹不止的人环视过一圈，所有人都静下来。

我的马只顾前行，根本不理会地上的泥淖、其他的畜生或者任何靠两条腿行走的不管什么东西。一双黑色的眼睛总是润润的。就这时，它忽然不声不响拉了一泡马粪，可四条腿依然保持着刚刚行进的速度，仿佛什么也没发生。其他人笑得前仰后合，它并不以为意，不动声色继续快跑。我不知道它是充耳不闻，还是天生失聪。你知道的，凡事不会太过完美，总有一二不如意处。斯图尔特，我忽然想起了你，你也有你的不如意，那只失聪的耳朵。可你始终是唯一一个我心甘情愿向你双手奉上所有的人，不论是口袋里那些丁零当啷的银器，还是糖块，或是我拥有的任何，一切。

接下来的五天，我们奔波在其他几个村镇之间，庞沛始终远远地躲着我。又一日，我和卡斯奇以及另两个肖尼人钻进树林，准备为晚上宿营打点野味，庞沛骑着他那匹叫小苹果的小母马跟了上来。我们在一片空场边停下，弹药准备就绪。出发前，黑鱼给了我一些火药，我当然没告诉他我在底特律偷偷揣的那把药末，这一路上稀里哗啦撒了不少，一定留下了痕迹，虽然并非有意为之。

庞沛自然是领教过了我这匹白马冷漠的性格，于是安静地留在自己的马上，一动不动。

"知道吗，"我连他的沉默都觉得厌烦，"我还挺怀念你的歌声的，怎么样，来一段？说不定能帮我们唤出一头野牛！"

那两个肖尼人商量了一下，指了指东边不远处的树丛。他们又检查了一下枪和火药桶，其中一个转脸看了看我，我示意他们可以先走一步：

"好的，你们先。"

他们于是悄无声息地滑进树丛，安心地把我托付给我的看守，而我的看守站在一旁，眼睛只顾盯着我手里的枪。我想把枪递给他，可庞沛好像看出了我的意图，冰凉的手死拽着我的胳膊，压低了嗓门对我说：

"把枪要回来，你自己拿着，拿好！"

他眼神坚定，目不旁视，像极了肖尼人，尤其是黑鱼，这做派大概就是从他们身上学来的。他眨了眨眼睛，抬头看看天色，正是明暗交替的傍晚时分，夜色即将拉开大幕，物与影子朦胧而绰约，一切并不分明。他向丛林深处努努嘴，解下头上蓝色的头巾，头发连同脸一块融入夜色。

"把你的看守支开，"我听得他说，"让他和他们一起。这是绝好的机会，生活已经够为你打算的了。"

我也像他一样压低了嗓音：

"为什么忽然这么严肃？你今天看起来很是反常。"

"我想是吧。"

两个人的眼睛在彼此瞳孔中跳跃、闪烁，像夜晚展露出的獠牙。

卡斯奇一拿到枪就急于填装火药，根本无暇我们俩可能暗中商量什么。我和庞沛不约而同地把脸扭过去，看了看他，又扭头回来，继续四目相视。庞沛再次开口，柔声而笃定地说：

"拿上枪过来，我觉得我好像在那些灌木中间看到了一只火鸡。"语气像是再给我上秘密的外语课。

他目不转睛地看着我，既不眨眼，也不动弹。他的小苹果专心埋头吃草——地上刚刚冒出的新绿。而我的小白马在我们身后蹦蹦跳跳，对一切依旧充耳不闻。

"朝那个方向？"我问。

我指了指西边，太阳落山的方向，天际还泛着微光。庞沛不易觉察地点点头。

"为什么你觉得我该往那儿跑？"我问。

"你已经知道了通向老奇利科西的路，以及各个印第安据点的位置，"他回答我说，"如果换成是我，如果我是个白人，我就会动动脑子，做点什么。我不但认得路，还知道好些不该知道的事情。"

他话已至此，不再说下去。我明白他在暗示什么，也知道他不可能从中一无所求。问题是，他究竟想要什么？

远处一声枪响，回音久久不去。卡斯奇循声望去，但没有看到人影。我的眼睛又和庞沛碰在了一起，他眼神清澈，充满真诚，看了看我的马，又看了看自己的，我知道他是想说，上马，我们这就一起消失。

就在这时，两匹马儿似乎感知到了什么，扭身向我们跑回来。我知道是命数又在试探我，看我这一回又当如何应对。的确，我几乎掌握了肖尼人全部的藏身之地，而与上一次逃亡未遂不同，我几乎可以轻装上阵，快马轻骑，他们追不上我。更何况，我好像还多了个足智多谋、见多识广的参谋。我迅速把这些在脑子里过了一遍,可我仍摸不清庞沛的心思。他拽着马鬃,小苹果翻了翻眼睛。

"为什么你现在忽然有了逃跑的打算?"

他只看着自己的马:

"对他们而言,我是什么?我什么都不是!仆人还是奴隶,还不都一样。说不准哪天他们会像骗了这匹小马一样让我也做个阉人。"

"可不管怎么说,你是他们的最爱,一定相当值些银两,他们,黑鱼,可能视你为家人,他们……"

"你才是他们的酋领继承人。对黑鱼而言,我不过是个奴隶,按他说的办,或者照他说的说,偶尔唱首歌取悦于他。我毕竟不是肖尼人,不用劳作,也不会打仗,你知道他们背地里叫我什么?——懒鬼!"

"至少你现在有安稳而衣食无虞的生活了。你还奢求什么呢?"

他忽然僵住了,自负地说出了接下来的话:

"我,我想要你拥有的一切。"

他酸楚地笑笑,看我的眼神让我想起童年时的希尔,充满好奇,笃定不移。他跨近一步,拉着我的胳膊说:

"我有钱,我把钱和我死去的兄弟一起埋在了弗吉尼亚。钱是他偷来的,悄悄给了我,后来他的奴隶主因为走失了一头奶牛,活活把他折磨致死。死的时候没有立碑,也就是说没人找得到那个藏宝的地方。除了我,我可是用步子量出来的。"

我感到手臂被他攥得生疼。走,快走,庞沛现在像极了久陷囹圄的困兽,随时试图冲破牢笼。可我不知道他会闹出多大动静。他目光坚毅,仿佛能一眼看穿埋在地下的坟墓和埋在当中的宝藏。

"尽管数额不巨,但我知道在哪。"他说。

"你是说你连兄弟的坟都要掘?"

"肖尼人也是这样的,我见过,这没什么。"

火药的余味渐渐飘到跟前,我把眼前伊斯雷尔的脸挥手赶到一边。那两个肖尼人在唤我:

"谢尔托易?"

"谢尔托易!"

距离尚远,听上去并不急促,两个人相互热切地交流着刚刚猎鹿的情境。我的看守瘫在地上,还没搞定那个火药桶,相距大概还有十几步的距离,我们又是站在影子里,估计真跑了他应该也不会那么快察觉。我仿佛挂在悬崖边上,手里只攥着一根绳子,不知道脚底下等着我的是不是万丈深渊。

庞沛在不停催促我:

"只要跑出去,你可以声称是我主人,直到我找到落脚的地方。该你助我一臂之力的时候了,你答应过的,何况你是自由人。"

他不再说话,看着我。我死死地抓紧绳子,不,不行,还没到万不得已的时候。我如果跑了,他们不会放过我,汉密尔顿也不会放过我,他会追到布恩斯伯勒,将我们一网成擒。而且,依他的个性,到时候可别指望他手下留情。

更糟的是,肖尼人会自此把我视为叛徒,这是我最不愿承受、无可忍受的。

"好家伙,听上去你连火鸡都不要了。"我刻意提高了嗓门,眼睁睁看着庞沛的眼睛一点一点黯淡下去。

"在这儿呢,伙计们。"我对那两个肖尼人遥遥地招呼。

庞沛唰地转过脸,朝着营地的方向策马归去。对不起,我在他背后默默地说,你错把我当作福星,以为我能给你你想要的新生。可你不能,你哪儿都去不了,哪儿都无法找到属于你的自由。黑人也许有一时一刻的自由,可总会有人把你们再次打为奴隶。你的言行只能让我困惑,我不知道你要什么,我不想为了钱掘死人墓,我的脑子里只有自己的挣扎,甚至顾不及你。

14. 吾父吾儿

我们继续向别的村镇出发,我继续一人骑马。我留意着身边的树和地面的痕迹,试图发现一二,可什么都没有。马蹄落处,春泥四溅。太阳爬上来,越过山上高高的树,给群山镶上银边。我看着那道银边闪闪亮亮,变宽再变窄,慢慢褪去,变成空气中温柔的光亮。

渐渐东风暖,融融春日松。阳光和煦,人懒洋洋的,一只啄木鸟扎在树干上,我想起来我的打鸟棍,小的时候,我总是带在身上,掷出去,捡回来,再掷出去。如若换成那时的我,看着这样一只小鸟一定要欣喜:红彤彤的顶冠,一身黑白相间的羽毛。我会把它举到伊斯雷尔面前,看,伊斯雷尔,你一定也会为之兴奋。我念着你,可我无法感知到你的陪伴。

啄木鸟笃笃笃勤快地啄着树皮。原本一马当先的我的印第安父亲忽然转过身,目光像一把利剑直指我眉心,银质的耳坠前后摇晃。我吃了一惊。待到他调转马头继续前进,我才看到庞沛从他马侧轻轻退下来,回到肖尼人中间。

庞沛出于一己私愤向黑鱼状告我阴谋跑路?我几乎可以肯定事实就是如此。隔着车马,我甚至几乎还能感受到他的愤怒。但是没有人上来将我就地正法。我又牵着我的白马走了一阵子,依旧没人理我。我走得很慢，我的看守，卡斯奇，几步之遥和其他人一起走在我马前。马儿昂首阔步，泥裹住了蹄子。今夜的露看来只会更重。我尽量减轻它背上的负重，尽量不在身后留下太明显的足迹。这是伊斯雷尔以前教过我的。我慢慢前行，阳光穿过光秃秃的树权，才刚刚鼓出叶苞，尚未吐绿。像一张大网，在头顶张开。队伍渐渐转向左边。

转弯处，黑鱼一个人，已经下了马，站在路中央，看样子是在等着我主动送上门去。他目光坚硬如磐石。披在肩上的毯子放下来系在腰际，狩猎衫敞着，露出胸前一道歪歪扭扭的伤痕，像是刀疤。我感到心跳加速。

"吾儿。"他平静地说，声音之中并无欺瞒或威胁，招招手，示意卡斯奇先走，又对其他人点点头，让他们也先行一步，只剩下我和他两人。一条深棕色的葡萄藤攀在附近一棵树上，零星冒出几颗新芽。他眼底无限怜爱，手指捏着一条卷蔓，轻轻拉直了，松手，看着它弹回去，又卷在一起。我看着他的手。

他们渐渐走远了，还能隐约听见马背上交谈的声音和嗒嗒的马蹄。我们盯着葡萄藤暖风中舒展的藤蔓，直到黑鱼率先打破沉默：

"你在思念你的妻儿？"

我思索片刻。看来庞沛跟他说了什么，只是我还不知道。

我没有立即回答，舌头仿佛卷在了一起，又干又松，藏在心里的前尘往事又被一件一件拎出来摆在眼前，我看见了布恩斯伯勒和他们。这些往事像尖刀利刃，一把一把扎进我身体，再被拉出来，留下一个一个透明的窟窿。往事在目，却越来越不真切，仿佛整个布恩斯伯勒从没存在过，不过是报章上的一则逸闻。我不知道我该如何是好，我不想让他们受到丁点儿伤害，我想拯救他们于危难，拯救他们于您，父亲。我不想让他们来奇利科西，或者印第安人的据点。但我想留下。

这就是我的心结所在，但并不愿出于他的考虑解开心结。我说：

"我们很快就会见到他们的。"

真是巧妙而安全的答复。

黑鱼沉默不语。他仔细地看着眼前的这棵树，仿佛要把每一寸树皮一一巡视清楚。我感到肠子里七上八下，咕噜噜直叫，他手指着我的肚子：

"是我们没给你吃饱吗？"

他说这话的样子看起来很是真诚，甚至可以说不乏关切。我喉咙一紧，答曰：

"你们给了我饱饭。我也愿以猎物报答于您，父亲。"

"你知道的，你是个出色的猎手。"

"是的，我知道。"

我被这种感觉噎住了话。他的的确确了解我。我们之间不需要尔虞我诈的把戏。从冬眠的葡萄藤后面忽然跳出一只小鸟，沙沙拍打翅膀，飞上高枝。黑鱼把手放在我的脖子上。还没碰到我，我就已经感受到了指头上的力度，他抽手回去，柔声问我：

"你留在底特律的那些伙计这个时候可能已经被吊死了。他们说一套，做一套，不管嘴上怎么说，该做的早晚会做。况且你的那些家伙对他们而言百无是处。"

我无法直视他的双眼，尽管我不断告诉自己，看着他，继续看着他，别作声一直看着他。可我不能，猛眨眨眼睛，别向一边，转而盯着刚才的那只小鸟，说：

"料到了。"

我其实并未料到，不是吗？我并未料到这就是我们一开始去往底特律的目的所在。我合上眼，却能看见卡拉韦的脖子，伸得好长，像要扭断了一样，脸憋青了，眼珠子突出来，血淋淋的，其他人也吊在绳子上，像一串造型惊悚的玩偶娃娃。威尔和萨姆·布鲁克斯，本·凯利，还有那几个小伙子。你们都在，一个都没落下，我感到惭愧，真的，我万分惭愧。

"谢尔托易，这是你想要的结果吗？"

我从没想过置他们于死地，从没。是命数把种种交织在一起，把我陷在其中。黑鱼目光如水，我有种错觉，好像他不是在对我说话，而是在说给他死去的儿子。

"不得不如此，父亲。"

"是我们把他们带去底特律的，尽管在这之先，是你把他们带到我们手上的。你也许也是这么想，他们的遭遇因此与你无干。对吗？"

"我料到了。"

我听见自己尖厉的声音，像铁锤敲打在轻薄的金属上发出的脆响。黑鱼的声音依旧柔和：

"他们的话题总是离不开你的妻女。"

我紧闭双唇，他的话像一柄冷剑，插在肋下，刀刃钝涩，甚至能感受到走刀的力度。

"他们活着的时候的确喋喋不休，可惜现在死了也就安静了，"我夺过刀子，对准他，"你大可以亲手把他们绑在木桩子上活活烧死，省得车马劳顿，一路辛苦。"

我的父亲把那根藤条掰下来握在手中掂了掂：

"韧性不错，吊脖子刚好。"

"你说好就好，这方面你是专家。"

我感到周身的血液都在向上涌，胃里翻江倒海，挤出一声低吼。卡拉韦在我脑袋里大呼小叫，还有希尔，"丹""丹"的，也叫个不停。黑鱼和我站得很近，我几乎可以数清他一根一根的眼睫毛，下巴上冒出的胡茬。他身上没有任何特别的味道，我发现我不自觉地凑上了鼻子。

"你的女儿，"黑鱼说，"就是他们'娼妇''娼妇'叫得最起劲的那个，我知道她的事。"

"你们是不是每个人都自诩知道？"

我言辞犀利，达丽拉在老奇利科西的时候告诉过我的。那场人尽皆知的绑架和而后的营救。为什么过去了的事不能像死去了的人一样永远埋进地底，就像底特律的死因，大概一个个现如今都躺在无名的墓穴当中了吧，尸骨混在一起，不分你我。而为什么这件事就像割下的敌人头颅，永远要游街示众？黑鱼举起手，继续说下去：

"你把她从我们的人的手上救了回去。我们本打算像待你一样礼待她。"

他扭了扭脖子，我从没在他身上看见过此刻的放松，连脸上的表情也松弛了。

"当然，是我亲手救了她。"

我不得不控制自己的音量，抑制住内心的怒火。我感到呼吸困难，可黑鱼眨眨眼睛，脸上的皱纹像被风吹皱了的池水。我见过这张脸，在我第一次被带到他在老奇利科西的房子，成为他继子的时候，皱纹挤在一起，又慢慢舒展开来。我稳住情绪，终于能开口继续说话：

"父亲。她应当和她的家人在一起。鉴于我们终究会成为一家人，不是吗，难道让她能安安稳稳归家不也是你期望的结果？等我们到了白人据点，你就能见到她了。"

我的几乎每个关节都在疼，脚踝尤烈，黑鱼扯了扯我的脸，两个人的额头重重地抵在一起，我感到他的头皮在笑，鼻子碰在一起，咽了咽口水。忽然转身，走了，留给我一个背影。其他人走远看不见了。我没有跑，原地站着，他停住脚，回头，看着我说：

"我有自己的女儿。"

"我知道，两个小姑娘。"

"她们是我仅有的了。"

我想让他闭嘴，他的声音已经变得刺耳，无所依附。他开口，居然讲着柔和的英语。我吓了一跳，说：

"你还有我。难道不是吗？"

我不假思索，咧开嘴，露出尽可能多的牙齿，对着他笑着。但他转过身去，继续向前走。我大叫：

"你有过一个儿子。"

他腰上的毯子拖在地上，所行处，留下浅浅的一道痕迹，背影庄重而高贵。我提高嗓门：

"我也有过一个儿子。你们的人杀了他。"

他转身,站在路中间,正好站在两棵树枝干相交叠的拱门下面。他站得笔直,远远地眺着丛林,巡视他的领地。毯子终于滑下来,落在脚边,两只手交叉着。我向他走过去,别无其他选择。他把我拽过去,蹲着把我抱在怀里。我涕泪横流,听他说:

"可你仍然后继有人,而我只有你了。"

我看着他,胸腔起伏,轻轻地,缓缓地,吸气,吐气。他控制着自己的情绪。他的眼睛像两个黑洞,深不见底,他说:

"你的部下在那场营救中杀了我的儿子,或者就是你吧?吾儿。"

我头痛欲裂,我看见了那个被我击中的肖尼人,摔倒在篝火当中,痛苦地翻滚在地上,直至一动不动。头发闪着火焰,发出噼里啪啦的声响,脸朝下。瘦削的身躯,用手指涂在脸上的油彩。我看见了杰迈玛,张开双臂朝我奔来,嘴里大声喊着,爸爸,爸爸——

黑鱼已经转过身继续朝前走了,声音轻飘飘的:

"战场相见,不是你杀了我,就是我杀了你,不过如此,不是吗?"

15. 平白无辜

夜里，我的白马托梦给我。双唇微启，明珠皓齿：我们得离开，我和你，他们容不下我们，因为我和你一样，身上是白的。

沙哑而低微，鼻息带着草叶的芬芳和松木的焦香。

我醒来时，还好，它还在，和其他几匹马儿一样，被缚上了腿脚，但一身亮泽的毛发在夜色中熠熠生辉。它像值勤站岗的哨兵，头压得很低，跪卧在篝火旁。露渐起，蒙住了地上的脚印。

庞沛一个人睡得离火堆远远的。黑鱼和几位酋领睡在另一侧。也许此刻他也醒着，埋首在毯子底下，像他一贯那样，思念着爱子，恨不能纵身跃入地底，和他并排躺在墓穴一处。他的眼睛曾向我泄露了他的心事，尽管现在又被他伪装成了两口深邃的空洞。在他开口之前，我就已经猜到他经历了什么。他的眼神是空的，他的整个人也是空的，像被白蚁蛀空了的房子，只剩下躯壳。而在我看来，凡事总会自有了结的方式。而，你看我，父亲，我将永远背负此奇耻大辱，再无宁日。我们各自承受着莫能言表的失落，就好像是我们亲手铸下的大错，或者，是我，是我一个人的错。

夜色如水。营地像硝烟散去的战场，回荡着无声的枪鸣弹响。尽管我们遭遇相似、处境相仿，可我还是感到自己正在慢慢与黑鱼疏远，与所有人疏远。

詹姆西。你是不是已经有了另一个名字和另一个生命轮回？你是不是还能在人群中认得你的父亲？

数月以来的第一次，我放纵自己，又念起这个名字，尽管只是默默地在心里。我贪心地想要知道你现在身在何处，告诉我，詹姆西，我现在应该怎么办？我会不会和你落得一样田地？我是否还有选择的余地？你呢，你好吗？你在哪儿？

我在等，等一点征兆，一个暗示。我感到窒息，捂在毯子下低吼。我的白马忽然昂头嘶鸣，声音划破长空。看来，就是它了，我坚信这就是我苦苦等待的所谓暗示。尽管两条腿似乎不甚听从使唤，我还是勉强着翻过身，匍匐着向前爬起来。我挣扎着向前，这身老骨头终于慢慢恢复了往昔的灵活。黑暗之中，我想起了我已逝的爱子，思念将我打回原形，变成一具行尸走肉，像我刚刚来此时的样子。

我拢了拢肩上的毯子，站起来，向前两个箭步。我鼓励自己，不容有丝毫闪失，你以前就曾成功地逃出生天，和斯图尔特一起，这没什么难的。

我站住脚，侧耳倾听。光着脚站在地上，凉意直沁脚心。斯图尔特的尸骨像敲打在我头顶的棍子，又好像形态巨大的象骨，在我耳边敦促：

"快走！"

然后，我看见了你们，纷纷死于非命的我的亲爱的你们。你们也来催我快走吗？我是该逃，还是该干脆加入你们的游荡？如果我知道如何与你们长相陪伴，我会的，我一定会的。

夜色中往来熙攘，都是你们！我如果抬头，你们就从树枝上倒挂下来。我不敢看，我知道，死人永远是我记忆中他们生前的模样，只是摸不到温度罢了，像吸饱了水的海绵，软软的，使不出丝毫力气。伊斯雷尔的脸，杰西贝尔的鼻息，回来了，都回来了。我把脸扭向另一侧，可另一侧是你，斯图尔特。你活着的时候，总是用现在这样的眼神看着我，仿佛我是一块需要你近前一步细细分辨的路牌，仿佛我能在迷茫中给予你答案，可惜对错与否，你尚来不及分辨清楚。你现在死了，变成面目不再的骷髅，透过那两个空洞的眼眶，我仍觉得你在用一样的眼神看向我，看着我。

而我，并没有答案，甚至从没有过答案，尽管不止你一个人曾向我求索。狗眼看人，威尔上尉曾经这样说过。他们以为他们可以从我身上得到什么，我什么都没有，我只给他们招致了灾祸。

我将他们的魂魄一一放逐，或者至少说，我尝试如此。我感到头晕目眩，痛楚从脚底穿心而过。我把脚趾钻进泥里，像深陷沼泽，试图探到底部。我要走，要离开，要带着我的白马，离开。

我拖着酸胀的大腿迈开步子，向拴马的缰绳努力。我发现我不得不把每一个分解动作想得清楚：抬起手，然后打开手指，然后呼吸，别紧张。

我把自己掩在两棵树之间，身体贴着树干站得笔直。脑袋里冒出消极的念头：没有枪，没有食物，没有刀，没有鞋，你个蠢货。我的手滑进口袋，袋子里还留有一点火药，我将之攒成药团，可是，依旧没有子弹，蠢货，何况你忘了吗？你连枪也没有！

我感受到脚下湿滑的松针，月光笼在云中。马儿昂首，轻轻地点头，我几乎能感受到它喷出的热气。我再次发力，双脚越过灌木丛，落在坚硬的地面上。深吸一口气，终于够到了缰绳，够到了！我的鼻子就贴在它白色的肩膀上。忽然，我面前出现了一张脸：是庞沛！黑色的脸上，一双眼睛直勾勾地落在我身上。像是忽然被点燃了一样，可很快冷却下来，像两块黑炭。他张了张嘴，似乎要高唱起来：

"我看见了，看见了你的不轨，你要逃了，并不打算带上我，我看透你了。"

16. 阶下之囚

每一日,我都奢望着睁开眼睛的时候,发现我又回到了梦中的肯塔基,我的天堂福地。我的鼻子期待着冬日里风干了的野甘蔗在春风中微醉的甜香,我的眼睛盼望着光秃秃的树枝上一夜之间绽出新绿。可惜没有,什么都没有。

我被庞沛逮到,逃跑未遂。肖尼人班师回营的那天,镇上的女人们照例都走到了村口,我在夹道迎候的人群中第一眼就望见了我的印第安妈妈和两个妹妹。妈妈眼里噙着泪,像印象中她一贯的样子,只不过还没淌出来。她仰望着马背上的黑鱼和走在阵列最前端昂首挺胸的肖尼勇士,注视着他们器宇轩昂地凯旋,而这一次,我被远远、远远地甩在了后面。所有的肖尼勇士脸上都涂上了厚厚的油彩,分列在马车两侧,车上是垒得高高的礼物,汉密尔顿总督阁下的恩典以及其他据点酋领们的馈赠:银器、火药、瓷器、亚麻、羊毛、衣服、毛毯、皮草,乃至各式各样的物器不一而足。个个脸上洋溢着红光。

天空飘下细雨,是春日里才有的蒙蒙感觉,雨滴落在马车上,琳琅百物更显晶莹。可雨水落在我身上,只有令我更加狼狈了而已。马车徐徐开过,看来,轮到我接受众人的注目了。我成了凯旋之师拖后腿的逃兵,理所当然被五花大绑走在队尾,左右各由一个高大威猛的肖尼勇士押解。那些留在奇利科西而幸免于难的我的白人朋友们和他们的印第安家人站在一起，目送着我打面前走过，却忘了向我点头致意。我知道一定是我现在的样子吓了他们一跳，他们看我的眼神只能解释为震惊。我的脸上和身上并没有油彩，衣不蔽体，瘦骨嶙峋，一身腌臜，唯一改变不了的，是勉强看得出我始终是个白人。

"日安，各位女士、太太！近来可好啊？再次见到你们，实属我之荣幸！"

我嗓音沙哑，但我多希望她们能畅快地笑一笑，我才有机会也跟着放肆地笑一笑。可她们要么用手遮着嘴，要么一脸肃然，对我的殷勤无动于衷。我知道，我与肖尼人之间好容易被推倒了的那堵墙又重新被砌了回来。我的妈妈只看了我一眼，就把脸扭向了别处。好久不见，我的两个小妹妹似乎长大了许多，更显瘦削。

"姑娘们！"我唤。

大一点的一个一脸机警。庞沛始终走在我的后面，压轴出场，在他看来这是为了盯紧我免得再生差池。他胳膊里躺着的那只小狼崽原本是我的，我们最后一晚宿营的时候，它忽然从夜色里冒出来，一脑袋钻进了我的毯子，拱到我跟前，像它本就属于这里。当然，现在它不是我的了，什么也不是我的了。

庞沛弯腰把幼狼放在地上，他的那匹名唤小苹果的坐骑不安地摇摇尾巴。小狼伸伸腿，竖着两只耳朵，翘起小脑袋左顾右看。皮珮茜，我的幺妹，把它拎起来抱进怀中，像从地上捡起一个绒线球，然后拉上一脸机警的嘶嘶小姐，带着小家伙一前一后拐进了自家院子。那只小狼崽就这么消失在了我的眼前，甚至没来得及发出它惯常的嗥叫、没来得及跑过来咬我一口、没来得及转过头来看看我。庞沛依旧是那副漫不经心、讨人嫌的样子，但我知道他一定在心里偷笑。他大概十分享受现在这种感觉，看着我失去原本是我的东西，直至失去一切，一无所有。

左右看守把我带离了人群，向镇子中心集会大厅后面的木头牢笼走去。我在这时看见了达丽拉，仍眺望着大路尽头，像是在等着后面还有什么人。天上一片云彩飘过,她的眼里也暗了。我这时才第一次留意到她的旧疤,面颊上一个小小的深坑,像发痘疹留下的。我趁擦肩而过的时候,对她说:

"后面没人了,我是最后一个。"

"后面没人了……"

她喃喃用英语重复了我的话,末了,像其他女人一样缄口不语,转身走了。那个一贯面色冷峻的小女孩儿无出意外就跟在她屁股后面,直盯盯地看着我:

"是的,我在这儿呢。"

在我看来,她们应该是被禁止与我进行任何言语交流。可女孩儿清澈而稚嫩的声音让我从心里笑出来。她还是她,始终如一。我又想起了我的杰迈玛,大概你也还是你吧。长久以来,我企图不去想起任何关于你,或你的兄弟姊妹的事,可如今,你是我唯一的惦念了。

春天终于还是来了。在他们把我锁起来之前,我看到了玉米地里该死的绿苗,河面也开了。他们会把我一直关在这儿,一直等到天气暖和起来再出发上路。那个时候,我们就能再次重逢,我就能看到你们一张张熟悉的小脸,如何从见到我时的惊讶变成对我的失望,就如刚才进村时的情境。我无力挽救任何人、任何事,却把你们当作身陷囹圄时寂寥中的安慰,我小心地与你们保持着适当的距离,不敢太过靠近,不敢抱得太紧,像和煦晚风中的一条毯子,盖严了怕热,但又舍不得就此放下。

狭小的牢狱之中,不仅装得下卡拉韦和希尔,竟然还能容下他们所有人,他们都回来了,为了我而来。第一夜,他们在我的梦中对我拳脚相加,我几乎以为自己死了。那个许久以前在河边垂钓时莫名死于我枪下的印第安人也在,远远地盯着我,眼里满是不解。还有杰西贝尔,我在耳畔感受到它冰冷的鼻息。

我不得不反抗。我试图告诉他们，一直以来，我都在做我认为对的事情，何况，除此之外，无路可走。但我的所谓理由连我自己听上去都是那么自私而卑劣。第二夜，我在安静中等待，两排牙齿上下相抵，死死地咬在一起。也许是我太过用力，其中一颗被咬崩了，舌头每次舔到，都会感受到剩下半颗牙齿锋利的截面。可是这一晚，他们没来，一个都没有，不愿再听我絮说歉意。

我睡着了，睡意并不深沉，只是很轻很浅很短的一会儿。

"十二只鹿，三头牛，琼浆玉露，玉盘珍馐……"

音调丝毫不见起伏的声音，我惊醒了，发现自己坐在昏暗中。声音来自外面，我提高嗓门，对外面的人说：

"言过其实了吧？"

外面的人反驳我：

"我们只是想好好聊一聊这次胜利从底特律凯旋的旅途细节，菜放凉了也没甚要紧。要知道，食物应有尽有，肉应有尽有，随时可以重新做好了再端上来。简单，但实用，你不这样认为吗？"

"你大可以给我端点吃的过来，随便冷的热的。"

"他们会想起你来的，也许，大概，会的。他们没跟你保证吗？"

"还不是多亏了你，庞沛！现在没人愿意跟我说话！"

庞沛并没有走掉，反而又凑近了几步。我几乎可以听见他的呼吸，我猜他一定是把嘴贴在外墙上跟我说话：

"知道为什么你落得如此田地吗，谢尔托易？都是你咎由自取的结果。你根本不理解他们。"

集会大厅里忽然传出一串笑声，像篝火中噼里啪啦的柴薪。庞沛也笑了，笑过之后，继续说：

"你以为他们在撒谎，你以为他们在掩饰，你以为话中总有弦外之音，你以为全部不过是糊弄人的把戏。你错了，他们不但说一不二，他们还从不会心口不一。他们相信你们的鸭子朋友不是装疯，因为他们听信你说他是真疯。他们说重新来过，就真的重新来过。他们相信是忠诚赋予他们桀骜一世的力量。他们说不会伤害像你这样有威望的领袖人物，让你大可以随心所欲做喜欢的事，把你视若己出，是怎么说的，也是怎么做的。然而你不信，你说你会留下，可你却一直蓄意逃跑。你的作为当不起他们的信任。"

"我当不起？"

我对他的这一说法十分好奇，把两条胳膊垫在脑袋后面，仰坐在黑暗中。

"当不起。"

"可明明是你怂恿我离开。"

"那是你认为的。"

我情愿他能让我一个人安安静静地享受现在的苦涩，但庞沛偏是不走。烟草的味道从墙缝中钻进来。老布赖恩的幽灵也一起潜入暗室，攥着一把钞票在我眼前使劲儿摇啊，仿佛在说，看，这都是浪费在你这个无用之人身上的钱财。连你也死了吗，老头儿？我大概真的离开了太久，何况离开时你就已经那么一把年纪了。

"我看明白了，你也不信任我，不放心把我一个人关在这儿，是吧，庞沛？"

"你觉得从头至尾，我可曾信任过你吗？"

我听见他吐了口口水，手上大概敲打着一块燧石。

"乔装成印第安人的白鬼。"他说。

"伪饰成印第安人的黑鬼。"我还击。

我现在知道当一只耗子被狗叼在嘴里是什么感受了：扭动着尖声惊叫，试图让猎狗停下来听一听它的剖白，可耗子说什么，狗怎么可能听得明白？我也凑上去，贴着墙，与庞沛咫尺相隔：

"别以为我看不出来，你表面上和他们打成一片，骨子里跟你的脸一样黑！别逼我说出真相，若不是你那天也早就想溜之大吉，怎么会一直盯着我和我的白马？你忘了吗？我可替你记得真切！"

我听见他的脚步声，他重重呼出的一口气。他站了起来：

"印第安白鬼果然火眼金睛。你们白人是不是觉得自己生而聪慧过人，看得透一切？那你不妨睁大眼睛看看，是不是能看透面前这堵墙？"

不等我说话，他又唱起了他哼唱不厌的一首肖尼民谣。我试图压过他的声高：

"你就是他们的一条狗，可你做狗做得甘之如饴！"

歌声戛然而止。

"我丝毫不吝惜把这句话原样奉还给你。"

"那你为什么也想跑路？为什么想让我带上你远走高飞？以及，为什么你要向我的父亲告发我蓄意离开他？"

"问问你自己是真的想要离开吗，谢尔托易？一个人远走高飞？"

两个人都沉默了。我无从回答。他对我的失望浓烈得像山林中的白雾，从木头墙壁的空隙中渗进室内。连集会大厅里通宵达旦的鼓乐宴饮之声都在这雾气中模糊了起来。也许里面每个人的肚子里都塞满了烤鹿肉和炙牛肝，撑得再无力欢唱。沉默横亘在我俩中间，许久，庞沛才幽幽地说：

"至于怎么处置你，他们另有打算。"

"果不出所料。可你能不能好心告诉我他们打算拿布恩斯伯勒怎么办？如果世上还确有布恩斯伯勒这个地方的话。"

"也许你不会被一直关在这儿。我不会把你一个人留在这里。对于你的状况，我们始终还是关心的，毕竟，我们是你在这里的手足兄弟。"

连他的柳木烟嘴都散发着让我厌恶的味道。他措辞谨慎，词中之旨我亦听得分明。他故意用了"我们"，把自己和他们归划在一条阵线，试图把自己在这片土地上的根基夯得再深再稳一点。也罢，庞沛，明明有机会让你我并肩作战，成为驰骋在肯塔基广袤大地上的左右骠骑，呼风唤雨，无所不有，把关于肖尼人的种种情报出卖给竞价最高的金主。甚至还可以动用一点手腕，做个双料间谍，把情报转头来再卖一次。然后我们就也能像希尔一样，自此过上衣食无虞的富庶生活。在你对未来的设想中,是否也有过那么一天呢?

"我们走着瞧吧,你会有真的想留下来的一天。"

他改用肖尼语最后说,语气严肃而正式。说罢,转身离开了。集会大厅忽然又鼎沸了起来,朦胧之间,我听见女人们的欢声笑语,却听不清她们为何欢笑。夜晚再度降临。

我没有发狂。还远不是时候。

牢房的门吱呀一声开了。整间牢房完全是参照白人盖原木小屋的方法建起来的,房门就是一块几根原木拦腰捆在一起的门板。门开了,外面的光线瞬间倾泻而入,我慌忙起身。

是达丽拉。她端来了水和一盘子吃食,弯腰放在地上,扬起脸看了看我。

"近来可好啊,怎么不是平时的那个狱吏了?"

她指了指盘子。我顺势问:

"昨晚那十二只鹿、三头牛什么的欢宴吃剩的残羹?"

她转身欲走,我赶在她出门前追问:

"是我的父亲故意派你来的?"

她又指了指盘子,这回说:

"原本是好肉好菜……"

"'原本是'?听着可不妙。"

"是的,'原本是'。昨天晚上的。"

"但现在看来不是了。"

她似乎笑了,笑容一闪而逝。

"吃点尝尝吧。"

我两只手指头捏着一条肉,拎到鼻子跟前闻了闻,塞进嘴巴。冷的,又柴又硬。我佯装被噎住了,喘不过气,可她并未上钩。这让我觉得自己像个小丑,来不及细嚼,一口把剩下的大半块吞了下去,说:

"感谢款待。"

"是你父亲吩咐的。"

"原来如此。那我父亲他老人家会不会亲自屈尊探监?"

她摇摇头,说:

"他很忙。"

"啊哈,这我倒是略有耳闻,另有宏图大略是吧。"

她忽然伸手摸了摸我侧边新长出的头发。你瞧,头发都渐渐长出来了,我也再不是什么肖尼勇士了。她的手指轻轻摩挲着我的头皮,像是出于好奇,又像是怜悯。我忽然有种想把关于詹姆西的一切都讲给她听的冲动,特别是第一次,我抱着刚刚出生的他,手掌心轻抚他额顶时的奇妙感受。但我只伸手摸了摸自己的脑瓜顶,继而说:

"头发软趴趴,脑袋蠢瓜瓜 —— 早有人这么说过了。"

她走了,在牢门彻底关严、牢房重陷黑暗之前,我听到她的声音从门缝中飘进来:

"你毕竟是他的儿子,他不会对你无情。"

17. 肉食者鄙

我留了些水和肉没有一口气吃掉,天晓得他们之后还会不会再送吃的进来。我发现我内心里并没有做好慷慨赴死的打算,起码不想做个饿死鬼。

一整天,没有人再送进吃的。第二天,依旧没有。

有那么一阵子,我满脑子想的都是达丽拉,甚至于叫出了声。但是没有回应,牢房之外的村镇上,人来人往,一切如常。漏进来的光线慢慢变暗,我知道,夜又来了。我大声唱起记忆中的一首小调:

"因为丢了一颗马钉而失去了一整块蹄铁,

"因为哑了一杆火枪而……"

会有人回应我的歌声吗?显然,没有。可我一个人的时候,总是喜欢唱歌。我想起在宾夕法尼亚的童年,我的歌声是让我免受其他男孩毒打的防身法宝。一个人在林子里的时候,只要我唱得够大声、够难听,他们就会离我远远的,不过来烦我,至多冷冷地丢一两块石头过来。可如果我像内迪唱得那么婉转,或者哪怕流露出一点效仿他的企图,他们就会从四面八方冲出来,骂我是五音不全的破锣嗓子,和我扭打在一起。希尔,你记得吗?你那个时候可没少混在他们中间,这我可忘不了。

我回味着庞沛的话,他们不但说一不二,他们还从不会心口不一……他们相信是忠诚赋予他们桀骜一世的力量……他说那些做了孤魂野鬼的白人就是因为他们不信任别人,也当不起被别人信任,因为他们钻进牛角尖里对凡事刨根寻底,因为他们以为别人的话里话外总有弦外之音,生怕吃亏受骗,却对明明白白摆在眼前的事实和真相视而不见。也许他说得很对。

我又往嘴里塞了一条冷鹿肉,费力地咀嚼起来。我翻了翻随身的口袋,发现他们并没有把汉密尔顿送给我的那些个银质的小物件和糖块都搜刮一空。数了数,我还有一个压得有点变形的指环,一只耳坠,几枚凑在一起也不值几个钱的硬币。我把硬币捏在手上用指尖细细摸索,昏暗中将将能分辨出国王头像的轮廓。哦,殿下!有朝一日,您是否还愿将我收在麾下?

我把硬币在手指尖弹来弹去,它们落在地上滚得到处都是,我不得不四下摸索着,再把它们一一找回来。

忽然有种冲动,很想吃点甜的,也可能是想把嘴里隔夜的肉味盖一盖。我素来不喜甜食,在这一刻忽然对糖的味道产生了深入骨髓的企盼,像一瞬间回到了孩提时代。我终于在我硕果仅存零碎中间翻出半块英式硬糖,无外乎也是总督副官的慷慨馈赠。另半块不知道哪儿去了,这里说不定不只关着我,还有耗子!一定是趁我夜里睡熟了才出来,看来我远比自己以为的睡得更沉。想到这儿,我把自己也吓了一跳。昏暗中,我瞪着眼睛,一直到两个眼皮越来越重,耷下来,合在一起。我把糖块咬得粉碎。影子在脏兮兮的地面上越拉越长。

希尔和卡拉韦关在这里的时候,每次他们安静下来,我都要以为他们是土遁了。那个时候,我就贴在木墙外面。而今,墙里墙外两重世界。可我觉得这里面的世界对我而言如履仙境,一不留神掉进来,流连忘返,观棋烂柯,殊不知今夕何夕,外界是否已经此去经年。也许只有掉落仙境才能解释为什么人会凭白消失,像丽贝卡和妈妈嘴里的故事,还有汉密尔顿说过的那些。至于通往这些神秘所在的门和钥匙,也许就藏在月夜里一朵蘑菇的伞下,或者一棵树的根部,又或者是你迷迷糊糊喝了一碗下了药的酒,醒来已经是另一个世界。我在想,是不是精灵们把通往仙境的钥匙也藏在了驮着猎物的马背上,不然我是怎么来的?

我对自己说,既然他们还留着你的小命,你还活着,还没有死,那就在这儿好好活下去。

我感到昏昏欲睡,四肢瘫软,浑身冒汗。我瞪着眼睛眨也不眨,直至感觉干涩,甚至开始觉得疼。我又想起了小时候,是的,我觉得我现在就像是回到了小的时候,一桩一桩记忆深处的事情仿佛历历在目:

镇上几个姑娘因为误食了林子里的毒蘑菇而一命呜呼,其中一个我还在贵格会上见到过,我记得她叫露西,露西·布莱克,莫莉的姊妹——对了,莫莉,我第一房小小的娇妻——露西在那场暑热中大难不死,却没能在这一次幸免于难。她的棺椁和其他人的一起,被抬到墓园落葬,记得那是在夏天,一个酷热难耐的早上。我专注地看着站在栅栏尖上的鸽子,看它们像从容地走在钢索上,从栅栏的一边蹦到另一边。就在这个时候,我看见了送葬的队伍,我看见了那个装着露西小小身躯的木头棺材在那几个人肩头摇摇欲坠,我还看见一只足尖裂了口子的皮靴挂在外面,随之左右晃荡。我说不清是怎么看见了这么奇怪的事,可我总觉得那个时候我一定看见了。

也许就是有这样奇怪的事情会以莫名其妙的方式从脑子里蹦出来。

别睡。我把稀奇古怪的回忆尽量搁在一边,还不能睡。不如唱歌,保持清醒,我对自己说,把那些睡着的也叫醒了起来。深吸一口气——

我哼哼着不成调子、没有歌词的无名旋律,这一次,也不是肖尼人的民谣,什么都不是。

门外,轻轻的人语,像是回应。我怔住了,试图张嘴,好半天,才慢慢发出声音:

"庞沛?"

忽然万分安慰,但外面又陷入了安静。我不甘心,又试探着问:

"出来透口气吗?"

仍无人回应。庞沛总是神出鬼没，常常吓我一跳。我说：

"我是真的有心请你进来一叙，要是我有力气能打开这道……"

口焦舌燥，我噎在了一半，话未说完。没有水了。我把汉密尔顿的银指环攥在手心，跌跌撞撞地摸到门边，抡拳狠凿。又好像有谁轻轻地说了什么，是什么？好像只一个词，可我为什么听不懂？！

"什么？你说什么？"

我在绝望中盼望着那个声音再次出现，哪怕是庞沛出言不逊，可是没有，什么都听不到了。接下来的几天，我反反复复都在想着那天晚上的那个声音，拼了命在脑海中回忆当时的细节，搜肠刮肚想知道，究竟说了什么——是"没有"，还是"没了"？

我又开始吃东西，但是开始不再在意抓起来塞进嘴里的是什么——不管是肉，还是地上的土块。牢房中昏暗依旧，喉咙像烧着了一样，感觉像父亲煅坊的铁砧没轻没重地凌乱地敲打着我的脑袋，咣，咣咣。恍惚中，我仿佛又看见了父亲，铁锤下猩红的火星四溅，小时候的我睡在床上，还是小时候又硬又热的感觉。我想起妹妹贝茨，还有小弟内迪和斯夸尔，好像都病倒了，挤在一起。

也许，许多回忆里的事，需要时间才能慢慢又找回来。也许，那个听不出又许久猜不出的词，需要时间才能慢慢拼凑出来。我试图用手指在黑暗与虚空之中捕捉一点线索，手指迷茫地不知该停在何处。我试图集中注意力，可又一波头疼袭来。也许，我永远无法完完整整地拼出那个词了——

P－O－I－S

P－O－I－S

P－O－I－S－O

也许这就是那天门外的轻语全部的内容，也许本来那个声音就没有把话说全。我用僵直的手指一遍一遍划来划去，像是要徒手挖出一个洞，像是下定了决心要一直挖下去一探究竟。可你说，洞里会有什么呢？

不过塞满了干草罢了。

除此之外，没了。我卑微地蹲在自己挖给自己的洞里，什么也看不见，什么也听不见。但我还是努力地竖起耳朵，生怕错过一点声响。口干舌燥，眼涩鼻塞，想要坚持，却感到浑身颤抖着，仿佛整个人要散了架子。那个词，那个词是什么？我觉得它就藏在暗处。我在唇齿间摸索，然而只能发出"啊，啊"的声音，溃不成句。是什么？"没了"，是吗？是吗？

一切都在倒退，连时间似乎也不能例外。我闻到狼的味道，仿佛又回到了狼腹，被酸腐的臭气裹挟着，而我竟感到欣然。

但是，那个词，我始终拼不出、猜不到的词，一想到这些我就无法安然。

我动了动胳膊，感觉像刚破壳的雏鸡，第一次拍了拍两侧的翅膀。稍一动，就牵着别处的痛，痛得不敢打弯。我试图将自己从狼腹中扯出来，从食道经喉管，最后是酸腐味尤烈的唇舌，然后小心翼翼地挤出牙缝，逃出生天。

我趴在地上，想摸索着找点能喝的水。大腿贴地面上摩擦，声音暗哑。

一直以来，我都在竭尽所能地逃避的回忆在今天把我逼到了墙角，无路再逃，回忆尖叫着——詹姆西——可我依旧看不见他，他也落在了狼腹之中吧，用伤痕累累的手掩住脸，不让我看见，亦不愿开口与我说话。我感到我的整颗心在滴血。

他忽然变成了她，杰迈玛！——爸爸，爸爸——她尖声惊叫，拨开黑色的卷发，露出苍白的脸蛋，眼里放出光亮，像燃烧的火把，凯旋的勇士——我就知道你一准会来救我的——她大张着嘴，黑洞洞的。她的脸忽然出现，我动不能动，呆呆地看着她，我人尽皆知、名声在外的女儿，我可怜的宝贝儿。可她忽然又消失了，像长兄伊斯雷尔的魂魄，像那些这么多年过去了依旧不肯放过我的鬼魂。

我被突如其来的想法骇住了：莫不是杰迈玛也死了，也追索着詹姆西和伊斯雷尔去了，去到了我无法伸手触及的另一个世界，是吗？是真的吗，杰迈玛？那我们的布恩斯伯勒呢？尽管有的时候，我真心希望布恩斯伯勒早已经不在，连同留在那里的人、那里的一切，一起消失不见。一把火烧成了灰，归于尘土，或者随风散于无处。

丽贝卡，你是否尚在人世？我们的儿女们是否都还活着？我无法感知到你的讯息，无法感知到任何事情。伊斯雷尔出现了，鸟儿们拍拍翅膀，落在他胳膊上，似乎是远道飞来，意欲为我指引方向。可它们个个是狡猾的骗子，眼睛滴溜溜打转，嘴里叽叽喳喳一派胡言。伊斯雷尔美丽的太太也出现了，片刻，那张漂亮的脸蛋随即又消失不见了。我不知道为什么他们一个接一个地在这个时候出现，是某种征兆吗？可为何看起来毫无意义，毫无指向。我一头雾水，记得伊斯雷尔的太太教我读书认字的时候，我也有过同样类似的感受，整个人像在黑暗中摸索的瞎子，不明所以，却永远充满对生活的怨念。

忽然，我仿佛想通了，仿佛所有的一切拼凑在一起，忽然说通了道理——没了，全都没了——仿佛斗大的黑字写在面前，让人看得真真切切。什么都没了，他们死了，全都死了。他们的脸一张一张出现，又一张一张消失。我感到万箭穿心，被剖出来，留下一个空洞，什么也不剩。而我居然还相信，这下我就可以在他们的鬼魂当中找到我的爱子了，再见他，再见他那张明媚的面庞，哪怕只有短短的一瞬。

然而，昏暝之中，我始终踽踽而行，孑然一身。

门口，还有一条影子，比他们的更浓烈。我知道，那是死神，是死神来了。原来死神也有人形，有脸，有嘴，脸是长脸，嘴上挂笑。死神张了张嘴，仿佛要对我说话，那深陷的眼窝，那熟悉的笑容……是他！就是他，彻罗基吉姆，我终于说出了他的名字。

我几近流泪。这么久了，我始终不敢直视、不敢回想的一张脸，一张总是拉得很长总是不甚高兴的脸。这一次，我直视他双眼：

"为什么？为什么你要用那么残忍的方式置他于死地？你大可像黑鱼一样，把他收为义子，他比我好太多。你大可不必借他之死以儆效尤，你大可不必……你，滚！"

我想一死了之，唯一不确定的是自己现在究竟是活是死。两侧的新发根根倒竖，身体的每一个毛孔都在尖叫嘶吼。我想，我大概还活着，而痛楚正将我一点一点碾得粉碎。我踉跄着站直了身子，用尽气力朝它吼道：

"彻罗基吉姆！大佬吉姆！我知道詹姆西也是这样唤你的，哪怕这并不是你的真名，不是！可除此之外，你让我们还能怎样呢？"

这张会说话的脸此刻以无声回应我的质问。跟希尔和罗素气质相仿，永远带着对万事万物的拥有和确定。我愚蠢地把那枚银指环递给他，被压瘪了的不值钱的小玩意儿。我感到他难以抑制的笑意，我知道我不会得到想要的答案，答案永远不会因为你企盼得足够热切而主动现身，答案永远只会以不被觉察的狡猾身段悄悄地突然出现在你此后的生活当中。

现在，我只希望他从眼前消失。我举起胳膊，想像伐断一棵树一样将他斩落。我不能看他，我在哭，哽咽着，呼吸艰难。但他不走。他把一只手搭在我的手臂上，把我压在地上，屈膝蹲在我倒下的地方，摸摸我的头，极尽温柔。告诉过你待在那儿，你不听。战场相见，不是你杀了我，就是我杀了你，不过如此，不是吗？

我听他如是说，或者，他其实什么话也没说，又或者这些只是我一个人编纂的对白。但我确切听到了接下来的声音，一字一句顺着毛孔钻进我的脑袋：

"你究竟梦见了什么？"

18. 谢尔托易

刀锋贴面滑过。

我醒了,还活着。我挪了挪身子,以为一场肉搏起码要留下一点酸胀肿痛的感觉,可是,什么都没有,甚至人觉得头脑清爽了许多,不复往日昏沉。是的,这颗脑袋居然也还顶在脖子上,那枚指环居然也还攥在手掌心。我抬手摸了摸下巴,出乎意料地光滑。

达丽拉操着刀,从我的颧骨提向眼角,刀锋过处,摩擦出粗粝的声响,不小心在面颊上割破了一道小口,微乎其微,尽可忽视,于是,刀没有停,继续指向头顶,左右游走,两侧新生的短发被提起来,再削干净。我安静地躺着,专注于刀锋与毛发交手时的细微动静,听候她手指的指挥,顺从地把头一会儿摆向左边,一会儿再右边,感受刀锋轻柔的力度。

"你在肉里下药了?"

她把刀在水里蘸了蘸,刀撞在木碗沿上,发出沉闷的声响。

"那句话也是你问的——我究竟梦见了什么?可这关你什么事。"

刀没捏住,掉了。她依旧不语。

"哈哈,当然了,反正告诉你也无妨:我梦见了死神。不过这也是你的一手安排吧?"

我感到头脑清爽异常，仿佛筋疲力尽一场酣战之后，连混沌和头疼都一扫而空。我终于真真切切地看清了死神的面孔，我终于知道了詹姆西死前看到的一切，这正是我求之不得的。也许，我还看见了更可怕的东西：他们大概早已经统统不在人世，丽贝卡，杰迈玛，我的孩子们，还有我的布恩斯伯勒。我感觉自己如今身轻如燕，骨头里流淌的不再是热血，而是虚空，像天上的鸟雀，什么都没有的那种虚空。我忽然有种奇怪的感觉，感觉自己是被救了，尽管睁开眼，人依旧躺在囹圄之中。奇怪。

"这都是父亲大人的指示吗，达丽拉？当然，我不知道这么说确切与否，我现在还算是他的儿子吗？庞沛呢，总不会是他指使的吧？"

她的手僵在半空中。我恍然明白了，原来全是她一个人做下的好事。

"我告诉过你了，肉是隔夜的。也许你恰恰需要这碗药，才能看明白所有。"

达丽拉站起身，打开牢门，那个小姑娘正趴在门缝上窥探里面的动静。她走进来，伸出一根手指按了按我颧骨处的破口，抽手看了看留在她指尖上的血迹，然后举着那根手指走了。门打开的一瞬，暖融融的风把清新的空气送进屋来，天空愈加清澈，仿佛换了人间，换了世界。

我的印第安妈妈依旧是我的印第安妈妈，眼里依旧盈满热泪。她依旧小心地规避肢体接触，但不再把眼睛扭开，改口叫我儿子，聂基萨，有的时候也有别的叫法，听上去像"鲜鸡蛋"或者"蛋壳头"之类的。她只是从不以"谢尔托易"——她丧子的名字——唤我，但看得出，能做到如今这样，她已经为之付出了巨大的努力。

两个姊妹依旧会在天还没亮的时候就偷偷溜出门去，像以前那样伏在屋棚顶的缝隙间窥视我的一举一动。我到处都没有找见那只幼狼，也许她们玩腻了，丢了吧。

锅架在炉子上滚滚冒着白烟。妈妈眼里的热泪忽然顺着鼻翼两侧滚落在面颊上。

"有什么能为您效劳的,母亲?"我问。

她笑了,眨眨眼睛,泪水愈加汹涌。她站起来,像对着自己的亲生儿子一样,温柔地对我说:

"不该让你做女人做的事。你不是一直这样讲。"

"父亲去哪了?"

她认真地看看我,眼睛久久地在我脸上打转:

"吾儿,今晚的你看上去无限伤悲。"

"哦,母亲,被您发现了。"

"何事伤悲?"

我对她深深鞠躬,

"不知道。也许是月亮,也许是我老了。不知道是不是老了的乌龟就会……"

"你在思念你的故人,"她打断我,"你的白人朋友,白人家庭和妻儿。"

我怔住了。沸锅中溢出汩汩的泡沫,可她并没有拿起勺子将之搅匀的意思,只是抬头望着天上。透过头顶屋棚的缝隙,一轮月亮挂在天上,我也看见了。

她依旧在流泪,终于抬起胳膊抹抹眼睛。

我希望自己能说点安慰的话,可我想不出能说什么。

她清清喉咙,吐出一口黏痰,拿起勺子走到炉子前,重重地说:

"吾儿,等你把他们带来与我们同住,他们还将是你的家人。"仿佛这样的话已经重复了太多遍,连她也感到厌倦了。

"可他们不在了,什么都没了。"

我知道的。我告诉她。

晚饭糊了,再怎么搅也无补于事。

看守卡斯奇几日不见，脸上又冒出不少颗新的痘疹，瞪着我，笑了。我坐起来，额头顶撞了他的下巴，他吃了痛"嗷嗷"直叫，反手作势打我，被我擒住手腕。我大笑：

"老朋友回来了！红尘滚滚，生活依旧啊。"

他的到来让我从心底感到喜悦，因为这或多或少填补了黑鱼不在时，屋子里的空旷和寂寥。说来也怪，自从我被放出来，还没见过黑鱼。

年轻看守肿着下巴，发现我这个始作俑者这会儿又一脸乖顺地巴巴看着他。于是他一把拖起我就向门口走。其实撞了他，我的脑袋也嗡嗡直疼，不晓得如果他知道了，会不会好受一点。

我们走到街上。看见一群半大的男孩，其中几个在踢皮球，对着一幢房子的外墙苦练脚法。一条老狗被另几个举着棍子撵得四下逃窜，终于喘着粗气在路中央一横，不动了。我们只能从它身上跨了过去，可刚刚散伙的那群混小子见到我俩，又拢上来，在身后排成一列，像挥之不去的蜉蝣。

还没行至河边，我远远看见两个并肩而立的人影，像两个随时准备在法力上一较高下的传道者，而脸上漠然的表情又很像厅堂之上的大法官，好像在说：猜猜看，我要对你做些什么？我忽然想起自己欠下的一屁股债，以及不得不面对的破产律师和地方治安官。

是庞沛和黑鱼。终于再看见我的印第安父亲，我有点如释重负。他们是在等我。卡斯奇把我带到他们面前。河面比上一次看见时又宽阔了许多，流水匆匆，打着漩，一路向下游奔流不止。一截浮木被一块露出水面的石头挡住了去路，我看着木头淡黄色的参差的断面，想起刚刚那条倒在地上气喘吁吁的老狗。刚才还跟在身后的混小子们早不知何时作鸟兽散，大概又跑回去继续折腾那条老狗了。能怎么样呢？无非也就是把它从地上踹起来，再踹到别的什么地方罢了。

黑鱼面无表情的沉默依旧让人捉摸不透。他只约略点了下头，让我不得不怀疑自己是不是早已经淡出了他的记忆，可看上去，他又好像下定决心，要与他劫后余生的继子重续前缘。不如我先开口：

"吾父。"

他循声看看我,我几乎想立刻当面涌出泪水,无奈一双眼睛早就哭干了。于是,我转向庞沛,说:

"今得与君重逢,吾亦欣然。且请问您是恰巧散步路过吗?"

我的谐谑一头撞在墙上,摔了个结结实实。庞沛哼了一声,抬头望天,恰好有飞鸟经过。我猜不出接下来酝酿着什么,只是单纯觉得能再见到这两个人,让我由衷快慰。

上游不远,一棵孱细的榆树上拴着一匹杂花马,正在河边饮水,水面上因此水花涟涟。马脸上的斑点恰好落在一只眼睛上,这让它看上去仿佛受了惊,满眼骇然。

"礼物,给你的,谢尔托易。"

庞沛注视着我的表情。

"真的吗?"我问。

"是的。"

"看样子我总是能喜获良驹。"

我顺理成章想起汉密尔顿赠予的那匹白马,可它再不属于我了,不知道现在流落到了谁的手上。人,或者畜生,或者没有生命的物件,总是随着时间不停流转,成为买卖、交易的对象,甚至不惜几易其主,这一切在这片土地上尤其显得稀松平常。我告诫自己,别试图追寻他们或它们此后的命途,因为即便问了,也不会有答案。

庞沛伸出手,黑鱼站着未动。我走向我的杂花马,它身上的花纹仿佛要把它藏进树丛当中,仿佛自觉有罪。我感到异常平静,并没有在开口发问的时候预见到布恩斯伯勒一朝毁于大火的惨状:

"这么说,我们又准备上路了?"

庞沛高亢的笑声乍起,连黑鱼也跟着笑了,还扭过头用肖尼语对他说了句什么。而最令我自己感到意外的是,我,也跟着笑了。庞沛答我说:

"还没到时候。你还得在这儿待上一阵子。准新郎们一般都要在家待上一阵子。"

居家的内迪，亲爱的内迪。有些事如鲠在喉，我无法不想起。而这根卡在肉里的鱼骨始终在不停生长，刺痛变成阵痛，再变成丝毫不让人喘息的折磨。也许我早就该好好在家待上一阵子，当然不是说现在，因为现在，我还有家吗？我不知道真到了再见的一天，我要如何面对内迪。

我也想起了你，丽贝卡，洞房花烛之夜婚床上的你。那时一切都尚未发生，那时的你散开头发，让一头乌亮的青丝温柔地铺满枕席。还有我们在你祖父的地盘上造了第一幢属于我们的木屋，你说有了自己的房子让你感到心安。我的深林女王。可你不爱深林，你不会丁点喜欢上奇利科西的，相比布恩斯伯勒，你只会恶之尤甚。某天早上，我不小心听见窗外你与玛莎的对话，你说你情愿在去打水的路上摔倒了就不再爬起来。你说然而你别无选择，你问玛莎你是不是看上去老了许多，说完你笑了，摸摸脖子上的颈纹，笑得很大声。你脸上的笑落在我眼里，变成你内心里的哭泣，思乡情愫，伊人憔悴，可你始终陪在我身边，像是在弥补不小心带给我的伤害，内迪的，杰迈玛的，还有，别的。

黑鱼的一双眼睛在我脸上逡巡，说话的时候睁得更大：

"快乐会把你留在这里。你会快乐的，吾儿。"声音中充满无限温柔。

照例由庞沛翻译，他不慌不忙，话还没有说完，我已经彻彻底底明白了：他以为既然他走不了，我就也别想一个人溜之大吉！我发现，原来冷若黑鱼，偶尔也有感性的一面，我还发现，原来对于这样的安排，我并没有感到不快。

整个婚礼的仪式简短而迅速：黑鱼主婚，把我和她的手交给对方，用一块印花棉布包起来，系在一起。我的印第安妈妈整场在流泪。我的两个姊妹站在神坛前，目露狡黠。而达丽拉的女儿始终对我面露警惕。我看不见达丽拉的脸，我的迷药师，我的剃头匠，哦，确切地说，是我的女剃头匠。我也许早该预见到这一天，我们就是为彼此而生、而出现的。经人提醒，我把手里的一只鹿蹄递给她，依旧回避了她的脸。我又在想你了，丽贝卡，想起我拖着那头死鹿去你祖父家找你，大献殷勤。回忆被庞沛大声打断，他把鹿蹄交到我手上，大声指导我接下来该怎么做。

他说，她，达丽拉，我的印第安太太，从今以后的名字就叫梅特塔丝琪，意思是待在窝里的乌龟。

接下来是酒肉欢歌的时刻，人们围城圆圈跳着舞，通宵达旦。而我眼前所能看到的，仍然都是过去，在老布赖恩家，我人生当中的第一场婚礼上，人们也是这样载歌载舞。遗憾的是，回忆褪去了声音，像一部安静的默剧，只剩下不甚清晰的画面一幕接着一幕。取而代之的，是当下的喧嚣，笑声、喊声、闹声、叫声，在小镇中心的集会大厅里久久回荡……

梅特塔丝琪安安静静地坐在睡垫上，陪在我身旁。我的印第安妈妈早已在木屋里铺满了新鲜的松枝，绿色不具名的植物的枝条，还有淡淡的、长着黑色花蕊的橙花。她退出房间，临走时，没忘了把刚刚还凑在一起小声耳语的我的两个小姊妹和梅特塔丝琪的女儿也一起拽了出去。我不知道是不是应该抓紧对她们说点什么，或者该对她说点什么。她沉默不语，我只好先开口：

"所以，这也就解释了为什么你会帮我剃须？让我能在这样的日子里，看上去起码体面些？"

我觉得她的头动了动，当是点头吧。继续说：

"也罢，反正你早就把我里外看了个明白。"

我想起她那天在冰河里捶打我的身子，帮我洗澡，给我理发。我想起我竟然还解开毯子，在她面前赤身裸体。我想起我竟然还把那个用来自嘲的词教给了她，"软趴趴的"。我想笑，对她说：

"我的父亲今天送了杆枪给我，还有一匹马。我的妈妈今天送了我好几床毯子。如果我一早就知道这样就能要什么有什么，还能好好理个发、刮个脸享受一下,我一定早就向你求婚了。"

我自以为是的笑话没有任何收效。我期待着庞沛能忽然从炉子后面跳出来,大叫:

"哈!被我发现了,你这个多愁善感的家伙!"

砰。我在脑中重重地摔门,把庞沛和其他旁的人统统拒之门外。终于等到你,终于在一起。我转过身,看着她,伸出手,搭在她身上。她的肌肤温暖而干燥。

她用自己的身体接纳了我。

原来,一切并没有那么困难,根本没有。

"试过你自己的枪了吗?怎么样,还好用吗?"

庞沛饶有所指地扯了扯自己的腰布,惹得另外几个肖尼勇士大笑起来。当中还有几张从布恩斯伯勒同来的熟悉面孔。其中一个直盯着我的脸,不管我的眼睛往哪挪,就跟着挪到哪。我不愿直视他,他太让我想起布恩斯伯勒。他的肖尼爸爸看来很是喜欢他,一只胳膊环着他的脖子,搭在他肩上。我想问他:这里不好吗?我们现在拥有的比我们曾经失去的更好,而这里就是我们现在拥有的一切。

然而,我听见自己的声音说:

"一切顺利,敬请放心。"

黑鱼率先笑了,其他人也跟着笑了。紧接着,我们一路穿过田野向树林中走去。他们推推搡搡,时不时拿我打趣,不过这一次,我不但配着枪,还没有被指派任何人看守。晨风和煦,我仿佛脱去了满身枷锁和桎梏,感到无限轻松。我的印第安父亲在我的口袋里塞满了火药和子弹,我们在林子里异常顺利地猎到了好几头鹿,满载而归。铅芯的味道潮湿而令人怀念。

傍晚时分,我拎着各种野味,准备打道回府,回到我的印第安太太身边。猫着腰钻进屋门前的一刹那,头被什么人重重一击,随即摔倒在地，后背狠狠跌在地上，差点失去了意识，肉也撒了。我一时没反应过来是遭到了谁的袭击，直到把倒在我身上的那个小家伙提起来，才发现，原来是梅特塔丝琪的女儿，我抓着她的肩膀，她瞪着眼回敬我，用孩子气的那种目不旁视的瞪法。她一骨碌爬起来，跑进了屋子。我四仰八叉地倒在一堆生肉当中还没及起身，就看见了刚巧路过的威尔上尉和他的太太。

"老朋友，你好呵。"

他搭手把我拽起来，说：

"新的太太，新的女儿。终于在这儿安家了啊，恭喜恭喜！"

他的太太满眼堆笑，似乎女人们一听见谁新婚，就都会拿出这副表情，顺便回想一番自己新婚燕尔时的情境。她和上尉两人收容了两个白人，汉考克和杰克逊，俨然和睦的四口之家。他们告了辞，继续赶路，两个白人儿子紧随其后。

我进了屋，我的印第安太太正在埋头刷洗睡垫，抬眼看了看我。而那个小女孩此时蜷缩在角落里，手心里搓着一柄木勺，嘴里念念有词，手指尖依旧黑乎乎的，不知道是不是那天从我脸颊上揩的血。

"这位小姐，难道不想把手洗洗干净吗？或者把那柄勺子派点用场，比如拿来锅里搅一搅？"

她继续把玩勺子，拒绝理我。我又说：

"能不能告诉我这柄木勺叫什么名字？"

她起先依旧不理。冷不丁冒出一句：

"伊丽莎。"

"妙哉，好一个渊源颇深的英语名字。想不想用我的名字，谢尔托易？"

"不。"

她把眼睛从我身上收回来，继续专注于木勺之上。

"那么你呢，小姐，还未请教你的芳名？"

"伊丽莎。"

看上去她好像对自己姓氏名谁不甚关心,说话的样子像是在招呼另一把勺子。

"这样哦。"

她的妈妈笑看着她。女孩儿把勺子插进嘴里,走过来站到我面前,勺子顶着腮帮子形成一个鼓包。她瞪着眼睛,一眨不眨地看着我,眼神像极了那只狼崽。她心下一动,好像想起了什么,把勺子抽出来,递给我,我接了过去,刚才塞在她嘴里的那一半黏糊糊的。

"万分感谢,伊丽莎小姐。"

梅特塔丝琪弓着腰奋力挥着刷子,脑后的长辫子滑下来,搭在肩头,屁股高高翘起。我看了看我的这位新太太,然后走到外面,把刚才散落在地上的肉一一捡了进来。

晚上,出于对新婚夫妇的体谅,伊丽莎又被放逐到了黑鱼家。远远的,我仍能听见她的怒号,梅特塔丝琪辗转反侧。

"去吧,把她接回来。"我说。

梅特塔丝琪把她裹在毯子里抱回来的时候,她的眼睛里闪烁着胜利者的荣光,为此,她整夜没有合眼。借着炉火的微光,我只要睁开眼,就能在昏暗中发现那两团小小的火苗。

伊丽莎像树林里不小心挂在身上的荨麻,寸步不离地跟着我,看着我,眼睛眨也不眨。

为了防范她尾随跟进男厕所,梅特塔丝琪可谓用尽了办法。有的时候,我的那两个印第安小姊妹会来寻她玩,任她们站在窗子底下一遍一遍喊破嗓子,她就像忽然对语言丧失了认知,对热情的邀约充耳不闻,直到她们气鼓鼓地转身跑掉。

我去打猎,她也要跟着。我当然并不在意,说实话,我还挺享受身旁有她为伴的。我把她放在一块大石头上,让她坐着,她就静静坐着。等数个小时之后,我带着猎物回来的时候,发现她一动不动还坐在那儿,啃着指甲。

"我在这儿呢。"每当这时,她总是这么说。

"可不，我也在这儿呢。"

然后，我就会把来复枪挎在胸前，把她擎在肩头，一起向家走。她伸出小脚，刚好能踢到枪管，于是，那枪就在她的脚丫的指挥下，在我的肋下敲打出均匀的节拍。她还会把推弹杆握在手中，像挥舞着仙女的魔棒。

在我们远征回来后，她早早就陷入了睡眠。睡梦中，她极尽伸展着四肢，那样子好像重重跌落在地板上还没及爬起来。我和我的新婚妻子坐在屋外的暮光之中，听着她沉沉的鼻息和偶尔的鼾声。

梅特塔丝琪端出了去年存下的瓜子，正在剥壳。瓜子壳失去了内瓤，轻飘飘地落在地上。我从她篮子里挟了一把，忽听她说：

"她一向不安生。"

"安生？有哪家的小孩子能让人安生吗？"

我把瓜子塞在牙齿中间用力一嗑。心想着上一次与这么大的小孩朝夕相处已经是什么时候的事了，可记忆缥缈而遥远，我正在苦思不得，她瞥了瞥我，又说：

"难道你们不是这么说的吗——'安生'？"

"是的，是有这说法，你没错。"

"我是想说，她，嗯，她很难像在家一样无拘无束、与人亲近。"

"可她明明有个很好的家，还有你这么好的妈妈，我看得出来。"

梅特塔丝琪拍了拍落在大腿上的瓜子壳，素指纤纤，像鸟儿挥动着翅膀。我情难自禁，捉过她的手，听她接着说：

"你现在是她的父亲了，你看她深以为然。"

"她的生父呢？一定也是个很好的人吧？"

她习惯性耸耸肩膀。我握着她的手，忽然想知道一切。他一定早已不在人世，而我想知道的是，我是不是他的首任代理。

"对不起。"

她拎起篮子抖了抖,瓜子皮像雨点簌簌打在地上。她手指上下翻飞,来不及思考。

"我根本不知道她父亲是谁。"

她显得有些局促,这在她身上并不多见。我望着远方,夜虫低吟,夜莺浅唱,顿了顿,方说:

"你的过去不会成为我的顾虑。"

她手上没停,继续剥着瓜子,一只脚上下荡来荡去。屋内,伊丽莎咳了几声,咽了咽口水,翻身又睡着了。夜幕慢慢垂下来。

"我也不是她的生身母亲。是他们把她给我养的。"

"她是掳来的?"

"嗯。"

我心口一紧,告诉自己闭嘴,快闭嘴,但是没忍住,还是问出了下面的话:

"哪儿?另外的村子?"

梅特塔丝琪十只手指仍在忙碌。瓜子壳被掐碎了,露出白白的瓜子瓤,啪啦,啪啦,一颗接着一颗。

"从南边的一个村子,没有名字,惯是逐水草而居的游猎部落,不过不是肖尼族的。现在已经销声匿迹了,我的家原来也在那儿。"

"你的家?"

"嗯。"

"你不是肖尼人?"

"现在是了。以前是彻罗基族的。"

她不带一点感情色彩,似乎我本来就该知道,不该多此一问。我说不出话,只有感慨:

"呵!"

我试图扼杀胸腔中意欲燃燃再起的火苗,停下,快停下……我死死咬住双唇,告诉自己明明已经看到了触手可及的快乐与幸福,那快乐、那幸福就像剔透但易碎的水晶球!快闭上嘴……

"那么你也是被掳来的,然后被他们收容了留在了这里?"我听见自己的声音。

"以前是的。"

我根本无心知道这些,这些!我想把她的过去统统掸落,就像拍拍腿上的瓜子皮。可这一切远没有想象中那么轻而易举,我不知道为什么她似乎做到了,为什么这里的别的人似乎也做到了。我做不到,我无法遏制自己的怒火:

"伊丽莎呢,跟你一起来的?"

"不。她是后来才过来的。"

"但都是一个地方来的?"

她又耸耸肩膀,接下来的话更令人恼火,今晚的整个对话都让人异常恼火:

"第一次遇袭后,原来的村子就搬了家。也许是她也是一个地方来的,也许不是。村子总是在搬,谁说得准呢。"

"是这帮肖尼人回过头又扫荡了同一个村子,我是说,你原来在的村子?"

"当时两方对垒——当然,只是小的冲突,没有你们和英国人现在闹得那么大——她的双亲死了。"

我推了她,怒火中烧,她的话像丢进炉火中的煤块,像压在胸腔上的石头,像黑夜中一道灼人的目光。

"死了?被杀了?"

"嗯。"

如此直截了当,又如此苍白无力。

我呆立在原地,手攥起拳头,松开,又放下。我忽然很想去看看睡梦中的她,梅特塔丝琪把我拦在门口,一只手紧紧扯着我的胳膊,说:

"他们把她给了我,除她以外,我再无亲故。"

黑夜中的眼睛在燃烧,目眦尽裂。周遭的一切仿佛陷入熊熊大火,火焰吞噬了所有,血肉之躯瞬间化为焦土。孤儿弃子,焦土之上,唯有孤儿弃子。乔纳森,杰西,我自己的孩子,我仿佛看见他们孤独而孱细的身影飘荡在硝烟未烬处。心,像被钝物重重敲在胸口,咣,咣咣。我感到她在轻轻地摇我的手,后来干脆放了手,听任我怎样。一个人小声地仿佛在说给自己听:

"她也是从另外的村子到了上一个村子的。也许,她多少有些白人血统。"

她的红发,她的英国腔!我不能想象,她是何时沦为了何人的俘虏,被不停买卖,不停转手,直至流落至此。我转过身,看着梅特塔丝琪,紧紧摇着她的肩膀,刨根问底:

"那么她从哪儿来?你不知道,你怎么会不知道?她叫什么名字?你难道就从没问过?"

"没有。为什么问?她反正答不出。她那时还那么小。"

她又耸耸肩膀,迟疑着。我转过身,呆立在门口,里面,我听见她翻了个身,叹了口气。我不忍将之唤醒,不忍把过往残酷的伤口再次撕开。可黑暗中的那道目光苦苦追索,不肯合眼,不肯放过我,想把所有的来龙去脉彻底厘清,甚至不能放过往事前尘中的分毫。

"在卡罗莱纳附近,有一个长得人高马大的彻罗基人,总是长着一张脸,一脸不高兴。你听过他吗?他说他叫吉姆,自诩大佬吉姆。"我问梅特塔丝琪。

吉——姆,我恨不能把一个词撕成两半。她也许知道,也许听说过,也许她就是他的姊妹也说不定,更有甚者就是他的太太。我不知道她的英语是不是就拜他所赐,以他一贯的腔调,念出来,念给她听。我一屁股坐在门口,看定她,等她给我一个答案。可她沉默着,眼里写满了不解。

"我没听过这个名字。"她说。

如此直截了当,始终安静地坐在她的凳子上,继续专注地对付一筐瓜子。我一脚踹翻了地上的篮筐,莫名其妙的怒火搞得她摸不着头脑,却不敢近前。

"那个时候，我有另外的名字。"她说。

"什么？"

"葛丽芙。彻罗基语里的乌雀。"

她仍不敢靠近我，而是坐在那儿，继续说：

"每个人都有属于他们的记忆和过往，可为什么一定要说出来？有的时候，留在心里会不会更好？她如今既是我的女儿，也是你的女儿。"

她笃知我不会就此袖手离开，她越沉默，就是越笃定。可是于我而言，她的沉默、她的笃定就像彻骨的寒风。她拾起篮子，又从中捡出一枚瓜子，啪啦，掐碎了。掐碎！记忆中的过往是一场又一场生死离别，我不敢回头去看，安慰自己，看看现在吧：你的新太太，你的新女儿，还有崭新的你。你，她，和她，各自抱着支离的过往和破碎的内心，随时间的流逝，逐命运而流转，在这一刻流落至此，如浮萍相聚，可有谁知道何时何日又是各自再一次纷飞飘散时？

19. 昔日重现

如果万事到头终是虚空,不如身似浮萍随流水。
重新开始,从头来过。
珍惜眼前,莫问前尘。
爱她,同床共枕,举案齐眉。
也爱她,视若己出,捧若明珠。
…………
　　如上,我反复告诉自己,不确知自己最终能不能被自己说服,可我能做的,只有如此、如上,反反复复告诉自己,而已。
　　女孩儿似乎真的从不眨眼,看我的眼神比黑夜中的那道目光更为灼烈。她每每跑到我跟前,就会一把拽住我的脚踝不放,十指如钳,不放我轻易从她身边逃走。那天,天色尚早,像往常一样,她陪我狩猎归来,坐在我肩上,赤着脚丫,踢着枪托,和我一路数着天上变幻的云朵。我因为看不见她的脸色,才斗胆敢开口问她:
　　"还记得以前的家吗?不是这里,是在其他镇上的那个?我猜,你一定对妈妈和爸爸还有印象吧?"
　　话一出口,女孩儿怔住了,一动不动,反应让我害怕。一只山雀拍拍翅膀,从路边的灌木丛中扑棱棱窜出来,影子一闪,钻进了树影之中。我记起那个时候，白人与土著之间纷争不绝，许多村镇遇袭，留下孤零零的孩子，游荡在深山密林，没有人知道他们如何过活。印第安小孩，白人小孩，和黑人小孩，都有。有的时候，撞上了打猎的人，他们就跑，什么也不说，只是跑，藏进更深的山林。据说，他们把拾来的残羹攒在一起，天知道作何用场！一次，斯夸尔发现了一个土著的流浪儿，遍体鳞伤，衣服残破不堪，露出铺满后背烧伤未愈的水泡，只能隐隐约约看出一点原本棕红色的皮肤。小孩子见了生人，拔腿就跑，斯夸尔后来再没能找见他。

伊丽莎冷冷地打断了我的思绪：

"我的父亲大人是个大大的人，我的母亲大人是个大大的女人，脚也特别大。我的家里有烟囱，还养了许多条大大的大狗，吃人！统统吃掉！"

"真的吗？"

我不再接着问下去，过了一会儿，胸前的来复枪又在她两只小脚之间荡了起来。我们继续朝家的方向走去，她的一番玩笑话让两个人都轻松了些许。

日子日复一日地过下去，也许这本来就是生活的面目。地里庄稼喜人。而关于布恩斯伯勒的种种，浓缩成了记忆中的一个灰色的圆点，可以看见，又不能看清。不如不看。伊丽莎身上有杰迈玛的影子，有的时候，看见她也让我想起苏珊娜，甚至詹姆西。她小心翼翼，她坚定不移，她大张着眼睛，无时无刻不在关注着你。

我正昏昏欲睡时，门开了。怀里的梅特塔丝琪听见动静一下醒过来，连伊丽莎也一骨碌坐了起来。天上没有月亮，炉子也熄了，看不清来人是谁，但慢悠悠说话的腔调，毋庸置疑，就是庞沛：

"谢尔托易，议事有请，请移步集会大厅。"

"现在？"

"怎么，不方便吗？"

"方便方便，就来。"

黑暗中，我终于摸到了裤子和鞋，知道梅特塔丝琪和伊丽莎都在等着我开口，可什么也没说，只是跟上庞沛，走了。春夜里，鸣虫聒噪，迎面不小心，还会撞上不知道哪里冒出来的蛾子。我们走过一间间木棚屋，贴着外墙在房檐下摸黑夜行，直到看见远处集会大厅敞着门漏出的灯光。

"该不是又要把我关起来吧，庞沛？"

最后一个转弯，绕过这最后一间棚屋，眼看到了。听我如此问，庞沛停下脚笑起来，拍拍棚屋的木头墙，说：

"果然！新郎们最舍不得这么快就离开爱巢，我早说过。"

他笑了，让我不禁觉得二人之间的关系也和缓了不少。我没有逃走，没有一个人率先过上更无忧无虑的生活，我还在这儿，和他一样。庞沛，这些我都记得，并没有忘。

他把我引进室内。灯火通明，与室外夜色昏沉造成的强烈反差令我猛眨眼睛，炉火燃烧着，跳跃着，发出耀眼的红光。

黑鱼站着炉火前，大概也是睡梦中匆忙起身，头发难得有一丝凌乱。看见我，淡淡一笑，似乎带着对新婚燕尔姗姗来迟的新郎应有的纵容。座席上，肖尼勇士们正在窃窃私语。席间也有白人，看见我来了，纷纷瞪大了眼睛。杰克逊脸上的倦意有点莫名，倒是汉考克笑得很开。

黑鱼举起手，示意大家安静。他说：

"今晚，猎人们发现了鸭子，距此不远。"

我满脑子都是肥鸭扭着屁股在众人面前现身的滑稽模样，庞沛显然看出了我的迟钝，体贴地俯过耳边：

"如果你还没猜到究竟是哪只鸭子值当如此大张旗鼓——裴卡拉，对，就是那个可恶的混蛋！"

约翰逊瘦削而深陷的面颊和长长的下巴一下子又回来了。我几乎已经忘了他：

"他还活着？还回来了？！"

"不光他，我们在田野尽头的树林里还发现了他同伙的踪迹，可惜并没追上。"顺着黑鱼的眼神，我看清了说话的是一个上了点年纪的肖尼勇士，语速奇快。

"那么约翰逊，我是说裴卡拉，回这里来了？"

"不。"

庞沛接口说：

"我们的疯子朋友现在应该跟那些孤魂野鬼混在一处。"

肖尼人哄堂大笑，炉火蹿得更高了。黑鱼又走上前几步，回头说：

"众所周知，白人的据点工事坚固，兵力充足。但我们不能坐等下去了。"

他与我四目相视。我心里一紧，提醒自己别露出任何表情。其实，这种提醒实属多余，约翰逊突然出现，除了惊诧和困惑，所有的想法都被掏空了。一直以来，我哄骗他们，说布恩斯伯勒易守难攻，坚不可摧，只是居民多为妇孺，不到春天，不可能迁城。而一直以来，我安慰自己，说布恩斯伯勒早就没了，不存在了。

我一时无法思考。

庞沛不说话，只看着我。黑鱼，也看着我，和我一起来的白人，看着我，所有人都看着我。冥冥之中仿佛酝酿着一股巨大的力量，随时可能天崩地裂。

"当然，"末了，我一字一顿地说，"我们不能坐等下去了。"

黑鱼点点头，阖上双眼。大厅里一时人声鼎沸，人们纷纷陷入了对出征计划细节的商讨，甚至不乏有的人已经勾勒出了凯旋时盛大而隆重的庆功场面。各种突如其来的想法在我脑中横冲直撞，布恩斯伯勒……约翰逊活着回来了……难到布恩斯伯勒还有人，我们的据点还在……你们，都还活着？难道那夜，当我倒在混沌之中，隐约听见的不是别的，而是你们的召唤？！而我竟错以为是你们死后的魂魄前来相认？！

倘使如此，接下去只会死伤更重。布恩斯伯勒一定已经做好了应战的准备，黑鱼不可能偷袭成功。死神，是你吗？又是你！你来了，是不是来告诉我真相的同时，也来告诉我，你乐意为之再等一等。

黑鱼的脸上写着心意已决。炉火吐舌,浓烟升腾而起,炭灰四散。庞沛朝我咧嘴笑笑,探着身子,取下蓝色的头巾揩了揩额头上的汗,把头巾在空中挥舞如一面旗帜,放声高歌。

　　开始了,父亲,大幕已悄然拉开:前尘往事在时间里打了个转,趁你最意想不到的时候,重新推门进来了。

20. 情归何处

天还没亮,信使们已经抢在众人之前先一步出发了。他们以奇利科西为原点,奔向四面八方同盟的部落,带着交给当地酋长们的书讯,策马飞驰而去,去告诉他们也一道尽早做好征战的准备。我合上眼,似乎能看见铁马铮铮,呼啸着,向着布恩斯伯勒滚滚而去。

我仍照常出去打猎。端着枪的时候,想,眼下这杆枪还是不太称手,不过没关系,过阵子,再换个新的枪托就行。一提起枪托,又想,该选块什么样的木料、设计个什么式样呢?晨露挂在草叶尖上,晶莹剔透,脚踏上去,不是咯吱咯吱的声响,反而像顺滑的毛发。我把手指搭在扳机上,静静观察天上的动静,手指轻轻一勾,"砰",一只肥鸭应声倒栽下来,张着嘴摔在地上,死相惨烈,不过说到底毕竟是死了,一了百了。伊丽莎坐在我指定的石头上,目不转睛地注视着眼前的一切。

镇子里,女人们忙于开膛破肚,剥骨去皮,把大条大条的肉挂在树上。

梅特塔丝琪把头发披散在身上,像是披了件贵格派的斗篷,我用手指感受她清凉的发丝,司琪瑟萨,我唤她,我的女孩。我把抓到的啄木鸟送给她,黑漆漆的背羽,白亮亮的翅膀,胸前的绒毛柔顺如丝。我没有银子,只有这只鸟,留给她。她笑着接过去。我又送给伊丽莎一只鸟雀的翅膀,油光水滑,泛着蓝色的光晕。她把它做成了扇子,珍藏着收好,不肯让旁人摸一下。她举着这柄扇子在面前摇晃,光影叠在脸上,表情忽明忽暗。

壮行的舞蹈严肃而古朴,但舞步中洋溢着欢乐。每个人都盛装出席,脸上涂彩,都是各自一番精心的打扮。这一天,连小孩子们也获准进入镇子中心的集会大厅。每个人都在大口吃肉,大声说话,吃完了手里的,再折身去取更多的,面包、肉、骨头,仿佛取之不尽,不停地会有盛得满满当当、热气腾腾的盘子接连端进来。我瞥见一个肖尼勇士躲在墙角吐了一地,正在寻思会不会是什么人下药,事实证明,他只是吃得太多。那个人一贯管不住嘴,庞沛告诉我。

屋子中央的鼓手们早就已经大汗淋漓,鼓点渐疏,又乍然再起。人们将鼓手围在当中,团团绕着打转,庞沛一个人立在圈外,似乎非得有人好言哄劝,才肯放下身段加入当中。后来,他终于让自己挤进了人圈,甚至站到了鼓手旁边的核心位置。他把两只手举至肩平,好半天才开始唱歌,歌声高亢,旋律熟悉,听上去像一首古老的英国歌谣。但他的歌词我却并不听得明白,隐约听见"人""时间""战争"与"歌声"。似乎歌中所咏叹的正是遥远的过去,塞卡哦米加,似乎整首歌都是他自己的创作。

黑鱼微笑着,不自觉也跟着节奏连连点头,忽然好像又意识到了什么,挺了挺,又坐得笔直。皮姆坐在他膝上,伸手拽他的耳环。男人们在房间的一侧围成一圈,女人们在另一侧也围起了圆圈。两个圆圈向两个方向顾自旋转,谁也不看向谁。人挨着人,叠在一起,脚步追随着鼓点,不肯停下。

女人们身上的银饰在火光下熠熠生辉,仿佛镀上了黄金,忽然她们的圆圈散了,一个接着一个消失在门外,孩子们也去了,拖着疲倦的哭声,也消失在门外。我的太太抱着伊丽莎,在临走前扭过头,向我一再张望。

一时,偌大的房间里只剩下男人们的身影,他们加快了脚步,继续旋转。我忍不住也下了场加入其中,我的举动几乎让庞沛暂时忘记了歌唱,满面红光,对着我,绽放出久违的笑容。我从不跳舞,但他们的所谓舞蹈似乎并不复杂——旋转,旋转,像颠簸在路上的车轮,不停旋转。鼓声阵阵,仿佛鼓槌就敲在我身上,背上,甚至敲在我头上。

圆圈散了,拆散了又攒在一起,变成一团又一团抱在一起的人。鼓声渐弱,换成了又一种缓慢而低沉的节奏。我们停下来,立在当中,伸伸腿脚,扭扭胳膊,大口大口地喘着粗气,把各自身上的汗臭吸进鼻腔,庆幸还好,屋顶上预埋了排烟口,尽管从当中漏下来的新鲜空气微乎其微,但总算聊胜于无。这时,几个老妪拖着一只巨大的盐罐进来了,似乎就是他们在盐渍滩边从我们手上抢来的其中一只,至少看上去很像。我不知道这一只是不是我千辛万苦扛回来的那只。

女人们费了好大力气,才把那只罐子立在了房间正中,之后就心满意足地退出了房门。

黑鱼把朱砂握在手心里,横着从一只眼皮经前额抹向另一个眼角,脸上顿时留下一片赤红,甚至隐约还可以看出他自己的指纹。他把一只杯子伸进罐子舀了一下,双手端举着。我感到房间里一时间气氛凝重,刚刚还肆意散漫的人群变得大气亦不敢出。我感觉自己还没从刚刚连续的旋转中缓过神来,强把眼睛扯回到我的印第安父亲身上,看着他喉结一落,把整杯东西咽了下去。

我跟着其他人排成一列,依次走到铁罐前,喝下自己的一份。他们说此为黔酽,是战争的味道。轮到我,从父亲手里接过杯子,胜饮而下,苦涩,微咸,浓郁而强烈。我感受到那黑色的液体在我体内横冲直撞,最终融于血液。我看着父亲,他布满血丝的眼睛也在看着我,眼神中充满爱意,朝我努了努下巴。

我转身,发现墙角的伊丽莎,她不知何时偷偷溜了进来,蜷在那儿，盯着我，不停地摇着手里的乌雀羽扇。

"真该给你取一个和你妈妈以前一样的名字。你看上去就像只小小的乌雀。"

我把伊丽莎扛在肩上，感觉她今天比以往重了许多。杂花马点着头走在我们身侧。我累极了，整夜未睡。那杯所谓"黔醑"的确在我身上发挥了不小的功力，可劲道一过，整个人顿觉虚软无力。然而天一亮，又不得不跟其他人一道进山打猎，况且今天大伙还另有要务在身。肩头的她，像往常一样，清醒而机警，两只小脚丫折腾个不停。

"为什么是乌雀？"

"为什么，因为，嗯，因为你总是闹出各种声响，而且总也不肯把眼睛闭上。"

我知道自己听上去很蠢，可我只能靠不停说话来阻止自己乱想。我呵她的痒，一路逗着她玩。先头部队已经带着水、食物补给和行李铺盖上路了。我们也将不日跟上。梅特塔丝琪一路把我们送出田野，田垄间，留守的妇女带着她们各自收容的白人儿子正在辛劳挥汗，时不时停下手里的农活，拄着锄头，仰脸望望太阳。梅特塔丝琪在田边停下来，与她们说话，弯腰拔起地里的一丛杂草。什么时候她又把辫子编了起来，我忽然有种冲动，想摸一摸，想让她抬头再看看我。

此次进山的目的地是上次路过的墓地，大战在即，临行前，印第安人照习俗会将死于沙场的勇士的尸骸重新挖出来厚葬，希望借此继承先驱们的力量和运气。在我看来分明就是不能让死者安眠，而宁可带上他们一同杀赴布恩斯伯勒。是的，布恩斯伯勒，我会在那里与你们重逢，然后眼见着更多人倒下，曝尸沙场，不知道这一次，死神垂青的会是谁。我低下头，盯着自己的两只脚，再走不远就是林区了。

我还在与伊丽莎逗乐，抱着她的膝盖，故意走得不快，试图让自己快一点清醒起来。终于，快走到树林边的时候，我把伊丽莎从肩膀上抱了下来，放在一株横木上。

"今天就坐在这儿等吧，行吗？"我问。

她用扇子拍拍我，表示同意。伊丽莎，我会永生记得那把羽扇轻抚在脸上飘然的感觉。

四五个同行的肖尼人已经先一步进了林子，分散开来，似乎今天大家都走得不快。他们向着用漆木标记了坟墓位置的地方慢慢靠近，雨打风吹，木头一定又褪色了些许，从我的位置尚难看得分明。黑鱼一人走在最前面，低着头，这样的祭先仪式当然也会勾起他对亲生儿子的怀念。大概他们在他死后，把他的骸骨也循例带回了故地，葬在此处，如若如此，岂不是要不了一会儿，黑鱼就能再见到他了。

我跨上马，跟在众人身后。忽然眼前一暗，一大片遮天蔽日的黑影让酸涩的眼睛得偿片刻休息——

是火鸡，好多好多火鸡！数不清的火鸡像黑暗中高高跳蹿出来的一团火焰。有多久没见过如此盛况了，成群结队的火鸡，这一个的头顶着另一个的翅膀，挣扎着，纠缠着，拍打着羽毛，发出令人捉摸不透的噪声，扑棱棱飞过头顶。它们像尚在人间游荡不去的野鬼，胆大包天地逼近到我们面前，仿佛咫尺之隔，仿佛触手可及，可待伸手，又扑了空。大家笑着，惊叹着眼前鸡群的规模，甚至忘了掏枪，上膛，瞄准。好大一群火鸡！这不禁让我想起初来乍到，第一次踏足肯塔基时的兴奋——到处都是火鸡，到处都是各种各样的东西。

我感到内心起了变化，是的，一定是的，它们不是无故出现的奇迹，而是预兆，是有意为之的暗示。穷此一生，我无时无刻不在留心寻找生命中的暗示，而就在刚刚，这群扑棱棱飞过头顶的火鸡，美得如此失真而又如此诡异，它们温顺的眼神，难道不正在向我诉说：

快跑。

跑啊！

快跑啊，你个蠢货！

我的脑子里充斥着熟悉的声音，人的声音，只是，那么缥缈而遥远。

我拉紧缰绳，调转马头，马儿脚下一急，险些失足摔倒。天光已然大亮，远远地，甚至能看清田垄间作业的忙碌身影。我双手攥紧马鬃，干脆扔了手上的枪。来复枪落地的刹那，那个不称手的枪托终于摔裂了。现在，我没有枪，没有刀。现在，我又成了过去的那个我，那个冰天雪地之中第一次落到肖尼人手上时，大费了一番周章才险中脱身的我。原来，从始至终，我还是我，丝毫未改。

身后，成群的火鸡仿佛千军万马，仿佛所有死去的他们终于聚首一处。我颈后一凉，忍不住缩了缩脖子，感到如芒在背，可他们不动，只是站着，看着，一双双眼睛凛冽地诘问——接下来你打算怎么办呢？

我大声与他们争辩：要走，也是我们一起走！因为我们本就是一起来的！

一只火鸡咕咕咕喋喋不休，像极了我其中一个死去的姑姑，从另一个世界捎来她的忠告。可是没有忠告，没有答案，没有方向，什么都没有。我回过头，只看见伊斯雷尔的笑，其他人的等待，以及更多人的静默，我转来转去，始终寻你不见。

我想见你，我想再见到你。也许只有再见到你，我才能搞清楚一切。

想见你，只想再见到你，想要见你的冲动充斥在我整个身体的各个角落。远远地，好像是伊丽莎在林边声声呼唤：

爸爸，爸爸……

在她的呼唤中，我看见了一个个熟悉的身影——杰迈玛，丽贝卡，我的小伊斯雷尔，还有苏茜和其他人。也许你们真都还活着，还在布恩斯伯勒翘首盼望着我归来的一天。尽管危在旦夕，但起码现在，此时此刻，你们都还活着。但是，詹姆西，我唯独看不见你，我的心像被剜下了一个无法填补的破洞。你也总是那样叫我的，就像伊丽莎：

爸爸，爸爸……

可你在哪儿啊，为什么我转来转去，始终寻你不见。

那么，好吧，听着，死神，这是我与你立下的契约：如果一定要有人死，让其他人死，我要见我的儿子。

是的，我在死神脚底下盟了誓，只为见你。

时至今日，我终于听清了自己心中已久的企盼，终于知道为此我该奔向哪边。我两脚紧踢马腹，策马冲到了所有人的最前面，连人带马消失在深林之中。横七竖八的枝杈迎面抽打在脸上，我眯起眼睛，试图在强光下看清前路。我纵马驰骋，似乎已经看见自己穿过密林，翻过高岗，沿着窄窄的河岸越过鲍威尔谷，一路回到了斯夸尔亲手埋葬你的地方。那里比这里更冷，没有人烟，只有狼嗥，它们似乎比我更为急切，想要用利爪在你的坟前刨出个洞来。

我似乎看见自己徒手把裹在丽贝卡亚麻布单里的两具尸首轻轻地挖了出来，深色头发的一具放在一边，金色辫子的才是你，发丝失去了光泽，毛糙如霜冻的干草。

脸是你的脸，眼是你的眼，只是脸上蒙着薄薄的盐霜，眼皮深深陷入眼眶。你的身体变得陌生，僵硬而冰冷，依旧带着满身伤痕。为什么我曾天真地以为那些伤口终有一日会慢慢愈合？我轻轻抬起你的胳膊，把你的小手捧在脸上，手指尖光溜溜的，他们竟在你活着的时候一枚一枚剔掉了你的指甲。你的手背上还留着匕首穿掌而过的窟窿。你的身上还留着深深浅浅的刀伤。血凝成黑色的痂，我想象着你生前如何苦苦挣扎，试图挣破命运无形的网。

我握着你的手。发现半根折断的镖头还留在你的腹腔当中。我把手轻放在上面，感受到衣衫下面那截断铁是如何坚利，几乎落下泪来。你依旧是十七岁的模样，可你的青春竟如此诡异。

和你同葬在一处的，是罗素的儿子，亨利。伤势相仿，愈加目不忍视。我感到恶心，我不敢碰他，我只能抱着你，不让你再从怀中溜走。你们都死了，我成了方圆之内唯一苟活的生命，皑皑雪地中一团瑟瑟的黑色影子。我把脸贴在你冰冷的胸口，没有温度，没有声音。假如我就这样抱着你，一动不动，你说狼会不会把我吃了，它们也许早就嗅到了你深埋在地底的气息，试图吃了你，可惜没能刨开坚硬的冻土，现在好了，它们可以一举把我们两个吃了，让我们在狼腹中团聚，变成骨肉模糊的一块，不再分你我，不再分离，让我们待在狼腹中顺便跟着去看看，子夜一过，狼群究竟躲去了哪里。记得吗？你曾问过我的。

我始终记得是那个游手好闲的窃贼把噩耗带回了营地，他说你们都死了，只有克拉布特里和奴隶们不知所踪，未卜生死。你们当时宿营的地方离我们相距不过两里，如若不是遇袭，第二天就会平安归来。窃贼在树林里发现了罗素的家奴，亚当，发现他的时候，他满口胡言乱语，神志不清，摇头晃脑，只懂得死死攥着自己的头发，生怕一撒手就会掉光了一样。他们趁夜袭击了你们的营地，亚当把自己藏在溪边的浮木当中躲过一劫。二十余个印第安人，彻罗基人，德拉瓦尔人，还有肖尼人。他躲在远处，看见了一切，听见了一切，夜狼哭嚎，躲在木头后面的人也在哭嚎。

他说他听见布恩家的小伙子高叫着其中一个人的名字，起先说将要了他的命，后来也曾向他讨饶。大佬吉姆，你说。是我啊，你说。可那时的你已然倒在了血泊中，身中数弹。你从不会贸贸然直呼一个人的名字，生怕显得失礼。可你那天高叫着他的名字，质问他是不是也杀了你的妈妈和姊妹兄弟。

詹姆西，可怜的詹姆西。你在想什么？你难道以为你的妈妈和家人已经在往生的世界里等着你了，而独独缺了你的父亲？

你没有问及我，你一直相信你的父亲不会死，你的父亲会赶来救你。直至最后，你用劲力气，在黑夜中声声呼唤：

爸爸，爸爸，爸啊……

我似乎看见了，都看见了。让我好好抱一抱你，数一数你的每一根手指，每一根脚趾，像你最初降临在世把你捧在怀里时一样。让我把你的墓穴挖得再深一点，让我轻轻把你放进去，在上面垒砌石子，再竖起木杆。

我似乎听见了，都听见了。风雪中狼群的声音，不远处孤零的枪响。风在低吼咆哮。我要再站起来。

作者致谢

感谢本图书代理丹尼丝·布科夫斯基,以及编辑安妮·柯林斯的杰出贡献。感谢加拿大克诺夫出版集团阿曼达·刘易斯和米歇尔·罗珀二位,以及亚力克西斯·阿尔科恩、蒂尔曼·刘易斯、罗宾·斯图德尼博格等人细心编校。感谢加拿大艺术委员会、班夫艺术中心、《海象》杂志社、奥肯那根学院文学系,特别是杰里米·博尔纳、吉姆·汉密尔顿、罗布·赫克斯特布尔、克雷格·麦克卢其。感谢达米安·巴顿、科琳娜·宗、弗朗西·格林斯莱德、肖恩·约翰斯顿、特里·乔丹、约翰·伦特、克莱尔·麦克马纳斯、梅拉妮·默里、安德烈亚·萨兹万、马修·斯凯尔顿、丽贝卡·厄普顿阅后建言。尤要致谢玛丽·埃伦·霍兰长久以来体贴支持。穷搜极索,其间亦曾迷茫失所,感谢家人迈克、西奥、凯特·霍莉,感谢乔斯林、彼得、乔恩、马塞拉、劳拉、萨拉·布尼安、卡罗琳、丹·希尔顿,以及若泽·布尔彻,我终得迷而知返,卒成此书。